한국 근대 예술과
육체

예옥

한국 근대 예술과 육체

1판 1쇄 인쇄 | 2017년 12월 14일
1판 1쇄 발행 | 2017년 12월 18일

지은이 | 신정숙
펴낸이 | 최병수
편 집 | 권영임
디자인 | 김세준

펴낸곳 | 예옥
등 록 | 제2005-64호(2005.12.20)
주 소 | (03387) 서울시 은평구 연서로22길 16-5(대조동) 명진하이빌 501호
전 화 | (02)325-4805
팩 스 | (02)325-4806
이메일 | yeokpub@hanmail.net

ISBN 978-89-93241-58-7

값 25,000원

한국 근대 예술과 육체

신정숙 지음

예옥

육체라는 이름으로 인간을 말하다

　근대적 인간에게 육체만큼 흥미로운 대상이 있을까? 인간이 살아 있는 생명체라는 점에서 태어남과 동시에 육체라는 그릇에 종속될 수밖에 없다. 육체가 보내는 다양한 욕망의 신호들, 즉 식욕, 성욕, 수면욕 등등. 인간은 너무나 육체적이다. 인간과 동물을 구분 짓는 특징들로 사용되어 왔던 이성, 정신, 영혼 등의 단어들은 너무나 찬란하다. 그러나 인간의 다양한 육체적 욕망이 고개를 들고, 그 쾌락의 확장과 충족을 위해 질주하는 순간, 어느새 그 아름다운 단어들은 찬란한 빛을 상실하게 된다. 이성적 인간이든, 육체적 인간이든 욕망의 포로로 전락하게 되는 것이다. 단지 고통스런 절제라는 미덕의 영역으로 들어갈 수 있느냐, 혹은 없느냐의 차이만 있을 뿐이다.

　육체는 서구 근대 사상이 유입된 이후 한국 근대 예술에서 핵심적인 키워드로 자리하고 있다. 근대적 의미에서 '개인'이 탄생한 이후 개인을 규정짓는 하나의 잣대로서의 육체가 그 무엇보다도 관심과 흥미의 대상으로 부각되었던 것이다. 특히 전근대적인 봉건 사회에서 금기시되어 왔던 성적인 측면에서의 육체란 매혹의 대상이 될 수밖에 없었다. 기존의 전근대적 사회를 뒷받침하고 있는 도덕과 윤리를 일시에 전복시킬 수 있는 위험한 존재로서 성적 욕망은 감시와 통제의 대상이었다. 이러한 억압을 뚫고 끊임없이 분출되고자 하는 본능적 욕망과 엄격한 사회도덕/윤리와의 대결. 어느 쪽도 완벽하게 승리할 수 없기에, 이러한 이유로 본능의 충족과 사회도덕/윤리의 대결 양상은 끊임없이 예술적 형상화의 대상이 되어 왔던 것이다. 현실적으로 완전한 본능의 충족은 불가능하며, 이러한 불가능성으로 인한 충족의 지연은 예술 창작의 근본적인 동력이 되었다고 볼 수 있다.

한국 근대 예술에서 육체는 매혹의 대상이자, 공포의 대상으로 형상화된다. 이러한 독특한 양상은 근대 예술을 공부하고 있는 필자에게 너무나 흥미롭게 다가왔고, 육체라는 키워드에 집중하게 만들었다. 육체야말로 인간을 이해하고, 그 근원적 본질에 도달하기 위한 가장 핵심적인 매개체였기 때문이다. 그리고 이 책은 지금까지 한국 근대 예술에 나타난 육체의 형상화 방식과 이의 상징적 의미를 연구하는 과정에서 얻은 작은 성과를 담은 것이다. 이 책의 주요 연구 대상은 한국 근대문학사의 질곡을 가장 단적으로 보여주는 문제적 작가 이광수의 대표 작품들, 1930년대 전후로 활발하게 활동했던 정현웅, 방인근, 김남천의 작품들, 가장 한국적·토속적 작가로 평가받고 있는 김동리 문학, 그리고 한국 영화계의 거장 김기영의 영화이다.

제1부에서는 이광수의 육체에 대한 근대적 인식이 민족과 국가라는 거대 서사와 결합되는 과정에서 어떠한 방식으로 발전, 혹은 왜곡되는가를 분석했다. 「민족개조론」과 그의 시기별 대표 작품 『무정』(1917), 『재생』(1924-5), 『사랑』(1938)의 상호연관성을 살펴봄으로써, 그의 계몽의 기획이 궁극적으로 민족 구성원인 개인을 '유용성을 지닌 몸'으로 개조하는 것임을 고찰했다. 1장에서는 이광수가 이상적으로 생각하는 몸이란 사회적인 훈육과 통제에 의해서 만들어지는 '인위적인 몸'인 동시에, 몸에 획득된 정신적, 신체적 성질이 자손에게 유전되는 '진화론적인 몸'이라는 사실을 분석했다. 그가 「민족개조론」에서 주장하는 민족 개조는 개인의 몸의 개조이며, 민족에 봉사할 유용성을 지닌 몸으로의 개조하는 것을 의미한다.

2장~5장에서는 그의 시기별 대표 작품이 「민족개조론」과 어떠한 연관성을 갖고 있는지를 구체적으로 분석했다. 애국계몽기의 대표소설 『무정』은 개인의 자아 인식 과정, 가정을 통한 개조, 사회적인 훈육과 통제 방식이 선명하게 드러난다. 이 작품은 「민족개조론」의 사상적 모태가 되고 있다는 점에서 중요하다. 반면 『재생』은 민족과 국가라는 거대 서사가 붕괴된 후 개인이 그의 정신과 신체의 개조를 게을리하고, 쾌락과 욕망만을 추구함으로써 파멸되는 양상, 즉 개조의 '실패 양상'이 나타난다. 그리고 『사랑』은 이광수의 민족 개조 사상의 '완결편'으로 볼 수 있다. 병원이라는 공간에서 소수의 지도자들이 개인의 정신과 신체를 치밀하게 개조해 가는 과정이 형상화되어 있다.

제2부에서는 한국 근대 예술에서 육체에 대한 근대적 인식이 예술적으

로 형상화되는 다양한 방식을 다루고 있다. 이 부분은 총 5장으로 구성되어 있는데, 이 장들은 모두 육체를 지닌 존재로서 인간의 근원적 특성을 천착하고 있다는 점에서 공통점을 갖고 있다.

1장에서는 1910년대 이후 조선에 유입되기 시작한 나체화裸體畵(nude painting)가 근대소설『재생』에 포섭되고, 수용되는 양상을 분석함으로써 육체라는 기호가 상이한 예술 장르인 나체화와 소설 속에서 각각 형상화되는 방식을 고찰했다. 2장~3장에서는 1920~30년대 신여성들이 문학적으로 형상화되는 방식을 분석했다. 당대 사회적으로 큰 이슈의 중심에 있었던 신여성들은 사회 고위층 남성들에게 매혹과 공포의 대상이었다. 그녀들의 근대적 욕망은 특히 '온천'이라는 복합유흥시설에서 자각 혹은 발견되며, 이러한 경험으로 인해 사회적으로 배제/파멸되는 것으로 설정되어 있다. 이는 신여성들의 성적 욕망에 대한 전통적인 남성들의 이중적 시각을 반영한 것이다. 즉 성적 욕망을 당당하게 추구하는 신여성들이란 당시 인텔리 남성들에게 매혹의 대상이었지만, 전통적인 남성의 관점에서는 봉건사회의 안전과 안녕을 위해서 사회적으로 제거되어야 할 대상이었던 것이다. 4장은 한국 무속을 문학의 전면에 등장시킨 최초의 작가 김동리 문학에 나타난 에로티즘의 양상에 대해 분석했다. 그의 무속소설에서 에로티즘은 개인의 개별성과 전체성을 동일화시키는 방식으로 개인 간의 단절/분리를 극복하고, 합일과 융화의 세계로 나아가고자 하는 욕망을 의미한다. 마지막으로 5장은 한국영화계의 거장 김기영 감독의 〈하녀〉 연작이 궁극적으로 형상화하는 바가 에로티즘에 대한 열망이며, 이는 현실세계에 견고하게 자리 잡고 있는 사회적 금기와 이를 위반하고자 하는 욕망, 그리고 폭력/죽음(살해)의 충동과 밀접한 연관성을 갖고 있다는 사실을 고찰하였다.

이처럼 이 책에서 분석한 한국 근대 예술은 근대적 인간의 육체적 욕망의 추구와 이의 일시적인 충족 혹은 왜곡, 그리고 경우에 따라서는 욕망 충족의 실패 양상을 일관되게 형상화하고 있다. 그렇다면 왜 이러한 독특한 양상이 나타나는 것일까?

인간의 원초적 욕망을 자유롭게 충족시킬 수 있는 삶을 향락한다는 것은 어느 사회를 막론하고(여성이냐, 남성이냐에 따라서 다소 다를 수 있겠지만) 사회적으로 상당한 위험을 감수해야만 하는 일이다. 특히 근대 이후 일제식민지 경험, 그리고 이데올로기의 대립에 의해서 민족 간의 비극적 전쟁을 경험했던 한국의 경우, 오랜 시간 동안 민족/국가라는 거대 서사 앞에서 개인이란 존재는 축소되거나, 완전히 삭제될 수밖에 없었다. 그럼에도 불구하고 개인은 근본적으로 육체라는 형식으로 존재한다. 아무리 사회적으로 개인의 욕망을 감시, 통제한다고 하더라도, 인간은 살아 있는 한 본능적 욕망으로부터 벗어날 수 없다. 이러한 모순적인 상황으로 인해서 육체는 끊임없는 매혹의 대상이자, 매혹에 굴복할 경우 자신을 사회적으로 파멸시킬 수도 있는 공포의 대상으로 인식될 수밖에 없었던 것이다.

중요한 사실은 예술이 아닌 현재의 실제 삶 역시 이와 별반 다르지 않다는 것이다. 여전히 육체적 욕망은 감시와 통제의 대상으로 존재한다. 더욱이 시간의 흐름 속에서 욕망을 억압하고 통제하는 사회 시스템은 더욱더 교묘해지고, 전문화되고 있는 상황이다. 이러한 측면에서 예술이 더욱 중요해질 수밖에 없다. 현실 속에서 말할 수 없으나 말하고 싶은 것, 그것을 예술의 형식을 빌려서 말할 수 있기 때문이다. 그러므로 다양한 근대 예술 장르 속 육체의 이러한 방식이 지닌 사회·역사적 의미를 분석하는 것은 과거의 삶의 방식뿐만 아니라, 하나로 단순화시킬 수 없는 복잡한 현재의 삶을 이해하고, 통찰해 볼 수 있는 계기를 제공해 줄 수 있을 것이다. 이 점이 우리가 '육체'에 주목하고, '육체'에 대해 이야기해야 하는 이유이다.

한 권의 책이 나온다는 것은 정말 많은 분들의 도움과 수고를 필요로 하는 일이다. 멋진 인연으로 만나게 된 출판사 예옥의 식구들. 부족한 원고임에도 불구하고 책 출판을 흔쾌히 허락해 주신 최병수 대표님과 당신의 책인 양 성심을 다해 꼼꼼하게 교정을 봐주신 권영임 편집장님, 그리고 아름다운 책 디자인을 해주신 디자이너 김세준 님에게 진심으로 감사의 마음을 전한다. 이분들이 있었기에 이 책이 세상에 등장할 수 있었다. 다시 한 번 감사의 마음을 전한다.

2017년 12월
신정숙

| 차례 |

2부 · 한국 근대 예술과 육체, 그리고 욕망

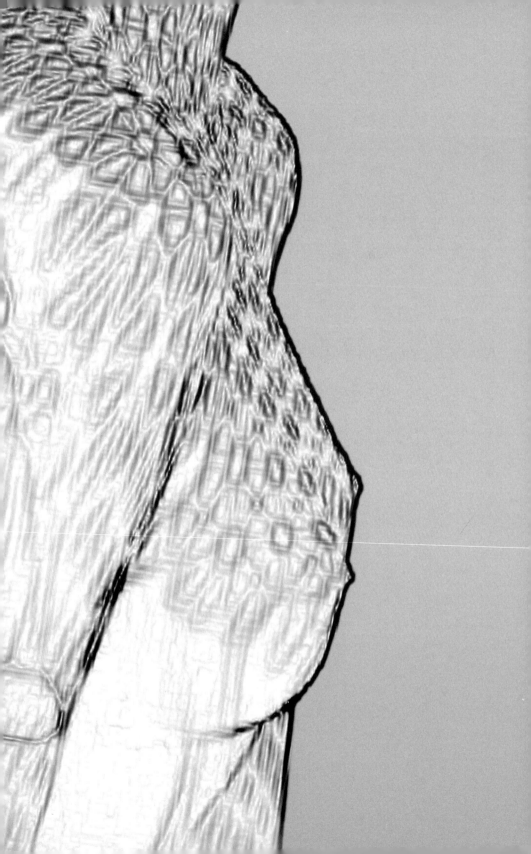

1부

이광수 문학과 육체

지금까지 많은 연구자들은 이광수의 계몽운동을 주로 사상적 측면에서 연구했고, 이러한 요인으로 이광수가 계몽의 영역으로 보았던 신체는 연구의 영역에서 제외됐다. 그러나 우리가 이광수의 계몽의 기획을 근대 시민의 양성이라는 측면에서 보았을 때, 근대 시민은 근대적 정신을 가진 시민일 뿐만 아니라, 근대적 신체를 지닌 시민이 된다. 즉 근대 시민이라는 것은 정신[1]과 신체[2]가 모두 계몽된 시민으로 볼 수 있다. 이러한 측면

1) '정신'의 사전적 의미는 ① (물질이나 육체에 대립되는 것으로서의) 영혼이나 마음. ② 사물을 느끼고 생각하는 능력 ③ 사물의 근본적인 의의와 사상 ④ 마음의 자세나 태도 ⑤ 우주의 근원을 이루는 비물질적인 실체를 모두 포함한다. 이 글에서는 '정신'이라는 단어를 위의 사전적 의미를 모두 포함하여 사용하고자 한다.(금성교과서,『국어사전』, 1997, 1728쪽.)

2) 身體 [프] corps [영] body. 영혼과 정신의 반대어. 신체는 접촉할 수 있는 대상이라는 점에서 정신에 대립된다.(엘리자베스 클레망 외,『철학사전 ; 인물들과 개념들』, 이정우 옮김, 동녘, 1996, 181쪽.)

에서 이광수의 계몽의 기획은 정신과 신체를 모두 포함하는 몸의 계몽으로 볼 수 있다. 그러므로 이광수의 소설에 나타난 '민족 개조 사상'과 '몸'의 관련양상을 분석함으로써 이광수가 기획한 조선민족의 계몽이 몸의 구성 요소인 정신적 영역과 신체적 영역을 포괄하는 종합적 계몽이었음을 살펴보는 것은 그의 계몽의 기획이 지닌 의의를 규명하는 데 매우 중요하다고 볼 수 있다.

이광수의 계몽사상을 핵심적으로 보여주는 「민족개조론」은 조선민족의 도덕적 타락과 신체적 열등함을 보다 계획적이고 효과적인 실천방식을 통하여 개조하는 방식을 다룬 글이다. 이광수는 「민족개조론」에서 "민족 개조란 곧 민족성의 개조"라고 말한다. 그는 '르봉'[3]의 견해를 빌려서 민족성을 "해부학적 성격"과 "심리적 성격"으로 구분하고, 다시 민족성을 "근본적 성격"과 "부속적 성격"으로 나눈다. 그리고 민족성 중에서 "근본적 성격"은 변할 수 없지만, "부속적인 성격"은 가변적인 것이라고 규정하고, "조선민족이 현재와 같이 쇠퇴하게 된 것은 부속적인 성격이 열등함에 있으므로, 이 성격의 개조를 통하여 민족의 번영과 발전을 이룰 수 있다"고 주장한다. 또한 자신의 민족 개조 사상을 "개조주의"라 칭하며, 이는 "사람의 바탕을 개조하여, 그 주의가 무엇이며 직업이 무엇이든지 능히 문명한 한 개인으로서 문명한 사회의 일원으로 독립한 생활을 경영하

---

3) 르봉(1841-1931)은 『군중심리』(1895)에서 인간의 의식적인 행동이라는 것도 주로 유전(遺傳)의 영향에 의해 좌우되는 무의식적 저변의 소산에 불과한 것임을 지적하였다. 이 같은 심리적인 무의식의 저변(substratum)은 세대에서 세대로 전승된 무수한 공통적 성격으로 이루어지며, 이것이 민족의 성향을 결정한다는 것이다. 또한 그는 민족의 개체를 강조하는 상대주의적 특수성을 강력히 밝혔다.

고, 사회적 직무를 부담할 만한 성의와 실력, 건강을 가진 사람을 만드는 것"이라고 말한다.

이러한 그의 주장을 통해서, 민족 개조의 대상이 "부속적인 영역"의 민족성이며, 이는 구체적으로 "해부학적 영역"과 "심리적 영역[4]"임을 알 수 있다. 또한 민족 개조의 목적이 사회와 민족에 공헌할 유용성을 지닌 인물의 양성임을 알 수 있다. 여기서 주목해 보아야 할 것은 개조의 영역이 "해부학적 영역"과 "심리적 영역"으로 설정되어 있다는 것이다. 몸이 지닌 의미의 영역을 살펴보면, 몸은 '신체', '육체'를 의미하는 동시에, 정신과 신체를 포함하는 '사람[5]'의 의미를 지니고 있다. 결국 몸[6]은 이광수가 말하는 "사람의 바탕"이 되는 "해부학적 영역"과 "심리적 영역"을 포괄하는 의미를 지니고 있다. 그러므로 이광수가 주장하는 민족의 개조는 "사람의 바탕"의 개조이며, 곧 몸의 개조라고 볼 수 있다. 몸의 개조는 민족

---

4) "심리: 마음의 작용과 의식의 상태"(엘리자베스 클레망 외, 위의 책, 1229쪽.)

5) 금성교과서, 『국어사전』, 1997, 657쪽.

6) 여기서 언급하는 '몸'은 동양철학의 관점에서 본 것이다. "전통적으로 인도철학에서 몸은 서구적인 의미에서의 몸과 마음을 아우르는 개념으로 사용된다. 몸과 마음의 어떤 뚜렷한 구분은 지양되며, 오히려 하나의 연속체로서 '샤리라'라 불린다. 이 속에는 세계와 부딪치는 물질적인 육체뿐만 아니라 세계를 감지하고 향수하는 정신기능도 포함된다. 이른바 감정과 욕망뿐만 아니라 사유과정도 몸의 개념에 속하는 것이다. 몸은 마음의 외피이며, 마음은 몸의 내면이다. 따라서 물질적인 차원의 몸과 심리적인 차원의 마음은 상호 유기적인 관계에서 논의되며, 몸의 문제는 마음의 문제와 서로 연결되어 있다고 본다.
또한 유가철학에서도 몸은 마음과 별개의 것이 아니라는 심신일원론이 적용된다. 유가철학에서 몸을 마음과 연계하여 이해할 때, 이는 결국 심신일여(心身一如)를 말하는 것이다."(이거룡 외, 『몸 또는 욕망의 사다리』, 한길사, 2001, 35~67쪽.) 이러한 동양 철학사상은 이광수의 사상과 밀접한 연관성을 가지고 있다. 그에게 "신체의 정결"은 "마음의 정결"이며, 이는 곧 "도덕성"에까지 확장된다. 또한 그는 마음과 신체가 서로 분리되어 있는 것이 아니라, 상호 유기적으로 연결되어 서로에게 영향을 끼치는 것으로 보고 있다. 이러한 그의 사상은 1930년대 대표소설인 『사랑』에 가장 구체적으로 형상화되어 있다.

구성원을 재생산하는 가정, 훈육과 통제의 기능을 수행하는 교육기관, 각종 문화·종교 단체, 근대 의료기관에 의해서 이루어질 수 있다. 이러한 다양한 개조의 주체에 의해서 생산된 몸은 우수한 유전형질을 지닌 조상에게서 물려받은 '자연적인 몸'과 사회의 훈육과 통제에 의해서 만들어진 '인위적인 몸'을 모두 포함하는 것으로, 자본주의 질서 하에서 민족을 위해 유용하게 활용될 수 있는 몸이다. 이 유용성을 지닌 몸이야말로, 진정한 의미에서 이광수가 지향하는 '계몽된 몸', '개조된 몸'으로 볼 수 있다.

이렇게 이광수의 민족 개조 사상은 개인의 몸의 개조로 요약할 수 있는데, 이러한 그의 사상은 그의 소설의 다양한 인물들의 삶의 양상을 통하여 형상화되어 있다. 이렇게 그의 민족 개조 사상의 구체적인 실체를 살펴보기 위해서는 그의 대표 소설이라고 할 수 있는『무정』(1917),『재생』(1924-5),『사랑』(1938)을 분석해 볼 필요가 있다. 이 소설들은 각 시기별로 이광수의 민족 개조 사상의 흐름을 선명하게 보여주는 주요 작품으로서, 그의 사상이 다양한 배경과 인물들에 의해서 효과적으로 형상화되어 있기 때문이다.

『무정』(1917)은 1922년에 발표된「민족개조론」의 사상적 모태가 된다는 점에서 주목을 요하는 작품이다. 이 소설은 민족 개조를 위한 준비 단계로서 개인의 자아 인식 과정, 몸의 체질 개선을 위한 가정의 이상적인 기능, 그리고 사회적으로 훈육되고, 통제되는 몸의 모습을 보여준다. 그러나 이 소설에 형상화된 몸의 개조 과정은 초보적인 단계로 볼 수 있다. 한편『재생再生』은 민족 개조가 이루어지지 않았을 때 필연적으로 수반될 수밖에 없는 파멸의 모습을 보여준다는 점에서 의미가 있는 작품이다. 즉 이 작품은 민족 개조의 '실패양상'을 담고 있다. 이 소설에서 형상화된 몸은 정신과 신체가 모두 타락하고 피폐해 있으며, 소멸을 통하여 새로운 재생을 요구하는 몸이다. 그리고『사랑』은 그의 「민족개조론」의 '완결편'이라고 할 수 있다. 이 소설은 소수의 지도자적인 인물들이 근대 의료체제인 병원(요양원)이라는 이상적 공간에서 개개인의 몸을 효율적으로 개조해 가는 과정을 완벽하게 형상화하고 있다.

이처럼 민족 개조에 대한 교과서적 지침인 「민족개조론」은 이광수의 1910년대 소설에서부터 1930년대 후반 소설에 이르기까지 소설의 서사를 이끌어 가는 핵심적인 동력으로 작용하고 있다. 이 소설들의 서사구조는 몸의 개조를 이루는 과정과 밀접한 관계를 가지고 있는데, 등장인물들이 민족적 사명인 몸의 개조를 성공적으로 완수하느냐, 아니면 실패하느냐의 문제는 그들의 운명을 결정하는 요인이 되는 동시에, 민족의 운명을 결정하는 주요한 요인이 된다. 그러므로 이 소설들에 형상화된 몸의 개조의 성격과 개조의 양상을 살피는 과정은 이광수가 「민족개조론」에서 역설한 '개조된 몸'의 성격을 밝히고, 그의 계몽사상의 시대적, 역사적인 의미와 이의 한계점을 탐구하는 과정이 될 것이다. 그리고 이러한 분석과정은 1940년 초의 그의 친일사상이 어느 날 갑자기 형성된 것이 아니라, 그의 민족 개조 사상이 가진 근본적인 한계점에 기인하고 있음을 밝히는 작업이 될 수 있을 것이다.

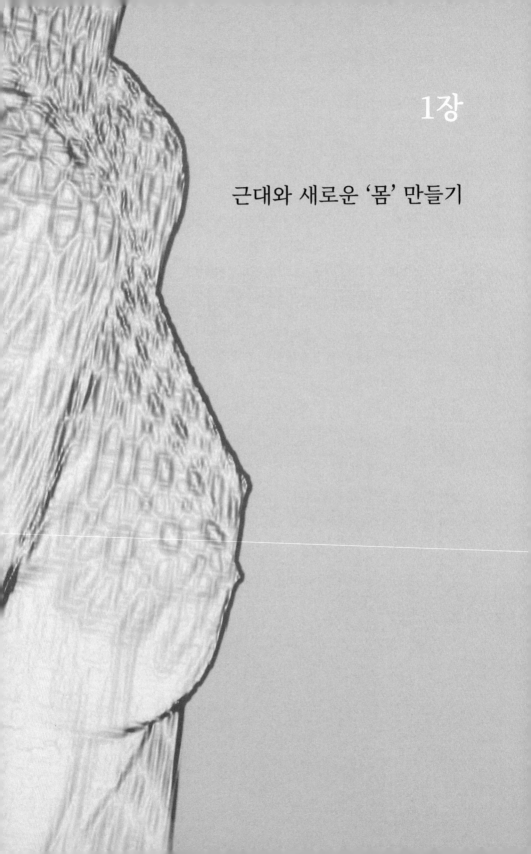

1장

근대와 새로운 '몸' 만들기

1. 근대적 몸의 의미

이광수가 여러 문학작품이나 논설 속에서 사용하는 '몸'이라는 단어는 신체라는 단어와 혼용된다. 그가 사용하는 몸은 정신과 신체의 통합체인 동시에 단순히 신체를 나타내기도 한다. 한편 신체를 의미하는 다른 여러 가지 단어들을 사용하는데, '육체=허깨비=사람이 들어 살던 집=사람의 껍데기=육肉'은 동일한 의미를 지니고 있다. 그리고 정신은 '영혼=혼=마음=영靈=알맹이'와 의미가 동일하다.

이광수에게 몸의 구성물인 정신과 신체는 모두 진화론적 관점에서 이해될 수 있는 대상이다. "단순한 기원으로부터 가장 아름답고도 경이로운 무한히 다양한 형상들로 진화해 왔고 지금도 진화하고 있다"는 다윈의 진화론과 이로부터 발전하기 시작한 사회진화론은 그의 근대적 '몸 만들기'의 기본 사상이 된다. 이렇게 이광수가 사회진화론에 의해서 많은 영향을 받은 이유는 서구의 사회진화론이 제국주의 국가에서는 강자의 권리를 옹호하는 이데올로기로서 기능했지만, 조선인에게는 왜 조선이 생존경쟁에서 약자가 되었는지의 이유와 어떻게 하면 강자가 될 수 있으며, 왜 근대화와 문명화가 필요한지를 설명하고 이에 관한 정당성을 제공[7]하는 기능을 담당함으로써 일제 식민지에서 탈피할 수 있는 실천적 대안을 제시할 수 있었기 때문이다. 그리고 이러한 대안으로서 제시된 자강론은 이광수로 하여금 근본적으로 서구적 문명화를 이룩할 수 있는 길은 민족 구성체인 개개인의 열등한 몸을 개조시킴으로써 이러한 역사적 사명을 이룰 수 있다는 결론에 도달하게 한다.

한편 개인의 개조만이 민족의 파멸을 막을 수 있는 유일한 대안이라는 그의 사상은 국가유기체론과 밀접하게 연결되어 있다. 국가유기체론이란 국가를 하나의 유기체로 보는 이론을 말한다. 일반적으로 유기체론의 기본 관점은 전체를 부분의 총체와 동일체로 보는 것이다. 그러나 이러한 관점은 전체를 부분들의 단순한 집합체로 보는 것이 아니라, 국가유기체의 부분들이 인간이나 동물 유기체처럼 서로 상호작용하면서 하나의 통일체를 이룬다는 입장이다.[8] 이러한 국가유기체론의 관점에 의해서 그는 '개인의 몸=국가의 몸'이라는 공식을 만들게 된다. 그러므로 국가는 단순

---

7) 전복희, 『사회진화론과 국가사상』, 한울, 1996, 10쪽.

8) 전복희, 위의 책, 156쪽.

한 '상상의 공동체'가 아니라, 피와 살이 있는 살아 있는 '생명체'의 의미를 지니게 되며, 탄생과 성장, 죽음의 성질을 담보하게 된다. 결국 국가의 성장, 발달과 죽음을 결정하는 것은 국가를 유기적으로 구성하고 있는 개개인의 몸에 의해서 좌우된다. 그러므로 보다 미시적인 관점에서 개인의 몸을 성장시키고, 진화시키는 것은 궁극적으로 국가의 발전과 진화를 의미하게 된다.[9]

이러한 논의의 중심에 이광수의 몸은 위치하고 있다. 개인의 몸은 국가의 몸이며, 개인의 몸을 통하여 국가의 개조를 이룩할 수 있고, 결국 문명화된 국가를 이룩할 수 있다는 것이다. 그러므로 그에게 몸이란 개인에게 한정된 독자성을 가진 몸이라기보다는 민족과 국가의 영역에서 유기적인 역할을 담당하는 '일분자'로서의 몸의 의미를 지니고 있다. 즉 그에게 몸은 궁극적으로 민족과 국가를 위해 그 맡은 바 역할을 충실히 수행할 수 있을 때 그 의미를 획득할 수 있다.

---

9) 이러한 의식은 특히 이광수의 소설 중에서 「개척자」에 잘 나타나 있다.
"서울에는 확실히 생명이 있다. 북악의 바람이 아무리 차게 내려 쏜다 하더라도 길과 지붕과 마당이 아무리 얼음 같은 눈으로 내려 눌렀다 하더라도, 그 밑에는 봄철에 움돋고 잎새 필 생명이 있는 것과 같이, 서울에는 확실히 생명이 있다. 아직 의식이 발동하지 아니하고, 감각과 이성의 맹아(萌芽)가 모양을 이루지는 못하였다 하더라도 확실히 서울에는 생명이 있다. 비록 그것이 아직 원시 동물(原始動物) 모양으로 머리도 없고, 사지도 없고, 물론 신경 계통도 없는 단세포(單細胞)에 불과하다 하더라도, 아직 호흡도 영양도 없는, 얼른 보기에 무생물 같은 것이라 하더라도, 그래도 생명이 있기는 확실히 있다. 오늘 밤 달빛에 비추인 서울은 비록 사해(死骸)의 서울이라 하더라도 장래 어느 날 밤에 이 같은 달이 반드시 생명의 서울을 비칠 날이 있다고 누가 이것을 의심하랴. 하물며 부정하랴? 아무도 이 생명을 부정하지는 못한다!
아아, 누누(累累)한 사해! 사대문(四大門), 종로, 북악, 및 남산 어느 것이 사해가 아니랴. 백년 묵은 사해, 간혹 천년 묵은 사해, 또 간혹 일전에 죽은 사해, 온통 사해다. 지금 이 달빛에 가로(街路)로 다니는 것도 사해, 혹 실내에 앉았는 것, 누웠는 것, 떠드는 것, 어느 것이 사해가 아니랴? 소리면 귀추(鬼啾), 빛이면 귀화(鬼火), 무엇이 조약(躁躍)한다 하면 망량(魍魎)의 조약, 그러나 서울에는 생명이 있다."(이광수, 「개척자」, 『이광수전집』1, 삼중당, 1962, 393-394쪽.)

2. 「민족개조론」과 몸

이광수의 「민족개조론」의 핵심은 우리 민족을 쇠퇴하게 만들었던 개인의 도덕적 타락과 육체적 열등함을 치밀한 계획과 효과적인 실천의 방식을 통하여 개조하는 것이다. 그러므로 개개인의 몸의 개조는 사회와 국가의 진보(진화)를 위한 '첫걸음'인 동시에, '완성 단계'의 의미를 지니게 된다.

먼저 '개조'의 의미를 살펴보면, 이광수가 주장하는 개조는 '몸의 모든 유전형질을 완전히 새로운 형질로 만드는 작업'을 의미한다. 몸을 장기간의 계획과 노력에 의해 새롭게 변혁시킨다는 점에서, 그의 개조 방식은 근본적으로 '인위적인' 것이다. 개조의 주체는 인위적으로 개조의 대상에게 일종의 조작(훈육과 통제)을 가함에 의해서 이전과는 전혀 다른 '새로운' 인간을 만들어낸다. 여기서 '새로운'은 근대적인 '계몽'[10]을 의미한다. 즉 몸을 '개조'한다는 것은 몸을 신체적, 정신적으로 계몽하는 것이다. 그러나 이러한 계몽의 과정은 기본적으로 훈육과 통제에 의해 이루어진다는 점에서, '억압'·'강제'의 성격을 지니게 된다.

이광수의 개조 사상을 담고 있는 「민족개조론」을 살펴보면, 개조 대상이 되는 '몸'은 "해부학적 측면"과 "심리적 측면"으로 구분되어 있다. 여기서 주목해야 할 점은 사람의 기본적인 "가치관·도덕성"과 "시기", "간사", "질투", "사랑" 등의 감정까지도 개조의 영역에 포함된다는 사실이다.

---

10) "아도르노와 호르크하이머는 『계몽의 변증법』에서 계몽의 역사 전 과정을 의문시하고, 계몽이 신화와의 연관성 속에서 지니는 변증법적인 계기들을 밝혀냈다. 이들은 신화와 계몽이 상호적 함의를 포함하고 있다는 사실을 통해 계몽의 자기 모순성을 드러내고, 이를 바로 '계몽의 변증법'이라고 하였다."(노성숙, 「계몽과 신화의 변증법」, 『철학연구』 50권, 2000.)

이러한 모든 것들은 하나의 "습관"으로 규정된다. 이광수의 관점에서 가치관, 도덕성, 그리고 인간의 감정 등은 하나의 습관이며, 습관은 훈련과 수양을 통해서 개조될 수 있는 대상이다.[11] 다만 이러한 개조는 "아침에 깨끗이 세수하고, 양치질하고, 깨끗한 옷을 입는" 등과 같은 단순한 개조와 비교해 장기간의 시간이 걸린다는 점에서 차이가 있을 뿐, 근본적으로 훈련과 수양에 의해서 개조될 수 있는 대상으로 보고 있다. 그리고 그는 끊임없는 훈련과 수양을 통해서 성인의 단계, 즉 예수와 부처의 단계까지 개조(진화)될 수 있다고 주장한다.[12] 한편 개조사업을 추진할 담당자는 교육기관, 종교기관, 문학·예술단체, 그리고 다양한 동맹 및 단체들이다. 이광수는 이 단체들이 먼저 개조된 소수의 지도자를 중심으로 일반 대중을 점차적으로 개조할 것을 주장한다. 그리고 그는 이 개조 사업이 성공하기 위해서 단체행동을 중요시한다. 단체의 회원들이 규율에 엄격하게 복종할 것과, 이에 복종하지 않는 사람이 있을 경우, 단체가 그를 즉각 제거할 것을 주장한다. 마지막으로 개조의 범위는 조선민족에 한정되지 않으며, 천하만민天下萬民에게 모두 적용된다.[13] 이러한 방대한 개조의 범위 설정은 어떠한 정치나 종교에 개조주의가 소속되지 않는다[14]는 점을 강조한 것으로 볼 수 있다.

---

11) 이광수, 「개인의 일상생활의 혁신이 민족적 발흥의 근본이다」(『동광』, 1926. 5.) 『이광수전집』 17, 삼중당, 1962, 445쪽.

12) 이광수, 「민족개조론(『개벽』, 1922. 5.)」, 위의 책, 188쪽.

13) 이광수, 위의 글, 200쪽.

14) 이광수, 위의 글, 201쪽.

위의 이광수의 「민족개조론」을 요약하면, 개조의 대상은 "해부학적 영역"과 "심리적 영역"을 포함하는 '몸'이며, 개조의 담당자는 소수의 선각자를 중심으로 한 사회의 단체이고, 개조의 범위는 조선민족에 한정되지 않고, 천하만민에게까지 적용되며, 어떠한 정치나 종교에 예속되지 않는 것이라고 할 수 있다. 그러므로 그가 주장하는 민족 개조는 일부 선각자들이 단체를 중심으로 훈육과 통제의 방식에 의해 개인의 정신과 신체를 도덕적이고 능력 있는 체질로 개조(계몽)시키는 것으로 볼 수 있다. 즉 민족 개조는 개인의 몸의 역량 강화를 목적으로 하는 것이다. 이러한 몸의 역량 강화는 개인으로 하여금 자신의 의식주를 해결할 수 있게 하고, 그들에게 부여된 직무를 훌륭하게 수행함으로써 사회, 민족에게 봉사하기 위한 준비 단계의 의미를 지니고 있다.

그러나 이광수가 주장하는 민족 개조는 민족이라는 공동체를 위해 개개인이 지닌 개성과 자유를 억압·통제한다는 점에서 근본적으로 폭력적인 성격을 내재하게 된다. 이는 민족 개조가 개인의 존엄성에 앞서는 역사적 사명이며, 절대화된 선이라는 점에서 기인한다. 민족의 역사적 사명이자, 절대화된 선 앞에서 개인의 개성과 이의 신장에 대한 논의는 정당성을 잃게 되며, 민족을 위해 희생·봉사해야 한다는 도덕적 당위성이 등장하게 된다. 그러므로 민족에 공헌할 '신인간'을 만들기 위한 민족 개조는 근본적으로 억압적·폭력적 성격을 내재하게 되며, 이는 민족이라는 이름 아래 심미화되는 양상을 보이게 된다.

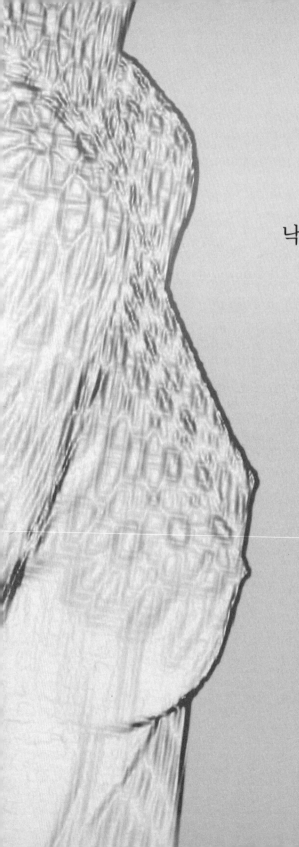

2장

몸의 개조에 대한
낙관적 전망-『무정』

1. 몸의 개조와 자아의 인식

근대 사회 성립의 기초는 중세적 신민과는 본질적으로 다른 자율적 개인의 확립에 있다.[15] 그러므로 근대 시민의 특징은 이전 시대의 사람들과 비교해서 개인의 자유가 증대되고, 사회·국가의 권력으로부터 해방의 성격이 더욱 가시화되었다는 점이다. 그러나 1910년대 한국의 근대화는 서구의 근대화와는 차별되는 모습을 보인다. 당시 식민지 지식인의 관점에서 볼 때, 개인의 개성의 발견과 이의 신장은 개인의 차원에서 머무는 것이 아니라, 곧 국가의 발전과 역량 강화로 연결되어야 하는 문제였다.

---

15) 조형근, 「'어린 아기'의 탄생과 근대적 가족 모델의 등장」, 『근대성의 경계를 찾아서』, 서울대 사회과학 연구소, 새길, 1997, 55쪽.

즉 '개인의 역량 강화=국가의 역량 강화'라는 공식은 자율적인 개인의 탄생이 개인의 자유와 해방으로 발전하기보다는 사회로부터 부여된 직무를 훌륭하게 수행할 몸의 유용성을 증대시킴에 의해서 국가의 역량을 강화하는 것과 밀접하게 연결되어 있었다.

개인의 개조를 통해서 민족 개조, 크게는 전 세계의 개조를 꿈꿨던 이광수에게 개인의 자아 인식은 자율적인 인간이 되기 위해 선행되어야 할 과제였다. 즉 그는 "개인 의식의 몰각이 사상의 발달을 저해"[16]하는 것으로 보았다. 이를 통해서 이광수가 기획하는 몸의 개조는 "문명화된 몸"과 밀접한 연관성을 가지고 있음을 알 수 있다. 문명화된 몸의 세 가지 주요 특징은 몸의 점진적 사회화, 합리화, 그리고 개별화이다.[17] 이 특징들 중에서 몸의 개별화는 개인의 자아 인식과 밀접한 연관을 가지고 있다. 왜냐하면 몸의 개별화는 개인들에게 자신의 몸을 더욱 더 성찰하고 자신을 타인과 다른 존재로 인식하도록 조장[18]하기 때문이다.

---

16) 이광수, 「야소교의 조선에 준 은혜」(『청춘』, 제9호, 1917.), 『이광수전집』17, 삼중당, 1962, 19쪽.

17) 엘리아스는 문명화된 몸의 세 가지 주요 특징을 다음과 같이 말한다.
  "몸의 사회화란 몸의 자연적 기능을 숨기고, 몸을 행동규범이 작용하는 공간으로서, 그리고 행동규범의 표현물로서 변형시키는 것을 수반하는 과정이다. 몸이 점차 사회적인 것으로 인식되고 관리되면서 몸의 많은 차원과 기능들이 생물적 혹은 자연적 삶의 영역과 반대되는 것으로 규정된다. 그리고 몸의 사회화는 몸의 합리화를 수반한다. 문명화된 몸은 '도덕'이나 '합리적 사고'에 명백히 드러나는 자기 통제력을 갖는다. 자기 통제력은 '자연 발생적이고 감정적인 충동들과 육체 사이에 개입하여' 만족을 유예시킴으로써, '이러한 통제 메커니즘의 허락 없이' 충동은 행동으로 나타날 수 없다. 몸의 사회화와 합리화에 이어, 몸과 자아의 점진적 개별화는 문명화된 몸의 세 번째 특징이라 할 수 있다. 문명화 과정에서 개인들은 더욱 더 자신과 다른 사람들을 분리된 존재로 인식하고 자신의 몸을 통제함으로써 변화한다. 그러나 개인들이 다른 존재로부터 '분리되고', '고립되는' 경험은 문명화 과정의 결과이지, 인간이 보편적으로 경험하게 되는 자연적 상황은 아니다."(크리스 쉴링, 『몸의 사회학』, 임인숙 옮김, 나남, 2000, 235-239쪽. 재인용.)

18) 크리스 쉴링, 위의 책, 239쪽.

최초의 근대소설 『무정』의 세 주인공들, 즉 향후 민족의 장래를 책임지게 될 인물들이 소설 속에서 모두 자아 인식 과정을 겪는 것은 이러한 관점에서 설명될 수 있을 것이다. 이 인물들의 자아 인식은 그들이 발전하기 위한 전제조건이며, 개인의 개조를 위한 준비 단계에 해당한다. 그런데 여기서 주목해야 할 점은 이들의 자아 인식이 남녀 간의 사랑, 육체에 대한 인식[19], 그리고 성적 경험과 밀접하게 연결되어 있다는 것이다. 이들은 이러한 경험들을 통해서 이제까지의 무지한 상태에서 깨어나 보다 넓은 인식적 지평으로 도약하게 된다. 이러한 설정은 근본적으로 자아라는 것이 몸의 일부분이고, 이는 근본적으로 몸을 통해서만이 인식될 수 있다는 데서 기인된다. 왜냐하면 몸이란 근대가 절대적 가치를 부여했던 개인들을 개별화해주는 물질적·구체적 대상일 뿐 아니라, 그 개인의 자아가 위치하는 장소[20]이기 때문이다.

"선형은 아직 사람이 되지 못하였다. 선형의 속에 있는 「사람」은 아직 깨지 못하였다. 이 「사람」은 아직 깨지 못하였다. 이 「사람」이 깨어 볼까말까는 하느님밖에 아는 이가 없다.

이러한 것이 「순결하다」고도 할지요, 「청정하다」하면 「청정하다」고도 할지나, 그러나 이는 결코 사람은 아니요, 다만 장차 「사람」이 되려 하는 재료니, 마치 장차 조각물彫刻物이 되려 하는 대리석과 같다.

---

19) 이 부분에 대해서는 이영아의 「이광수 『무정』에 나타난 '육체'의 근대성 고찰」(『한국학보』, 2002, 봄호.)를 참조할 것.

20) 한국여성철학회 편, 『여성의 몸에 관한 철학적 고찰』, 철학과 현실사, 2000, 34쪽.

이 대리석에 정이 맞고, 끌이 맞은 뒤에야 비로소 눈 있고 코 있는 조각물이 됨과 같이, 선형 같은 자도 인생이란 불세례를 받아 그 속에 있는 「사람」이 깬 뒤에야 비로소 참사람이 될 것이다."[21]

위의 인용문은 선형이가 아직 진정한 자아를 깨닫지 못한 인물임을 비유적인 표현을 통해서 보여주고 있다. 작가는 그녀가 자아를 깨닫지 못한 상태를 "순결하다", "청정하다"라고 말할 수는 있으나, 이는 "결코 「사람」은 아니다"라고 말한다. 다만 「사람」이 되려는 재료로, 조각품을 하나의 완성품으로 보았을 때, 그녀는 조각물이 되려하는 대리석과 같다"는 것이다. 그러므로 "이 대리석은 인생의 불세례를 받아 사람이 깬 뒤에야 비로소 참사람(조각물)이 될 것"이라고 말한다.

그렇다면 진정한 인간이 되기 위해서 절대적으로 필요한 "인생의 불세례"란 무엇인가. 다음의 예문은 참사람이 되기 위한 과정, 즉 "인생의 불세례"가 무엇인가에 대해서 구체적으로 언급하고 있는 부분이다.

"사람이란 죽는 날까지 이것을 배우는 것이니까 선형이가 졸업하려면 아직 멀었다. 이 점으로 보면 영채나 형식은 선형보다 훨씬 상급생이다. 그리고 병욱은 사람이 조물을 흉내내어, 또 조물의 생각을 도둑질하여 만들어 놓은 문학이라든지 예술이라든지에서 인생이라는 것을 퍽 많이 배웠다.

사람이란 이러한 과정을 많이 배우면 많이 배울수록 어른이 되어 간다. 즉 천

---

21) 이광수, 「무정」, 『이광수전집』1, 삼중당, 1962, 73쪽.

진난만한 어린애의 아리따운 태도가 스러지고 꾀도 있고, 힘도 있고, 고집도 있고, 뜻도 있고 거짓말도 곧잘 하거니와 옳은 말도 힘있게 하는 소위 어른이 되어간다. 정신의 내용이 더욱 풍부하여지고 더욱 복잡하여진다. 일언이폐지하고 사람이 되는 것이다.

전에 말한 바와 같이 선형은 아직 천진난만한, 엊그제 하늘에서 뚝 떨어진 어린애다. 오늘에야 처음 사람의 맛을 보았다. 사랑의 불길에, 질투의 물결에 비로소 쓴 것도 같고 단 것도 같은 인생의 맛을 보았다.”[22]

선형은 이제까지 자신이 느낄 것이라고 예상하지 못했던 감정들인 시기와 질투의 불길에 의해서 “인생의 쓴맛”을 보게 된다. 자신의 약혼자인 형식과 기생인 영채의 관계에 대한 의심과 질투는 그녀로 하여금 “인생의 불세례”, 즉 지옥으로 떨어지는 듯한 “고통과 절망감”을 안겨준다. 그리고 이러한 고통과 절망감은 그녀가 이제까지 머물러 있던 밀폐된 세계에서 걸어 나와 그동안 볼 수 없었던 넓고 광활한 세계를 대면하도록 하게 한다.

한편 인생 공부로 본다면, 선형보다 “상급생들”인 형식과 영채도 남녀 간의 사랑과 육체에 대한 인식, 그리고 이로 인한 수많은 고민과 고통, 절망에 의해 자아의 발전이 이루어진다는 점에서 공통점을 갖고 있다.

“형식은 이제야 그 속에 있는 「사람」이 눈을 떴다. 그 「속눈」으로 만물의 「속뜻」을 보게 되었다. 형식의 「속 사람」은 이제야 해방되었다.

---

22) 이광수, 앞의 글, 295-296쪽.

마치 솔씨 속에 있는 솔의 움이 오랜 동안 솔씨 속에 숨어 있다가―또는 갇혀 있다가 봄철, 따뜻한 기운을 받아 굳센 힘으로, 갇혀 있던 솔씨 껍데기를 깨뜨리고 가이 없이 넓은 세상에 쑥 솟아나, 장차 줄기가 되고 가지가 나고, 잎과 꽃이 피게 됨과 같이, 형식이란 한 「사람」의 씨 되는 「속 사람」은 이제야 그 껍질을 깨뜨리고 넓은 세상에 우뚝 솟아 햇빛을 받고 이슬을 받아 한이 없이 생장하게 되었다.

형식의 「속 사람」은 여물은 지 오래였다. 마치 봄철, 곡식의 씨가 땅 속에서 불을 대로 불었다가 안개비만 조금 와도 하룻밤에 쑥 움이 나오는 모양으로, 형식의 「속 사람」도 남보다 풍부한 실사회의 경험과, 종교와 문학이라는 수분으로 흠뻑 불었다가 선형이라는 처녀와 영채라는 처녀의 봄바람 봄비에 갑자가 껍질을 깨뜨리고 뛰어난 것이다.

누가 「속 사람이란 무엇이뇨」와 「속 사람이 어떻게 깨는가」의 질문을 제출하면 그 대답은 이러하리다. 「생명이 무엇이뇨」와 「생명이 나다 함은 무엇이뇨」의 질문에 대답할 수 없음과 같이, 이도 대답할 수 없다고. 오직 이 「속 사람」이란 것을 알고 「속 사람」이 깬 사람뿐이다."[23]

위의 인용문은 주인공인 형식이 내면에 존재하던 자아를 깨닫기 시작하는 모습을 형상화한 것이다. 여기에서 자아라는 것은 없던 것을 새롭게 만들어내는 것이 아니라 원래 존재하는 것이, "숨어 있다가, 갇혀 있다가" 돋아나는 것이다. 그러므로 갇혀 있던 자아를 돋아나게 할 '외부적 힘'이

---

23) 이광수, 앞의 글, 75-76쪽.

존재해야 한다. 이러한 외부적인 힘은 형식의 경우 "남보다 풍부한 실사회의 경험, 종교, 문학이라는 수분, 그리고 선형과 영채라는 처녀의 봄비"다. "남보다 풍부한 실사회의 경험"이라는 것은 이론적인 지식만이 아니라 실제 생활에서 습득되는, 즉 '몸'에 의해 터득되는 지식을 의미한다. 또한 종교와 문학은 정신적 발육을 위한 분야로 볼 수 있다.

그런데 여기서 한 가지 특이한 점은 "선형이라는 처녀와 영채라는 봄바람, 봄비에 갑자기 껍질을 깨뜨리고", '속사람'이 깨어났다는 점이다. 선형과 영채라는 인물은 풍부한 실사회의 경험, 종교, 문학에서 느낄 수 없었던 감미로운 "쾌미"를 그에게 준다. 이는 한 남성이 한 여성에게 느끼는 본능적인 "쾌미"이며, 육체를 가진 인간이라면 느낄 수밖에 없는, 오히려 느끼는 것이 더 자연스러운 즐거움에 해당한다.

이렇게 형식의 자아 인식 과정은 육체적 인식과 병행한다. 왜냐하면 자아라는 것이 눈에 보이지 않는 정신적인 것이라 하더라도, 자아는 어쩔 수 없이 인간의 몸의 일부분으로 육체와의 상호연관성 속에서만 인식될 수 있는 것이기 때문이다. 그러므로 자아의 인식과 육체의 인식은 동시에 진행될 수밖에 없다. 이렇게 여성에 대한 육체적 인식으로부터 싹트기 시작한 그의 자아 의식은 선형과 자신의 결혼이 과연 서로의 진정한 사랑에 근거하고 있는가에 대한 끝없는 질문과 의문을 통해서 더욱더 확장된다. 즉 선형과 영채에 대한 육체적 인식, 그리고 진정한 사랑에 대한 형식의 고민은 형식의 인식적 지평을 넓혀 주는 중요한 역할을 담당함으로써, 그가 자율성을 지닌 근대 시민으로 탄생하는 데 결정적인 역할을 하게 된다.

마지막으로 영채도 이와 같은 과정을 통해서 진정한 의미의 "자유로운 사람이 되고, 젊은 사람이 되고, 젊고 어여쁜 여자"가 된다. 그녀는 "누에가 고치를 짓고 그 속에 들어 엎던 모양으로 알 수 없는 정절이라는 집을 짓고 그 속을 자기 세상으로 알고 있었다." 그러나 그녀의 삶을 지배해 오던 정절이 깨어지게 되는 "강간"의 경험은 그녀로 하여금 스스로 지어놓은 허상의 세계에서 탈피하여 비로소 넓은 세상으로 뛰어나오게 하는 결정적인 계기로 작용한다. 즉 그녀의 성적 경험이 자기 자신의 '몸'과 '인생'에 대한 기존의 관념에서 벗어나 그녀가 새로운 인간으로 탈바꿈하게 하는 원동력으로 작용한 것이다.

이와 같이 『무정』의 작가 이광수는 세 주인공들이 자아를 인식하고, 자율적인 한 개인이 되어 가는 과정을 남녀 간의 사랑, 육체에 대한 인식, 성적 경험을 통해서 선명하게 보여주고 있다. 이러한 문제들에 대한 인물들의 진지한 고민과 탐구는 삶에 대한 이해를 돕는 동시에, 더 나아가 우주의 원리까지도 파악할 수 있게 하는 중요한 원동력으로 작용하고 있다.[24] 그리고 주인공들이 도달한 결론은 자신들이 "무지한 어린아이"와 같다는 것이다. 여기서 근대적 교육의 필요성이 대두된다. 그들은 교육에 의해 좀 더 문명화된 시민으로 다시 탄생할 수 있고, 더 나아가 민족까지도 개조시킬 수 있다는 낙관적 전망을 갖게 된다. 그러므로 〈개인의 자각 → 교육과정 → 개인의 개조 → 민족의 개조〉라는 공식은 자신의 의지와 생명성에 의해서 자신의 삶을 판단하고 결정할 수 있는 역량을 갖춘 개인의 탄생을 통해서만이 사회의 발전, 진보를 이룰 수 있다는 이광수의 사상을 그대로 반영

---

24) 「무정」에 형상화된 감각적 인간에 대한 문제는 김우창의 글 「감각 · 이성 · 정신」(『한국문학이란 무엇인가』, 민음사, 1995.)을 참조할 것.

하고 있는 것으로 볼 수 있다.

2. 가정과 몸의 개조

개인의 열정을 국가를 향한 열정, 공공의 열정으로 환원시키는 것은 근대 계몽기 사유의 근본적인 기반으로 볼 수 있다. 결혼의 문제나 개인의 욕망 역시 이 자장에서 자유롭지 못했다. 결혼 제도의 개혁, 특히 조혼 제도의 척결은 건전한 가정을 토대로 국가에 헌신하는 구성원을 만들어내는 데 그 목적이 있었다.[25]

이광수에게 남녀 간의 혼인 문제는 그 나라의 흥망성쇠를 가늠하는 가장 중요한 문제 중의 하나이다.[26] 왜냐하면 한 개인은 혼인을 통하여 가정을 이루게 되며, 가정은 국가를 구성하는 기초적인 집단이기 때문이다.

"婚姻의 目的은 生殖과 幸福을 求함에 있다고 結論하고 次에 生殖과 幸福의 條件과 內容을 대강 알아봅시다.

生殖의 理想은 健全하고 才能 많은 子女를 可及的 많이 生産하여 可及的 完全하게 敎育함이외다. 이러함에는 두 가지 意味가 있지요. 一個體의 繁榮을 期함과 종족의 繁榮을 期함과 一民族이나 全世界人類의 發達은 오직 健全하고 才

---

25) 이승원, 「20세기 초 위생담론과 근대적 신체의 탄생」, 『문학과 경계』, 2001, 여름 창간호, 314쪽.

26) 이광수, 「혼인론」(『매일신보』, 1917. 11. 21-30.), 『이광수전집』17, 삼중당, 1962, 138쪽.

能 많은 兒童과 賢明하게 敎育받은 靑年에 달렸으니까 이 生殖이야말로 人類의 最重最大한 理想일 것이외다.…

  그 다음에 圓滿한 家庭은 아마 戀愛에 次하는 人生의 幸福이겠지요. 그러고 戀愛에 隨從하는 人生의 幸福이겠지요. 人生의 質로 最大한 幸福을 戀愛에서 얻음과 같이 量으로 最大한 幸福은 家庭에서 얻을 것이외다.…

  하니까 婚姻의 目的은 種族의 繁榮과 個人의 幸福에 있다 합니다"[27]

  이광수는 혼인의 목적을 "생식과 행복"으로 규정한다. 즉 혼인의 목적은 "건전하고 재능 많은 자녀를 가급적 많이 생산하여, 가급적 완전하게 교육하는 것"이다. 그리고 육욕만을 위한 "원시적 연애"가 아니라 "영과 육이 합일된 진화進化된 사랑"에 의해서 개인의 행복은 획득될 수 있다.[28]

  그가 주장하는 혼인의 목적은 "건전하고 재능 많은 자녀를 가급적 많이 생산하여 완전하게 교육하는 것"이고, 이는 보다 좋은 유전형질을 가진 상대를 연애를 통하여 선택하고, 그와 결혼함으로써 이룰 수 있다. 그러므로 결혼할 남녀는 우수한 혈통을 가진 상대와의 결혼이 필요하다. 그러나

---

27) 이광수, 「혼인에 대한 관견」(『학지광』제12호, 1917. 4.), 앞의 책, 53-54쪽.

28) 이광수의 결혼관은 엘렌 케이의 연애·결혼관과 밀접한 연관성을 가지고 있다.
  "엘렌 케이는 『연애와 결혼』에서 오늘날, 그리고 미래의 진보한 사랑은 단지 남녀의 자유로운 교제에 의해 발생하는 소박한 감정이 아니라, 인간의 진화와 함께 성욕이 정화, 혹은 순화되면서 나타나는 윤리의 정신적 현상이라고 말한다. 그리고 이러한 연애를 기초로 한 결혼은, 무엇보다도 감정과 영혼, 욕망과 의무, 자기 주장과 자기 헌신으로 완성되어야 하는 것이다. 또한 모든 젊은이들은 새로운 세대를 낳을 권리와 의무를 지니고 있으며, 이 권리와 의무에 충실하기 위해서는 자녀를 부양할 수 있는 정신적, 신체적 성숙, 경제력, 그리고 일정한 수준의 교육을 갖추고 있어야 한다."(구인모, 「『무정』과 우생학적 연애론-한국의 근대문학과 연애론」, 『비교문학』28호, 비교문학회, 2002, 182쪽. 재인용.)

우수한 유전인자를 가진 상대와의 결혼은 타의에 의한 것이 아니라, 본인의 자유로운 선택에 의해서 행해져야 하는데, 이는 결혼생활이 긴밀한 정신적인 유대감으로 연결되어 있어야 하기 때문이다. 이러한 정신적 유대감은 "진화한 사랑" 혹은 "낭만적 사랑"에 의해서 이루어질 수 있다.[29] "진화한 사랑"에 의해 획득된 개인의 행복은 그 자신의 행복으로 제한되지 않는다. 이는 자신의 능력을 강화시키는 원동력으로 작용하게 되며, 궁극적으로 국가 발전의 원동력으로 기능하게 된다.

결국 그가 주장하는 혼인의 목적인 생식과 개인의 행복은 민족, 국가의 역량 강화와 연결된다. 이러한 점에서 혼인 제도의 개량은 궁극적으로 몸을 우수한 체질로 개선하여 개인의 역량을 강화시키기 위한 개조 사업의 일환으로 볼 수 있다. 그런데 이광수가 주장하는 혼인 제도는 모든 대상에게 적용되는 것이 아니라 당시로서는 상류 계급인 "교육계급敎育階級을 표준"[30]으로 하고 있다. 이러한 계급적 · 차별적 · 배타적 대상 설정은 그가 추구하는 민족 개조가 소수의 뛰어난 지도자에 의해서 이루어져야 한다는 논리와 밀접한 연관성을 가지고 있다.

---

29) "『무정』의 자유연애가 제기하는 것은 민족적 생존경쟁, 진화, 근대적 위생, 의학 체계 등을 매개하는 우생학(eugenics)적 관점이다."(이경훈, 「『무정』의 패션」, 『민족문학사연구』 제18호, 2001, 354-355쪽.)

30) 이광수, 「혼인에 대한 관견」(『학지광』제12호, 1917. 4.), 『이광수전집』17, 삼중당, 1962, 55쪽.

1) 몸의 체질 개선

　(1) 우생학적 배우자 선정

　앞서 살펴보았듯이 이광수에게 혼인의 목적은 "건전하고 재능 많은 자녀를 가급적 많이 생산하여 가급적 완전하게 교육"하는 것이다. 그가 우수한 자손의 번식을 위해 가장 강조하는 것은 신체적, 정신적으로 우수한 유전자를 가진 대상과의 결혼이다. 그는 몸의 "신체적 성질"뿐만 아니라, "정신적 특성"인 "재지才知", "강용剛勇", "관대寬大", "민감敏感", 기타 "미질美質", 그리고 단점인 "무재無才", "나약懶弱", "간교奸狡", "방탕", "편협" 등의 "악질惡質"도 유전하는 것으로 본다.[31] 그러므로 그는 남녀 모두가 "부모 이상 4, 5대의 계보와 내력來歷을 조사"하는 것이 필요하다고 주장한다.

　"다음에는 精神力이지요. 이것은 先祖의 遺傳이 極히 有力한 듯하니 不可不 父母以上 四, 伍代의 系譜와 來歷을 調査해야지요. 從來 우리나라에서는 父子의 血統만 尊重하는 傾向이 있었거니와 이는 잘못이지요. 法律上으로는 비록 父子의 來歷이 重하다 하더라도, 生物學上으로는 父子나 母子의 血統이 그 子女에게 미치는 影響은 마찬가지일 것이외다. 假令 才知라든지 剛勇이라든지, 寬大라든지, 敏感이라든지, 其他 모든 美質이 子女에게 遺傳하는 동시에 無才라든지, 懶弱이라든지, 奸狡라든지, 放蕩이라든지, 偏狹이라든지 하는 惡質도

---

31) 이광수는 「민족개조론」에서 '르봉' 박사의 이론을 근거로 하여, 몸의 "해부적 성격"(신체적 성질) 뿐만 아니라, "심리적 성격"(정신적 성질)도 유전되며, 이는 변하지 않는다는 사실을 강조한다.

子女에게 **遺傳**하는 것이외다. 그러므로, **爲先 婚姻**하려는 **者**의 **血統**을 **調査**할 **必要**가 있지요."[32]

이러한 그의 우생학적 관점에서 보았을 때, 결혼의 첫 번째 조건은 우수한 유전적 성질을 가지고 있는 대상을 선택하는 것이다. 이는 유전인자를 절대화하고, '인간 육성'을 슬로건으로 내세워 인종의 유전적 변질의 위험을 제거하며, 유전적으로 유용한 가치가 있는 자들의 선택과 유전인자의 자연도태를 조정[33]하는 것으로 볼 수 있다.

『무정』의 주요 등장인물들인 형식, 선형, 영채는 모두 유전적으로 우수한 형질을 가지고 있으며, 후에 이러한 우수한 유전형질을 바탕으로 민족의 선각자로 거듭날 수 있는 원천을 지니고 있는 사람들이다. 그들은 모두 공통적으로 건강하고, 아무런 병이 없다. 여성들은 모두 아름다운 외모를 지니고 있고, 형식은 건장한 체격을 가지고 있다. 또한 정신적인 면에서는 각기 다소 상이한 특질을 보이지만, 근본적으로 모두 선량한 마음씨를 지니고 있고, "방탕", "편협"하지 않다는 측면에서 볼 때, 그들의 정신적인 유전형질은 우수하다고 할 수 있다.

이들이 지니고 있는 우수한 유전형질을 살펴보면 다음과 같다.

먼저 선형의 경우, 그녀의 아버지가 명문 가문의 김광현 장로로 "국장도 지내고 감사도 지낸 양반이다" 그는 서양의 것에 대한 완전한 이해는

---

32) 이광수, 「혼인에 대한 관견」(『학지광』제12호, 1917. 4.) 『이광수전집』17, 삼중당, 1962, 54-55쪽.

33) 이영아, 「이광수 『무정』에 나타난 '육체'의 근대성 고찰」, 『한국학보』봄호, 2000, 160쪽.

없지만, 자녀를 학교에 보내는 것이 옳다는 것을 알고 있는, 당시로서는 "깬 인물"이다. 그리고 선형의 어머니는 "원래 평양 명기 부용으로, 인물 좋고 글 잘하고 가무에 뛰어나 평양 춘향이라는 별명 듣던 사람이었다" 이러한 그녀의 어머니의 특질, 즉 '신체적으로 아름다운 외모', '글을 잘하는 것', '가무에 뛰어난 것' 등은 선형에게 그대로 유전된다. "그녀의 눈썹과 입만 가지고도 족히 미인 노릇을 할 수 있으며", "정신 여학교를 우등으로 졸업"할 만큼 공부에 소질이 있고, "피아노를 잘 친다"는 것은 모두 그녀의 어머니가 지니고 있는 우수한 유전형질을 물려받은 것으로 볼 수 있다.

"그 부인은 원래 평양 명기 부용이라는 인물 좋고 글 잘하고 가무에 뛰어나 평양 춘향이라는 별명 듣던 사람이었다. 이십여 년 전 김 장로의 부친이 평양에 감사로 있을 때에 당시 이십여 세 풍류의 남아이던 책방 도령 이도령—아니라 김 도령의 눈에 들어 십여 년 김 장로의 소실로 있다가 본부인이 별세하자 정실로 승차하였다.

양반의 가문에 기생 정실이 망녕이어니와, 김 장로가 예수를 믿은 후로 첩 둠을 후회하나 자녀까지 낳고 십여년 동거하던 자를 버림도 도리어 그르다 하여 매우 양심에 괴롭게 지내다가, 행인지 불행인지 정실이 별세하므로 재취하라는 일가와 붕우의 권유함도 물리치고 당연히 이 부인을 정실로 삼았음이다. 부인은 사십이 넘어서 눈꼬리에 가는 주름이 약간 보이건마는, 옛날 장부의 간장을 녹이던 아리땁고 얌전한 모습을 지금도 볼 수 있었다.

선형의 눈썹과 입 언저리는 그 모친과 추호 불차하니, 이 눈썹과 입만 가지고도 족히 미인 노릇을 할 수가 있으리라."[34]

이광수에게 "기생은 일종의 예술가"다. 왜냐하면, 기생은 "음악을 하고, 무도를 하고, 시와 노래를 짓고, 그림을 그렸기 때문이다." 다만 "기생은 그 예술을 천하게 쓰는 것이다" 그러므로 그에게 있어서 "옛날 명기들은 다 예술가"[35]라는 공식이 성립된다. 이러한 점에서 볼 때, 선형의 어머니가 과거 '명기'였다는 사실은 별로 흠잡을 일이 아니며, 오히려 선형이 예술적 재능을 물려받을 수 있다는 점에서 긍정적인 면으로 작용하고 있음을 알 수 있다.

한편 현재 기생인 영채 역시 우수한 유전적 성질을 지니고 있다는 점에서 본다면, '여학생'인 선형에 별로 뒤질 바가 없다. 그녀의 아버지 "박 진사는 안주 일읍에 세력가로, 새로운 문명 운동을 하던 사람"이었다.

"박 진사는 남이 웃는 것도 생각지 아니하고 영채를 학교에 보내며 학교에서 돌아온 뒤에는 소학, 열녀전 같은 것을 가르치고 열 두 살 되던 여름에는 시전도 가르쳤다. 박 진사의 위인이 점잖고 인자하고 근엄하고도 쾌활하여 어린 사람

---

34) 이광수, 앞의 글, 12-13쪽.

35) 이러한 이광수의 생각은 다음의 예문을 통해서 알 수 있다.
"영채는 그 뜻을 잘 알았다. 영채는 예술이라는 말을 일전에 배웠더니 그 뜻을 지금에야 깨달았다. 기생도 일종 예술가다. 다만 그 예술을 천하게 쓰는 것이다 하였다. 옛날 명기들을 다 예술가로다. 그네는 음악을 하고, 무도를 하고, 시와 노래를 짓고, 그림을 그렸다. 그러므로 그네는 오늘날 이르는 바 예술가로구나 하였다. 그러니까 자기도 예술가다. 예술가가 되는 것이 내 천직인가 하였다. 자기도 병욱과 같이 음악을 배울까 하였다. 자기가 지금껏 원수로 알아 오던 춤추기와 노래부르기도 이제 와서는 뜻이 있구나 하였다."(「무정」, 236쪽.)

들도 무서운 선생으로 아는 동시에 정다운 친구로 알았었다. 그는 세상을 위하여 재산을 바치고 집을 바치고 목숨까지라도 바치려 하였다. 그러나 그 동네 사람들은 그의 성력을 감사하기는커녕 도리어 미친 사람이라고 비웃었다."[36]

박 진사는 다른 사람들이 "미친 사람"이라 비웃어도 여자아이인 영채를 학교를 보낼 정도로 깨어 있던 인물이다. 그는 학문적 지식도 다른 사람들과 비교해 볼 때에 '선진적인' 측면을 가지고 있었으며[37], 그의 성격(정신적인 유전형질) 또한 "점잖고, 인자하고, 근엄하고도 쾌활하여, 어린 사람들도 무서운 선생으로 아는 동시에 정다운 친구로 알았을 정도"로 아름다운 재질을 갖고 있었다. 또한 "그는 세상을 위하여 재산을 바치고, 집을 바치고, 목숨까지도 바치려 하였으며", 영채가 기생이 되었다는 소식을 듣고, 스스로 굶어 자살할 정도의 강직한 성품을 가진 인물이다. 이러한 그의 정신적 측면들, 즉 "점잖음", "인자", "근엄", "쾌활", 그리고 "의(義)를 위해 자신을 버리는 희생정신"과 "강직한 성품" 등은 영채에게 그대로 유전된다.

영채가 감옥에 들어간 아버지와 두 오라비를 위해 자신의 몸을 팔아 기생이 되게 했던 강한 "희생정신", 그리고 십 년 가까이 기생 생활을 하였음에도 불구하고 여전히 지니고 있는 여학생 같은 "얌전함", 수 없는 남성

---

36) 이광수, 앞의 글, 18쪽.

37) 박진사가 지닌 학문의 선진적 측면은 그가 "청국 유람을 갔다가 상해서 출판된 신서적을 수십 종 사 가지고 와서, 이 책들을 우선 자기 사랑에 젊은 사람을 모아 읽히며 틈틈이 새로운 사상을 강설하였다"(「무정」, 17쪽.)는 점에서 알 수 있다.

의 유혹을 뿌리치고 정절을 지킬 수 있었던 "강한 의지", 결국 정절을 잃게 되매 죽음을 결심하게 만드는 그의 "강직한 성품", 그러면서도 사람의 마음을 끄는 "다정다감한 성격" 등은 그의 아버지의 정신적 성질과 그대로 일치한다. 다만 그녀의 어머니는 일찍 돌아가신 것으로 설정되어 있어 별다른 언급이 없지만, 그녀가 예술적 재능(성악, 가무)이 뛰어나다는 점에서 그녀 어머니의 유전적 형질 또한 우수했으리라는 것을 추측할 수 있다. 그러므로 영채는 개화기에 문명 개화운동을 벌였던 애국지사이자, 양반이었던 아버지의 성격적 미질美質과 어머니의 예술적 재능을 그대로 물려받았음을 알 수 있다.

마지막으로 형식은 부모 없이 혼자의 힘으로 온갖 고생을 겪어가며 나름대로 성공한 사람으로 그려져 있다. 그러나 그의 부모에 대한 언급이 없는 상황에서도, 그가 유전적으로 우수한 형질을 지닌 인물임을 알 수 있게 해주는 간접적인 증거가 제시되어 있다.

"이렇게 학교 경비를 전담하는 외에도 여전히 십여 명 청년을 길렀다. 이 이형식도 그 십여 명 중의 하나이다. 그때 형식은 부모를 여의고 의지가지 없어 돌아다니다가 박 진사의 공부시킨다는 말을 듣고 찾아갔던 것이다. 마침 형식은 사람도 영리하고, 마음이 곧고, 재주가 있고, 또 형식의 부친은 이전 박 지사의 동년 지우이므로 특별히 박 진사의 사랑을 받았다. 그 때 박 진사의 아들 형제는 다 형식보다 사오세 위로되 학력은 형식에게 밀리고 더구나 산술과 일어는 형식에게 배우는 처지였다.

그러므로 여러 동창들은 형식이가 장차 박 선생의 사위가 되리라 하여 농담

삼아, 시기삼아 조롱하였다. 대개 우리 소견에 박 선생이라 하면 전국에 제일 가는 선생인 줄 알았음이다. 그 때 박 진사의 딸 영채의 나이가 열 살이니 지금 꼭 열 아홉 살일 것이다."[38]

이 소설 속에서 형식의 아버지는 "이전 박 진사의 동년 지우"로 설정되어 있다. 이렇게 박 진사의 친구라는 사실은 그의 아버지가 박 진사와 교류할 만한 지적 수준과 정신적 수준을 가진 인물임을 알 수 있게 해주는 중요한 단서가 된다. 또한 유전학적 관점에서 볼 때, 형식이 "영리하고, 마음이 곧고, 재주가 있는" 것은 그의 부친의 유전형질과 무관할 수 없다. 비록 형식이 "고아로 어렵게 성공한 교사"에 불과하지만, 박 진사와 교류할 만한 아버지의 우수한 유전적 형질을 그대로 물려받은 인물인 것이다.

위와 같이 형식, 선형, 영채는 모두 '신체적 건강', '재주', '우수한 성격 인자'를 타고난 인물들이다. 그리고 이러한 우수한 유전적 형질은 그들이 서로 결혼 상대자가 될 수 있는 근본적인 조건이 되며, 이러한 필수 구비 조건이 충족된 상황 하에서 그들이 서로 "자유연애"에 의해 결혼 대상을 선택[39]할 수 있는 것이다. 그러므로 『무정』에 형상화된 이광수의 결혼관은 근본적으로 우수한 유전자를 가진 인물과 열등한 유전자를 가진 인물을 구별하고, 취사선택한다는 측면에서 보았을 때, '배제의 원칙'과 '통제의 원칙'을 기초로 하고 있다고 볼 수 있다. 이는 결혼이 몸의 개조(개량)

---

38) 이광수, 앞의 글, 18쪽.

39) 이경훈, 「『무정』의 패션」, 『민족문학사연구』 제18호, 2001, 355쪽.

를 위한 근본적인 방식이며, 사회 제도를 개량하듯이 개량해야 하는 분야로 보는 시각의 반영으로 볼 수 있다. 개인의 개조를 통한 민족 개조의 길만이 민족과 국가의 멸망을 피하는 길이라고 역설했던 이광수가 결혼 문제에 그토록 치중했던 것은 궁극적으로 새로운 결혼 윤리를 통해 근대화된 신체, 그리고 규율화된 신체로써 제국 열강들에 의한 약육강식의 시대를 헤쳐 나갈 수 있는 방안을 제시해 주고자 했던 것[40]으로 볼 수 있다.

(2) 우생학적 자녀를 위한 '몸' 만들기

이광수는 결혼의 조건으로 남녀의 충분한 발육을 강조한다. 여기서 충분한 발육은 신체적으로만 성숙한 것이 아니고, 정신적인 성숙까지도 포함한다. 이는 부부가 최상의 자손을 생산해 낼 수 있는 조건인 동시에 부부 자신의 신체적, 정신적 건강을 지키기 위한 조건이 되기도 한다. 즉 자손과 부부 모두의 행복을 위해서 부부가 될 이들의 신체적, 정신적 성숙은 결혼의 핵심적인 조건이 된다.

"다음에는 兩人의 充分한 發育이지요. 生理上으로나, 心理上으로나 充分히 發育함이지요. 우리나라 請許婚書에 「年旣長成」이란 말은 이것을 意味함이지요. 그러므로 文明國에서는 法律로 男女의 婚姻年齡을 制定하여 法定年齡以內

---

40) 이영아, 「이광수 『무정』에 나타난 '육체'의 근대성 고찰」, 『한국학보』, 2002, 봄호, 162쪽.

에 **婚姻하기를 禁**하지요."[41]

『무정』에 등장하는 형식, 선형, 영채는 모두 나이로 볼 때 이십 세 전후로 신체적인 발육은 결혼하는 데 전혀 문제가 되지 않는다. 그러나 그들의 정신적인 미성숙은 결혼을 유보시키는 중요한 요인으로 작용하게 된다. '성숙(mature)'한 인간만이 인종 개량이라는 인류의 권리와 의무를 이행할 수 있는 자유를 지니고 있다는 우생학의 논리에 따르면, 사랑의 감정은 정신적인 것이라기보다는 생리적인 것이며, 연애와 결혼은 우생학의 실천을 위한 부수적인 이익이거나 수단에 불과한 것이다.[42] 그러므로 우수한 인종으로 자손을 개량하기 위해서는 신체적 성숙과 더불어 정신적인 성숙이 이루어진 상태에서 건강한 남녀가 "진화한 연애"를 통해 결혼에 이르러야 한다.

> "목사가 또 신식을 끄집어내어,
>
> 『형식씨 생각에는 어떻소?』
>
> 『제가 알겠읍니까.』
>
> 『그러면 누가 아오?』
>
> 형식은 웃고 말았다.
>
> 목사가 선형에게,

---

41) 이광수, 앞의 글, 55쪽.

42) 구인모, 「『무정』과 우생학적 연애론―한국의 근대문학과 연애론」, 『비교문학』 28호, 비교문학회, 2002, 183쪽.

『네 생각엔 어떠냐?』

선형도 속으로 웃었다. 그리고 말이 없다. 목사는 좀 무안하게 되었다. 성례하여야 한다는 편에도 아무 이유가 없고, 아니해야 한다는 편에도 아무 이유가 없다.

혼인을 하는 것도 이유나 자신이 없이 하였거든 성례를 하고 아니함에 무슨 이유나 자신이 있을 리가 없다. 장난 모양으로 혼인이 결정되고 장난 모양으로 공부를 마치고 성례하기로 결정하였다. 그리고 일동은 가장 합리하게 만사를 행하였거니 하였다. 하느님의 성신의 지도를 받았거니 하였다. 위험한 일이다."[43]

그러나 형식과 선형의 약혼은 근본적으로 선형의 부모에 의해 주도된 것으로 두 사람의 "정신적 성숙"과는 상관없는 것이었다. 이 약혼은 두 사람의 의견을 수렴하여 가장 신식으로 처리하는 것처럼 절차를 취하지만, 이것은 겉으로 보여지는 형식에 불과할 뿐 그들의 의견 수렴은 통과의례로 그친다. 그러므로 그들의 약혼은 큰 위험성을 내포하게 된다. 왜냐하면 형식의 선형에 대한 "사랑은 너무 유치하고, 너무 근거가 박약하고 내용이 빈약한 것이었으며", 선형 또한 형식에 대한 감정은 단순한 "동정"의 감정 이상은 아니었기 때문이다. 그러므로 이들 두 사람 사이에 성립된 약혼은 그 의미를 잃게 된다. 또한 김 장로 부부의 주도 하에 이루어진 조급한 약혼은 그들 둘 다 자기 자신의 의지에 의해 판단하고, 행동하

---

43) 이광수, 앞의 글, 216쪽.

는 자율적인 인간이 되지 못했다는 것을 의미한다. 그러므로 그들은 우수한 재질을 갖춘 건강한 아이를 생산하기에는 아직 정신적으로 미숙한 상태이고, 더구나 아이들을 건전하게 양육할 능력을 갖고 있지 못한 것으로 볼 수 있다. 이러한 이유에 의해 그들이 앞으로 교육을 더 받아야 한다는 당위성이 등장하게 된다. 그리고 그들이 머물게 될 학교는 정신적 성숙이 이루어질 '시간'과 '지적인 토대'를 제공하게 된다.

> "그러나 이제 생각하여 보건대 자기의 선형에 대한 사랑은 너무 유치한 것이었다. 너무 근거가 박약하고 내용이 빈약한 것이었다.
>
> 형식은 오늘 저녁에 이것을 깨달았다. 깨달으매 슬펐다. 마치 자기가 인생 경력을 다 들여서 하여 오던 사업이 일조에 헛된 것인 줄을 깨달은 듯한 실망을 맛보았다. 그와 함께 자기의 정신의 발달한 정도가 아직도 극히 유치함을 깨달았다. 자기는 아직 인생을 깨달을 때도 아니요, 따라서 사랑을 의논할 때도 아님을 깨달았다."[44]

이러한 의미에서 학교는 자유 의지를 가진 인간의 존재를 증명하는 상징적 제도[45]라고 할 수 있다. 성인의 기준이 교육적인 패러다임으로 통합되고, 결혼이 성인의 기준으로 효력을 상실하게 되면서, 결혼 연령은 자연스럽게 늦추어지게 되는 것이다. 그리고 이 기간 동안 학생들은 정신적

---

44) 이광수, 앞의 글, 291쪽.

45) 김동식, 「낭만적 사랑의 의미론」, 『문학과 사회』 봄호, 2001, 145쪽.

성숙을 위한 지식을 습득하게 된다.[46] 그러므로 『무정』에서 형식, 선형, 영채, 병욱 모두 아직은 "미숙한 상태"라는 인식 하에 유학을 가고, 결혼이 자연스럽게 유보되는 것은 이러한 맥락에서 이해될 수 있다. 이들에게 가장 필요한 것은 자신의 정신적 성숙을 이루고, 자신의 재질을 향상시키는 데 주력하는 것이다. 그러므로 결혼은 차후에 논의될 문제로 전락하게 된다. 이렇게 이 소설에서 결혼이 교육의 문제와 궁극적으로 연결되는 것은 조선에서의 "혼인의 발달"이 성인 남녀의 완전한 교육에 의해서만 가능하다는 이광수의 사상을 반영한 것으로 볼 수 있다.[47]

2) 낭만적 사랑의 기능

(1) 다산多産과 건전한 자녀 양육의 원동력

이광수에게 연애는 진화론이 적용되는 대상이다. 이는 그가 신체뿐만 아니라 감정의 영역도 진화(발달)할 수 있는 대상으로 보기 때문이다. 연애는 결혼의 근본적인 조건으로서 개인의 행복과 밀접하게 관련되어 있다.

---

46) 김동식, 앞의 글, 153쪽.

47) 이광수는 "인생의 중대사요", "백복지원(百福之源)"이라는 혼인의 발달이 "교육"을 통해서만이 이루어질 수 있음을 거듭 강조한다.
　"그런데 이렇게 하는 최선한 노력은 개인의 완전한 교육에 따라서 나오는 사회의 합리적 개량이외다. 어느 방면으로 보면 교육이 불필요하리요마는 소위 인생의 중대사요, 백복지원이라는 혼인의 발달도 교육을 기다리고야 능히 할 것이외다."(이광수, 앞의 글, 57쪽.)

"戀愛의 根據는 男女 相互의 個性의 理解와 尊敬과, 따라서 相互間에 일어나는 熱烈한 引力的愛情에 있다 하오. 毋論 容貌의 美, 音聲의 美, 擧動의 美等 表現的美도 愛情의 重要한 條件이겠지요마는 理知가 發達한 現代人으로는 이러한 表面的美만으로는 滿足하지 못하고 더 깊은 個性의 美─卽, 그의 情神의 美에 恍惚하고사 비로소 滿足하는 것이지요. 外貌의 美만 取하는 것은 아마 動物的 又는 原始的 愛겠지요. 進化한 戀愛의 特徵은 熱烈한 感情의 引力과 明哲하고 冷靜한 理知의 判斷이 平行하는 데 있다 하오. 가장 잘 敎育을 받은─卽, 가장 健全하게 發育한 靑年男女의 戀愛는 이러한 것인가 하오."[48]

　진화론적 관점에서 이광수는 사랑을 "원시적 사랑"과 "진화한 사랑"으로 나눈다. "용모의 미", "음성의 미", "거동의 미" 등 외모의 미만 취하는 것은 "동물적(원시적) 사랑"이며, "열렬한 감정의 인력과 명철하고 냉정한 이지의 판단이 평행하는 사랑이 진화한 사랑"이다. 그리고 진화한 사랑은 "가장 잘 교육을 받은 가장 건전하게 발육한 청년 남녀의 애정"을 의미한다. 또한 그가 주장하는 "진화한 사랑"이 "남녀 상호의 개성의 이해와 존경, 그리고 이에 의해서 상호 간에 일어나는 열렬한 인력적 애정"이라는 점에서 볼 때, 이는 근대적 의미에서의 '낭만적 사랑'으로 볼 수 있을 것이다. 왜냐하면 낭만적 사랑은 기본적으로 어떤 정신적 커뮤니케이션, 즉 부족한 부분을 메꿔 주는 성격을 띠는 영혼의 만남을 가정하기 때문이다.[49]

---

48) 이광수, 앞의 글, 55-56쪽.

49) 앤소니 기든스, 『현대사회의 성·사랑·에로티시즘』, 황정미·배은경 옮김, 새물결, 1996, 85-86쪽.

이광수가 결혼이 낭만적인 사랑에 근거해야 한다고 주장한 것은 부부 관계가 육체적 욕망에 의한 것일 뿐만 아니라, 정신적인 면에서의 친밀성과 영혼의 합일을 추구해야 함을 강조한 것으로 볼 수 있다. 그러나 "진화한 사랑", 즉 낭만적 사랑에 기초한 결혼은 개인의 행복을 담보하는 데 끝나지 않는다. "진화한 사랑"은 국가 발전을 위한 가장 기초가 되는 "건전하고 재능 많은 자녀를 가급적 많이 생산하여 가급적 완전하게 교육"이라는 혼인의 근본 목적과 밀접하게 연결되어 있다.

"夫婦에 愛가 없으매, 子女를 多産하지 못합니다. 子女를 産하더라도 잘 養育하지 못합니다. 愛가 없는 夫婦간에서 生한 子女는 마치 母乳를 못 먹고 자라남과 같이 情神上으로 缺陷이 있다 합니다.

民族의 繁榮은 健全한 兒童을 多産하고, 또 잘 敎育함에 있다 합니다. 그런데 朝鮮의 人口는 增加率이 極히 微弱합니다. 게다가 朝鮮의 兒童은 情神上으로 대개 病身이외다. 그리고 그 責任의 大部分은 父母의 不完全함에 있습니다."[50]

위의 인용문은 "진화한 사랑"과 건전하고 건강한 자녀의 생산과의 연관성에 대해서 설명하고 있는 부분이다. 이광수는 "진화한 사랑"에 의해 결혼하지 않은 부부는 근본적으로 서로에 대한 사랑이 없으므로 자녀를 다산할 수 없음을 지적한다. 그리고 그러한 부부는 자녀를 생산하더라도 잘 양육하지 못하여 그의 자녀로 하여금 정신상으로 결함을 갖게 한다는

---

50) 이광수, 「혼인론」(『매일신보』, 1917, 11, 21-30쪽.), 『이광수전집』17, 삼중당, 1962, 140쪽.)

것이다. 이광수는 조선의 아동이 정신상으로 대개 "병신"인 것을 부모의 불완전함에서 찾는다. 부부간에 "진화한 사랑"이 없는 것은 민족을 쇠퇴하도록 만드는 하나의 '결함'으로 볼 수 있다. 그러므로 민족의 번영이 "건전한 아동을 다산"하고, 또 "잘 교육함"에 있다는 관점에서 볼 때, "진화한 사랑"이 없는 결혼은 개인의 불행일 뿐만 아니라, 자녀의 출산율을 낮추고, 설사 자녀를 생산한다 하더라도 결함 있는 "병신"을 태어나게 하는 죄악의 행위로 볼 수 있다.

　이러한 이광수의 결혼관은 자녀가 부모의 소유가 아니라 "전 민족의 소유"라는 관념과 밀접하게 연결되어 있다. 그러므로 "자녀를 생산할 때나, 교육할 때나, 그가 사회에 나설 때나, 성공할 때에도 부모의 자녀가 아니라, 내 민족의 일원"[51]이라는 논리가 성립하게 된다. 그러므로 "진화한 사랑"은 개인의 행복한 삶을 위한 것인 동시에 민족의 번영을 위해서 필수불가결한 결혼의 요소로 볼 수 있다.

　『무정』에서 병욱의 오빠인 병국과 그의 아내는 진화한 사랑과 다산多産이 밀접하게 연결되어 있음을 잘 보여주는 인물들이다. 병국과 그의 아내는 조혼의 피해자로서 애정 없는 황량한 결혼생활로 인해 고통받는다. 이들 부부는 "한 집에 살면서도 서로 이야기를 하거나 한 방에서 자지 않으며, 지나가는 사람 모양으로 서로 슬쩍 보고는 고개를 돌리든지 나가든지 할 뿐이다" 결국 이러한 결혼생활로 말미암아 그들에게는 자녀가 없다. 이들 부부의 관계가 진전될 수 없는 근본적인 이유는 서로 사랑해서 결혼

---

51) 이광수, 「자녀중심론」(『청춘』 제15호, 1918. 5. 8.), 위의 책, 44쪽.

한 것이 아니라 어린 나이에 부모의 결정에 의해서 부부가 되었다는 점, 그리고 그들 사이에 존재하는 교육 수준의 차이에서 찾을 수 있다. 이러한 요인들로 그들의 결혼생활은 공허할 뿐더러, 그들은 건전하고 건강한 자녀를 생산하고, 교육할 국가적 의무를 수행할 수 없는 것이다. 혼인의 근본적 목표가 "건전하고 건강한 자녀의 생산과 양육"이라는 점에서 볼 때, 그들은 국가에 대하여 막대한 손실을 끼치고 있다고 볼 수 있다.

이렇게 부부간의 "진화한 사랑"이 다산多産과 건전한 자녀 양육의 원동력이 된다는 측면에서 볼 때, "진화한 사랑"이 개인의 행복 차원이 아니라 민족 · 국가라는 공적인 차원에서 논의되고 있음을 알 수 있다. 즉 이광수는 개인 간의 긴밀한 사적 감정의 형태인 "사랑"의 문제까지도 민족과 국가의 발전을 위해 기능하는 분야로 보고 있는 것이다. 그러므로 이광수가 주장하는 "진화한 사랑"은 개인의 삶에 어떤 서사(narrative)의 관념을 도입하고, 숭고한 사랑이 가진 성찰성을 근본적으로 확장시킨 낭만적 사랑[52]과는 근본적인 변별점을 갖고 있다.

(2) 몸의 역량 강화를 위한 원동력

이광수가 지향하는 "진화한 사랑은 남녀 상호 간 개성의 이해와 존경, 그리고 이에 따른 상호 간의 열렬한 인력적引力的 사랑"을 말한다. 또한 이 사랑은 "육체와 정신을 합한 사랑"이다. 앞서 "진화한 사랑"이 다산多産과

---

52) 앤소니 기든스, 앞의 책, 78쪽.

건전한 자녀 양육의 원동력이 됨을 살펴보았다. 그렇다면, "진화한 사랑"
과 개인의 몸은 어떠한 연관성을 지닌 것일까?

> "우선은 벌써 아들을 형제나 넘어 낳고 삼십이 다 된 자기의 아내가 행주치마
> 를 두르고 어린애의 기저귀를 빠는 모양을 생각해 본다. 그는 아무 것도 모른다.
> 밥 짓고, 옷 짓고, 아이 낳을 줄밖에 모른다. 자기는 그와 혼인한지 십여 년 간에
> 일찍 한자리에 앉아서 정답게 이야기를 하여본 일도 없고 물론 자기의 뜻을 말
> 하여 본 적도 없다. 잘 때에만 내외는 한 자리에 있었다. 마치 아내는 자기 위하
> 여서만 있는 것 같았다. 홀아비가 육욕을 참지 못하여 갈보 집에 가는 셈치고 아
> 내의 방에 들어갔다.
>
> 이러하는 동안에 아들도 낳고 지아비라고 부르고 아내라 불렀다. 십 년 동안
> 을 사귀어 오면서도 서로 저편의 속을 모르고 알아보려고도 아니하는 사람의 관
> 계는 실로 신기하다 하겠다.
>
> 그러나 우선은, 이는 면할 수 없는 천명으로 알 뿐이요, 일찍이 관계를 벗어
> 나려고도 하여본 적이 없었다.
>
> 그는 아내라는 것을 대체 이러한 것이니 집에다 먹여두어 아이나 낳게 하고
> 이따금 가 보아주거나 하면 그만이라 한다. 그리고 아내에게서 못 얻는 재미는
> 기생에게 얻으면 그만이라 한다. 세상에 기생이라는 제도가 있는 것이 실로 이
> 때문이라고 생각한다. 형식과 서로 대하면 이 문제로 흔히 다투었다."[53]

---

53) 이광수, 앞의 글, 279쪽.

이 소설에서 신우선은 "진화한 사랑"이 개인의 역량 강화와 어떠한 연관관계가 있는가를 잘 보여주는 인물이다. 우선은 어렸을 적 혼인한 아내에게 어떠한 애정도 기대하지 않는다. 다만 그는 아내로부터 얻지 못하는 "즐거움"을 기생에게서 얻을 따름이다. 그의 방탕한 생활은 아내와의 결혼이 근본적으로 사랑에 의해서 맺어지지 않았기 때문이다. 그러나 그는 "이러한 자신의 처지를 천명으로 알 뿐이요, 그 관계를 벗어나려고 하지 않는다"

이광수에게 남자가 "첩을 취한다거나 혹은 화류계에 출입하는 것은 조상의 재산을 탕진하는 길인 동시에 사회의 풍기를 문란하게 하는 길이며, 또한 일생을 허송하는 길"이다. 또한 "아내가 남편의 사랑을 얻지 못하여 일생을 눈물로 지내는 것은 청춘의 생명을 스스로 소모시키는 것"이다. 이러한 관점에서 보았을 때, 애정 없는 결혼생활은 남편과 아내 모두에게 몸의 에너지를 소모시키고 인생을 허비하게 만드는 주요한 요인이 되는 것이다.[54] 그러므로 부부간의 애정을 통해서, 특히 남성의 육체적 욕망을 건전하게 해소시키고, 남성의 몸의 에너지를 사회 발전에 유용하게 활용하는 것이 중요하다.

---

54) 아래의 예문은 행복한 결혼생활과 몸의 역량 강화의 상호연관성에 대한 이광수의 글이다. 이 글에서 그는 행복한 결혼생활이 남편과 아내의 몸의 역량을 강화시키는 근본적인 원동력이 됨을 강조한다.
    "처에게 만족하지 못하여, 혹 첩을 축하여 가정에 풍파를 일으키며, 혹 화류계에 침혹하여 다만 조상의 재산을 탕진하고, 사회의 풍기를 문란할뿐더러 애석한 일생을 허송하는 남자가 있습니다. 그가 일생을 허송함이 어찌 다만 일개인의 불행뿐이오리까. 그를 함하고 그를 뢰하여 성립하는 전사회의 불행일 것이외다. 혹 부의 애를 득치 못하여 일생을 홍루로 지내며, 혹 꽃다운 청춘의 생명을 자진하는 여자가 있습니다. 이것이 어찌 그 여자 일개인의 불행뿐이오리까. 그를 함하고 그를 뢰하여 성립하는 전사회의 불행일 것이외다."(이광수, 앞의 글, 21-30쪽.)

다음의 예문은 부부간의 애정이 어떻게 남편의 "역량 강화"를 위한 원동력으로 작용하는가에 대하여 설명한 글이다.

"夫는 妻의 愛에서 勇氣와 慰安을 得함이 많습니다. 妻의 愛가 能히 懶한 夫를 勤하게, 弱한 夫를 强케, 失望한 夫를 希望을 가지게 하는 것이외다. 이리하여 그 夫는 全心全力을 다하여 活動하여 自己와 家庭과 社會에 大貢獻을 할 수가 있는 것이외다. 그런데 朝鮮서는 이와 반대로 勤하던 夫가 妻 때문에 懶하게, 强하던 夫가 弱하게, 希望 있던 夫가 失望하게 되는 것이외다."[55]

이광수는 "남편은 아내의 사랑에서 용기와 위안을 얻는 경우가 많기 때문에, 아내의 사랑이 나태한 남편을 근면하게, 나약한 남편을 강하게, 실망한 남편으로 하여금 희망을 갖게 할 수 있다"고 말한다. 즉 아내의 사랑이 "남편으로 하여금 전심전력으로 활동하게 함으로써 자신의 가정과 사회에 큰 공헌"을 할 수 있게 만든다는 것이다. 이렇게 남편이 자신의 몸의 역량을 최대로 활용하는 것은 결국 이광수가 의미하는 몸의 개조가 이루어지는 것으로 볼 수 있다. 부부간의 진화한 사랑이 남편의 역량을 강화시키는 원동력으로 작용한 것이다.

---

55) 이광수, 앞의 글, 140쪽.

3. 사회적으로 훈육되는 몸, 통제되는 몸

1) 교육에 의한 몸의 훈육과 통제

사회에서 개인의 의무와 직분을 효율적으로 수행할 수 있는 개인 양성의 필요성은 필연적으로 교육의 강조로 나타난다. 교육은 근본적으로 인간의 몸을 인위적인 방식인 훈육과 통제의 방식을 통해서 보다 진화된 몸으로 개량될 수 있다는 사회 진화론적인 사고를 기반으로 하고 있다.

"人의 如何는 敎育의 如何로 分한다 하며 國의 如何도 敎育의 如何로 分한다 하나니, 敎育은 人類의 最大한 事業이며, 最大한 義務라. 敎育 卽 人類요, 人類 卽 敎育이라 함이 過言이 아니니, 今日 吳人類가 成就한 諸般事業과 文明은 實로 全혀 敎育의 産物이라 하리로다. 犬馬에게 文明이 無하거늘 人類가 獨히 文明을 有함은 오직 敎育의 有無에 係하나니라."[56]

이광수에게 "인류는 곧 교육"이다. 이는 인간의 몸이 훈육과 통제를 통해서만이 참다운 인간으로 탄생할 수 있다는 것을 의미한다. 그러므로 그가 꿈꾸던 개인의 개조, 민족의 개조는 궁극적으로 교육을 통해서만이 이룩될 수 있는 것이고, 교육의 활성화와 대중화는 민족 개조를 이루기 위해 선결되어야만 하는 중요한 목표가 된다. 이러한 점에서 교육은 곧 '개

---

56) 이광수, 「교육가 제씨에게」(『매일신보』, 1916.), 『이광수전집』17, 삼중당, 1962, 65쪽.

조'의 의미이며, '계몽'의 의미이며, '문명'의 의미를 지니게 된다. 그의 교육에 대한 신봉은 정신과 신체 모두 교육을 통하여 개조해야 할 대상으로 삼고 있다는 점에서 두드러지게 나타난다. 정신과 신체를 포함하는 개인의 '몸'을 교육을 통하여 개조시킨다는 것은 몸이 훈육과 통제의 자장 안에 놓이게 된다는 것을 의미한다. 새로운 근대적인 교육의 방식인 훈육과 통제의 원리를 통하여 새롭게 만들어진 몸은 곧 이광수가 생각하는 '개조된 몸', '진화된 몸'을 의미한다.

(1) 학교에 의한 몸의 훈육과 통제

이 소설에서 몸의 훈육과 통제를 위해 강조한 절대적인 공간은 학교이다. 교육은 근본적으로 통제의 원리가 작용하는 분야이며, 교사와 학생과의 밀접한 상호작용에 의해서 이루어진다는 점에서 감화의 원리[57]가 작용하는 분야라고 할 수 있다. 통제의 원리가 학생들의 외부에서 억압적으로 주어지는 것이라면, 감화의 원리는 내부에서 자발적으로 일어나는 것이다. 그러나 이 두 원리는 모두 학생들의 몸을 일정한 형태로 개조시키고자 하는 의도성 · 목적성을 내재하고 있다는 점에서 근본적으로 동일한 방식으로 볼 수 있다.

학교는 학생의 개조를 효율적으로 수행하기 위한 여러 가지 방식을 취하게 되는데, 공간적인 측면에서는 폐쇄성을 필요로 한다. 이를 위해 공간

---

57) 이광수는 몸의 개조를 위해 '감화의 원리'를 중요시한다. 또한 그의 예술관을 아우르는 원리도 '감화의 원리'이다. 이에 대해서는 김태준의 「춘원 이광수의 예술관」(『이광수연구(상)』, 태학사, 1984.)을 참고할 것.

의 엄격한 경계가 설정되며, 공간의 분할이 이루어진다. 이러한 방식은 실질적인 몸의 통제를 용이하게 한다. 학교 안과 밖을 엄격하게 구분함으로써 파생되는 궁극적인 효과는 학교 당국이 효율적으로 학생들을 통제할 수 있게 하고, 학생들로 하여금 이 공간에 적용되는 규율에 저항하지 않고, 자율적으로 복종하게 만드는 것이다.[58]

"배 학감은 또 규칙을 좋아한다. 「규칙적」이란 말과 「엄격하게」라는 말은 배 학감의 가장 잘 쓰는 말이었다. 취임 후 얼마 아니하여 친히 규칙을 개정하였다. 개정이 아니라, 이전 있던 규칙은 교육의 원리에 합하지 아니하여 폐지하고 자기의 신학설을 기초로 하여 온통 이백여 조에 달하는 당당한 대 규칙을 제정하였다.
어느 날, 직원 회의에 교원 일동을 소집하고 친히 신규칙의 각 조목을 낭독하며 일일이 그 규칙의 정신을 설명하였다."[59]

"더구나 처음 형식이가 이 학교에 교사로 왔을 때에는 교장과 학감이 극히 전제를 숭상하는 인물이 되어서 학생에게 대하여 감히 한마디도 자기네의 의사를 표하지 못하였고 혹은 다만 한마디라도 학교의 명령이나 교사의 말에 대하여 비평을 한다든지 반대를 하는 자가 있으면 학생 일동의 앞에서 엄숙하게 책망을 한 후에 혹은 정학도 시키고 심하면 출학까지도 하였다."[60]

---

58) "규율은 종종 폐쇄성, 즉 다른 모든 사람에게는 이질적이면서, 자체적으로 닫혀 있는 장소의 특정화를 요구한다. 그것은 천편일률적인 규율에 의해서 보호되는 장소이다."(미셀 푸코, 『감시와 처벌』, 오생근 옮김, 나남, 2002, 212쪽.)

59) 이광수, 앞의 글, 55쪽.

60) 이광수, 위의 글, 178쪽.

위의 인용문은 학교가 다른 공간에서는 보기 어려운 엄격한 규율에 의해서 통제되고 있음을 보여준다. 학교 관리자인 교장과 학감은 전제국가의 왕처럼 학생들의 자유로운 의사 표현을 허락하지 않으며, 학생들이 학교의 명령과 교사의 말에 절대적으로 복종할 것을 강조한다. 이러한 복종이 이루어지지 않을 경우, 그들은 학생을 "다른 학생들이 있는 곳에서 엄숙하게 책망을 하거나, 심한 경우 퇴학"까지도 시킨다.

이렇게 학교가 학생들을 엄격한 규율에 의해서 통제하는 것은 교육이 개인의 자아를 인식시켜 주고, 능력을 향상시켜 개인의 힘을 강화시킨다는 점과 상반되는 것으로 볼 수 있다. 즉 학교에서 이루어지는 교육은 두 가지 양면적인 특성을 가지고 있는데, 그 하나는 개인의 능력을 강화시켜 준다는 것이다. 그러나 이러한 능력의 강화는 다시 학교라는 전체 속으로 수용되는데, 이는 규율의 엄격한 적용과 복종의 원리에 의해서 이루어진다. 이러한 양방향으로의 작용은 개인의 소질과 능력의 강화가 개인의 역량 강화에 그치거나, 전체주의 밖으로 이탈되는 현상을 방지하고, 개인성과 전체성의 조화를 이룰 수 있도록 해주는 것이다.[61] 이러한 의미에서 볼 때, 통제와 복종을 유도하는 새로운 기술들은 몸을 훈육하고 통제하여 새로운 몸을 만들어내는 '진화의 동력'으로 작용한다고 볼 수 있을 것이다. 왜

---

61) 푸코는 규율과 몸과의 관계에 대해 다음과 같이 언급하고 있다.
"규율은(유용성이라는 경제적 관계에서 보았을 때) 신체의 힘을 증가시키고(복종이라는 정치적 관계에서 보았을 때는) 동일한 그 힘을 감소시킨다. 간단히 말하면, 규율은 신체와 힘을 분리시킨다. 그것은 한편으로는 신체를 '소질', '능력'으로 만들고, 그 힘을 증대시키려는 반면, 다른 한편으로는 '에너지'와 그것으로부터 생길 수 있는 '위력'을 역전시켜, 그것들을 엄한 복종관계로 만든다. 경제적인 착취가 노동력과 노동산물을 분리한다면, 규율에 의한 강제력은 증가되는 소질과 확대되는 지배 사이의 구속관계를 신체를 통해 확립해 두는 것이다."(미셸 푸코, 앞의 책, 207쪽.)

냐하면 이광수의 관점에서 볼 때, 훈육과 통제를 통하여 이루어진 개인의 역량 강화가 개인의 차원에서 한정되지 않고, 민족 전체의 역량 강화로 이어지는 것이 진정한 의미에서의 개조, 진화이기 때문이다.

학교는 시간에 의해 몸이 통제되는 양상을 확연하게 보여주는 공간이기도 하다. 시간은 근대적인 개념으로서, 학교에서 이루어지는 시간의 분할은 곧 몸의 분할을 의미한다. 몸은 시간의 질서에 따라 위치해야 할 장소가 정해지며, 또한 몸의 운용 역시 시간의 질서에 맞게 진행된다.

『무정』의 주인공인 형식은 시간 엄수의 필요성을 너무나 잘 인식하고 있는 인물이다.

　"형식은 병이 있기 전에는 아직도 학교 시간을 쉬어 본 적이 없었다. 감기가 들어 여간 두통이 나고 열이 있더라도 억지로 학교에 출석하였다. 그리고 돌아와서 병이 더치더라도 형식은 「내 의무를 위함」이라 하여 스스로 만족하였다.

　형식은 자기가 한 시간을 편안히 쉬기 위하여 백여 명 청년으로 하여금 각각 한 시간을 허송하게 하는 것을 큰 죄악으로 안다."[62]

그는 자신이 한 시간의 수업을 하지 않는 것을 "백여 명의 청년이 각각 한 시간을 허송"하게 하는 "큰 죄악"으로 인식하고 있다. 시간의 낭비는 근대인에게 하나의 죄악으로 간주된다. 시간을 낭비한다는 것은 몸이 그 시간에 아무것도 하지 않는다는 것을 의미한다. 근대인에게 선善이라고

---

62) 이광수, 앞의 글, 174쪽.

하는 것은 몸의 운용을 한시의 오차도 없이 효율적으로 계속하는 것을 의미한다. 반대로 시간의 철저한 배분에 의해 몸을 운용하지 않는 것은 곧 악惡이 된다. 학교는 시간이라는 운용체제, 즉 시간표에 의해 교육이 이루어지는 곳이다. 이곳에서 시간은 하나의 규율로써 작용한다. 이 규율은 학교의 규율 중에서 가장 엄격하게 지켜지는 규율로써 다른 공간, 즉 학교 밖의 공간과 차별화시켜 주는 주요한 요소로 볼 수 있다. 시간에 의해 효율적으로 통제된 몸, 이는 근대인을 의미하며, 곧 문화인을 의미하게 되는 것이다.[63]

한편 학교의 교육이 선생님과 학생의 상호작용에 의해 이루어진다는 측면에서 볼 때, 교육은 감화의 원리가 작용하는 분야로 볼 수 있다. 이 소설 속의 주인공인 형식은 모범적인 스승의 전형을 보여준다. 그는 "만일 학생들 중에 사람의 피를 마셔야 살아날 수 있는 병인이 있다고 한다면 자신의 동맥을 끊으리라"고 생각할 만큼, 학생들에 대한 그의 사랑은 가히 헌신적이다. 학생들은 그에게 "부모요, 형제요, 자매요, 아내요, 동무요, 아들"이다. 이와 같은 그의 학생에 대한 헌신적인 사랑과 학생들을 정성스럽게 대하는 모습은 학생들을 감화시킨다. 이러한 감화의 과정을 통

---

63) 이광수는 문명인의 중요한 특징으로 효율적이고 철저한 "시간의 운용"을 들고 있다. 즉 그는 "문명인은 일분일초도 허비하지 않고, 바쁘게 생활하는 특징"을 갖고 있다고 주장한다.
"문명생활의 최히 특징은 총망이라. 기차와 기선은 주야를 불분하고 주하며,… 전화의 벨은 항상 명하여 있고, 사자기와 수반은 항상 동하여 있고, 수만의 연돌에서는 항상 흑연을 토하여 있고, 수만의 발동기는 항상 전하여 있고, 인쇄기는 매분 수만혈의 신서적을 토하여 있고, 학교교실에서는 매시 수백만의 학생에게 신지식을 주하여 있도다. 매시간 백여리의 운력을 유한 자동차상에 좌한 인은 그 자동차의 운력도 상히 부족히 여겨 시계를 내어들고 일분일초를 주시하도다. 실로 피등의 일분은 오조선인의 일년보다 귀한지라.(이광수, 「동경잡신(『매일신보』, 1916, 9, 27-11쪽.)」, 『이광수전집』17, 삼중당, 1962, 487쪽.)

해 그는 제자들을 훈육하는 지도자적인 위치에 자리하게 되며, 감화의 원리는 위에서 아래로 하향식으로 진행된다. 교사가 감화의 주체, 즉 훈육의 주체가 되고, 이들이 지닌 권위와 위엄에 의해 감화가 진행된다는 점에서 볼 때, 감화의 방식은 일종의 권위주의적인 면이 존재한다.

> "만일 학생들 중에 사람의 피를 마셔야 살아나리라 하는 병인이 있다 하면 형식은 달게 자기의 동맥動脈을 끊으리라고까지 생각하였다. 그 중에도 이 희경 같은 사람에게 대하여서는 남자가 여자에게 대하여 가지는 듯한 굉장히 뜨거운 사랑을 깨달았다."[64]

> "그가 일찍 일기에,
> 《《너희는 나의 부모요, 형제요, 자매요, 아내요, 동무요, 아들이로다. 나의 사랑을—나의 전 정신을 점령한 것은 너희로다. 나는 너희를 위하여 이 피가 다 마르도록, 이 살이 다 깎이도록, 이 뼈가 다 휘도록 일하고 사랑하마.》》
> 한 구절은 형식의 거짓 없는 정을 말한 것이다."[65]

이상적인 교사의 이미지는 학생의 모범의 전형이 되고, 모방의 원형이 된다. 이처럼 감화의 방식에 의하여 형성되는 이상적인 교사의 이미지는

---

64) 이광수, 앞의 글, 176쪽.

65) 이광수, 위의 글, 176쪽.

학생들의 모방의지를 통하여 훈육의 효과를 얻게 된다.[66] 감시와 통제가 강압적인 측면에서 활용되는 훈육의 양식이라면, 감화는 자율적인 측면에서 이루어지는 훈육의 양식으로 볼 수 있다.

"순전히 자기의 손으로 만들어 놓은 사년급 학생들을 대할 때에는 마치 봄부터 여름내 땀을 흘리고 고생하던 농부가 가을에 누렇게 익어 고개 숙인 논과 밭을 보고 깨닫는 듯하는 기쁨과 만족을 깨닫는다. 형식의 생각에 사년급 학생의 지식의 대부분과 아름다운 생각과 말과 행실의 대부분은 다 자기의 정성으로 힘쓴 결과이니 한다. ...... 그러므로 학생들이 형식에게서 받은 감화와 얻은 지식과 쾌락도 적지 아니하였다. 여러 교사 중에 학생들에게 영향을 많이 주기로는 남들도 형식이라고 허락하고 형식 자신도 그렇게 확신한다."[67]

(2) 지知의 훈육

이광수가 「민족개조론」에서 강조하는 지知, 덕德, 체體의 삼육三育 중, 이 소설에서 가장 중요시되는 교육은 지知의 교육이다. 그에게 지知의 교육은 힘의 확장 논리와 연결되어 있다. 그는 지식을 "무기[68]"로 보고, 우리 민족이 문명인이 되기 위해서는 근본적으로 지식을 습득해야 한다고 주장한

---

66) 미셸 푸코, 『감시와 처벌』, 오생근 옮김, 나남, 2002, 23쪽.

67) 이광수, 앞의 글, 177쪽.

68) 이광수, 위의 글, 216쪽.

다. 과학 지식의 습득이 곧 우리 민족이 문명화된 민족으로 거듭나기 위한 지상 과제가 되는 것이다. 여기서 지식은 곧 서구의 지식을 의미한다. 이렇게 서구의 지식에 대한 이광수의 선망과 기대 심리는 이 소설의 주인공들로 하여금 선진 학문과 과학을 배우기 위해 해외 유학을 간다는 결말을 필연적으로 유도하게 된다.

> "…그래서 그네는 영구히 더 부富하여짐이 없이 점점 더 가난하여진다. 그래서 몸은 점점 더 약하여지고 머리는 점점 더 미련하여진다. 그대로 내어버려두면 마침내 북해도의 「아이누」나 다름없는 종자가 되고 말 것 같다. 저들에게 힘을 주어야 하겠다. 지식을 주어야 하겠다. 그리하여서 생활의 근거를 완전하게 하여 주어야 하겠다.
>
> 『과학科學! 과학!』하고, 형식은 여관에 돌아와 앉아서 혼자 부르짖었다. 세 처녀는 형식을 본다.
>
> 『조선 사람에게 무엇보다 먼저 과학을 주어야 하겠어요. 지식을 주어야 하겠어요.』
>
> 하고 주먹을 불끈 쥐며 자리에서 일어나 방안으로 거닌다."[69]

이광수에게 과학 지식은 "가난한 민족이 부유해질 수 있는 길"이며, 민족의 "점점 더 약해진 몸"과 "점점 더 미련해진 머리"를 개조시킬 수 있는 길이다. 과학 지식은 현재 민족의 몸의 역량 강화를 촉진시킬 뿐만 아니

---

69) 이광수, 앞의 글, 310쪽.

라, 유전에 의해 자손들에게 전수됨으로써 후세의 몸까지도 개조시킬 수 있다. 반면에 조선민족이 과학 지식을 지속적으로 습득하지 못할 경우, 나약한 몸의 성질이 자손에게 대대로 유전되어 도저히 소생할 수 없는 몸을 만들 수도 있는 것이다. 이러한 그의 관점은 근본적으로 사회 진화론적인 관점에서 비롯된 것이다.

"『나는 교육가가 되렵니다. 그리고 전문으로는 생물학生物學을 연구할랍니다.』

그러나 듣는 사람 중에는 생물학의 뜻을 아는 자가 없었다. 이렇게 말하는 형식도 물론 생물학이란 뜻은 참 알지 못하였다.

다만 자연 과학自然科學을 중히 여기는 사상과 생물학이 가장 자기의 성미에 맞을 듯하여 그렇게 작정한 것이다. …〈중략〉…

선형도 병욱이가 첫 마디에 「네, 저는 음악이외다」하고 활발히 대답하는 것이 부러웠다. 그래서,

『저는 수학을 배울랍니다.』

하고 있는 힘을 다하여서 말하였다. 학교에서 수학을 잘한다고 선생에게 칭찬받던 생각이 난 것이다. 다른 사람들도 수학이 좋은 것인 줄은 알았으나 수학과 인생에 어떠한 관계가 있는지를 모른다.

『그 다음에는 자네 차렐세.』

『나는 붓이나 들지.』

한참 말이 없었다.

제가끔 제 장래를 그려본다. 그리고 그 장래의 귀착점은 다 같았다."[70]

한편 위의 인용문은 형식 일행이 해외 유학을 가서 어떠한 학문을 배울 것인가에 대해서 서로 의견을 교환하는 장면이다. 해외 유학을 가는 형식, 선형, 영채, 병욱은 우리나라에서 무엇보다 시급한 것이 교육이라는 점에 전적으로 동의한다. 그들은 각자 무엇을 배워서 어떤 분야에 종사하느냐는 다르지만 "그 장래의 귀착점", 즉 민족의 발전을 위하여 기여하고자 하는 공통된 목표를 갖고 있다. 여기서 전공과 관련해서 주목해 볼 인물은 형식이다. 이 해외 유학길에 있는 일행의 지도자격인 형식은 자신이 "교육가"가 될 것이고, 자연 과학 중에서도 "그의 사상과 가장 성미에 맞을 듯한 생물학"을 공부하겠다고 말한다.

그렇다면 왜 형식은 자연 과학의 여러 학문 중에서 생물학이 가장 중요하다고 생각했을까. 이에 대한 해답은 근대의 생물학[71]과 교육이 상호 긴밀하게 연관되어 있다는 점에서 찾을 수 있을 것이다. 왜냐하면 다윈의 혁신적인 진화론은 훈육과 통제를 통해서 '새로운 몸'의 창조를 목표로 하고 있는 근대 교육과 밀접한 연관성을 가지고 있기 때문이다. 그러므로 주인공인 형식이 민족의 개조를 위해서 '교육가'가 될 것이고, 그중에서도 '생물학'을 전공하겠다고 말하는 대목은 이광수의 '민족 개조 사상'을 그

---

70) 이광수, 앞의 글, 314쪽.

71) 이광수는 「자녀중심론(1918)」에서 "생물학이 가르치는 바는 인류의 목적인 개체의 보전과 종족의 보전"이라고 말한다. 이를 통해서 그에게 '생물학'은 곧 다윈의 진화론을 일컫는 것임을 알 수 있다.

대로 여과 없이 보여주는 부분이라고 할 수 있다.

그러나 이광수가 이 소설에서 주장하는 지知의 훈육을 통한 민족의 개조는 처음부터 서구 문명에 대한 무비판적인 우상화에서 비롯되었다는 데에 근본적인 문제점을 가지고 있다. 즉 그가 설정한 민족 개조의 출발점은 근본적으로 지知와 무지無知를 구분하고, 지知를 가진 자가 무지無知한 자를 이끌어 올바른 길로 인도해야 한다는 '시혜의식'에서 비롯된다. 시혜는 근본적으로 지知와 무지無知 사이에 있다. 이광수의 계몽은 이미 완결된 지식을 소유하고 있는 사람이 그것을 지니지 못한 사람에게 은혜를 베풀 듯이 주는 것 속에 놓여 있는 것이다. 따라서 거기에는 '지식' 그 자체에 대한 냉철한 '자의식'이 생략되어 있다. 그러므로 지식은 절대적으로 우상화된다. 이러한 점에서 자의식이 없는 계몽 혹은 교육은 반성되지 않는다는 의미에서 맹목성을 띠기에 충분한 것이다.[72] 그러므로 이광수는 그가 지향하는 서구 자본주의의 문명이 근본적으로 내재하고 있는 문제점을 제대로 파악할 수 없게 된다. 다만 그는 많은 학생들이 해외 유학을 가서 서구의 신지식을 습득하는 날에 우리 민족의 문명화가 이루어질 것이라는 환상을 갖게 되는 것이다.

---

72) 오문석, 「1930년대 후반 시의 '새로움'에 대한 연구」, 『1930년대 후반문학의 근대성과 자기성찰』, 깊은샘, 1998, 23쪽.

③ 예술에 의한 영혼의 훈육

이광수에게 예술에 의한 영혼의 훈육은 몸의 개조를 위한 중요한 영역이다. 그에게 지식이 실생활과 직접적으로 연결되어 있다면, "예술은 인생에게 기쁨을 주고 모든 고급高級한 감정에게 감격을 주며, 또 우주와 인생의 진수를 암시하고 느끼게" 하는 것이다.

그렇다면 영혼의 의미는 무엇일까? 철학 사전에 의하면, 영혼이라는 말에는 여러 가지 의미가 들어 있다. 영혼은 생명체의 기능 작용과 조직화를 설명하기 위한 생물학적 개념이기도 하고, 사유와 감정을 설명하기 위한 형이상학적, 심리학적 개념이기도 하며, 불멸성에 대한 믿음을 뒷받침해주는 종교적 개념이기도 하다.[73] 이러한 영혼에 대한 개념은 이광수 문학에서 혼용되어 나타난다. 그러나 예술과 관련되어 있는 영혼의 개념은 "사유 · 감정"을 의미한다. 아래의 예문은 영혼과 예술의 관계에 대한 이광수의 생각을 잘 보여주는 글이다.

"아름다운 소리! 그것은 인생에 있어서는 音樂과 詩歌다. 自然의 물소리, 바람 소리, 새 소리, 이러한 소리가 없다 하면, 그 얼마나 寂寞할까. 하물며 官能의 快感을 주는 以上에 우리는 山間의 시냇 소리나 바다의 물결 소리나 도는 松林의 바람 소리를 들을 때에 靈의 淨化 · 醇化 · 深化 · 昻揚을 느낌이랴. 音樂 · 詩歌도 우리 人生에 그러한 效果를 줄 때에 生命이 있는 것이다. ⋯

---

73) 엘리자베스 클레망 외, 『철학사전: 인물들과 개념들』, 이정우 옮김, 동녘, 1996, 211쪽.

音樂과 詩歌를 소리의 藝術이라 하면, 그림은 畵와 色彩의 藝術이다. 天才의 솜씨로 된 色彩의 結合은 우리에게 혹은 崇嚴, 혹은 悲壯, 혹은 優雅, 혹은 平和의 모든 感激을 준다. 모양의 藝術인 彫塑이라든지, 움직임의 藝術인 춤이라든지 다 우리에게 높고 깊은 感激을 주는 使命에 있어서는 마찬가지다.

藝術은 人生에게 기쁨을 주고 모든 高級한 感情에게 感激을 주거니와, 좋은 藝術은 또 宇宙와 人生을 眞髓를 암시하고 感得케 하는 것이다. 소리와 빛과 모양과 움직임과 생각—이것이 實로 森羅萬象이라는 것이어니와, 우리는 藝術에 있어서만 그 가장 調整되고 完成된 形態에서 이것들을 認識하는 것이다."[74]

그에게 음악, 시가는 "관능官能의 쾌감을 주는 동시에 영靈의 정화淨化, 순화醇化, 심화深化, 고양高揚"의 효과를 줄 때에 생명이 있는 것이다. 그림 역시 색채의 절묘한 결합을 통해서 보는 이로 하여금 "숭엄崇嚴, 우아優雅, 혹은 평화平和"의 모든 감격感激을 주어야 하는 사명을 갖고 있다. 이러한 그의 주장을 통해서, 이광수가 말하는 예술의 훈육은 곧 영혼의 훈육이며, 감정의 훈육이라는 것을 알 수 있다. 그러나 "예술이 인생에게 기쁨을 주고 모든 고급한 감정에게 감격을 주거니와", "좋은 예술은 우주와 인생의 진수를 암시하고 감득케 하는 것"이라는 말을 통해서, 그가 언급하는 감정은 단순히 이성과 대비되는 용어가 아니다. 원래 이성의 철학적 의미는 개념과 판단을 형성하고, 인식을 조직화하고, 우주에 어떤 의미를 부여할 수 있는 능력이다. 그리고 이와 같은 기능을 수행한다는 점에서 이

---

74) 이광수, 「예술」(1935. 5. 16.), 『이광수전집』13, 삼중당, 1962, 479쪽.

성은 감성과 다르다.[75] 그러나 이광수에게 이성과 감정의 영역은 명확하게 구분되지 않는다. 오히려 "고급한 감격"에 의해 "우주와 인생의 진수"를 깨닫게 된다는 그의 말을 통해서, 이성과 감정의 엄격한 경계가 무화되고 있음을 알 수 있다. 예술은 감정의 신장을 목표로 할 뿐만 아니라, 우주의 진리를 깨닫게 하는 데에까지 나아간다. 그러므로 이광수에게 이성과 감정은 서로 대립적인 개념이 아니다. 이들 모두는 "우주와 인생의 진리"를 깨닫게 해주는 몸의 영역이다. 이러한 관점에서 볼 때, 진정한 문명인이 되기 위해서는 과학 교육뿐만 아니라, 예술의 교육이 필수적으로 이루어져야 한다. 왜냐하면 어느 한쪽에 치우친 교육은 몸의 불완전한 개조를 초래할 수 있기 때문이다.

이러한 그의 사상은 이 소설에 선명하게 형상화되어 있다. 아래의 예문은 인생과 예술이 어떠한 연관성을 가지고 있는가에 대해서 작가의 생각을 확연하게 보여주는 대목이다.

"그는 예수교의 가정에 자라났으므로 벌써 천국의 세례를 받았다. 그러나 아직도 인생이라는 불세례를 받지 못하였다. 소위 문명한 나라에 만일 선형이가 낳았다 하면 그는 어려서부터―칠팔세부터― 혹은 사오세부터 시와 소설과 음악과 미술의 이야기로 벌써 인생의 세례를 받아 십칠팔세가 된 금일에는 벌써 참말 인생인 한 여자가 되었을 것이다."[76]

---

75) 엘리자베스 클레망 외, 앞의 책, 236쪽.

76) 이광수, 앞의 글, 73쪽.

이광수는 선영이 비록 다른 교육을 충실히 받았다 하더라도 예술교육을 제대로 받지 못했기 때문에 아직 "진정한 의미에서의 여자"가 되지 못했음을 강조한다. 그녀는 예수교의 가정에서 태어났으므로 "천국의 세례"는 받았지만 시, 소설, 음악, 미술의 이야기로 인생의 세례를 받지 못했기 때문에 진정한 사람이 아직 되지 못했다는 것이다. 여기서 말하는 "진정한 의미"에서의 사람이란 '정신과 신체적으로 개조된 사람'을 말한다고 가정할 때, 예술이 개조의 주체로 기능하고 있음을 알 수 있다. 시, 소설, 음악, 미술이 개인의 영혼을 정화시키는 기능에서 끝나는 것이 아니라, 교화 · 개조의 수단으로 기능하고 있음을 알 수 있다.

"이윽고 서장이 무대 곁으로 가더니 일동을 둘러보며,

『이렇게 모이시기를 청한 것은 다름이 아니외다. 여러분! 저 산기슭을 보시오. 저기는 수재를 당하여 집을 잃은 불쌍한 동포가 밥도 못 먹고 비에 젖어서 방황합니다. 그런데 아까 어떤 아름다운 처녀가 경찰서에 와서 저 불쌍한 동포들에게 한 끼라도 따뜻한 밥을 먹이기 위하여 음악회를 열게 하여 달라 합니다. 우리는 그 처녀가 얼마나 음악을 잘 하는지를 모르거니와 그의 아름다운 정성이 족히 피 있고 눈물있는 신사 숙녀 제씨를 감동시킬 줄을 확신합니다.』

하며, 서장은 눈물이 흐르고 말이 막힌다.

일동의 얼굴에는 찌르르 하는 감동이 휙 지나간다. 여기저기서 코를 푸는 부인의 소리도 난다. ……

병욱은 세 사람을 대표하여,

『저희는 음악을 알아서 하려 함이 아니올시다. 다만 여러 어른께서 동정을 줍

시사 함이외다. 더구나 행리 중에 보표譜表가 없으니 따로 외워 하는 것이라 잘 못 되는 것도 많을 것이올시다.』……

일동은 잠잠하다. 끊는 듯한 네 줄에 슬픈 소리만 여러 사람의 가슴속을 살살 울린다.

그 곡조는 이러한 경우에 가장 적당한 곡조였다. 그렇지 아니하여도 슬픔에 가슴이 눌렸던 일동은 그만 울고 싶도록 되고 말았다. 병욱의 손이 바이올린의 활을 따라 혹은 더디게 오르고 내릴 때마다 일동의 숨소리도 그것을 맞추어서 끊었다 이었다 하는 듯하였다."[77]

"다음에는 영채가 병욱에게 배운 찬미가 「지난 일 생각하니 부끄럽도다」의 독창이 있었다. 병욱의 바이올린에 맞춰서 영채는 얼굴에 표정을 하여가며 부른다. 십여 년 연단한 목소리는 과연 자유 자재로다. 바이올린의 고상한 곡조를 들을 줄 모르던 사람들도 영채의 고운 목소리에는 취하였다.… 순박한 이 노래와 다정한 그 곡조는 마침내 일동의 눈물을 받고야 말았다. 정성 되고 엄숙한 박수 소리에 세 처녀는 은근히 경례하고 물러났다."[78]

위의 예문은 예술이 어떠한 방식으로 사람들의 감정의 영역에 작용하여 개조(계몽)의 기능을 담당하는가를 잘 보여준다. 유학을 가기 위하여 기차를 탔던 형식, 병욱, 영채, 선형 일행은 수재를 당한 사람들

---

77) 이광수, 앞의 글, 308쪽.

78) 이광수, 위의 글, 308쪽.

을 돕기 위해 기차역의 대합실에서 자선 음악회를 연다. 임시로 마련된 이 공연장에서 병욱은 바이올린을 연주하여 사람들의 마음속에 감격을 불러일으킨다. 또한 병욱의 바이올린에 맞춰서 부르는 영채의 노래는 "바이올린의 고상한 곡조를 들을 줄 모르던 사람들도 그녀의 고운 목소리에 취하게" 만든다. 이렇게 그들의 음악은 사람들의 무한한 동정의 감정을 불러일으키고, 고조시킨다. 그리고 이러한 예술적 효과를 통해서 사람들은 "영靈의 순화", "정화", "심화"를 경험하게 된다.

그런데 여기서 주목해야 할 것은 예술적 효과를 통해서 사람들이 경험하게 되는 "영靈의 순화", "정화", "심화"가 의도적으로 만들어진 감정의 형태라는 점이다. 이는 "저희는 음악을 알아서 하려 함이 아니올시다. 다만 여러 어른께서 동정을 줍시사 함이외다"라는 병욱의 말을 통해서 알 수 있다. 이들의 공연에 의해서 사람들의 마음에 불러일으켜진 감정은 사람들의 내부에서 자연스럽게 우러나온 것이라기보다는, 근본적으로 외부에서 주입된 것이다. 또한 이 감정은 외적 작용에 의해 일정한 형태로 빚어진 것이다. 이러한 점에서 예술이 감정의 영역에 개입하여 이상적인(개조된) 형태로 변화시키고자 하는 힘의 논리, 즉 권력을 행사하고자 하는 의도성을 지니고 있음을 알 수 있다. 이러한 예술의 성격은 이광수가 감정의 영역을 하나의 훈육과 통제의 대상[79]으로 보고 있음을 보여주는 중요한 근거가 된다. 그러므로 이광수에게 예술은 단순히 개인 감정의 "순화", "정화"에서 끝나는 것이 아니라, 사람들의 감정에 적극적으로 개입함으로써 훈육과 통제의 방식으로 기능하는 분야임을 알 수 있다.

---

79) 김성연, 『한국 근대 문학과 동정의 계보-이광수에서 「창조」로-』, 연세대 국어국문학과 석사학위 논문, 2002. 1쪽.

2) 금욕주의에 의한 몸의 통제

(1) 깨어나는 욕망, 욕망의 굴절

인간이 육체를 가진 존재라는 점에서 그 누구도 육체적 욕망에서 자유로울 수 없다. 이 소설의 주인공인 형식은 민족 개조의 주역을 담당할 위대한 지도자형으로 형상화되어 있음에도 불구하고, 그의 내면세계는 관능적 상상과 욕망들로 뒤얽혀 있다. 이러한 관능과 욕망들은 그의 시선에 의해 지배된다.

형식의 시선을 통해서 형상화되는 아름다운 선형, 영채, 계향의 아리따운 여체는 근본적으로 남성의 시선을 나타내며, 남성의 욕망을 담지한 투사체라고 볼 수 있다. 형식은 그녀들의 육체를 관능적인 시선으로 바라보며, 온몸이 "근질거리는 듯한" 쾌미를 느낀다. 이렇게 그의 온몸을 관통하는 육체적 욕망은 지금까지 배운 어떠한 학문이나 지식보다도 더 강하게 그의 영혼을 지배한다. 이러한 관능에의 열망을 통해 그는 이제까지 느껴보지 못했던 인생의 기쁨을 만끽하게 된다. 그러나 그의 관능적 기쁨은 금욕주의적 가치관에 의해 더 이상 확장되지 못하고 정지하며, 이내 단절된다.[80] 즉 형식의 온몸을 지배

---

80) 예외적으로 결혼한 후의 생활을 상상하는 장면에서는 그의 육체적 욕망이 정지되거나, 단절되지 않는다. 이는 육체적 욕망의 확장이 결혼이라는 사회적 제도에 의해 도덕적으로 합리화되었기 때문이다. 다음의 예문은 형식의 적나라한 육체적 욕망을 형상화한 부분이다.

"그리고는 자기와 영채가 부부된 뒤에 할 일이 눈앞에 보인다. 우선 영채와 자기가 좋은 옷을 입고 목사 앞에 서서 맹세를 하렷다. 나는 영채의 손을 꼭 쥐고 곁눈으로 영채의 불그레하여진 뺨을 보리라. 그 때에 하도 기쁘고 부끄러워 더욱 고개를 숙이렷다.

그 날 저녁에 한자리에 누워 서로 꼭 쓸어안고, 지나간 칠팔 년 간의 고생하던 것과 서로 생각하고 그리워하던 말을 하리라. 그 때에 영채가 기쁜 눈물로 베개를 적시며 속에 쌓이고 쌓였던 정회를 풀 때에, 나는 감격함을 이기지 못하여 전신을 바르르 떨며 영채를 껴안으리라."(33-34쪽.)

하는 관능적 쾌미는 결코 한 여성과의 적나라한 육체적(성적) 욕망으로 발전하지 않는다. 다만 그는 관능을 자극하는 여인의 아름다운 모습과 여인의 향기에 만족할 뿐이다. 그의 시선은 아름다운 여인의 몸의 표면을 샅샅이 관통하며, 이 시선에 의해 그의 관능적 기쁨은 극대화된다. 그러나 그의 욕망은 순수한 욕망으로 발전하지 못하고, 변형되고, 굴절된다.

"아까 영채의 태도는 과연 아름다웠다. 눈썹을 짓고, 향수 내음 나는 것이 좀 불쾌하기는 하였으나 그 살빛과 눈빛과 앉은 태도가 참 아름다웠다.
더구나 그 이야기할 때에 하얀 이빨이 반짝반짝하는 것과, 탄식할 때에 잠간 몸을 틀며 보일 듯 말 듯이 양미간을 찡그리는 것이 못 견디리 만큼 어여뻤다. 아까 형식은 너무 감격하여 미처 영채의 얼굴과 태도를 자세히 비평할 여유가 없었거니와 지금 가만히 생각하니 영채의 일언 일동과 옷고름 맨 모양까지도 어여뻐 보인다."[81]

"노파가 나 아는 집이라면 기생집이리라 하였다. 그러고 어리고 고운 기생들의 모양이 눈에 얼른 보인다. 그러고 노파의 말대로 따라가고 싶은 생각이 난다. 「어여쁜 여자를 보기만 하는 것이야 상관이 있으랴. 아름다운 경치를 보는 모양으로, 아름다운 꽃을 보는 모양으로.」이렇게 생각하고 다시「이것이 한 핑계가 되기 쉽다.」하면서 자기의 마음을 돌아보았다."[82]

---

81) 이광수, 앞의 글, 46쪽.

82) 이광수, 위의 글, 150쪽.

형식이 어렸을 적에 헤어졌던 영채를 다시 만났을 때, 그의 시선은 영채의 "살빛", "눈빛", 그리고 그녀의 "앉은 태도" 등 그녀가 지어내는 몸의 아름다운 모양과 태도를 주시한다. 그의 뇌를 지배하는 것은 그녀가 말한 내용보다는 그녀가 이야기할 때 "하얀 이빨이 반짝반짝 하는 것"과 "탄식할 때에 몸을 틀며 보일 듯 말 듯이 양미간을 찡그리는 어여쁜" 행동이다. 또한 자살하러 떠난 영채를 찾아 평양에 간 상황에서도 그의 시선을 사로잡는 것은 "어리고 고운 기생들의 모양"이다. 그는 이러한 자신의 행동을 "어여쁜 여자를 보기만 하는 것이야 상관이 있으랴. 아름다운 경치를 보는 모양으로, 아름다운 꽃을 보는 모양으로"라는 말에 의해서 합리화시킨다. 이러한 그의 모습을 통해 알 수 있는 것은 아름다운 여성들의 육체에 대한 인식이 성적인 욕망으로 발전하지 못하고, 단지 그들의 육체를 눈으로 향유하는 단계에 머물러 있다는 것이다.

"형식은 그 어린 기생의 말과 모양을 보고 무슨 맛나는 좋은 술에 반쯤 취한 듯한 쾌미를 깨달았다. 마치 몸이 간질간질한 듯하다. 더구나 그 기생이 자기의 무릎에 손을 짚을 때와 불을 떨어뜨리고 그 조그만 손으로 자기의 넓적다리를 가만가만히 때릴 때에는 마치 몸에 전류를 통할 때와 같이 전신이 자릿자릿함을 깨달았다.

형식은 생각하기를 자기의 일생에 그렇게 미묘하고 자릿자릿한 쾌미를 깨닫기는 처음이라 하였다. 그 어린 기생의 눈으로서는 알 수 없는 광선을 발하여 사람의 정신을 황홀하게 하고, 그 살에서는 알 수 없는 미묘한 분자가 뛰어나와 사람의 근육을 자릿자릿하게 하는 것이라 하였다."[83]

한편 위의 인용문은 여성의 아름다운 모습을 눈으로 향유하는 단계에서 좀 더 발전된 형태를 보여준다. 단순히 관능적 시선에 의한 시각적 "쾌미"가 아니라, 살과 살이 닿는 직접적인 "접촉"의 단계를 보여준다. 그는 어린 기생인 계향의 말과 모양을 보며 "맛나는 좋은 술에 반쯤 취한 듯한 쾌미"를 깨닫는다. 더구나 그 기생의 조그만 손이 자신의 넓적다리에 닿았을 때, 마치 몸에 전류를 통하는 듯한 "자릿자릿"한 쾌감을 느낀다. 그러나 시선에 의한 관능보다 더 자극적인 접촉의 "쾌미"에도 불구하고, 그의 욕망은 더 이상 발전하지 않는다. 아니 더 정확하게 표현한다면, 자신이 그 이상의 자극과 흥분을 원하는지에 대한 자각 자체가 존재하지 않는다. 다만 그가 온몸으로 느끼는 것은 어린 기생이 불러일으키는 관능의 물결에 의해 이전까지 느끼지 못했던 정신의 황홀과 '근질거리'는 육체의 목마름뿐이다. 그러므로 현재 충족되지 않은 욕망은 변형, 굴절된 새로운 형태의 욕망을 생산하게 된다.

"형식은 또 고개를 들었다. 방안을 돌아보았다. 이때에 형식의 머리에는 아까 김 장로의 집에서 선형과 순애를 대하여 앉았던 생각이 난다. 그 머리로서 나는 향내, 그 책상을 짚고 있던 투명한 듯한 하얀 손가락, 그 조금 구기고 때가 묻은 옥색 모시 치마, 그 넓적한 옥색 리본, 그 적삼 등에 땀이 배어 부드럽고 고운 살

---

83) 이광수, 앞의 글, 155쪽.

이 말갛게 비치던 모양이 말할 수 없는 향기와 쾌미를 가지고 형식의 피곤한 신경을 자극한다.

또 이것을 대할 때에 전신이 스르르 녹는 듯하던 즐거움과, 세상 만사와 우주의 만물이 모두 다 기쁨으로 빛나고 즐거움으로 노래하는 듯하던 그 기억이 아주 분명하게 일어난다. 형식은 선형을 선녀 같은 처녀라 한다. 선형에게는 일찍 티끌만한 더러운 행실과 티끌만한 더러운 생각도 없었다. 선형은 오직 맑고, 오직 깨끗하니, 마치 눈과 같고, 백옥과 같고, 수정과 같다 하였다. 이렇게 생각하고 형식은 빙긋이 웃었다. 그리고 또 눈을 감았다.”[84]

위의 인용문은 형식의 여성에 대한 육체적 욕망이 보다 적극적으로 발전되지 못하고, 변형·굴절되어 가는 양상을 제유의 기법에 의해 효과적으로 형상화하고 있다. 제유란 부분으로써 전체를 나타내거나 이와는 반대로 전체로써 부분을 나타내는 비유법이다.[85] 이 비유법에 의해 형식의 욕망은 보다 은밀하고, 간접적으로 제시된다. 그러나 이러한 방식은 형식의 강렬한 욕망이 이를 억제하는 도덕적 기제에 의해 어떠한 방향으로 변형·변질·왜곡되는가를 보여주는 데 보다 효과적이다.

여인의 아름다운 육체에 대한 환상을 불러일으키는 단편적인 것들, 예를 들면, “머리에서 나는 향내”, “투명한 듯한 하얀 손가락”, “그 조금 구기고 때가 묻은 옥색 모시 치마”, “넓적한 옥색 리본”, “적삼이 땀에 배어

---

84) 이광수, 앞의 글, 117-118쪽.

85) 김욱동, 『은유와 환유』, 민음사, 1999, 244쪽.

부드럽고 고운 살이 말갛게 비치던 모양” 등에 그는 자신의 욕망을 투영한다. 인체의 부분적인 특성들과 여성이 착용하는 의복과 장신구는 아름다운 여성의 육체에 대한 환상을 불러일으키고, 이러한 작용에 의해 그의 관능은 더욱 더 확장된다. “머리에서 나는 향내”는 여인의 자극적인 관능적 향내를 연상시키며, 부분적인 인체의 특징을 나타내는 “투명한 듯한 하얀 손가락”은 투명한 피부를 가진 여인의 육체를 환기시킨다.[86] 또한 “모시 치마”와 “옥색 리본”은 이 치마와 리본을 착용했던 여인의 육체를 환기시킨다. 이처럼 형식의 욕망은 여성의 향기, 아름다운 여체의 단편적인 모습들, 그리고 그 여인이 착용하는 의복이나 장신구 등에 의해 상상 속에서만 확장될 뿐이다. 그러나 상상 속에서 이루어지는 욕망의 확장도 그 끝을 향하여 질주함을 허락하지 않고, 이내 단절된다.[87] 그러므로 실제적이고 구체적인 남녀 간의 성관계에 대한 욕망은 어디에도 드러내지 않는다. 단지 변질된 욕망만이 존재할 뿐이다.

한편 영채 역시 그녀의 내면에서 새롭게 깨어난 욕망을 정상적으로 해소하지 못하고 변형적인 형태로 표출하는 인물이다. 그녀에게 사랑하는 사람을 위한 정조는 생명을 걸고 지켜야 할 일생일대의 사명이자, 곧 자

---

86) 여성의 “육체를 직접 감싸는 옷가지에 성적 갈망을 투사”하는 것은 “물신화, 즉 대체물에 대한 성적 정신 집중libidinal cathexis of the substitute의 교과서적인 예라고 할 수 있다.”(피터 브룩스, 『육체와 예술』, 이봉지 · 한애경 옮김, 문학과지성사, 2000, 292쪽.)

87) 한편 이영아는 필자의 논의와는 달리 “육체에 대한 욕망의 시선은 대부분 알고자 하는 욕망과 소유하고자 하는 욕망이 뒤섞인 형태로 드러난다”는 점에서 “형식의 영채에 대한 욕망이 단지 그녀의 육체에 대해 알고자 하는 욕망에 그치지 않고, 영채의 육체를 소유하고자 하는 데에까지 이르고 있다”고 보기도 한다.(이영아, 「이광수 『무정』에 나타난 ‘육체’의 근대성 고찰」, 『한국학보』, 2002, 봄호, 144쪽.)

부심을 상징한다. 그러나 그녀 내면의 욕망은 이를 위협하고, 약화시키며, 유혹한다. 그러므로 그녀의 내면에서 일어나는 육체적 욕망과 정조를 지키고자 하는 욕망은 치열한 갈등을 일으킬 수밖에 없다. 이 욕망과 의지와의 갈등은 근본적으로 가부장제의 억압과 밀접한 연관성을 가지고 있다. 가부장제 하에서 여성의 순결의 강조는 여성으로 하여금, 자신의 육체적 욕망에 대한 죄의식을 강화시켰다고 볼 수 있다. 그러므로 영채는 기생이라는 신분임에도 불구하고 정조라는 자기 자신만의 탄탄한 집을 짓고, 그 집을 세상의 전부로 인식한 채 완전히 칩거한다. 그러나 그녀에게도 인간의 육체적 욕망은 존재하고 이를 비껴나갈 수 없다. 이러한 이율배반적인 상황, 즉 정조를 지키고자 하는 열렬한 의지와 몸의 뜨거운 욕망의 치열한 대항 관계는 그녀의 욕망을 동성애적 욕망으로 변질시킨다.

"영채도 이제는 남자가 그리운 생각이 나게 되었다. 못 보던 남자를 대한 때에는 얼굴도 후끈후끈하고, 밤에 혼자 자리에 누워 잘 때에는 품어 줄 누가 있었으면 하는 생각이 일어나게 되었다.

한 번은 영채와 월화가 연회에서 늦게 돌아와 한 자리에서 잘 때에 영채가 자면서 월화를 꼭 껴안으며, 월화의 입을 맞추는 것을 보고 월화는 혼자 웃으며,

『아아, 너도 깨었구나 – 네 앞에 설움과 고생이 있겠구나.』

하고 영채를 깨워,

『영채야, 네가 지금 나를 꼭 껴안고 입을 맞추더구나.』하였다.

영채는 부끄러운 듯이 낯을 월화의 가슴에 비비고 월화의 하얀 젖꼭지를 물며,

『형님이니 그렇지.』하였다."[88]

　"이런 말을 하고, 그날 밤도 둘이 한자리에서 잤다. 둘은 얼굴을 마주 대고 서로 꼭 안았다. 그러나 나 어린 영채는 어느덧 잠이 들었다.

　월화는 숨소리 평안하게 잠이 든 영채의 얼굴을 이윽히 보고 있다가 힘껏 영채의 입술을 빨았다. 영채는 잠이 깨지 아니한 채로 고운 팔로 월화의 목을 꼭 끌어안았다."[89]

　위의 인용문들은 월화와 영채의 동성애적 행위를 묘사한 부분이다. 영채는 "이제는 남자가 그리운 생각이 나게 되고", "못 보던 남자를 대한 때에는 얼굴도 후끈후끈하고, 밤에 혼자 자리에 누워 잘 때에는 품어 줄 누가 있었으면 하는 생각이 일어나게 된다" 이를 통해서 영채가 근본적으로 이성애적 경향을 지닌 인물임을 알 수 있다. 그러나 그녀는 자신의 내면에서 일어나는 욕망을 남자가 아닌 같은 처지에 있는 기생, 즉 월화를 통해 충족시키고자 한다. 그녀는 성적으로 자유로울 수 있는 기생 신분임에도 불구하고, 성의 자유로운 유희를 결코 허락하지 않는다. 다만 잠을 자는 동안 무의식적으로 "월화를 포옹하고, 입을 맞추며, 또한 의도적으로 월화의 가슴에 얼굴을 비비고, 그녀의 가슴을 애무"할 뿐이다.

---

88) 이광수, 앞의 글, 85-86쪽.

89) 이광수, 위의 글, 91쪽.

이러한 영채와 월화의 동성애적 행위는 이들 모두 남성의 폭력에 무방비 상태로 노출되어 있는 하층 계급인 기생이라는 점에서 긴밀한 공감대가 형성되고, 이로 인해 서로에 대한 깊은 애정이 생긴 것과 밀접한 연관을 가지고 있다. 이들의 동성애적 행위는 단순히 서로에 대한 연민과 애정의 표시로 볼 수도 있다. 그러나 이들 간의 이루어진 행위가 근본적으로 '성적 욕망'의 표현이고, 영채가 이성애를 추구하는 인물이라는 점에서, 이는 '뭇남성들'로부터 정조를 지키고자 하는 욕망과 육체적 욕망 사이의 갈등으로 인해 발생하게 된 대안적인 욕망 표출의 방식으로 보아야 할 것이다.

위와 같이 형식과 영채의 새롭게 깨어나는 욕망은 사회도덕이라는 윤리에 의해서 순수한 욕망의 세계로 진입하지 못하고 변형 · 굴절 · 왜곡된 모습으로 나타난다. 그리고 육체적 욕망을 통제하고, 건전하게 해소하기 위한 새로운 대안이 제시되는데, 이는 '노동'이다. 이 대안은 육체적 욕망의 에너지를 노동, 즉 의무와 직분으로 전이 · 승화시키는 것이다.

(2) 육체적 욕망의 노동으로의 전이

인간의 육체적 욕망을 단속하고 통제하는 방식은 다양하게 발전해 왔다. 그리고 통제된 욕망의 에너지는 사회적인 의무인 노동으로 전이되는 양상을 보인다.[90] 이렇게 육체적 욕망이 노동으로 전이되는 과정은 사회의 질서를 유지하는 근본적인 통치 방식인 동시에 개인을 통제하고, 개인의 무한한 에너지를 사회의 에너지로 전환시키는 중요한 연결고리가 되는 지점이 된다.

『무정』에서 드러나는 욕망의 통제방식 역시 의무와 직분(직업)에 대한 강조이다. 개개인에게 부과되는 의무와 직분의 훌륭한 수행은 개인적으로 볼 때, 자신의 의식주를 해결하여 자립할 수 있는 조건이 되며, 사회적으로 볼 때는 그 사회의 발전(진화)하기 위한 전제조건이 된다. 즉 사람들이 자신의 욕망과 쾌락에 몰두하지 않고, 욕망의 통제를 통하여 주어진 의무와 직분을 열심히 수행하는 행위는 자신의 발전과 더불어 사회, 민족, 국가의 발전을 담보하게 된다.

"道라는 것은 人生의 職務라는 뜻이니, 人生이 살아 있는 동안 一時一刻도 그 職務를 떠날 수는 없는 것입니다. 職務란 곧 職業을 社會의 見地에서 본 稱名에 不過하는 것이외다."[91]

---

90) 막스 베버는 금욕과 노동과의 관계에 대해서 다음과 같이 말한다.
"서양의 교회에서는 동양뿐 아니라 전 세계의 거의 모든 승려 규칙과 달리 오래전부터 노동을 금욕수단으로 평가해 왔다. 노동은 특히 청교도주의가 「부정한 생활」이라는 개념 아래 총괄적인 모든 유혹에 대한 특수한 예방이며 그 역할은 결코 작은 것이 아니다. 실제로 청교도주의에서 성적 금욕은 수도승의 금욕과 근본원리에서 구별되는 것이 아니라 단지 정도의 차이에 불과하며 오히려 결혼생활에도 적용되었기 때문에 수도승의 금욕보다도 포괄적이다. 왜냐하면 부부간의 성교도 「생육하고 번성하라」는 계명에 따라 신의 영광을 더하기 위해 신이 뜻한 수단으로서만 허용되었기 때문이다. 종교적 회의와 소심한 자기 질책을 방지하고 또한 모든 성적 유혹을 이겨내기 위해– 감식, 채식, 냉수욕 외에도– 「네 직업에서 열심히 일하라」는 처방이 주어졌다. 그러나 노동은 그 이상의 것이며 무엇보다도 신이 지정한 삶의 자기 목적이다."(막스 베버, 『프로테스탄티즘의 윤리와 자본주의 정신』, 박성수 옮김, 문예출판사, 2000, 126쪽.)

91) 이광수, 앞의 글, 206쪽.

위의 인용문을 통해 이광수에게 직업은 곧 삶의 근본적인 "도道"를 의미함을 알 수 있다. 이는 개인이 사회, 국가에 소속되어 있는 한 이러한 의무와 직분에서 벗어날 수 없고, 또한 이러한 의무를 통해서만이 자신의 보람과 성취를 이룰 수 있기 때문이다. 그리고 개인이 자신의 직분을 훌륭하게 수행하는 것은 민족 개조를 위해 개인에게 부과되는 중요한 기초 단계에 해당하며, 자아 인식을 통해서 깬 사람들이 이 "사회와 민족, 국가에 봉사하는 길"[92]이기도 하다. 그러므로 이광수는 개인들이 직업을 갖기 위하여 신용할 만한 덕행, 학식, 그리고 기술이 필요함을 지적한다. 또한 그는 개인이 자신의 직업을 훌륭하게 수행할 수 있을 때만이 그 민족이 번영과 발전을 이룰 수 있다고 주장한다. 그러므로 민족 구성원이 직업을 훌륭하게 수행하는 것은 개인에게 부여된 사회적인 의무를 이행하는 길인 동시에, 사회 봉사의 길이며, 자기 완성의 길인 것이다.

"사람도 생명도 결코 일 의무—義務나 일 도덕률—道德律을 위하여 존재存在하는 것이 아니요, 인생人生의 만반 의무萬般義務와 우주에 대한 만반 의무를 위하여 존재하는 것이다. 그러므로 충忠이나, 효孝나, 정절貞節이나, 명예名譽가 사람의 중심은 아니니, 대개 사람의 생명이 충이나 효에 있음이 아니요, 충이나 효가 사람의 생명에서 나옴이다.

사람의 생명은 결코 충이나 효나의 하나에 붙인 것이 아니요, 실로 사람의 생명이 충, 효, 정절, 명예 등을 포용하는 것이, 마치 대 우주의 생명이 북극성北

---

92) 이광수, 앞의 글, 208쪽.

極星이나 백랑성白狼星이나 태양에 있음이 아니요, 실로 대우주의 생명이 북국성과 백랑성과 태양과 기타 큰 별, 잔 별과 지상의 모든 미물微物까지도 포용함과 같다.

사람의 생명의 발현發現은 다종 다양多種多樣하니, 혹 충도 되고 효도되고 정절도 되고, 기타 무수 무한無數無限한 인사 현상人事現象이 되는 것이다. 그 중에 물론 민족을 따라, 혹은 국정을 따르고, 혹은 시대를 따라 필요성이 무수 무궁無數無窮한 인사 현상 중에서 특종特種한 것 한 개一個나 혹은 수개數個를 취取하여 만반 인사 행위人事行爲의 중심을 삼으니 차소위此所謂 도道요, 덕德이요, 법法이요, 율律이다.[93]

그런데 여기서 한 가지 주목할 점은 이광수가 생각하는 개인의 의무는 한 사회, 한 민족, 한 국가에 대한 의무에 한정되지 않는다는 것이다. 개인의 의무는 인생, 즉 사람들이 살아가는 세계의 차원을 넘어서 우주까지 확장된다.

또한 이광수에게 "도道"가 곧 "덕德"이요, "법法"이요, "율律"이다. 직업이라고 하는 것은 사람이 살아 있는 동안 한시도 떠날 수 없는 인생의 "도道"인 동시에, 사회에 봉사한다는 의미에서 "덕德"이 되며, 주어진 직무에 복종해야 한다는 의미에서 "법法"과 "율律"이 되는 것이다. 이러한 점에서 직업(직무)은 사회 구성원인 개인이 "도道"와 "덕德"을 실행하고, "법法"과 "율律"을 준수하는 길인 것이다. 이러한 이광수의 관점에서 볼

---

93) 이광수, 위의 글, 138-139쪽.

때, 개인이 자신의 직업을 정성껏 수행하는 것은 개인의 개조를 실현하는 길이며, 곧 민족의 개조를 실현하는 길이다.

> "『여자도 사람이지요. 사람일진댄 사람의 직분이 많겠지요. 딸이 되고, 아내가 되고, 어머니가 되는 것도 여자의 직분이지요. 또 혹은 종교로, 혹은 과학으로, 혹은 예술로, 혹은 사회나 국가에 대한 일로 인생의 직분을 다할 길이 많겠지요.…… 우리도 사람이 되어야 합니다. 여자도 되려니와 우선 사람이 되어야 합니다. 영채씨에서 할 일이 많지요, 영채씨는 결코 부친과 이씨만을 위해서 난 사람이 아니외다. 과거 천만대 조선과 현대 십 육억 동포와, 미래 천만대 자손을 위하여 나신 것이야요. 그러니까 부친께 대한 의무외에 조상께, 동포에게, 자손에게 대한 의무가 있어요. 그런데 영채씨가 그 의무를 다하지 아니하고 죽으려 하는 것은 죄외다.』"[94]

그러므로 개인이 민족과 국가를 위해 직업을 성실히 수행하는 것은 영채가 죽음으로써 지키고자 했던 부친과 형식을 위한 '정절'이라는 '하나의 도덕률'보다 더 중요한 의미를 지니게 된다. 그녀가 정절을 잃었다는 이유로 자신의 생명을 버리는 행위는 개인에게 부과된 직분을 이행하지 않는다는 점에서 볼 때, 사회와 국가에 대한 '죄악'이라고 할 수 있다.

위와 같이 개인에게 부과된 직업(직분)의 성실한 이행은 개인의 개조

---

94) 이광수, 앞의 글, 232쪽.

를 실현하는 길이며, 민족·국가의 개조를 실현하는 지름길이 된다. 그러므로 사회적 의무인 직업(직무)을 수행할 개개인을 얼마나 효율적인 방식으로 교육하고, 양성하느냐의 문제는 민족 개조의 성공 여부를 판가름할 최대의 관건이라고 할 수 있다.

3) 경찰에 의한 몸의 통제

이 소설에서 주목해 볼 또 하나의 특징은 몸의 훈육과 통제의 양상이 학교·교회 등의 단체나, 사회윤리·도덕에 의해서만 이루어지는 것이 아니라, 이러한 훈육과 통제의 힘이 도달하지 않는 곳에 새로운 미시적인 통제의 원리가 작용하는 모습을 보여주고 있다는 것이다.

이러한 미시적인 통제의 기관으로 등장하는 것이 '경찰서'이다. 프랑스 계몽주의 철학에서 보면, 경찰이라는 개념과 개화시키는 사람이라는 개념은 병행하며 합리적 사고에 기초한 새로운 사회 질서를 암시한다.[95] 그러나 이 소설의 배경이 되는 1910년대 식민지 조선에서 경찰의 개념은 프랑스 계몽주의 철학에서 언급하는 개념과는 본질적으로 다른 성격을 가지고 있다. 이는 일제강점기의 경찰은 식민지 조선인들의 일상생활을 억압적으로 지배하기 위한 헌병 경찰[96]이었기 때문이다. 일본은 헌병을 동

---

95) 브라이언 터너, 『몸과 사회』, 임인숙 옮김, 몸과마음, 2002, 399쪽.

96) "헌병 경찰제도와 조선에 있던 일본군의 상주 사단화는 식민지 조선의 구체적인 현실, 달리 말하면 민중의 일상에까지 침투할 수 있는 제도적 장치였다. 민초들은 일상생활 속에서 느껴보지 못했

원하여 대중을 공공연하게 감시·억압하는 한편, 지방행정을 효과적으로 관철시키려고 하였다.[97] 이렇게 조선의 식민 지배를 효과적으로 수행하기 위해 도입되었던 헌병 경찰제도는 일본의 전제적 지배 정책을 가시적으로 보여주는 핵심적인 제도로 볼 수 있다. 헌병 경찰들이 착용하는 '제복'과 '칼'은 그들에게 도전 불가능한 권위를 부여해주는 상징이었다. 국가가 부여한 이 합법적 권위에 의해서, 이들은 일반 민중들이 따라야만 하는 새로운 '법'과 '질서'의 전형으로 부상하게 된 것이다.

"인력거가 우뚝 서고 인력거군이 호로를 벗긴다. 형식의 앞에는 회칠한 서양제 집이 있다. 문 위에는「平壤警察署」(평양경찰서)라고 대자로 새겼다.

형식은 가슴을 덜렁거리면서 경찰서 문안에 들어섰다. 사무 보는 책상과 의자가 다 보이고, 저편 유리창 밑에 어떤 흰 정복에 칼도 아니 차고 어깨에 수건을 걸은 순사가 앉아서 신문을 본다.[98]

위의 인용문은 자살하러 떠난 영채를 찾아 형식이 평양 경찰서에 찾아가는 장면이다. 형식이 찾아간 평양 경찰서의 모습을 형상화한 첫 문장은

던 근대적 규율(질서)의 폭력적 측면을 치안확보와 '조장행정'이란 이름으로 자행한 일제의 지배정책 속에서 본격적으로 배우기 시작하였다. 3·1운동은 그 반발이라고도 말할 수 있다. 이에 따라 일제의 식민지 정책 기조는 1919년에 들어 크게 바뀌었다. 식민지 조선의 경우 무관제도와 헌병 경찰제도가 1919년 8월에 폐지되었고, 국경 경비도 군대와 헌병대 대신에 경찰의 비중이 높아지는 방향으로 재편되었다."(신주백, 「1910년대 일제의 조선통치와 조선주둔 일본군-'조선군'과 헌병경찰제도를 중심으로-」, 『한국사연구』109권, 2000, 152쪽.)

97) 신주백, 위의 글, 146쪽.

98) 이광수, 앞의 글, 147-148쪽.

당시 사람들이 경찰서에 대해 어떠한 이미지를 갖고 있었는가를 보여주는 좋은 예가 될 수 있을 것이다. "문 위에 「平壤警察署」(평양경찰서)라고 대자로 새겼다"의 "대자"라는 표현을 통해 당시 식민지 조선인들에게 '경찰서'라는 이미지는 이미 저항할 수 없는 '거대한' 권력의 형상으로 인식되고 있었음을 알 수 있다. 또한 "흰 정복에 칼도 아니 차고"라는 표현을 통해 당시 경찰들이 평상시에 '흰 정복'을 입고, '칼'을 차는 것이 일반적이었음을 알 수 있다. 여기서 '흰 정복'과 '칼'은 그들이 국가적 권력을 집행하는 '집행관'의 역할을 하고 있음을 상징한다. 즉 이것들은 일제의 전제적 법과 질서를 상징하는 것이다. 그러므로 일제의 식민 통치를 실질적으로 수행하고 있던 헌병 경찰에게 권위를 부여해주는 궁극적인 요인은 합리적인 사고에 의한 통치 질서가 아니라, '불복종'을 결코 허락하지 않는 강압적 · 전제주의적 권력에 있다고 볼 수 있다.

> "형식은 아직도 조선 땅에서 경찰서에 와 본 적이 없었다. 일찍 동경에서 어떤 경찰서에 불려가 차를 마시고 담배를 피우면서 서장과 말하여 본 적은 있었으나 인민이 관청에 오는 자격으로 경찰서에 와 본 적은 없었다. 그는 똘스토이의 「부활」을 읽어 아라사 경찰서의 모양을 상상할뿐이었다. 형식은 얼마큼 불쾌한 생각을 품으면서 모자를 벗고,
>
> 『여쭈어 볼 말씀이 있습니다.』
>
> 하고 얼굴을 붉혔다.…
>
> 그제야 순사가 신문을 든 채로 고개를 돌려 형식과 노파의 얼굴과 모양을 유심히 보더니, 『무슨 일이요?』한다.

형식은 서장이 오기 전에는 자세히 알 수 없으리라 하면서,

『어저께 서울서 평양 경찰서로 어떤 부인 하나를 보호하여 달라는 전보를 놓았는데요…』"[99]

그러나 이 소설에서 헌병 경찰의 억압적 · 전제주의적 성격은 구체적으로 드러나지 않는다. 오히려 위의 예문에서도 확인할 수 있듯이, 당시 경찰서의 모습은 국가에 대한 모반 사건이나, 범죄를 단속하는 '살벌한' 통제의 기관으로서의 모습이 아니라, "자살하러 가출한 여성"을 찾아주는 '복지기관', 혹은 '보호기관'과 같은 모습으로 형상화되어 있다. 경찰서 어느 곳에도 일제 식민지 시대의 경찰서에 어울릴만한 강압적이고, 위협적인 모습은 드러나지 않는다.

더욱이 아래의 예문은 경찰서가 사회봉사를 위한 '원조기관'으로서의 성격을 띠고 있음을 보여준다. 민족의 장래를 위해 기차를 타고 유학을 가던 형식 일행은 수해를 만난 사람들을 위해 자선 음악회를 열기로 계획하고, 그 지역 경찰서로 찾아가 자선 음악회를 위한 허가와 원조를 요청한다.

"병욱은 경찰서에 들어가서 서장에게 면회하기를 청하였다. 서장은 이상한 듯이 병욱을 보더니,

『무슨 일이요?』한다.

---

99) 이광수, 앞의 글, 147-148쪽.

『다른 일이 아니라.』

하고, 저 수재를 당한 사람들 중에는 병인도 있고, 임부도 있고, 젖먹이를 가진 부인도 있는데, 조반도 못 먹고 비를 맞고 떠는 정경이 가련하며, …… 음악회를 열어 거기서 수입된 돈으로 불쌍한 사람들에게 따뜻한 국밥이라도 만들어 먹이고 싶다는 뜻을 말하고 허가와 원조하여 주기를 청하였다.……

서장은 이 말에 지극히 감복하여,

『참 당국에서도 구제 방침을 연구하던 중이외다. 그러나 갑자기 일어난 일이니까.』하고 잠시 생각하더니,

『참 감사하외다. 허가야 물론이지요.』

하고 벌떡 일어나서 모자를 쓰고 나온다.

서장은 일변 정거장에 나가서 역장과 교섭하여 대합실을 회장으로 쓰기로 하고, 일변 순사를 파송하여 각 여관 시가에 이 뜻을 말하게 하였다."[100]

자선 음악회를 열어서 수재민들을 돕고자 하는 형식 일행의 의도는 "경찰서 서장을 감복"시키고, 서장은 그들의 행사를 허락하며, 적극적으로 돕는다. 서장은 "정거장에 나가서 역장과 교섭하여 대합실을 회장으로 쓰게 하고", "순사를 파견하여 각 여관이나 시가에 이 뜻을 전달하게 하여 광고하는 역할까지도 대행"해준다. 또한 경찰서장은 직접 음악회에 참석하여 형식 일행의 선행에 "감사"를 표하고, 이 자선 음악회에서 모인 돈을 수재민을 구제하는 네에 효율적으로 쓸 것을 약속한다. 이러한 모습은

---

100) 이광수, 앞의 글, 306-307쪽.

경찰의 역할이 국가와 정치에 연관된 중요한 사항이나, 그 지역의 안위를 위한 사항 이외에, "사람 찾아 주기"나 자선 음악회의 "허가와 원조", 그리고 수재민의 "구제활동"에 이르기까지 광범위한 영역에 걸쳐 있었음을 보여주는 증거로 볼 수 있을 것이다.

이렇게 이 소설에서 형상화된 경찰의 모습은 당시 식민지 조선을 지배하던 헌병 경찰로서의 모습이 아니라, 민중의 삶을 위한 사회 복지기관·보호기관으로 미화되어 있다. 이러한 미화로 당시 헌병 경찰의 폭력적·전제주의적 성격은 간과된 채 드러나지 않는다. 그러나 이러한 헌병 경찰의 미화에도 불구하고, 당시 헌병 경찰이 민중들의 삶에 폭넓은 영향력을 행사하고 있었다는 사실을 알 수 있다. 즉 이 소설에서 형상화된 경찰의 모습을 통해 알 수 있는 것은 미시적인 경찰의 힘이 개개인의 몸이 다양한 훈육과 통제의 기관들의 영역에서 벗어나 있을 때, 예를 들면 학교나 다양한 사회단체, 종교 집단의 영역에서 벗어나 있을 때, 개개인의 몸을 관리하고 통제한다[101]는 사실이다. 이렇게 경찰 제도는 민중의 삶의 미시적인 결들을 감시하고 통제함으로써 민중들에게 서서히 낯선 삶의 방식들을 내면화하게 하고, 스스로 자신을 통제하게 만드는 역할[102]을 담당하게 된다. 결국 경찰은 몸이 훈육과 통제를 담당하는 교육기관과 다양한 단체에서 벗어나 있는 시간과 장소에서 통제의 원리를 작용함으로써, 인간의 몸이 항상 훈육과 통제의 자장 속에 위치하게 하는 역할을 담

---

101) 미셸 푸코, 『감시와 처벌』, 오생근 옮김, 나남, 2002, 313-315쪽.

102) 이승원, 「20세기 초 위생담론과 근대적 신체의 탄생」, 『문학과 경계』, 2001, 여름 창간호, 303쪽.

당하는 것이다.

4. 진화의 은유학

『무정』에서 민족 개조가 진행되는 모습, 즉 진화의 양상은 기차라는 근대 발명품을 통해 비유적으로 나타난다. 기차는 산업문명의 상징인 동시에 속도의 상징이며, 시간과 정확성의 상징[103]이다. 그러나 이러한 빠른 속도와 정확성은 기계에만 적용되는 것이 아니라 근대인에게도 적용된다. 왜냐하면 한치의 시간 낭비도 허락하지 않는 빠른 속도와 정확성은 근대인이 갖고 있어야 하는 중요한 미덕이기 때문이다.

그렇다면 이 소설에 자주 등장하는 기차와 민족 개조는 어떤 연관성을 가지고 있을까? 이에 대한 해답을 찾기 위해 다음의 인용문을 살펴볼 필요가 있다.

"文明生活의 最히 特徵은 忽忙이라. 汽車와 汽船은 晝夜를 不分하고 走하며,… 電話의 벨은 恒常 鳴하여 있고, 寫字機와 數盤은 항상 動하여 있고, 數萬의 煙突에서는 恒常 黑煙을 吐하여 있고, 數萬의 發動機는 恒常 轉하여 있고, 印刷機는 每分 數萬頁의 新書籍을 吐하여 있고, 學校敎室에서는 每時 數百萬의 學生에게 新知識을 注하여 있도다. 彼每時間 百餘哩의 運力을 有한 自動車上에

---

103) 이진경, 『근대적 시 · 공간의 탄생』, 푸른숲, 2002, 63쪽.

座한 人은 그 自動車의 運力도 尙히 不足히 여겨 時計를 내어들고 一分一秒를 注視하도다. 實로 彼等의 一分은 吳朝鮮人의 一年보다 貴한지라."[104]

"文明人의 最大한 特徵은 自己가 自己의 目的을 定하고 그 目的을 達하기 爲하여 計劃된 進路를 밟아 努力하면서 時刻마다 自己의 速度를 測量하는 데 있읍니다. 그는 本能이나 衝動을 따라 行하여지지 아니하고 生活의 目的을 確立합니다. 그리하고 그의 一擧手一投足의 모든 行動은 오직 이 目的을 向하여 統一되는 것이요. 그러므로 그의 特色은 計劃과 努力에 있읍니다."[105]

이광수는 문명생활의 최고 특징을 "총망忽忙(매우 급하고 바쁨)"으로 정의한다. 그가 생각하는 문명화된 생활의 모습은 "모든 근대 발명품들이 쉴 새 없이 분주히 작동하고, 학교 교실은 매시간 수많은 학생들에게 지식을 주입하며, 자동차에 탄 사람이 그 속도에 만족하지 못하여 시계를 내어들고 일분일초를 주시하는 모습"이다. 이러한 문명생활의 모습을 한마디로 요약하면, 사람들이 한치의 오차도 없이 엄격한 시간의 질서 속에서 생활하는 모습으로 볼 수 있다. 이는 곧 시간이라는 새로운 질서 속에 몸이 편입됨을 의미한다. 시간이 몸을 지배하는 하나의 권력이라고 가정할 때, 시간은 개인의 '몸'에 주어지는 어떠한 통제의 윤리보다 더 강력하고 지속적인 힘을 발휘할 수 있다. 시간은 낮과 밤의 구분 없이 하루 종일,

---

104) 이광수, 「동경잡신(『매일신보』, 1916. 9. 27–11. 9.)」, 『이광수전집』 17, 삼중당, 1962, 487쪽.

105) 이광수, 앞의 글, 170쪽.

그리고 삶의 전 과정을 지배할 수 있기 때문이다. 그러므로 이광수의 관점에서 볼 때, "문명인은 자기 자신의 목적을 정하고, 시시각각 자신의 속도를 측량해야 하며, 본능이나 충동에 따라 행동하지 않고, 일거수일투족의 모든 행동을 이 목적으로 통일[106]"해야 하는 것이다. 이러한 문명인의 특징은 점차로 속도를 가속화하면서 한 방향으로 내어 달리는 기차와 여러 면에서 유사한 점을 갖고 있다.

또한 이 소설에서 기차는 대표적인 근대 문물을 상징하는 동시에 주요 등장인물들이 진보(진화)하게 되는 결정적인 공간으로 기능한다. 이 소설의 주인공인 형식은 기차에서 자기 자신의 내면에 잠자고 있던 자아를 깨닫고 사물에 대한 새로운 인식을 갖게 된다.

"형식은 특별히 무엇을 생각하려고도 아니하고 눈과 귀는 특별히 무엇을 보고 들으려고도 아니한다. 형식의 귀에는 차의 가는 소리도 들리거니와 지구의 돌아가는 소리도 들리고 무한히 먼 공중에서 별과 별이 마주치는 소리와 무한히 적은 「에텔」의 분자의 흐르는 소리도 듣는다.……

또 하느님이 흙을 파고 물을 길어다가 두 발로 잘 반죽하여 사람의 모양을 만들어 놓고 마지막에 그 사람의 코에다 김을 불어넣으매, 그 흙으로 만든 사람이 목숨이 생기고 피가 돌고 소리를 내어 노래하는 양이 보인다. 그리고 처음에는 움직이지 못하는 한 흙덩이더니 그것이 숨을 쉬고 소리를 하고, 또 그 몸에 피가 돌게 되는 것을 보니 그것이 곧 자기인 듯하다.

---

106) 이광수, 앞의 글, 170쪽.

이에 형식은 빙긋이 웃는다. 옳다, 자기는 목숨 없는 흙덩이었다. 자기는 숨도 쉬지 못하고 움직이지도 못하고 노래도 못하던 흙덩어리였었다. 자기의 주위에 있는 만물을 보지도 못하였었고 거기서 나는 소리를 듣지도 못하였었다."[107]

또한 영채에게도 기차는 중요한 의미를 지닌다. 그녀가 자신의 순결 상실을 비관하여 평양으로 죽으러 가는 도중, 병욱을 만나 '인생 대역전'의 드라마를 쓰게 되는 결정적인 공간도 기차이며, 병욱과 더불어 수해를 만난 사람들을 위해 자선 음악회를 열게 되는 곳도 역시 기차역이다. 이렇게 기차에서 이루어진 병욱과의 만남, 기차역 대합실에서의 자선 음악회는 모두 그녀가 정신적으로 한 걸음 더 진보할 수 있는 결정적인 계기로 작용한다.

"병국의 부인은 바로 시어머니의 곁에 붙어 서서 병욱과 영채를 번갈아 본다. 더위에 붉게 된 그 조그마하고 말끔한 얼굴이 아름답게 보인다.

떨렁떨렁하는 종소리가 나고 차창의 호각소리가 날 적에 병국의 부인은 차창을 짚은 영채의 손을 꼭 누르며,

『가거든 편지 주세요.』한다.

그 눈에는 눈물이 있다. 그것을 마주보는 영채의 눈에도 눈물이 있다. 헌병들이 힐끗힐끗 이 광경을 보고 도시락 파는 아이의 외치는 소리가 없어지자, 고동

---

107) 이광수, 앞의 글, 169-170쪽.

소리와 함께 차가 움직이기 시작한다."[108]

"그때에는 지금 여기 섰는 여러 사람들이 오늘보다 감정으로 – 더 축하하고 더 공경하는 감정으로 자기를 맞으리라. 이렇게 생각할 때에 비로소 서울이 그립고 남대문이 정답게 생각되었다. 남대문은 오직 행복된 자기를 보내고 맞아주기 위하여서만 존재하는 듯하였다. 차장의 호각이 울고 만세 소리가 들릴 때의 형식의 감정은 말할 필요도 없을 것이다."[109]

이렇게 이 소설 속에서 기차(역)라는 공간은 등장인물들이 새롭게 발전하게 되는 계기를 제공하는 공간인 동시에, 죽어 가는 민족을 소생시킬 유일한 대안으로 제시된 해외 유학의 출발점이자, 성공리에 해외 유학을 마치게 되는 날 돌아오게 될 귀착점이다. 그리고 등장인물들 앞에 전개될 인생은 "자신의 충동과 욕망을 버리고 오로지 한 방향", 즉 민족 개조의 사업에 매진하는 것이라는 점에서 기차의 모습과 다를 바가 없다.[110] 이러한 의미에서, 기차는 곧 그들의 미래 모습이기도 하다. 그러므로 이 소설에서 형상화된 기차는 몸의 진보 · 개조 · 진화를 의미한다고 볼 수 있다.

---

108) 이광수, 앞의 글, 261쪽.

109) 이광수, 위의 글, 276쪽.

110) "자율적 육체를 가진 근대적 존재는 출발과 도착의 직선 운동을 하는 기차처럼, 그것은 시작과 끝으로 되어 있다." 이러한 측면에서 사람들의 "각각의 인생은 오직 한 노선만을 달리는 단 한번의 기차 여행"으로 볼 수도 있다.(이경훈, 「실험실의 야만인」, 『상허학보』 제8집, 2002, 247쪽.)

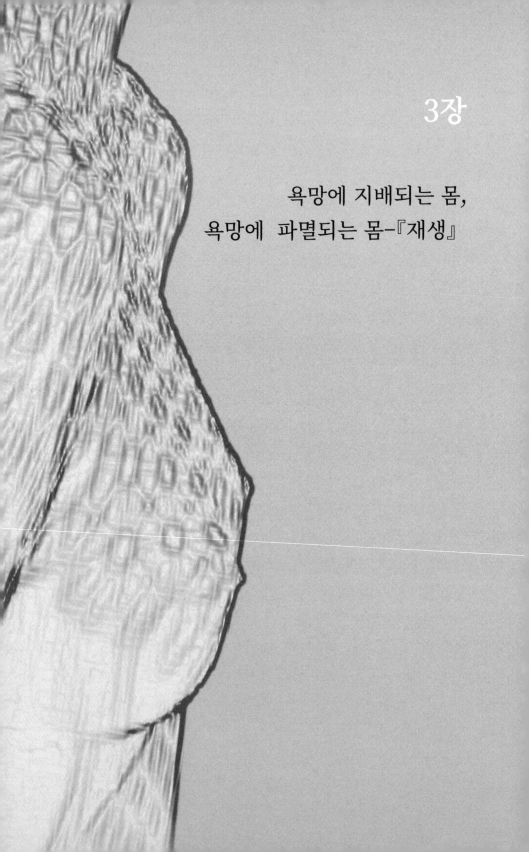

3장

욕망에 지배되는 몸,
욕망에 파멸되는 몸-『재생』

1. 거대 서사의 붕괴와 자본주의적 질서의 수립

『재생』(1924-5)은 1919년 3 · 1운동 이후 국가와 민족을 주어로 하는 거대 서사에 대한 믿음이 흔들리고, 사람들의 몸이 육체적 욕망과 탐욕으로 인해 파멸되어 가는 모습을 그린 소설이다. 이 소설에 등장하는 인물들 중 '순기'를 제외하면, 3 · 1운동 당시 열렬했던 국가와 민족에 대한 사랑과 희생정신은 어느 누구에게서도 찾아볼 수 없다. 그들의 온 영혼과 육체를 지배하는 것은 새로운 자본주의 질서에 의한 욕망이다. 그중에서도 육체적(성적) 욕망과 부에 대한 욕망은 그들의 삶을 지배하는 신과 같은 존재로 등장한다. 이 세상은 "소화기"와 "생식기"의 세상으로, 인간의 몸을 효율적으로 훈육 · 통제함에 의해서 사회와 민족에 기여하고자 하는 열망은 점차 퇴색된다. 그러므로 이 소설에 등장하는 몸은 오직 개인의 쾌락과 욕망의 유희를 위한 몸이다. 개개인의 몸은 사회체제 속에서 활용될 유용성을 상실하게 되며, 욕망의 대상으로 전환된다. 즉 몸은 새로운 섹슈얼리티의 질서 속에서 훈육되고, 통제되고, 생장한다. 이러한 새로운 자본주의 질서 속에 위치하게 되는 몸은 이광수의 관점에서 볼 때, 도덕적으로 파탄에 이른 몸이다. 그러므로 이 파탄[111]에 이른 몸은 필연적으로 육체적 소멸을 담보하게 된다. 왜냐하면, 민족의 생존을 위해 이 몸은 소멸을 통하여 새로운 재생을 도모해야 하기 때문이다.

1) '성'과 '돈'의 자본주의적 질서

베버의 자본주의적 합리주의 이론에서 보면, 자본주의 생산의 모든 발전 단계는 즉각적인 본능 충족의 억압, 몸의 훈육, 당면 요구들을 훨씬 뛰어넘는 경제적 잉여를 필요로 한다. 자본주의적 생산은 기업가에게는 즉각적인 소비를 자제할 것을 요구하고, 노동자들에게는 자기 통제와 절제를 요구한다.[112] 그리고 이는 궁극적으로 사회의 '유용성' 증대와 밀접한 연관성을 가지고 있다.

---

111) 이광수가 「민족개조론」에서 가장 강조한 것은 "신지식"의 수용이 아니라, "도덕성의 개조"다. 그는 조선을 "병들고 죽어가게" 한 근본적인 요인은 "도덕적 파탄"에 있다고 본다.
  "… 조선민족 쇠퇴의 근본적 원인이 도덕적인 것이 더욱 분명하지 아니합니까. 곧 허위, 비사회적이기심, 나타, 무신, 겁나, 사회성의 결핍―이것이 조선민족으로 하여금 금일의 쇠퇴에 빠지게 한 원인 아닙니까."(이광수, 「민족개조론」,(≪개벽≫, 1922. 5.), 『이광수전집』17, 삼중당, 1962, 186쪽.)

112) 브라이언 터너, 앞의 책, 173쪽.

이 소설 역시 경제적 이윤 추구를 기본으로 하는 자본주의 사회를 배경으로 하고 있다. 그러나 이 소설에 형상화된 자본주의 사회의 모습은 기독교의 금욕주의적 윤리와 결합된 초기 자본주의 정신에서 완전히 일탈된 모습으로 나타난다. 대부분 등장인물들은 신이 명령한 소명(직업)[113]을 통해서가 아니라 우연한 '횡재'나, 다른 사람을 착취·이용함으로써 '부'를 획득하려는 사람들이다. 이들이 이렇게 맹목적으로 '부'를 획득하고자 하는 근본적인 이유는 오직 자신의 쾌락 때문이다. 그러므로 자신들의 쾌락을 위해 동원하는 수단과 방법이 과연 '도덕적'인가라는 문제는 중요하지 않다. 자신의 쾌락, 또는 행복에 조금이라도 도움이 된다면, 이들은 비도덕적 수단과 방법도 기꺼이 사용한다. 이러한 상황에서 몸은 도덕적 타락과 퇴폐적 인성을 조장하는 물질 대상일 뿐이다.

『재생』에서 욕망의 경제학의 중심에 선 인물은 순영이다. 순영은 3·1운동 당시 봉구, 순흥과 더불어 열성적으로 독립운동을 하였고, 감옥까지 다녀왔던 이 당시의 전형적인 여학생이었다. 그러나 만세운동이 실패로 끝나고 그녀가 감옥에서 나와 학교에 복학했을 때, 사회의 모든 상황은 완전히 달라져 있었다. 이러한 상황에서 그녀의 육체에 새겨진 성性과 돈의 강렬한 자국은 그녀 인생의 방향을 완전히 바꾸어 놓기에 충분한 것이었다. 이러한 강력한 자국은 이제까지 그녀가 느끼지 못했던 새로운 쾌락의

---

113) 기독교 윤리에 의하면, 신이 자신의 영혼이나 타인의 영혼에 해를 주지 않으면서도 다른 방법보다 많은 이익을 거둘 수 있는 합법적 방법을 지시하는데, 이를 마다하고 보다 적은 이익을 주는 방법을 따르는 것은 소명(calling)에 역행하는 것이며, 신의 대리인(집사)이 될 것을 거부하는 것이다. 또한 신의·선물을 받아서 신이 요구할 때, 그 선물을 그를 위해 사용할 수 있는 기회를 거부하는 것이다. 기독교에서는 육욕과 죄를 위해서가 아니라 진정 신을 위해 노동하는 것을 미덕으로 본다.(막스 베버, 『프로테스탄티즘의 윤리와 자본주의 정신』, 박성수 옮김, 문예출판사, 2000, 129쪽.)

기쁨을 안겨주고, 그 세계에 완전히 몰입하게 되는 중요한 기제로써 작용하게 된다.

다음의 예문은 순영이가 백만장자인 백윤희에게 강간을 당한 이후, 견고했던 그녀의 세계가 급격하게 변화하는 모습을 생생하게 보여준다.

"순영은 갑자기 이 모양으로 무서운 변화를 겪은 것을 놀라는 동시에 어저께까지의 자기가 몹시 그립고 부러웠다. 그러나 어저께까지의 자기는 지금의 자기의 얼굴에 침을 탁 뱉었고 비웃는 눈으로 나를 힐끗힐끗 보면서 높이높이 구름 위로 올라가면서

「마지막이야, 다시는 나를 못 만나, 이 죄 많은 더러운 년아.」

하고 외치는 듯하였다."[114]

"순영은 돈과 육의 쾌락이 심히 기뻤다. P 부인을 따라가거나 인순과 뜻을 같이하거나 그런 일은 침 뱉어 버릴 우스운 일이요 아직 세상 모르는 어리석은 계집애들의 꿈이라 하였다."[115]

순영은 백윤희와의 성관계 이후 여학생으로서의 수줍음과 얌전함의 껍질을 벗고, 그녀의 내면에 숨겨져 있던 육체적 욕망과 쾌락에 눈을 뜨게 된다. 그녀는 백윤희와의 첫 성관계 이후, 그의 동물적인 육욕에 치를

---

114) 이광수, 「재생」, 『이광수전집』2, 삼중당, 1962.

115) 이광수, 위의 글, 89쪽.

떨며 예전 자신의 모습(처녀의 모습)으로 다시 돌아갈 수 없음에 분노한다. 또한 그녀는 자신의 육체에 새겨진 남근적 자국에 혐오감을 드러낸다. 그러나 이러한 격렬한 반응도 잠시 어느덧 그녀는 백윤희의 "돈과 육의 쾌락"에 몰두한다. 그러므로 백윤희와의 첫 성관계는 순영으로 하여금 육체적 쾌락에 눈을 뜬 정열적인 여인으로 전환하게 되는 중요한 계기로 작용하며, 남성의 자국이 새겨진 그녀의 육체는 이 소설의 플롯을 이끌어가는 근원적인 동력을 제공하게 된다.

"순영은 차를 들어 마시려고 일어나 앉았다. 열병을 앓고 난 사람 모양으로 무섭게 목이 말랐다. 찻잔을 들다가 순영은 멈칫하였다. 왼손 무명지에 번쩍번쩍하는 금강석 반지가 눈에 띈 것이다.

「자, 표로 이것을 줄게, 무엇은 안 주나, 달라는 것은 다 주지.」

하고 어린애를 달래는 모양으로 이 반지를 끼워 주며 울고 있는 자기를 달래던 백의 짐승과 같은 모양이 나타난다. 그렇게 공손해 보이고 그렇게 점잖아 보이던 것도 다 껍데기다. 그는 사람이 아니요 짐승이다, 하고 순영은 반지를 빼어서 부서져라 하고 아무 데나 함부로 내던졌다. 그러나 원망스럽고 분한 눈을 가지고 얼른 일어나서 그 반지의 보석이 부서지지나 않았나 하고 찾아보아서 그것이 무사한 줄을 알고는 울기를 시작하였다."[116]

한편 순영의 손에 끼워진 "금강석" 반지는 그녀의 육체에 자본주의 질

---

116) 이광수, 앞의 글, 76쪽.

서인 돈의 강력한 자국을 새겨 놓는다. 반지, 그것도 "금강석" 반지가 순영의 육체에 최초로 남성의 자국이 새겨진 뒤에 손가락에 끼워진 것이다. 자본주의 사회에서 "금강석" 반지는 부富에 대한 상징적 의미를 지닌다. 그리고 이 반지는 그녀의 순결의 대가, 즉 백윤희가 그녀와의 성관계에 대한 대가로 주었다는 점에서 교환적 의미를 갖는다. 그녀는 처음엔 분노하여 "그 반지를 빼어서 부서져라 아무 데나 내던진다" 그러나 "원망스럽고 분한 가운데에서도 그녀는 얼른 일어나서 그 반지의 보석이 부서지지나 않았나 찾아 확인한다" 이러한 그녀의 행동은 이미 이 반지의 위력, 즉 자본주의의 신神인 돈의 강력한 위력이 그녀의 몸에 자국을 냈으며, 이러한 자국은 그녀의 앞으로의 행보에 중요한 영향력을 행사할 것임을 암시한다. 순영의 육체에 새겨진 남성의 성적 자국과 자본주의 신인 돈의 자국은 그녀의 육체가 이전의 육체와는 전혀 다른 의미로 전환하게 되는 데 결정적인 역할을 담당한다.

한편 순영과 더불어 독립운동에 투신했던 봉구도 자본주의의 돈의 질서 속으로 위치하게 된다. 그가 3·1운동과 관련하여 감옥에서 3년간 복역하고 나온 이후의 세상은 너무나 달라져 있었다. 더구나 그가 "목숨 바쳐" 사랑하던 순영이가 결국 돈에 의해 백윤희의 첩으로 들어가는 상황은 그로 하여금 이 세상이 돈에 의해 운영되는 세계라는 것을 인식하게 한다. 마침내 돈은 그의 지상목표가 된다. 그는 어머니와 학교를 버리고, 그렇게도 자신이 사랑하던 조국에 대한 의무를 버리고, "요행을 바라는 무리들이 전국에서 모여드는 기미 중매소"에 취직하게 된다.[117] 이제 그의 몸은 조국과 민족을 위해서 헌신하고 희생하기 위한 몸, 의무와 직분을 수행하기 위한 몸이 아니라, 자본주의 사회의 신인 돈을 벌기 위한 몸으로 전환된다. 이러한 변화는 그의 몸에 이미 자본주의 사회의 돈의 질서가 자리 잡기 시작했다는 것을 의미한다.

"봉구가 어머니를 버리고 학교를 버리고 말하자면, 인생을 버리고 이 속에 들어 온 것은 큰 돈을 잡아 보자는 큰 뜻을 품을 까닭이다. 얼마나한 돈을 모으면 흡족할꼬. 적더라도 백을 골려서 순영이가 자기의 발 밑에 목숨을 빌러 오기만 하게 돈을 모아야 한다. 봉구는 오백만원이라는 무서운 돈을 목표로 하였다.

〈나는 인생의 모든 이상과 모든 의무를 다 내어 버렸다. 오늘부터 나는 오백만원의 돈을 모으기 위하여 사는 사람이다.〉

이것이 봉구가 기미 중매소에 들어가던 날의 결심이다. 그래서 아무리 하여서라도 기미에 관한 지식을 얻으면 한번 크게 떠 보자, 그리서 제이의 반 복창이가 되되 그보다 더욱 큰 반 복창이가 되자 하고 결심한 것이다."[118]

위와 같이 이 소설에 등장하는 몸은 의무와 직분의 수행을 통하여 사회와 민족, 그리고 국가의 발전에 공헌하는 몸이 아니라, 자신의 육체적 욕

---

117) 이광수의 관점에서 볼 때, 기미 중매소에서 미두 취인으로 일하는 것은 "요행을 바라는 자들이 하는 투기사업으로 행지 않고 이루어지기를 바란다는 점에서 협잡, 사기, 구걸, 또는 도적"(이광수, 앞의 글, 202-203쪽.)과 다를 바가 없다. 그러므로 신봉구가 기미 중매소에 취직하는 것은 앞으로의 그의 인생이 순탄하지 않을 것임을 간접적으로 암시하는 것으로 볼 수 있다.

118) 이광수, 위의 글, 131쪽.

망과 탐욕을 위한 몸이다. 즉 자본주의 질서인 성性과 돈의 질서에 지배되는 몸이라고 할 수 있다.

2) 몸의 상품가치로의 전이

단순한 생물학적 육체가 아니라 여러 사회적 규약, 사회적 결정 인자에 의해 형성되는 사회적 육체는 자본주의 경제 질서에 있어 제1차적 교환가치로 볼 수 있는 돈과 욕망의 교환[119]을 가능하게 해주는 연결고리가 된다. 실제로 사회 경제는 언제나 이미 사회 성적 경제다. 그리고 여기서 투자 · 보존 · 지출이라는 말은 화폐 유통뿐 아니라 리비도의 경제를 표현하는데도 사용된다. 자본주의 경제 체제 하에서 사람들은 육체를 자본주의 체제의 법칙에 따라 사용하려 한다. 역으로 육체는 이 경제 체제를 자신의 이야기 속 한 부분에 포함시킨다. 또한 이 육체의 이야기는 욕망의 경제에 의해 뒷받침된다.[120]

이광수의 소설 『재생』은 이 세상에서 돈은 무엇보다 귀한 존재이며, 강력한 힘이라는 전제 하에서 출발한다. 돈의 강력한 원리가 작용하는 이 공간에는 민족, 국가라는 단어가 차지할 영역은 존재하지 않는다. 다만 그

---

119) 자본주의 사회와 그 이전 사회의 성과 돈의 교환구조의 차이점은 다음과 같이 말할 수 있다.
"자본주의 시대의 에로티시즘의 특징은 금전과 인간적 노동, 즉 성적 서비스의 교환에 의존한다는 사실 그 자체보다는 이것이 성적 노동을 제공하는 주체의 노동의 착취히는 구도라는 데 있다. 다만 이 착취구도를 고용자(뚜쟁이)와 고객(부르주아 남성) 양자 사이의 수평적 계약 관계로 위장하거나, 아니면 포르노그라피가 그려주는 바, 자유롭게 또한 무상으로 성을 제공하는 '야한 여자'에 대한 환상이 억압해 놓았을 뿐이다"(오생근 · 윤혜준 공편, 『성과 사회: 담론과 문화』, 나남, 1998, 23쪽.)

120) 피터 브룩스, 앞의 책, 177쪽.

단어들은 의미를 획득하지 못한 채 부유할 뿐이다. 이러한 공간에서 순영의 아름다운 육체는 계약에 의해 사고파는 하나의 상품으로 물화된다. 이 물화된 그녀의 육체는 자본주의 사회의 새로운 경제적 코드를 담지하게 되고, 교환가치의 중심에 선 그녀의 육체는 이 소설을 이끌어 가는 중요한 동력으로 작용하게 된다.

순영은 자신도 모르는 사이, 자본주의 사회에 새로이 등장한 절대 권력의 신神인 돈의 위력에 자신도 모르게 압도된다. 절대 권력의 신神인 돈은 그녀의 간절한 욕망의 대상이 된다. 또한 그녀는 자신의 아름다운 육체가 남자들에게 강렬한 욕망의 대상이 되고 있음을 누구보다 잘 인식하고 있다. 그러므로 자신의 상품가치를 높이기 위해 노력한다. 순영이가 "학교에서 소문이 나도록 화장에 힘을 쓴 것", "옷감을 고르고, 옷고름 매는 것까지 모두 남보다 모양이 있게 한 것"은 결국 "화장"과 "옷"이라는 수단을 통해 자신의 상품가치를 높이고자 한 노력의 일환으로 볼 수 있다. 이렇게 욕망이 지배하는 자본주의 시장경제 하에서 돈에 대한 욕망은 성적인 욕망과 그 맥을 같이 한다. 순영이가 자본주의의 부의 상징인 '자동차'의 화려하고 사치스런 장식을 애무하듯이 만지는 과정에서 느끼는 "알 수 없는 욕망의 오색불길"은 물질적 부에 대한 욕망과 인간의 육체적(성적) 욕망이 상호 밀접한 관련성이 있음을 보여주는 좋은 예이다. 그리고 이 물질적 욕망과 육체적 욕망은 사회체제 안에 보이지 않는 강력한 자기장을 형성하며 삶을 지배하고 있다. 그러므로 아래의 예문에 등장하는 '자동차'는 순영의 욕망, 즉 물질적, 성적 욕망이 투영된 대상인 동시에 다른 이들의 욕망이 투영된 대상이기도 하다.

"순영은 값비싼 비단으로 돌아 붙인 자동차 내부를 돌아보고 손길같이 두껍고 수정같이 맑은 유리창과 그것을 반쯤 내려 가린 연회색 문장을 얼른 손으로 만져 보고 그러고는 천장에서 늘어진 팔걸이에 하얀 손을 걸치고는 운전대 뒷구석에 걸린 뾰족한 갈색 유리에 꽂힌 백국화 한 송이를 바라보았다. 이때의 순영의 얼굴에는 흥분의 붉은빛이 돌고 가슴에는 알 수 없는 욕망의 오색 불길이 타올랐다.

자동차에 올라앉아서 그 오빠가 나오기를 기다리는 순간 – 진실로 순간이다. 삼분이나 될까말까 하는 극히 짧은 순간은 순영이가 십 년 동안 학교에서 P부인에게 배운 모든 도덕적 교훈을 이길 만한 큰 인상을 주었다. …〈중략〉…

지금 자동차는 부富의 상징이었다. 수없는 인류 중에 오직 뽑힌 몇 사람밖에 타보지 못하는, 마치 왕이나 왕후의 옥좌와도 같은 그렇게 높고 귀한 자리 같았다. 자기가 그 자리에 턱 올라앉을 때에 순영은 이 자동차의 주인이 되어 마땅한 사람인 듯한 지금까지의 일, 즉 경험해 보지 못한 자기의 높고 귀함을 깨달았다."[121]

이러한 그녀 자신의 욕망과 더불어 이 소설의 플롯을 이끌어 가는 중요한 또 하나의 요소는 순기가 가지고 있는 물질적 부에 대한 절대적인 욕망이다. 순기는 순영이가 자신의 친동생임에도 불구하고 그녀의 행복 따위에는 관심조차 없다. 그가 노심초사 근심하고 걱정하는 것은 다른 누구도 아닌 본인 자신의 행복이다. 그리고 그의 행복은 물질적 풍요에 의해서만 획득될 수 있다. 그러므로 그에게 순영의 아름다운 육체는 그의 행

---

121) 이광수, 앞의 글, 37쪽.

복을 담보해주는 중요한 물질적 대상에 불과하다. 그는 그녀의 육체를 가능한 한 비싼 값에 백윤희에게 팔고자 하는 일념밖에 없다. 그는 순영의 몸값을 조금이라도 더 올리기 위해서 백윤희와 눈에 보이지 않는 긴장된 줄다리기를 지속한다. 마침내 그는 백윤희가 온천에서 순영의 순결을 빼앗을 수 있는 결정적인 기회를 제공하게 된다.

"이러는 동안에 백은 순영의 사진을 고르고 순영에 관한 이야기를 고르고 또 순영을 먼 빛으로라도 볼 기회를 구하고 그리하고 어찌하면 순영의 마음을 끌어, 말하자면 그 약점을 이용하여 가장 힘과 돈을 덜 들여서 그를 손에 넣을까를 연구하였다. 그와 반대로 순기는 어찌하면 백에게서 가장 좋은 값을 받고 순영을 팔까 하는 계책을 연구하였다."[122]

그리고 순영의 욕망과 순기의 욕망 사이에 존재하는 또 하나의 욕망의 주체는 백윤희이다. 그는 자신의 막대한 재력을 바탕으로 매력적인 성적 대상인 순영의 육체를 사고자 한다. 그는 현 사회가 돈이라는 경제원리에 의해 지배되고 있음을 누구보다도 잘 인식하고 있고, 이러한 측면에서 그 자신이 매우 유리한 위치에 있음을 알고 있다. 또한 그는 이 유리한 상황을 교묘하게 이용할 능력을 가진 치밀하고 냉철한 인물이다. 그의 욕망은 순영과 순기의 욕망과 비교해 볼 때 훨씬 더 자본주의적이다. 그는 결국 돈에 의해 순영의 몸을 소유하게 된다.

---

122) 이광수, 앞의 글, 31쪽.

이렇게 아름다운 순영의 육체를 중심으로 각기 이질적이면서도 근본적으로 동일한 세 개의 욕망, 즉 순영 자신의 욕망과 순기의 욕망, 그리고 백윤희의 욕망이 각기 독특한 빛깔을 지닌 채 씨실과 날실처럼 치밀하게 얽혀 있다는 것을 알 수 있다.

"봉구의 집에서 만날 때에는 피차에 별로 많은 말도 하지 않았고 다만 순영이가 마침 사흘 동안이나 휴가가 생기니 우선 가을옷 장만하기 위하여 돈 이백 원만 내일 안으로 취해 달라 하고 또한 삼백 원(무얼 하려고 삼백 원이라고 하였는지 그것은 봉구도 모른다) 가량만 준비가 되거든 내주 금요일 밤 종로鐘路 청년회관 음악회에서 만나서 석왕사로 같이 가기를 청하여 봉구도 허락하고 자세한 말은 석왕사에서 하기로 하고 서로 헤어져 버리고 말았다."[123]

"봉구는 순영이가 자기에게 끌려 온 것을 생각할 때에 황송하기도 하고 기쁘기도 하였다. 그래서 도적질해 온 물건을 남모르게 전하는 모양으로 십원 짜리 스무 장을 넣은 봉투를 살그머니 순영의 손에 쥐어 준다.
「에그, 얼마나 애를 쓰시었어요.」
하고 순영은 그 돈을 얼근 손가방에 넣고 그대로 돌아가려다가 잠깐 서서 생각하더니 핑 그 몸을 돌려 봉구의 입술을 스치고는 달아나 버리고 말았다."[124]

---

123) 이광수, 앞의 글, 92쪽.

124) 이광수, 위의 글, 93쪽.

한편 아이러니하게도 백윤희와 상호 대립적인 인물로 설정된 신봉구와 순영의 관계도 돈의 경제원리가 작용하는 측면이 있다. 순영은 몇 년 만에 다시 만나는 봉구에게 아무런 양심의 가책도 받지 않고, "오백 원"이라는 적지 않은 돈을 구해줄 것을 부탁한다. 그리고 신봉구 또한 순영이가 자신에게 돈을 부탁한 것은 그녀가 자기에게 끌려온 것이라고 생각하여 황송해 한다. 그는 "도적질해 온 물건을 남모르게 전하는 모양"으로 그 돈을 살그머니 순영에게 쥐여준다. 순영은 이에 대한 대가로 그의 입술에 스치듯이 자신의 입을 맞춘다. 이러한 상황 설정은 봉구의 "오백 원"의 돈과 순영의 "입술"이 서로 교환되고 있음을 암시한다. 이 교환행위는 백윤희가 순영의 육체를 하나의 상품, 즉 물질 대상으로 간주하고 자신의 물질적 부富와 순영의 육체를 교환하는 것처럼 직접적이고, 비인간적이지는 않다. 그러나 이 행위 역시 시장경제에서 이루어지는 욕망의 교환관계라는 점에서 백윤희와 순영의 사이에서 이루어지는 교환관계와 동일한 맥락으로 파악할 수 있을 것이다.

그러므로 이 소설에서 순영의 육체는 시장경제 하에서 값(돈)으로 환원된 상품에 불과하다. 이미 그녀의 육체는 인격적 대상이 아니라 물질화, 타자화된 대상이다. 이러한 이행과정은 그녀를 둘러싼 다른 이들의 욕망에 의해 동력을 얻고, 그녀 자신의 욕망에 의해서 더욱 가속화된다. 결국 상품화, 타자화된 그녀의 육체는 백윤희가 순기에게 지불한 "이만 원"의 돈과 교환되는 동시에 그녀 자신의 육체의 자율성을 잃게 된다. 그리고 그녀의 육체는 〈순영의 육체=이만 원〉의 교환이라는 계약의 중심에 서게 된다. 그러므로 그녀의 육체가 소멸하지 않는 한 그녀의 육체 위에 성립된 계약은 계속 존재하며 파기될 수 없는 것이다. 이렇게 상품으로 물화된 육체는 그녀의 인생을 파멸로 이끄는 핵심적인 요인으로 작용하게 된다.

2. 쾌락적 실천들과 욕망의 장으로서의 몸

1) 허영의 화장학, 퇴폐의 화장학

근대 자본주의는 쾌락적 계산과 자아도취적 인성을 조장하는 경향이 있다. 소비문화는 욕망의 억압을 필요로 하지 않고 욕망의 생산, 확장 및 세부화를 필요로 한다.[125] 이러한 근대 자본주의와 욕망과의 상관관계는 이 소설의 여주인공인 순영을 통해 잘 형상화되어 있다. 그녀의 육체는 자본주의의 속성, 즉 욕망의 억압보다는 욕망을 생산하고, 확장시키는 장으로서의 역할을 하고 있다. 그녀가 이를 위해 활용하는 수단이 "화장"이다. 화장은 원래 "자신의 몸을 규율하는 의미[126]"를 지니지만, 이 소설에서 순영이 "남보다 더 정성 들여 하는 화장"은 그녀의 내면에 허영과 퇴폐적 인성을 더욱 조장하고, 그녀의 몸이 물질화되는 중요한 매개 역할을 담당하고 있다.

---

125) 브라이언 터너, 앞의 책, 119쪽.

126) '화장cosmetics'은 "몸을 치장하고 관리하는 숙련됨"이라는 뜻의 그리스어kosmetikos라는 단어에서 왔다. 월은 그 용어가 궁극적으로 몸의 질서 · 조화 · 정돈을 의미하는 그리스어kosmos로부터 나왔음을 시사한다.(브라이언 터너, 위의 책, 323쪽.)

이 소설에서 화장하는 또 다른 인물은 명선주다. 선주는 돈과 쾌락을 쫓는 생활을 하고 있다는 점에서 순영과 공통점을 갖고 있다. 그녀는 돈 때문에 애정 없는 나이 많은 변호사와 결혼하는 인물로서, 이 사회가 돈에 의해 운영된다는 사실을 잘 인식하고 있는 인물이다. 그러므로 그녀는 돈과 육체의 교환을 자연스럽게 받아들인다. 그녀는 욕망을 억제하거나 통제해야 할 대상이 아니라, 쾌락을 위해 적극적으로 활용해야 할 대상으로 본다. 자신의 젊은 육체를 이를 위해 활용한다. 그녀가 하는 몸단장, 즉 화장은 자신의 육체를 남성의 성적 욕망의 대상으로 활용하기 위한 수단으로 볼 수 있을 것이다.

이러한 점에서 순영, 명주가 하는 화장은 그들 삶의 지향성을 드러내주는 하나의 기표로 볼 수 있다. 즉 육체적 욕망과 돈의 쾌락을 쫓는 그들이 하는 화장은 내면에 지니고 있는 허영, 나태, 그리고 퇴폐적 인성을 암시하는 기표라고 볼 수 있다. 특히 순영은 엄격한 기독교 학교 기숙사에서 십 년 동안 생활해온 모범생임에도 불구하고, 화장에 "공을 들이는" 행위는 그녀가 근본적으로 나태한 생활, 허영의 생활, 귀족적인 생활, 그리고 육욕숭배를 지향하는 속성을 지닌 인물임을 보여주는 증거가 된다.[127]

---

127) "기독교 시대의 화장은 허영을 의미했고 몸을 치장하는 것은 유혹으로 받아들여졌다. 존 웨슬리는 장신구 사용은 여성을 교회당에서 쫓아내는 충분한 이유가 된다고 보았다. 모든 종교개혁 운동은 대체로 화장을 육욕에 대한 우상숭배로 보았고, 게으름과 귀족적 생활양식과 관련되었다. 종교개혁은 몸 내면을 관리하는 일을 일상적인 금욕주의 궤도로 옮겨 놓은 반면, 몸 표면을 정돈하는 일은 여전히 비종교적이고 귀족적인 나태를 표현한다고 비난했다."(브라이언 터너, 앞의 책, 324쪽.)

"바탕도 어여쁜 얼굴이지만 학교 안에서 소문이 나도록 순영은 화장에 힘을 쓰고, 또 화장하는 솜씨가 있으며, 옷감 고르는 것이라든지 옷고름 매는 것까지 모두 남보다는 모양이 있었다."[128]

"…그 담에는 어떤 여학생 하나이 섰는데 좀 큰 두 눈이 하얗게 분 바른 조그마한 얼굴에 둥둥 뜬 것 같고 짧은 치마 밑으로는 흰 양말을 신은 좀 보기가 흉협도록 퉁퉁하고 대받다."[129]

이러한 순영의 지향성은 그녀의 운명을 결정짓는 중요한 동인으로 작용한다. 이는 그녀의 육체가 자신과 타자의 욕망을 생산하고, 확장시키는 물질적 대상으로 전락하게 됨으로써, 이미 민족과 국가의 번영과 발전을 저해하게 된다는 사실과 밀접한 연관성을 가지고 있다. 욕망만을 생산하는 육체는 이미 유용성을 상실한 것이며, 이는 다른 건강한 육체를 오염시키는 대상에 불과하다. 이러한 관점에서 볼 때, 욕망의 메커니즘을 작동시키는 화장은 민족의 건강한 삶을 위협하는 죄악의 행위로 볼 수 있다.

아래의 예문은 이광수가 '화장'에 대한 자신의 생각을 담은 글이다.

"우리는 이러한 점에서는 차라리 伊太利의 파시스트를 배우고 싶다. 剛健한 質實한 靑年男女들이 굳고 큰 團結을 모아서 强한 壓力으로 世間의 淫疾한 여러

---

128) 이광수, 앞의 글, 7쪽.

129) 이광수, 위의 글, 39쪽.

男女를 膺懲하고 싶다.

朝鮮과 같이 貧窮이 切迫한 民族에게 이러한 부르조아 末期의 頹廢氣風을 容許할 餘裕는 絶對로 없는 것이다. 이상한 服裝을 입고 낮에 분을 바르고 다니는 무리는 朝鮮의 敵이다. 淫迭한 外樣을 꾸미고, 淫迭한 思想과 生活을 傳播하는 徒輩는 朝鮮의 生命을 쏘는 바찔리우스다.

剛健한 靑年男女야 일어나라! 일어나서 그대들의 剛健한 精神을 가지고 朝鮮을 위하여 獻身하고, 朝鮮을 위하여 奉仕할 次로 뭉치라. 그래서 장차 오는 健全한 朝鮮의 子女들을 그대들의 旗幟 아래로 모아 들이라. 그리함으로 朝鮮으로 하여금 깨끗한 朝鮮, 健全한 朝鮮이 되게 하여라."[130]

이광수는 "이상한 복장을 하고, 낮에 분을 바르고 다니는 무리는 조선의 적"으로 규정한다. 그러므로 화장과 사치한 복장으로 "음질淫迭한 사상과 생활을 전파하는" 순영의 몸은 "조선의 적"이며, "병적 존재"다. 사회는 이 "병적 존재"를 깨끗하게 도려냄으로써 건강하고, 건전하게 유지될 수 있다. 그러므로 "조선의 적"이자 "병적 존재"인 순영은 건강하고, 건전한 사회를 위해 필연적으로 파멸을 담보하게 된다.

2) 몸의 궤도 이탈

이 소설의 여주인공인 순영은 여학생 시대의 모습, 즉 민족과 국가를

---

130) 이광수, 「야수에의 복귀」- 청년아 단결하여 시대악과 싸우자-, 『이광수전집』17, 삼중당, 1962, 454쪽.

위해 희생하며, 신이 인도한 신성한 의무와 사회봉사의 길에서 완전히 벗어나 육체와 돈이 주는 쾌락에 심취하게 된다. 그녀는 백윤희와의 육체적 관계를 통하여 새로운 모습으로 다시 태어나게 되는데, 그를 통해 배우는 "술"과 "담배", "화투" 등은 그녀의 타락하고 퇴폐적인 생활을 상징한다.

"그뿐인가, 순영의 배가 점점 불러 갈수록 백은 음욕만으로도 순영을 사랑하는 도수가 줄었다. 그래서 순영은 허리띠 끈으로 배를 꽁꽁 졸라매어서 아무쪼록 배가 적어 보이도록 하였다. 그렇지마는 칠팔삭이 가까워 오면 아무리 배를 졸라매더라도 얼굴과 눈부터 달라지는 것이다. 이때가 되면 남자가 가까이 아니하는 것이 좋기 때문에 자연히 여자의 얼굴을 미워 보이게 만드는 것이다. 그러나 아기를 낳는다는 부부가 합하여서 하는 대사업이 끝나서 아내의 얼굴이 다시 아름답게 보이기를 기다릴 백 윤희는 아니었다. 그래서 점점 어성버성해 가는 백을 끌어들이려면, 배를 조르는 것과 화장을 하는 것과 음란한 모양을 하는 것과 백과 함께 술동무와 화투 동무를 하는 것이었다. 그것이 순영의 원하는 바는 아니지만, 그래도 일생을 희생해서 따라 온 남편을 그렇게 쉽게 다른 여편네에게 빼앗기기는 차마 못할 일이었다."[131]

그녀가 백윤희의 육체적 사랑을 지속적으로 얻기 위해 '임신 칠팔삭'에 하는 행동들, "허리띠로 불러오는 배를 졸라매기", "화장하는 것", 그리고 "음란한 모양을 하는 것", "술동무와 화투동무를 하는 것"은 모두 육체

131) 이광수, 앞의 글, 165쪽.

의 쾌락과 관련한 행동들이다. 이러한 행동들은 그녀의 몸이 백윤희의 성적 도구로 전락하게 됨을 의미한다. 또한 그녀는 아기를 낳은 뒤에 직접 아기를 돌보지 않고, 유모를 고용한다. 이는 그녀가 자신에게 부여된 사회적 직분을 수행하지 않을 뿐만 아니라, 어머니로서의 기본적인 의무와 직분조차 수행하지 않고 있음을 의미한다. 그녀가 자신의 아이를 스스로 키우지 않고, 남에게 대신하게 하는 것은 이광수의 관점에서 볼 때, 일종의 "병객病客"이나 "음탕한 사람"이다. 이는 "모성"이 여자에게만 해당하는 "최고의 천직"일 뿐만 아니라, "인류 최고의 천직天職"[132]이라는 그의 사상과 밀접한 연관성을 가지고 있다. 그는 "제 자식 안아 주고, 업어 주고, 오줌똥 거두어 주기를 귀찮게 여겨 남더러 대행케 하려는 여자를 병객病客", "음탕한 사람", 혹은 "모성애라는 인류의 감정 중에 가장 아름답고, 가장 강한 감정을 결缺한 병신病身"[133]으로 보는 것이다.

이렇게 도덕적, 육체적으로 타락한 몸, 그리고 개인의 의무와 직분을 수행하지 않는 몸은 이광수의 관점에서 본다면, 몸의 정상 궤도에서 이탈된 몸이다. 그러므로 그녀의 몸이 이상적인 궤도에서 이탈한 것에 대한 대가를 치르게 되는데, 대표적인 것이 성병이다. 성병이 올린 육체는 건강한 육체와는 다른 문화적, 도덕적 코드를 지니게 되는데, 성병은 그 병에 걸린 사람의 비도덕성을 나타낸다. 결국 성병은 사회학적인 관점에서 볼 때, 금욕적인 도덕주의를 나타내는 언어이며, 육체는 이를 나타내는 재현

---

132) 이광수, 「여성교실(《여성》, 1936. 4. 16.)」, 『이광수전집』17, 삼중당, 1962, 468쪽.

133) 이광수, 위의 글, 465쪽.

물[134]로 볼 수 있다.

"나도 참된 사람 구실을 해볼 양으로 뛰어나온 것이니까 죽어도 당신 집에는 다시는 안 들어갈 테야요. 지금 내 뱃속에 아이가 있으나 그것은 낳는 대로 당신 집으로 보내 드리지요. 당신 것은 다 당신에게로 보내 드리지요. 나는 임질·매독 오른 몸뚱이 하나밖에 가지고 나온 것은 없으니까요."[135]

병에 감염된 몸은 사회의 안전을 위해 격리시킬 필요가 있다. 왜냐하면 병에 감염된 몸은 건강한 다른 사람들의 몸에 병원균을 감염시킬 수 있는 가능성이 있기 때문이다. 그러므로 순영은 다시 사회의 일원으로 복귀하지 못한다. 그녀는 간호사 시험에 응시하지만, 임질과 매독이라는 성병으로 시험에서 탈락하며, 선생님 자리라도 얻어 보려 하지만 결국 거절당한다. 그녀가 병에 감염된 몸으로 남을 치료해야 하는(건강한 몸으로 양성시켜야 하는) 간호사라는 직업을 갖는 것은 불가능하며, 또한 교육으로 학생들의 몸을 훈육해야 하는 선생님의 역할을 수행하는 것은 근본적으

---

134) "'질환disease'과 '질병illness'의 관계는 인간의 생리가 문화와 사회에 의해 매개되는 것에 관한 다양한 근본적인 문제들을 제기한다. 논리적 관점에서 볼 때, '질환'이라는 용어는 '병리적인 비정상 상태들의 구성'을 언급하는 명확한 기술적(技術的) 의미를 갖는다. 그에 반해 '질병'은 징후(주관적 감각)나 징표(전문 관찰자에 의한 객관적 발견들)로 간주될 수 있는 임상적 표현들을 지칭한다. 따라서 질병은 환자의 주관적 반응과 전문가의 진단적 판단을 포함한 환원 불가능한 사회적 구성 요소를 가지고 있다. 환자의 주관적 반응과 전문가의 진단적 판단 모두 분명히 사회적 결정을 필요로 한다."(브라이언 터너, 앞의 책, 335쪽.) 그러므로 "질환을 사회학적으로 접근하기 위해서, 우리는 ① 질환은 언어이며, ② 몸은 재현물이며, ③ 의학은 정치적 실천이란 관념들을 결합해야 한다."(브라이언 터너, 위의 책, 377쪽.)

135) 이광수, 앞의 글, 311쪽.

로 불가능하기 때문이다. 그녀가 사회에 복귀할 수 있는 길은 원천적으로 차단되어 있었던 것이다.

한편 순영이가 성병에 감염되었기 때문에, 그녀의 딸은 선천적인 소경으로 태어난다. 순영의 병이 다른 육체인 어린 딸을 감염시킨 것이다. 이러한 병의 감염과정을 통해서 백윤희가 순영의 육체에 병을 감염시킨 것과는 또 다른 형태로 한 육체가 다른 육체를 감염시켰음을 알 수 있다. 그녀의 딸이 소경이라는 사실은 정상적인 시력을 상실하고 있다는 점에서 결핍을 나타낸다. 순영의 육체가 성병에 감염된 것이 또 하나의 육체에 시력의 상실, 즉 결핍의 근본적인 요인으로 작용한 것이다. '선천성 매독'과 '시력의 상실'은 모두 한 육체가 다른 육체에 병적 질환을 감염시킴에 의해서 발생했다는 점에서 공통점을 갖는다. 그러므로 임질과 매독, 그리고 이로 인한 소경 딸의 출생 등은 몸을 도덕적으로 사용하지 못했을 때 치를 수밖에 없는 죄의 대가로 볼 수 있다.

"어머니는 끌고 소경 딸은 끌려서 석양의 가을바람 속으로 뒤에다가 긴 그림자를 끌고 아장아장 걸어간다. 아직도 길가 마른풀 속에는 국화에 속한 꽃이 한 송이 두 송이 밭은 목을 바람에 간질이고 있다. 어머니는 가끔 꽃송이를 뜯어서는 딸에게 쥐어 준다. 딸은 그것을 볼 줄도 모르고 먹을 것인 줄만 알고 입으로 뜯어보고는 맛이 없는 듯이 내어버린다."[136]

---

136) 이광수, 앞의 글, 334쪽.

"떼어보니 무론 순영에게서 온 편지다.

『마지막으로 나의 사랑하는 봉구씨라고 부르게 하여 주시옵소서. 순영은 지금 죽음의 길을 떠나나이다. 이 편지를 보실 때에는 순영은 이미 이 세상에 있지 아니할 것이로소이다. 죄 많고 불행한 순영은 이미 이 죄에 더럽힌 육체를 벗어나 버렸을 것이로소이다.… 』"[137]

순영과 그녀의 어린 딸의 죽음은 감염된 육체의 소멸로 볼 수 있다. 여기에서 소멸은 단지 소멸하는 현상, 사라지는 사건 자체를 뜻하지 않으며, 소멸을 향한 주체의 일련의 의도, 선택, 충동을 포괄하여 가리키는 것이다.[138] 즉 이는 "생명이 없는 무기체로 회귀하려는 충동", "삶의 고뇌로부터 도피하려는 충동", 그리고 "무기적 세계의 휴면상태로 회귀하려는 이른바 죽음을 향한 충동"과 밀접한 연관성을 가지고 있다.[139] 이들의 육체적 소멸은 주체의 소멸하고자 하는 의지와 욕망의 표현이며, 이 이면에는 새로운 육체로 재생하고자 하는 욕망이 내재하고 있다. 그러므로 이

---

137) 이광수, 앞의 글, 342쪽.

138) 김예림, 「1930년대 후반 몰락/재생의 서사와 미의식 연구」, 연세대 국문학과 박사글, 2002, 129쪽.

139) "프로이트가 말한 죽음의 본능은 이미 쇼펜하우어에게서도 비슷한 개념이 나타난 것처럼 모든 유기체 본연의 충동이다. 이것은 생명이 없는 무기체로 회귀하려는 충동이고, 삶의 고뇌로부터 도피하려는 충동이며, 무기적 세계의 휴면상태로 회귀하려는 이른바 죽음을 향한 충동이다. 이렇게 보면 우리의 삶은 죽음을 향해 가는 우회로일 뿐이다.
그래서 프로이트는 개인의 삶을 서로 대립되는 기본적 두 충동간의 끊임없는 갈등과 투쟁으로 파악한다. 하나는 삶의 본능 혹은 사랑의 본능이고, 다른 하나는 죽음의 본능 혹은 파괴적인 공격의 본능이다. 전자를 에로스(Eros), 후자를 타나토스(Thanatos)라고 한다."(전경갑, 『욕망의 통제와 탈주, 스피노자에서 들뢰즈까지』, 한길사, 1999, 115-116쪽.)

들의 죽음은 궁극적으로 "재생을 위한 준비단계"[140]로서의 의미를 지니게 된다.

3. 몸을 지배하는 에로티즘의 질서

이광수에게 '에로티즘'은 개인과 민족의 개조와 진화를 저해하는 '악'으로서, 조선의 젊은 청년남녀들이 반드시 "응징"해야 할 대상이다.

"日本을 風靡하는 淫迭한 氣風은 飛行機를 타고 朝鮮에 날아와서 朝鮮의 將來를 囑할 唯一한 者인 靑年男女의 맘을 蟲蝕하고 있다. 이른바 「에로」라는 말로 表現되는 色情狂的思想은 日本文 新聞雜誌와 아울러 朝鮮文으로 發行되는 低級文獻들로 말미암아 또 「에로宣傳」, 「에로實行」의 有名한 使徒들의 獻身的 努力으로 말미암아 靑年男女學生을 流行性感氣 이상으로 普遍的으로 感染시키고 있다. 그래서 男女의 風紀는 有史以來에 처음 본다고 하리만큼 紊亂하게 되어 가는 中에 있다.……

우리는 이러한 點에서 차라리 伊太利의 파시스트를 배우고 싶다. 强健한 質

---

140) 다음은 이광수가 『재생』에 대해 자신의 생각을 언급한 부분이다.
"지금 내 눈앞에는 벌거벗은 조선의 강산이 보이고, 그 속에서 울고 웃는 조선 사람들이 보이고, 그 중에 조선의 운명을 맡았다는 젊은 남녀가 보인다. 그들은 혹은 사랑의, 혹은 황금의, 혹은 명예의, 혹은 이상의 불길 속에서 웃고 눈물을 흘리고 통곡하고 미워하고 시기하고 죽이고 죽고 한다. 이러한 속에서 새 조선의 새 생명이 아프게, 쓰리게, 그러나 쉬임 없이 돋아 오른다."
위의 내용을 통해서 순영의 '죽음'은 단순한 육체적 죽음이 아니라, 새로운 '재생'을 담보하고 있음을 알 수 있다.(이광수, 「〈재생〉 작가의 말」(『동아일보』, 1924. 11. 8.), 『이광수전집』16, 삼중당, 1962, 270쪽.)

實한 靑年男女들이 굳고 큰 團結을 모아서 强한 壓力으로 世間의 淫泆한 여러 男女를 膚懲하고 싶다.……

世上은 放縱한 性慾과 物慾으로 野獸에 復歸하려 한다. 靑年아. 그대들은 裸體男女의 그림과 글을 실은 圖書를 불사르고, 淫泆한 活動寫眞과 小說을 불사르고, 淫泆한 말을 하고 行動을 하는 者와 絶交하라. 그래서 그대부터 野獸에의 復歸에서 벗어나서 純潔하고, 健全한 奉仕의 生活로 大衆을 이끄는 指導者가 되어라. 가장 힘있게 이 惡과 싸우기 위하여 건전한 者끼리 各地, 各學校, 各工場에 굳고 큰 團結을 이루자"[141]

위의 예문은 이광수가 일본에 팽배해 있던 "에로"라는 사상이 우리나라에 들어와서 청년남녀에게 퍼져 가는 것을 개탄한 글이다. 이 글에서 그는 "에로"라는 말로 표현되는 "색정광적色情狂的" 사상을 조선 청년남녀 학생들을 감염시키는 "질환", "야수野獸에의 복귀", "시대 악惡"으로 규정한다. 그리고 그는 에로티즘의 풍조와 싸우기 위해 "나체 남녀의 그림과 글을 실은 도서, 음질淫泆한 활동사진·소설을 불사르고, 음질淫泆한 말을 하고 행동하는 자와 절교할 것"을 촉구한다. 또한 그는 "강건하고 건전한 청년남녀들이 굳고 큰 단결을 모아서 각지, 각 학교, 각 공장에서 큰 단결을 이루어 세간의 음질한 남녀를 응징"하고 싶다고 말한다.

이러한 내용을 종합해 볼 때, 그에게 에로티즘은 인간을 정신적, 육체적 타락시키는 '죄악'이다. 인간의 에로티즘은 정신적, 육체적으로 퇴보하

---

141) 이광수, 「야수에의 복귀－청년아 단결하여 시대악과 싸우자－」(『동광』, 1931. 5.), 『이광수전집』17, 삼중당, 1962, 453-454쪽.

게 한다는 점에서 "야수로의 복귀"이며, 개인과 사회를 감염시킨다는 점에서 "병적 질환·시대 악惡"인 것이다.

1) 몸을 통제하는 감시의 시선·시선의 쾌락

인간의 몸을 아우르는 에로티즘의 욕망은 시선과 밀접한 연관성을 가지고 있다. 시선(regard)은 눈의 단순한 지각작용인 시각(vision)과 대비되는 개념인데, 많은 경우 응시凝視(영어로는 gaze)라는 말로 번역되기도 한다. 시선은 단순한 지각이라기보다는 주체의 지향성이 담긴 지각이다.[142] 그러나 시선은 주체의 지향성만을 드러내지 않는다. 이는 주체가 응시하는 대상을 감시하고, 통제하는 역할을 수행하게 된다. 또한 이 지향성이 담긴 시선에 의해 감시되고, 통제되는 대상의 잠재된 욕망이 깨어나게 된다. 즉 시선은 인간의 몸의 욕망을 깨어나게 하고, 확장시키며, 더 나아가 이를 감시하고 통제하는 이중적 역할을 담당하게 되는 것이다. 그러므로 남성의 시선에 의해 형상화된 아름다운 여성의 이미지는 여성을 찬양하는 것이기도 하지만, 또 한편으로는 남성의 관음증적(voyeuristic) 시선에 수동적으로 여성을 드러내 놓고 감시와 쾌락의 대상으로 전시하는 것이기도 하다. 여성 이미지에 있어서 감시와 자기 확인, 나아가 쾌락은 일맥상통한다.[143]

---

142) 이진경, 앞의 글, 86쪽.

143) 이영준, 「사진 속의 신체, 감시와 찬미의 변증법」, 『월간미술』, 1997, 10, 169쪽.

『재생』의 여주인공 순영은 나체화의 아름다운 주인공처럼 그녀가 가진 뛰어난 아름다움으로 언제나 찬사와 주목의 대상이 된다. 이 시선에 의해 그녀의 삶은 찬란한 기쁨과 지옥 같은 고통이 교차되는 야누스적인 성격을 띠게 된다. 소설 속에 형상화된 그녀의 외모는 기존의 남성들이 관습적으로 추구해 온 여성의 이미지를 그대로 반영하고 있다. "호리호리한 키", "날씬한 몸맵씨", "얌전하게 틀은 윤이 흐르는 머리 모양" 등 그녀의 외모는 남성의 관능적 욕망을 그대로 표현하고 있다. 결국 그녀의 몸은 우월적 위치를 가진 남성적 시각의 반영이며, 남성적 권력이 작용하는 물질적 대상으로 볼 수 있다.

"과연 순영은 이 날 밤에는 더욱 어여뻤다. 호리호리한 키와 날씬한 몸맵씨, 얌전하게 틀은 윤이 흐르는 머리 모양이 오늘 따라 순영은 더욱 어여쁘다. 바탕도 어여쁜 얼굴이지만 학교 안에서 소문이 나도록 순영은 화장에 힘을 쓰고, 또 화장하는 솜씨가 있으며, 옷감 고르는 것이라든지 옷고름 매는 것까지 모두 남보다는 모양이 있었다. 게다가 그는 지금 갓스물이라는 한참 필대로 다 핀 꽃이다. 다만 흠을 잡자면 그의 얼굴에 살이 좀 부족해서 풍부한 맛이 없는 것이다."[144]

그러나 아이러니하게도 남성의 욕망과 관능, 그리고 남성 우월적, 남성 권력적 시선에 노출된 그녀의 육체의 아름다움은 그녀 자신의 만족과 나

---

144) 이광수, 앞의 글, 7쪽.

르시즘, 그리고 쾌락의 수단으로 활용된다.

　　"얼마나 순영이가 일찍 자기를 높게, 아름답게 보았을까. 얼마나 자기를 세상
의 빛같이 보았을까. 천사같이 새침하고 여왕같이 높았을까. 그러나 지금 볼 때
에 자기는 마치 때묻은 누더기와 같다. 세상에 나갈 때에도 고개를 숙이고 다니
지 아니하면 아니 된다."[145]

　　〈사람이란 이렇게 살 게야!〉 하고 순영은 빙그레 웃었다. 게다가 방안은 덥
다 할이 만큼 따뜻하여서 가슴을 내어놓아도 추운 줄을 몰랐다. 순영은 가만히
누워서, 혹은 하얀 천정을 바라보고, 혹은 자기의 윤택 있는 손과 팔을 물끄러미
들여다보고, 혹은 부드러운 자기의 살을 만져 보았다. 세상이 모두 봄날이요, 자
기의 온몸이 모두 아름다움과 기쁨과 행복으로 된 것 같았다."[146]

　　"얼마나 순영이가 일찍 자기를 높게, 아름답게 보았을까""얼마나 자기
를 세상의 빛같이 보았을까""천사같이 새침하고 여왕같이 높았을까"라는
그녀의 말을 통해서, 그녀의 육체에 쏟아지는 찬사와 욕망의 시선이 그녀
의 자기만족, 나르시즘, 그리고 쾌락의 근본적인 원인이 되고 있음을 알 수
있다. 타인들의 뭇시선들은 그녀로 하여금 자신의 뛰어난 아름다움을 새
롭게 인식하고, 자신의 아름다움에 도취하게 하는 근본적인 동인이 된다.

---

145) 이광수, 앞의 글, 186쪽.

146) 이광수, 위의 글, 70쪽.

그녀가 느끼는 시선에 의한 쾌락은 다른 사람들, 즉 남성의 관능적 시선에 의해 발생하며, 그녀는 이 욕망의 시선에 의해 지배된다. 이는 그녀의 육체를 매개로 해서 지속적으로 발전하게 된다. 결국 그녀 삶의 지향성은 그녀의 육체와의 상호 관련 속에서 만들어지며, 그것의 경계를 결코 벗어나지 못한다. 그녀의 자기 육체에 대한 인식, 그리고 나르시즘적 태도는 그녀의 삶을 파멸로 이끌게 되는 중요한 동력으로서 위치하게 되는 것이다.

한편 순영의 삶의 급격한 추락을 통해서, 그녀의 몸을 지배하는 시선이 쾌락과 통제의 성격을 넘어서서 가혹한 폭력성을 지니고 있다는 사실을 알 수 있다. 순영의 몸에 쏟아졌던 찬사와 주목의 시선들은 그녀가 백만 장자 백윤희의 첩으로 팔려가고, 다시 내쫓기는 상황이 되자, 그녀의 평화로운 삶을 파괴하고, 그녀가 몸담고 있는 사회와 그녀 자신을 괴리시키는 역할을 하게 된다. 그녀의 몸은 더 이상 찬사의 대상이 아니라, 조롱과 질시의 대상이 되며, 사람들의 냉혹한 시선[147]에 의해 그녀의 마음과 육체는 여지없이 파괴된다.

"순영은 말없이 고개를 숙여서 답례를 한다. 한 입 두 입 건너 이것이 한참적 미인으로 유명하고, 재주 있기로 유명하고, 영어 잘하고 피아노 잘 치기로 유명하고, 백만금 부자 백 윤희의 첩으로 들어갔다가 소박 받고 뛰어 나와서 이내 종적을 모르기로 유명하던 김 순영의 후신이라는 것을 오십여 명 여학생들이 다 알게 되자, 여학생들의 시선은 모두 이 방직회사 직공으로 뛰어 나와 소경 딸 업

---

147) 이 시선 역시 단순한 지각이라기보다는 주체의 지향성이 담긴 지각이라는 점에서, 응시(凝視, 영어로는 gaze)로 볼 수 있다.

은 여인에게로 쏠렸다. 그리고 이 어린 여학생들의 호기심으로 쏘는 시선은 마치 독약을 바른 화살 모양으로 순영의 전신을 폭폭 찌르는 듯하였다. 더구나 차차 이것이 순영인 것을 한 입 건너 두 입 건너 알게 된 여학생들은 무슨 큰 구경이나 난 듯이 혹 먼 발치서 혹 바싹 가까이 와서 순영을 위 아래로 훑어보고 연해 손가락질을 하고 수군거리고 피피 웃고 깨득거리기까지 하는 것을 보면 순영은 얼굴에 모닥불을 담아 붓는 듯하였다."[148]

이러한 시선의 가학적 폭력성은 여기서 멈추지 않는다. 그녀의 죽은 몸은 구경꾼들의 시선에 그대로 노출된다. 자살한 그녀의 몸은 보는 이들의 조롱과 질시의 대상을 넘어서서 혐오와 두려움의 대상으로 완전히 전락하게 되었음을 알 수 있다. 한때 아름다웠던 그녀의 몸은 싸늘한 시체가 되어 소경 딸의 시체와 함께 폭포의 물속에 "얼굴을 하늘을 향하고 폭포가 내려 찧을 때마다 끔뻑끔뻑 물속으로 들어갔다 나오기도 하고 둥그런 수면으로 이리로 저리로 빙빙 돌기도 한다". 이러한 그녀의 처참한 시체에 대한 묘사를 통해서, 죽어 시체가 된 그녀의 몸에도 여전히 사람들의 폭력적 시선이 작용하고 있음을 알 수 있다.[149]

---

148) 이광수, 앞의 글, 349쪽.

149) 이광수, 위의 글, 351-352쪽.

2) 유혹과 퇴폐의 공간학

이 소설에서 보여지는 침실, 욕실(온천)의 공간은 은밀한 유혹과 퇴폐[150]
의 공간이다. 다른 공간과 달리 이곳에서의 주인공은 남의 시선에 구애받
지 않고, 자신의 몸과 자신의 욕망을 가식 없이 그대로 드러내게 된다. 이
렇게 주인공이 이 공간에서 자신의 내면의 욕망을 인식하고 확장하게 되
는 중요한 요인은 이 공간이 가지고 있는 내밀성(intimacy)과 밀접한 연관
성을 가지고 있다. 내밀성이란 드러나지 않는 것, 자신만의 고유한 것, 따
라서 자신의 내면에 속하는 것이다.[151] 즉 내밀성이라는 것은 외부세계의
시선과 윤리에 의해 굴절되지 않은 순수한 내면으로 볼 수 있다. 내밀성
이 보호될 수 있는 요건을 충족시키기 위해서는 외부세계로부터의 거리
를 필요로 하게 된다. 이 거리를 만족시킬 수 있는 결정적인 공간이 침실
과 욕실(온천)이다.

이들 공간에서 순영은 그녀의 몸을 감싸고 있는 외부세계의 시선과 윤
리를 벗어버리고, 발가벗겨진 자신의 몸의 욕망을 인식하기 시작한다. 이
들 공간이 가지고 있는 내밀성은 자기 자신을 보는 자신의 시선의 이름이
며, 자신에 대한 관찰과 내성內省의 수단이다. 그것은 자기 자신에 눈을 돌

---

150) 이 소설에서 침실과 욕실(온천)이 유혹과 퇴폐의 공간으로 그려진 것은 엄격한 금욕주의적 시
각의 반영으로 볼 수 있다. 즉 "육체적 욕망을 '퇴폐'로 죄악시하는 막후에는 합의되지 않은 가치 판
단으로서의 육체의 자유를 제어하는 모종의 권력이 도사리고 있다. 변한 것은 욕망과 육체가 아니라
권력이다."(김승현, 「육체에 얽힌 권력의 해부」, 『월간미술』, 1997, 9, 138쪽.)

151) 이진경, 앞의 책, 231쪽.

리고, 자기 자신에 대해 사유하는 '자기의식'[152]으로 볼 수 있다. 순영은 이 내밀한 공간에서 이전의 모범적인 자신과는 너무도 생소한 '원시적' 욕망을 꿈꾸는 자신을 발견하게 된다. 그리고 일단 발견된 그녀의 욕망은 정지되거나 단절되지 않고, 계속적으로 확장된다. 천천히 속도를 가속화하기 시작한 기차가 스스로 멈출 수 없는 것처럼, 그녀의 깨어난 욕망은 제어되지 않고 앞으로 질주할 뿐이다.

순영이 맨 처음 그녀의 잠재된 욕망을 인식하기 시작한 곳은 백만장자 백윤희의 화려한 내실(침실)이다. 그녀는 자신의 아름다운 몸을 돈으로 사고자 하는 백윤희의 별장에서 그의 예의 바른 안내로 안방에 이르게 된다. 그녀가 사랑에서 안방까지 도달하기 위한 긴 도정은 "안방", 즉 "내실"이 의미하는 깊숙하고, 은밀한 이미지와 밀접한 연관성을 가지고 있다. 순영은 "긴 복도를 지나고, 또 몇 굽이를 지나고, 몇 마루를 지나고 몇 문을 지나고, 그리고 화초 심은 몇 조그마큼씩한 마당을 지나서야" 마침내 "내실"에 도달하게 된다. 이러한 내실에 이르는 긴 도정은 외부세계로부터 완전히 차단된, 그리고 보호된 장소라는 의미를 지니게 된다. 그리고 이 완벽한 공간의 묘사를 통해서 독자의 상상력은 '깊이깊이' 숨겨진 내실, 즉 아름다운 여인의 몸이 존재할 것으로 상상되는 은밀하고, 유혹적인 공간을 그릴 수 있게 되는 것이다.

"순영은 백의 뒤를 따라 안으로 들어 갈 때에 진실로 아니 놀랄 수가 없었다.

---

152) 이진경, 앞의 책, 237쪽.

〈어찌하면 집이 이렇게 굉장하고도 화려할까. 조선집은 도저히 서양 집만 못하게만 알았더니, 이런 집은 도리어 서양 집보다도 으늑하고 화려하다.〉 하였다. 사랑에서 안방까지 전부 복도로 되었은데, 복도라야 모두 어떤 방의 마루다. 방도 많기도 많다. W학교 기숙사 모양으로 많은 듯하였고 그 방들이 모두 딴 방향이요, 또 조금씩이라도 딴 모양인 데는 아니 놀랄 수가 없었다. 몇 굽이를 지나고 몇 마루를 지나고 몇 문을 지나고, 또 화초 심은 몇 조그마큼씩한 마당을 지나서 환한 안마당이 보이는 곳에 다달았다."[153]

그리고 마침내 내실에 도착한 순영은 다른 화려한 가구들과 장식품, 그림, 글씨 족자들이 있음에도 불구하고, 그녀의 시선은 "벽에 걸린 나체의 미인화"에 고정된다.

"그것은 이 방보다 더 적고 한복판에 누런 침대가 놓이고 하얀 시트가 덮이고, 천장에는 분홍 망사 서양 모기장이 달렸다. 그리고 시창을 옆에 끼고 북벽을 향하여서는 그리 크지는 아니하나 얌전한 피아노 하나가 놓이고, 다른 구석에는 서양 경대와 서양 의걸이가 놓이고, 침대 곁에는 조그마한 탁자와 의자가 놓이고, 침대 머리에는 초인종 대가리가 달리고, 동창에는 짙은 초록 문장을 드리웠는데, 그 위에는 나체 미인화 하나를 걸었다."[154]

---

153) 이광수, 앞의 글, 52쪽.

154) 이광수, 위의 글, 54쪽.

"이러는 동안에 전등불이 들어왔다. 젖빛 같은 빛이 방안에 차고 창 밖이 갑자기 어두워지는 듯하고 순영의 앞길도 갑자기 어두워지는 듯하였다. 순영은 전등을 바라보았다. 그리고 벽에 걸린 나체의 미인화를 바라보았다. 그는 목욕을 하고 나오다가 불의에 사람을 만난 모양으로 하얀 헝겊으로 배 아래를 가리고 몸을 비꼬고 앉았으나 자기 육체의 아름다움을 자랑하는 듯이 빙그레 웃음을 띠었다. 순영은 그것이 자기인 것 같았다."[155]

그리고 순영은 나체화에 등장하는 에로틱한 여인의 모습을 묘사하기 시작한다. 이 나체화 속의 아름다운 여인의 모습은 나체라는 것이 수치와 두려운 공포의 대상이 아니라, 아름다움과 도취의 대상이며 성적인 욕망을 조장하는 대상임을 보여주고 있다. 여인은 목욕을 하고 나오다가 불의에 다른 사람을 만나지만 전혀 당황하거나 부끄러워하지 않는다. 표면적으로는 부끄러운 듯이 자신의 치부를 하얀 헝겊으로 가리고 있지만, 이는 수치심 때문이 아니라 오히려 남성의 시선을 그곳으로 이끌어 성적인 욕망을 자극하는 데 그 목적이 있다. 이러한 그녀의 의향은 "에로틱하게 몸을 꼬고, 자기 육체의 아름다움을 자랑하는 듯이 빙그레 웃음을 띠우고 있다"는 표현에 의해서 확인된다. 그리고 마침내 순영은 그 나체화 속의 여인이 자신인 것 같다고 생각한다. 이러한 순영의 인식을 통해서, 그녀가 나체화의 여인과 동일한 성격의 소유자임을 알 수 있다. 침실이라는 공간은 그녀가 자신의 지향성, 곧 에로티즘에의 지향성을 인식하게 하는 결정

---

155) 이광수, 앞의 글, 60쪽.

적인 공간으로 기능하고 있음을 알 수 있다.

또한 침실과 더불어 발가벗기기의 주요한 공간은 온천(욕실)이다. 온천은 당시 상당한 재력가가 아니면 결코 엄두도 낼 수 없는 부유층을 위한 전용 공간이다. 또한 성적인 측면에서 볼 때, 온천은 방탕한 남녀의 성욕을 해소할 수 있는 배설의 공간으로 볼 수 있다. 온천에서 남녀가 발가벗고 혼탕을 즐기는 모습이 로마 시기부터 나체화에 자주 등장하는 주제라는 점에서 알 수 있듯이, 온천이 지니고 있는 성격은 돈과 성욕의 밀접한 상호 관련 속에서 파악될 수 있다.

순영은 오빠인 순기를 따라 동래온천에 도착한다. 그녀는 자동차를 타고 동래온천에 도착하는 순간부터 "자기의 온몸이 모두 아름다움과 기쁨과 행복으로만 된 것 같음"을 느낀다. 그녀는 온천에서 목욕을 한 후 견딜 수 없는 흥분에 사로잡힌다. 결국 목욕은 이제까지 그녀를 지배하던 사회의 도덕을 벗어버리고, 그녀의 내밀한 욕망을 인식하게 하고, 더 나아가 이를 적극적으로 추구하게 하는 중요한 계기로 작용하게 된 것이다. 즉 목욕은 그녀로 하여금 통제할 수 없는 성적 흥분을 불러일으킴으로써 도덕적 방종으로 이끄는 매개 역할을 담당한다.

"순영은 그날 종일 퍽도 행복되었다. 목욕을 하고 와서는 책을 좀 꺼내어 보려고 하였으나 책이 눈에 들어오지를 아니하였다. 그렇다고 가만히 있을 수도 없어서 앉았다 일어났다, 거닐기도 하고, 창으로 내다보기도 하였다. 화젓가락으로 불을 묻었다가 파내다가 매화꽃 가지를 코에 대어 싸늘한 향기를 킁킁 맡다가 이 모양으로 마음이 흥분하였다. 순기도 술이 뻘겋게 취한 모양으로 일본

사람의 자리옷을 입고 한번 들여다보고는 영 오지를 아니하였다. 그래서 순영
은 혼자서 즐거운 심심 속에 앉으락 일락 하였다."[156]

그러므로 이 소설에서 침실과 온천은 이 공간이 근본적으로 지니고 있
는 '내밀성'으로 인해, 외부세계의 시선에 구애됨이 없이 순영으로 하여금
자신의 육체가 지니고 있는 아름다움을 발견하게 하고, 또한 그 육체 속
에 내재된 욕망을 발견하게 한다. 이렇게 발견된 욕망은 계속해서 확장됨
으로써, 순영의 육체적 욕망, 즉 에로티즘에의 욕망은 그녀의 인생을 지배
하는 강력한 동인으로 작용하게 된다.

3) '주림', '자기 유혹', '비극적 파멸의 변주곡'

서로 다른 육체가 완벽한 합일에 이르려는 열망, 즉 에로티즘에의 열망
은 이 소설에서 "주림", "자기 유혹", "비극적 파멸"의 성격으로 드러난다.
인간의 에로티즘에의 열망은 궁극적으로 충족될 수 없다는 점에서 "주
림"의 성격을 가지게 되며, 에로티즘의 추구가 자기 자신의 내부로부터
발생한다는 점에서 "자기 유혹"의 성격을 가지게 된다. 또한 에로티즘에
의 지향성을 지닌 인물이 정신적으로, 혹은 육체적으로 타락의 길을 걷게
된다는 점에서 "비극적 파멸"의 성격을 지니고 있다.

---

156) 이광수, 앞의 글, 71쪽.

『재생』의 여주인공인 순영은 이전에 느낄 수 없었던 육체적 욕망을 인식하는 것에서 그녀의 비극적 여정은 시작된다. 순영은 기독교 학교의 여학생으로서 엄격하게 금욕적인 생활을 강요받는 기숙사에서 십 년간 생활해온 소위 모범생이다. 결혼에 대해서 생각도 해보지 않았고, 더구나 연애한다는 것에 대해서 죄악이라는 단어를 떠올릴 만큼 그녀의 가치관은 당시의 사회적 윤리로 볼 때 도덕적이다. 하지만 외면적으로 보여지는 모습과는 달리 그녀의 내부에서 일어나는 인간적인 욕망, 에로티즘에의 욕망은 그 누구보다도 뜨겁다.

"순영은 자리에 누워 곁에 자는 동창들의 깊이 잠든 숨소리를 들으면서 가슴 속에 이상한 젊은 욕심이 일어남을 깨닫는다. 그의 몸은 지나치게 발육되었다. 그의 뜨거운 피는 귀를 기울이면 소리라도 들리리만큼 기운차게 돌아간다. 그리하고 그의 정신은 일종의 간지러움과 아픔을 가지고 무엇을 붙잡으려는 듯이 손을 허공으로 내어 두른다. ……그의 몸은 동대문 밖 백씨의 집 양실 침대 위의 폭신폭신한 새털 요와 가뿐한 새 이불에 싸였다. 그의 곁에는 건강하고 아름답고 은근하고 사랑이 깊은 중년의 남자가 누웠다. 밖에서는 바람이 불고 비가 뿌린다. 그러나 방안은 봄날 일기와 같이 따뜻했다. 그의 하얀 몸과 검은 머리에서는 향기가 동한다. —살은 비단결같이 부드럽다."[157]

그녀의 점차 깨어나기 시작하는 에로티즘에의 욕망은 "정신의 간지러

---

157) 이광수, 앞의 글, 66쪽.

움과 아픔", "설운 듯한, 애타는 듯한 그리움"이라는 부드러운 정신적 촉
감으로 다가온다. 그녀는 자신이 "채워질 수 없는 주림"에 목말라 있음을
자각한다. 그녀는 이 목마름을 만족시키기 위해 더 자극적인 쾌락을 향해
질주한다. 그러나 그녀의 목마름은 채우려 하면 할수록 더욱 심해질 뿐이
다. 이러한 까닭은 "주림"이 곧 욕망이라는 데 그 근본적인 이유가 있다.
욕망은 그 자체가 대상이기 때문에 결코 충족될 수 없으며[158], 욕구와는 대
조적으로 지속적으로 계발되기 때문에 헛된 것이다.[159] 그러므로 욕망은
또 다른 욕망을 끊임없이 생산하며, 결코 욕망의 충족을 허락하지 않는다.

"아무려나 그들에게는 다 무슨 불평이 있었다. 불평이라는 것보다도 주림이
다. 아직 남편과 돈을 얻지 못한 여자는 남편과 돈에 대하여 주림이 있고 그것을

---

158) '욕구'와 '욕망'의 차이점에 대해 브라이언 터너는 다음과 같이 말하고 있다.
　"욕망에 대한 분석은 철학에서 긴 역사를 가지고 있고, '욕망'은 종종 '욕구'와 연관되긴 하지만, 욕
망이론과 욕구이론은 동일하지 않다는 점을 분명히 하는 것이 중요하다. 예를 들면, 프로이트의 정
신분석은 대체로 욕망에 관한 이론으로서 본질적으로 욕구에 관한 이론인 마르크스주의 인간학으로
해석될 수 없다. 욕구는 그 욕구를 만족시킬 대상을 암시하며 그 대상은 욕구에 외재한다. 반면 욕망
은 그 자체가 대상이기 때문에 결코 충족될 수 없다. 사회 안에서 욕망은 충족될 수 없다는 프로이트
학파의 욕망관은 그들의 비관론의 토대가 된다. 오이디푸스 신화는 이런 욕망의 불가능성을 상징한
다. 욕구의 만족은 좋은 사회의 기준일 수 있지만, 욕망의 만족은 그렇지 않다. 따라서 정욕과 분노
는 그리스 사회가 개인적 미덕의 토대이자 사회집단의 결속제로 보았던 우정을 부식시키는 것이었
다."(브라이언 터너, 앞의 책, 98-99쪽.)

159) "우리가 사회적으로 구성된 현실에 살고 있고 우리의 쾌락은 사회적 맥락 속에서 성취되는데,
'욕구'도 그렇다는 점이다. '욕구'와 '욕망'의 대조는 어느 정도 '자연'과 '문화'의 구분에 기초하고 있
다. 우리의 욕구가 실재적인 것으로 간주되는 이유는 그것이 자연적이기 때문이며, 욕구가 자연적인
이유는 몸이 우리의 실존의 자연적 배경을 이루는 부분이기 때문이다.
　대조적으로, 욕망은 계발되기 때문에 헛된 것이다. 우리의 문화는 우리의 몸을 계발하는 것으로부
터 출현한다. 문명화될수록 문화적 부담은 점점 불필요한 것처럼 보이게 된다. 욕망은 사치스러운
것에 불과하지만 욕구는 필수적인 것이다. 그러나 우리가 욕구로 인식하는 것은 사실상 철저히 문
화를 통해서 관통되고 구성되기 때문에 이런 구분을 유지하기는 어렵다."(브라이언 터너, 위의 책,
121-123쪽.)

얻은 여자도 얼마를 지나고 보면 그것만이 결코 자기들의 주림을 채우지 못할 것을 깨닫는다. 그러할 때에 그들은 전보다도 더 견딜 수 없는 주림을 깨달아서 어찌하면 이것을 채워 볼까 헤맨다.

〈모두 주렸고나―쾌락을 찾아서 쾌락을 얻지 못하고 모두 주렸고나.〉"[160]

한편 이러한 "주림"은 "자기 유혹"과 밀접한 연관을 가지고 있다. 순영은 "자기 유혹"에 의해서 에로티즘의 욕망을 극대화한다.

"자기는 꼭 봉구를 따라야만 옳았을 것이다. 동래온천에 간 것도 자기가 자기의 유혹을 이기지 못한 것이지, 안 갈려면 안 갈 수도 있었고 또 가는 뜻이 무엇인지도 속으로는 알았던 것이요, 동래온천에서 둘째 오빠가 자기와 백가만 두고 일본으로 간다고 할 적에도 자기는 혼자는 아니 있는다고 서울로 뛰어 올 수도 있었던 것이다. 가장 오빠의 말을 복종하는 체하고 거기 머물러 있은 것은 오직 핑계다. 도리어 자기는 밤에 백이 자기 방에 들어 올 것을 예기히지 아니하였던가……도리어 그리 하였으면 하고 바라지 아니하였던가―아 무섭다, 더럽다. 자기의 몸을 망쳐 놓은 것은 오직 자기다."[161]

결국 이 소설에 형상화된 에로티즘은 서로 다른 육체가 완벽한 합일에 이르려는 인간의 순수한 열정으로서의 에로티즘이 아니라, 순영을 타락

---

160) 이광수, 앞의 글, 262쪽.

161) 이광수, 위의 글, 294쪽.

시키고, 죄의 구렁텅이로 몰고 갈 사탄의 모습으로 형상화되어 있다. 즉 이 소설에서 에로티즘은 하나의 죄악에 대한 유혹이다. 이는 애욕이 순결한 영혼을 더럽히는 부도덕한 일이요, 영원히 추방해야 할 악마[162]라는 기독교적 윤리와 밀접한 연관성을 가지고 있다.

『재생』에 등장하는 인물들은 크게 두 부류로 분류될 수 있다. 인간의 육체적인 욕망을 추구하는 인물들과 기독교 윤리에 입각한 금욕적인 생활을 추구하는 인물들로 구분된다. 이 인물들이 어떠한 지향성을 갖느냐에 따라서 그들의 운명은 판이하게 달라진다. 엄격한 금욕적인 생활을 실천하는 이들은 신의 가호 아래 사회에서 존경과 추앙을 받게 되며, 에로티즘을 갈망하는 이들은 결국 파멸의 길을 걷게 된다. 이러한 철저한 이분법적 상황 설정은 에로티즘에 대한 기독교적 윤리를 그대로 반영하고 있는 것으로 볼 수 있다.

남자 주인공 신봉구는 사랑하는 사람의 추구, 즉 에로티즘에의 추구가 인간을 파멸로 몰고 갈 수 있음을 보여주는 인물이다. 그에게 순영의 존재는 그의 전 인생을 지배하는 신과 같은 존재로, 그를 죄악의 길(돈만을 추구하는 생활)로 이끄는 데 결정적인 역할을 담당한다.

"봉구는 여러 번 위험한 지경을 당하였고 또 마침내 셋 중에 맨 먼저 붙들렸다. 그러나 그가 순영을 생각할 때 모든 고생과 위험을 꿀과 같이 달았다. 만일 자기가 사형대에 올라선다 하더라도 순영이가 곁에서 보아주기만 한다면 목이

---

162) 이명옥, 『사비나의 에로틱 갤러리』, 해냄, 2002, 85쪽.

잘리면서도 기쁘리라 하였다."[163]

　"봉구는 무슨 까닭으로 이 운동을 시작하였던가, 그것조차 잊어버렸다. 인제
는 다만 자기가 힘을 쓰면 쓰는 만큼, 위험을 무릅쓰면 무릅쓰는 만큼, 순영이가
기뻐해 주고 애썼다고 칭찬해주는 것이 기뻤다. 잡힐 뻔 잡힐 뻔하던 여러 가지
위험을 벗어나서 자기의 사명을 마치고 세 사람이 숨어 있는 곳으로 들어갈 때
에 그가 얼마나 기뻤을까. 그가 똑똑 문을 두드릴 때에「아이구 오시네.」하고 순
영이 문을 열어 줄 때에 그가 얼마나 기뻤을까."[164]

　봉구는 순영이가 그의 곁에 존재하기 때문에 "나랏일을 하며 겪는 모
든 고생과 위험을 꿀과 같이 달게 여기며", 또한 "자신이 사형대에 올라선
다 하더라도 순영이가 곁에서 보아주기만 한다면 목이 잘리면서도 기쁠
것"이라고 생각한다. 그리고 마침내 그는 자신이 왜, 무엇 때문에 나라를
위한 운동을 시작하였는가 하는 목적의식조차 잊어버리게 된다. "다만 자
신이 힘을 쓰면 쓰는 만큼, 그리고 위험을 무릅쓰면 무릅쓰는 만큼 순영
이가 기뻐해 주고 애썼다고 칭찬해 주는 것이 기쁠 뿐이다" 이러한 봉구
의 가파른 의식의 변화를 통해 그가 추구하는 절대적 대상이 국가에서 순
영이라는 아름다운 여인으로 전환되었음을 알 수 있다. 이제 그에게 순영
이라는 인물은 다만 그가 사랑하는 여인이 아니라 그의 전 인생을 지배하

---

163) 이광수, 앞의 글, 19-20쪽.

164) 이광수, 위의 글, 20쪽.

는 강력한 신으로 군림하게 된 것이다. 순영이라는 절대적 존재의 상실은 그가 가지고 있던 목적의식을 상실하게 만들 뿐만 아니라, 푸르렀던 그의 인생 자체를 시들게 만드는 '독'으로 작용하게 된다.

"내가 순영 씨를 그렇게 의심하였다 하면 나는 벌써 순영 씨를 죽여 버렸거나 했지, 아직까지 이렇게 무사하겠어요. 한국 여자를 다 의심하더라도 순영 씨는 의심할 수가 없지요. 자기가 사랑하는 사람까지 의심하고야 어떻게 살아요?"[165]

또한 위의 지문은 두 연인의 결합이 열정의 결과라고는 하지만, 그 열정적 결합은 죽음을 부르고, 살해 욕망, 자살에의 충동을 부를 수도 있다[166]는 것을 보여준다. 봉구가 순영을 백윤희에게 잃은 후 억울한 살해 사건에 연루되어 사형의 위기에 처해지게 된 상황에서도 진실을 밝히기를 거부하고 사형되기를 바란 것은 에로티즘의 대상, 즉 순영의 상실에 그 원인이 있는 것이다.

이처럼 이 소설에 형상화된 에로티즘의 성격은 "주림", "자기 유혹", "비극적 파멸"로 정의될 수 있다. 이러한 성격으로 인해, 에로티즘의 지향성을 가지고 있는 인물들은 끊임없이 욕망을 생산하지만, 이 욕망은 결코 충족되지 않는다. 다만 그들은 자신의 삶을 파멸로 몰고 갈 뿐이다.

---

165) 이광수, 앞의 글, 96쪽.

166) 조르주 바타유, 『에로티즘』, 조한경 옮김, 민음사, 1989, 21쪽.

4) 금기의 위반

인간 자신이 만들어낸 육체에 대한 금기, 그리고 이를 위반할 때 필연적으로 수반되는 긴장과 쾌감은 인간이 왜 금기를 만들고, 이를 위반하는가에 대한 하나의 해답을 제공한다. 그리고 인간의 금기의 위반을 통해 얻은 쾌감은 결국 죄의 쾌락[167]으로 볼 수 있다.

이광수 소설『재생』에서 육체에 대한 금기는 서사구조의 주요한 기제로 작용한다. 금기의 위반은 사회적 시선과 일정한 관계를 가지고 있다. 금기 위반의 행위는 사람들의 시선을 벗어나 은밀하고 폐쇄된 장소에서 일어나는 것이 일반적이다. 금기의 위반이 실제로 일어났다 하더라도 이를 지켜보는 감시의 시선에서 벗어나 있을 때, 금기의 위반에 의해 발생할 수 있는 다양한 위험성은 그대로 사라지게 된다. 즉 사회적 시선에서 벗어나 있을 때, 금기를 위반한 자에게 부과되는 사회적 처벌은 존재하지 않는 것이다.

순영은 인간에게 존재하는 금기 위반의 충동이 사회적 시선과 어떠한 상관관계에 있는가를 보여주는 전형적인 인물이다. 그녀에게 부여된 금기는 처녀에게 부여되는 성경험의 금기이다. 당시 여성에게 있어 혼전 성관계는 하나의 결정적인 금기의 대상이며, 금기의 위반은 두려움과 공포를 수반하게 된다. 순영은 엄격한 기독교식 교육을 받은 처녀답게, 이 금기를 굳게 지켜왔고, 이를 자신의 가장 큰 자랑으로 여긴다. 그러나 이는

---

167) 조르주 바타유는 "금기는 쾌락을 야기하는 동시에 그것을 금하는 것"이라고 말함으로서, 금기가 '쾌락'과 밀접한 연관성이 있음을 지적하였다.(조르주 바타유, 앞의 책, 117쪽.)

그녀가 사회적 시선과 감시로부터 벗어나 있을 때 "너무나 벗어지기 쉬운 금박"에 불과한 것이다. 순기와 동래온천에 가게 된 순영은 밤중에 백윤희가 그녀의 방에 침입하여 그녀의 순결을 빼앗으려 하자 거칠게 반항한다. 그러나 이러한 반항도 잠시 "누가 보는 사람이 있느냐"라는 말 한마디에 그녀는 백윤희의 욕망과 자기 자신의 욕망에 일시에 굴복하고 만다.

> "「누가 보는 사람이 있소?」하고 백의 말은 점점 예의가 없어져 가고 그의 씨근거리는 입김은 마치 성난 맹수와 같았다. 〈응 아무도 보는 사람이 없다. 감쪽같다.〉 하고 순영의 성난 것은 가라앉았다. 참 일순간이었다. 일순간보다도 더 짧은 순간이었다 —그렇게 짧은 순간에 사람의 성격은 시험을 당하는 것이다."[168]

이는 남들의 시선이 존재하지 않을 때, 즉 남들에게 알려지지 않을 때 금기의 준수란 별다른 의미를 갖지 못함을 시사한다. 그러므로 순영은 백윤희의 유혹과 자신의 내적 욕망에 굴복할 수밖에 없는 것이며, 이후 며칠 간 그녀의 양심을 괴롭히던 죄의식은 이내 사라져 버리고 만다. 그리고 남들의 시선이 없는 곳에서 그녀는 지금까지 느끼지 못했던 자유로움을 느끼게 되며, 더욱 더 대담성을 띠게 된다.

여기서 한 가지 중요한 사실은 그녀가 완전히 죄의식에서 벗어나게 되는 계기가 엄격한 규율로 통제되는 '학교 문'을 나서면서 시작된다는 것

---

168) 이광수, 앞의 글, 75쪽.

이다. '학교 문'은 학교와 바깥세상, 즉 규율로부터 자유로운 세상과의 경계의 구실을 하게 된다. 이 경계의 지점을 지나면서 순영의 몸은 더 이상 금욕주의적인 엄격한 규율의 통제 영역에 존재하지 않는다. 그러므로 규율은 그녀의 몸에 효력을 미칠 수 없다. "사감 선생의 절제도 받지 않고", "기도회 시간도 두려워하지 않고 살아가는 세상"에 대한 기대감은 순영의 몸을 내려 누르던 죄의식을 단번에 날려 보낸다. 이는 학교가 순영에게 행한 도덕적, 금욕적 교육이 결국 실패했다는 사실을 의미한다.

"학교 문을 나설 때 순영은 말할 수 없이 괴로웠다. 십년 적공이 아무 것도 남은 것이 없는 듯하였다. 그래서 아주 영원히 학교를 작별이나 하는 듯이 슬픈 얼굴로 다시금 뒤를 돌아다보았다.···

그러할 때에 인력거가 대한문 큰 거리에 나왔다. 거기는 더운 날이지마는 자동차도 다니고 일인ㆍ청인 할 것 없이 사람들도 많이 다니었다. 기숙사에서 생각하던 세상과는 다른 세상이다. 저 사람들은 사감 신생의 절제도 받지 아니하고 기도회 시간도 두려워하지 않고 살아간다. 모두 제 멋대로 먹고 마시고 잘 살아간다. 보라, 그들의 더위에 상기한 땀 흘리는 얼굴에는 자유로움이 있지 아니한가!

이렇게 생각할 때에 순영은 지금까지 자기의 몸을 내려 누르던 무거운 무엇이 떨어져 내려가는 듯이 몸이 가뿐해지었다. 그리고 인력거가 북악을 향하고 달릴 때에는 난데없는 서늘한 바람조차 자기의 근심에 타는 몸을 샅샅이 식혀 주는 듯하였다.

〈에라─세상은 넓은 것을.〉 하고 순영은 유쾌하게 길가는 사람들을 바라보았다. 모든 것은 순영의 마음대로 되었다. 도리어 바라던 이상으로 되었다."[169]

그녀의 마음속에 금기의 위반으로 인한 두려움과 공포의 감정은 어디에도 존재하지 않으며, 그녀는 지금까지 느끼지 못했던 "자유의 공기"를 만끽하게 되며, 백윤희와의 육체적 쾌락에 몰두하게 된다.

4. 도달할 수 없는 도덕과 욕망과의 거리

순영은 자신의 몸을 지배하기 시작한 에로티즘에의 열정과 지금까지 교육을 통하여 배워왔던 금욕적이고, 도덕적인 생활 사이에서 방황하게 된다. 이러한 정신적 방황은 그녀가 추구하는 두 세계, 즉 관능적 세계와 도덕적 세계의 본질에 대해 알고자 하는 욕망으로 연결된다. 이러한 욕망은 "창"이라는 매개체를 통해서 보다 명확하게 드러난다. 전통적으로 창문은 거울과 마찬가지로 세계를 향한 사실주의적 시각을 나타내는 대표적 은유물이다. 여기에서 창문은 양쪽 방향으로 작용한다.[170] 창은 안에서 밖으로 향하는 시선과 밖에서 안으로 향하는 시선이 함께 존재한다.

순영은 창문을 통하여 그녀의 외부세계(다른 사람들의 세계)를 들여다

---

169) 이광수, 앞의 글, 86쪽.

170) 피터 브룩스, 앞의 책, 181쪽.

보는 동시에, 그들의 세계에 진입하고, 그들의 세계를 자신의 본질로 삼고자 한다. 여기서 창문은 그녀가 지향하는 세계로 진입할 수 있는 통로(소통)의 의미를 지닌다.[171] 그녀가 진입하고자 하는 세계는 P 부인으로 대표되는 신성하고, 도덕적이며 정신적인 세계와 백윤희로 대표되는 물질과 육체, 관능의 세계로 볼 수 있다. 순영의 내면세계는 상호 대립적인 이 세계 사이에서 갈등하며, 분열을 일으킨다.

"어린 여학생들이 보기에 그 생활은 본받을 수 없으리만큼 거룩하고 높은 것 같았다. 사실상 그렇기도 했다. 그러나 P 부인은 순영에게는 너무도 멀었다. 스무 나뭇 살까지는 그 생활을 이상으로도 하였지마는 금년에 와서부터는 그 생활은 도저히 자기가 견딜 수 없는 생활과 같았다. 그러하던 것이 백의 집에 다녀온 후로는 다만 그 생활만이 우스워 보일 뿐 아니라 P 부인까지도 어찌 어리석은 것 같다.「나는 못해! 못 한다는 것보다도 안 해!」

하고 순영은 P 부인의 창에 비친 불에서 눈을 다른 데로 돌리면서 무엇에 굳세게 반항할 듯이 마음속으로 외쳤다. 그러고는 그따위 보기 싫은 것은 다시는 안 보리라 하는 듯이 창에서 물러서서 자기의 자리로 오려 하였다."[172]

순영은 평소 모범의 전형으로 여기던 P 부인의 모습을 창을 통하여 보

---

171) '창'은 응시 · 조망 · 회고 · 반성, 그리고 이질적인 문화와 관습을 엿보는 가교이자, 새로운 세상을 제시하는 틀로서의 의미를 지니고 있다.(윤진섭, 「문화의 혼성과 소통 가교로서의 창」, 『월간미술』, 1997, 7, 110쪽.)

172) 이광수, 앞의 글, 69쪽.

게 된다. 여기서 창은 순영의 시선이 위치하는 장소가 되며, 창에 고정된 그녀의 시선 속에는 근본적으로 알고자 하는 욕망이 들어 있다. 그것은 외면으로 드러난 것을 관찰하는 동시에 보이지 않는 본질적인 것까지 꿰뚫어보고자 하는, 다시 말하자면 외면뿐만 아니라 내면적 본질을 자기 것으로 만들고자 하는 욕망이다. 그러나 이러한 욕망은 점차 그녀의 내면속에서 그 힘을 잃게 된다. 그녀는 어린 여학생들이 보기에 본받을 수 없으리만큼 거룩하고 높은 그 '무엇'에 대하여 알기를 원했고, 또한 그것을 자신의 삶의 본질로 만들고자 했다. 그러나 P 부인의 그 거룩한 삶과 자신의 삶 사이에는 은유된 바와 같이 창이라는 단절된 공간이 존재한다. 그러므로 P 부인의 삶을 자기 자신의 삶의 본질로 만들고자 했던 순영의 시도는 실패할 수밖에 없다.

한편 그녀의 내면에 자리 잡고 있는 또 하나의 세계는 물질과 육체, 그리고 관능으로 대표되는 백윤희의 세계다. 그녀는 백윤희와의 결혼을 통해 자신이 원하는 사회적 신분 상승과 육체의 관능 모두를 얻고자 한다. 그리고 앞으로 그녀의 장래에 펼쳐질 백윤희와의 화려한 삶의 모습을 상상하며 기쁨에 몸을 떤다.

"그 동안에 몇 소나기가 지나갔는지 모르나 두 여자가 서창을 바라볼 때에는 외솔나무 박인 낙산 성머리에 술 취한 듯한 시뻘건 해가 시커먼 구름 속으로 얼굴을 반이나 내어놓고 뉘엿뉘엿 걸리고, 성 밑에 굴 조개 모양으로 다닥다닥 박힌 조그마한 초가집들이 어스름한 자줏빛 안개 속에 가물가물 한다."[173]

순영과 선주가 서 있는 백윤희의 화려하기 짝이 없는 내실은 순영이 미래에 자신이 거처하게 되기를 꿈꾸는 이상적 공간이다. 이 공간은 그녀에게 행복한 미래라는 아름다운 환상을 갖게 한다. 그러나 창밖에는 "다닥다닥 박힌 조그마한 초가집"들이 그 자신의 모습을 숨기려는 듯 "어스름한 자줏빛 안개 속에 가물가물하다" 사실 모호하고, "가물가물하기만한" 바깥 풍경의 모습은 통일성을 갖지 못하고 분열하는 순영의 "내면 풍경"이기도 하며, 실제 그녀가 존재하는 "현실 공간"이기도 하다. 그리고 그녀가 지향하는 장미빛 환상의 공간과 그녀가 거처하는 현실적 공간 사이에 역시 창이 존재한다.

그녀가 지향하고자 했던, 아니 자신의 몸의 체험을 통해서 알고자 했던 육체적, 물질적 세계는 그녀에 기대했던 쾌락과 만족을 줄 수 없다. 그녀가 파악한 육체적, 물질적 세계는 자신의 시선(응시=창)에 의해서 파악된 세계이며, 그 본질적 세계에 외재한다. 그녀는 그 본질적인 핵심을 파악할 수 없으며, 그녀가 파악한 세계는 그녀의 욕망에 의해 변형, 왜곡된 세계이다. 그러므로 그녀가 이 세계에 진입하여, 그 본질을 자신의 삶으로 만들려는 의도는 무의미하다. 이 세계는 결국 그녀가 원하던 행복을 안겨주지 못하게 되며, 새로운 환멸만을 불러일으킬 뿐이다. 그녀는 P 부인으로 대표되는 신성하고, 도덕적이며 정신적인 세계와 백윤희로 대표되는

---

173) 이광수, 앞의 글, 59쪽.

물질과 육체, 관능의 세계의 본질을 제대로 깨닫는 데 모두 실패한다. 그리고 그녀는 이 어느 세계에도 완전히 진입하지 못한 채 파멸되어 간다.

위와 같이 순영의 육체가 속해 있는 욕망의 세계와 그녀가 정신적으로 추구하는 경건하고 도덕적인 세계의 사이에는 처음부터 '도달하기 불가능한 거리'가 존재했던 것이다. 순영의 몸이 경건하고 도덕적인 생활을 통하여 민족과 국가에 공헌할 수 있는 길은 근본적으로 차단되어 있었던 것이다.

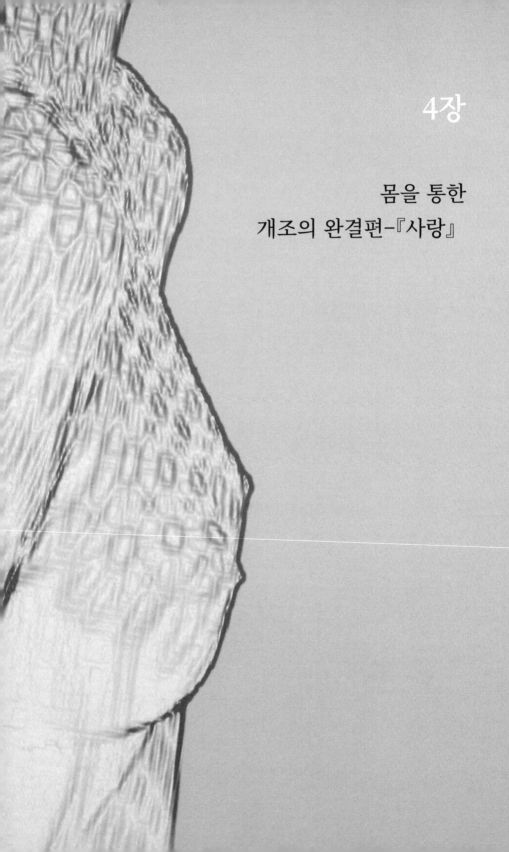

4장

몸을 통한
개조의 완결편-『사랑』

1. 과학적 진리로서의 인과율과 몸

이광수는 그의 소설 『사랑』에서 몸의 개조의 문제를 '불교적인 논리', '진화론적인 논리', '과학적인 논리'를 결합하여 설명한다. 그의 이러한 사고방식은 "벌레가 향상하기를 힘써 부처님, 예수가 될 수 있다"는 말에 핵심적으로 나타난다. 이 말을 통해서 우리는 두 가지 사실을 알 수 있다.

첫째, 그가 자신의 개조 사상을 설명하기 위해 예를 든 대상이 "벌레"나 "부처님"이라는 점에서 그가 말하는 개조(진화)의 대상이 살아 있는 생물체의 '몸'이라는 것을 알 수 있다.

"나는 사람이 평등되지 아니함을 믿는다. 지력으로나 의지력으로나 체력으로나 다 천차 만별이 있지마는 그 중에도 「옳은 것」, 「아름다운 것」을 아는 힘, 느끼는 힘에 있어서 더욱 그러함을 믿는다. 그리고 나는 이것을 슬퍼하지 아니한다. 도리어 사람의 이 차별이야말로, 무한한 향상과 진화를 약속하는 것이니, 벌레가 향상하기를 힘써 부처님이 될 수 있음을 믿을 수 있는 것이다. 그러기에 나같이 더럽고 어리석은 중생도 부처님의 완전을 바라는 기쁜 희망으로 이 고달픈 인생의 길을 걸어 갈 수가 있는 것이다.

　나는 우리들 중생 중에 때로 뛰어난 사람이 나오는 것을 본다. 석가여래라든가 여러 보살이라든가 예수라든가 하는 어른들이시다. 나는 그이들도 본래는 나와 같은 중생이셨더니라고 배울 때에 한량없는 고마움과 기쁨을 느낀다. 나는 가장 아름다운 몸과 가장 아름다운 음성과 가장 높은 지혜와 한량없는 사랑과 힘과 공덕을 가진 「사람」이 되어서 모든 중생의 사모함을 받고 그들에게 기쁨과 힘과 구원이 될 수 있음을 믿는다."[174]

둘째, 일반 중생이 "향상하기를 힘써"서 도달한 대상이 "석가여래", "여러 보살", "예수"라는 점은 이광수가 주장한 몸의 진화가 단순히 조선민족에 한정된 것이 아니라, 전 인류로 확대되어 있음을 알 수 있다. 이러한 개조 범위의 확대는 민족과 민족의 경계, 국가와 국가의 경계를 일시에 무화시켜 버린다. 그러므로 민족과 국가의 문제는 몸의 개조의 논의에서 자연스럽게 제외된다. 왜냐하면 보다 중요한 것은 한 민족의 번영과 발전이 아니라 전 세계 중생들의 번영과 발전이기 때문이다.

---

174) 이광수, 「〈사랑〉 자서(1939)」, 『이광수전집』16, 삼중당, 1962, 308쪽.

1) 진화와 업(일)

이 소설에서 진행되는 몸의 개조 과정, 즉 향상과 진화는 불교의 '업業' 사상에 의해서 설명할 수 있다.

"나는 이 모든 향상과 진화가 오직 우리가 짓는 업으로 되는 것을 믿는다. 고마우신 하느님은 이 우주가 인과율에 의하여 다스려지도록 지어 주셨다. 우리네 벌레와 같은 중생이 하는 조그만 「일」(업)도 하나도 스러짐이 없이 내 예금 구좌에 기입이 되는 것이다. 이 저축들이 모이고 모여서 내일의 나, 내생의 나, 천겁 · 만겁 후의 나를 결정하는 것이다. 이야말로 하느님의 크신 은혜다."[175]

그렇다면 업이란 무엇인가. 업이란 행위行爲로서, 이 행위 속에는 신체의 행위뿐만 아니라 입으로 인한 업인 언어 표현과, 의업意業인 마음의 업을 포함한다. 흔히 신身, 구口, 의義의 3업業이라고 하는데, 불교에서는 번뇌에 기인하는 악업惡業은 마음으로 생각해서 그것을 입으로 말하고, 몸이나 손발의 움직임으로 나타내는(좁은 의미의) 행위의 3자를 포괄하고 있다.[176]

업이란 결국 몸으로 행한 모든 '일'로 볼 수 있다. 몸을 통해 행해지는 모든 일은 "예금 구좌에 기입이 되는 것처럼, 모이고 모여서 내일의, 내생

---

175) 이광수, 앞의 글, 308쪽.

176) 나라 야스아키, 『불교와 인간』, 석오진 옮김, 경서원, 1996, 77쪽.

의, 또 천겁·만겁 후의 나를 결정"하게 되는 것이다. 이러한 논리에 의해서 업이 외부세계의 힘에 의하여 이루어지는 것이 아니라, 업을 행하는 개인의 의지에 의해서 이루어진다는 것을 알 수 있다. 이는 업이 근본적으로 자율적인 성격을 가지고 있다는 것을 의미한다. 이러한 업의 자율적인 성격은 우리의 운명이 신이 정해 놓은 것이 아니라, 자신의 의지에 의해서 만들어 가는 것이라는 논리를 가능하게 한다. 그러므로 우리는 자신의 노력과 의지 여하에 의해서 지금보다 훨씬 향상된 나를 만들 수 있다는 결론에 도달하게 된다.

"『그게 참 이상해. 언니, 허영이란 사람이 십 년 전부터 그렇게 싫으면서도─싫다 싫다하면서도 자꾸만 그리로 끌려가는구려, 언니. 그게 아마 인연의 힘이라는 것인가 보아.』

『그래, 인연이란 운명이란 말이지?』

『그럼. 영어로 페이트라면 하늘에 있는 신들이 사람의 일생을 간섭한다는 말 아니우? 인연 업보라는 것은 신의 간섭이 아니라, 제가 짓는 업으루 결정된다는 것만이 다르지.』"[177]

"『어려서두 깨끗했던 것이 아니지. 왜 그 인연의 길에 안 그랬어? 사람이 어려서 깨끗헌 듯헌 것은 이른 봄철 땅과 같다구. 땅속에 있는 씨와 뿌리들이 아직 싹이 트지 아니헌 거니라구. 그것이 비를 맞구 더위를 만나면 모두 움이 돋

---

177) 이광수, 「사랑」, 『이광수전집』10, 삼중당, 1962, 253쪽.

아서 대 설 놈 대 서구, 넝굴 뻗을 놈 넝굴 뻗구 꽃 피구 잎 피구, 열매 맺구 향기 발헐 놈 향기 발허구 냄새 내일 놈 냄새 내서 다니구 사람의 마음두 그러니라구. 무에라 했더라. 옳지 무시-무시라구 했지, 없을 무자, 비로소 시자, 무시로부터 무명 훈습無明薰習으루 지어 온 모든 업이 인이 되어서 우리 마음속에 드러 있느리라구, 왜 안 그랬어? 인연의 길에, 순옥이 애인이.』"[178]

한편 자기 자신의 자율적 의지에 의해 축적된 업은 마음속에 내재하게 된다. 그러나 마음은 곧 몸을 통해서만 인식할 수 있고, 또한 업은 몸의 행위에 의해서 이루어진다는 점에서 볼 때, 향상과 진화의 근거가 되는 업의 문제는 곧 몸의 문제로 환원될 수밖에 없다. 왜냐하면 현재 나의 몸은 이전의 업의 결과이며, 미래의 나의 몸은 앞으로 축적될 업을 통해서 새롭게 만들어질 것이기 때문이다. 그러므로 이전의 업의 결과인 현재의 몸을 어떠한 수양과 훈련을 통해서 미래의 나의 몸을 만들 것인가의 문제는 결국 현재 어떠한 수양과 훈련을 통해서 몸의 개조를 이룰 것인가 하는 문제와 궁극적으로 일치한다.[179] 이러한 업(일)의 자율적 성격은 몸의 향상과 진화에 대한 낙관적 전망을 가능하게 하는 기본적인 근거가 된다.

---

178) 이광수, 앞의 글, 183쪽.

179) 인도철학에서 "몸은 업과 관련성을 지니고 있다. 몸이 있음으로 업이 있고 업이 있으므로 몸이 있다. 이런 점에서 몸은 부정한 것이다. 그럼에도 불구하고 몸은 또한 업을 끊고 윤회에서 벗어나는 유일한 도구이다. 이 점에서 몸은 긍정적인 측면을 지닌다. 사실 인도사상의 두 경향, 즉 세상과 몸을 긍정하는 철학과 그것을 부정하는 철학의 갈라짐은 바로 몸이 지니는 양면성에 기인한다. 몸이란 업의 결과인 동시에 원인이라는 측면이 부각되는 경우에는 몸의 욕구를 억누르는 탈속적인 고행 전통이 강조되며, 이에 비하여 몸을 해탈의 도구로 보는 경우에는 세속의 삶이 주는 즐거움과 가치를 인정하면서 적극적으로 몸을 활용하는 입장이 된다."(이거룡 외, 『몸 또는 욕망의 사다리』, 한길사, 2001, 51쪽.)

2) 인과율과 몸

'인과율'은 『사랑』의 플롯을 이끌어 가는 핵심적인 사상이다. 이 소설에서 인과율은 불교의 이치이기도 하지만, 과학적 진리로 보기도 한다. 소설의 주인공 안빈은 인과를 두 가지로 구분한다. 즉 과학에서의 인과와 불교에서의 인과[180]이다. 그는 이 두 가지의 인과가 불변의 진리라는 점에서, 동일한 원리로 보며, 이 "인과의 법칙이 우주와 인생을 지배"한다고 본다. 이 세상엔 원인 없는 결과는 없으며, 결코 우연은 존재하지 않는다. 현재 자신에게 일어나는 모든 사건, 즉 불행한 상황이나, 행복한 상황은 모두 인과의 원리에 지배받는다. 모든 상황은 원인과 결과라는 측면에서 볼 때 합리적이다. 사람들의 마음속에 일어나는 불평과 원망, 번뇌는 이러한 인과의 원리를 믿지 못하기 때문에 일어난다는 것이다.

이렇게 현재의 모든 일은 인과율로 설명되는데, 이는 결국 과거의 생각과 몸으로 행한 일들이 현재의 몸의 상태, 혹은 결과로 돌아온다는 관점이다.

"『응, 인과. 인과라는 말에 두 가지가 있지. 오늘날 과학에서 인과들이라고 하는 인과와 불교에서 말하는 인과와. 결국은 마찬가지지마는, 이 우주와 인생

---

180) 불교의 인과의 의미는 "하나의 결과가 어떠한 인(因)·연(緣)에 의해서 생긴다고 하는 것"이다. 여기서 인연(因緣)은 "오늘날 하나로 사용되고 있는데, 원래 인과 연이란 다른 것이다. 인이란 원인을 말한다. 연이란 그 원인이 결과를 낳게 할 때에 도움이 되는 갖가지 조건을 말하므로 조연(助緣)이라고도 한다."(나라 야스아키, 앞의 책, 97-104쪽.)

을 지배하는 제일 근본 되는 법칙이 인과의 법칙이란 말야. 원이 있으면 반드시 결과가 있고, 어떤 결과가 있으면 반드시 그 결과를 생하게 한 원인이 있다 하는 것이 그게 인과라는 게야. 헌데 사람들은 자연계에는 인과율이 있는 것을 믿으면서도 사람의 일에는 인과가 없는 것처럼 오해하는 일이 많아. 그렇지만 그것이야 물론 그릇된 생각이지. 사람과 자연계와 다를 것이 아니어든. 모두 한 법칙의 지배를 받는 것이야. 그런데 사람들이 이 인과라는 것을 믿지 못하기 때문에 불평이 생기고 원망이 생기는 모든 번뇌가 생기는 게야. 우리가 만일 생각으로나 말로나 또는 몸으로 무슨 일을 하나 했거던 말야, 그 일의 결과가 우리에게 돌아 올 것을 피할 수가 없고 또 그것을 뒤집어서 말이지, 우리가 무슨 일을 하나 당하거든, 원, 그것이 우리에게 좋은 일이든지 싫은 일이든지간에 그 일을 당하게 한 원인을 우리의 과거에서 찾을 수가 있단 말야. 일언이 폐지하면, 제가 심은 것은 제가 거둔다는 말인데, 이 인과율을 믿고 안 믿는 것이 인생관의 근거가 되는 거야.』"[181]

현재 자신이 가지고 있는 생각이나, 말, 행위는 모두 인과율에 의해 미래의 나를 결정하는 결정적인 요인이 된다. 그러므로 몸을 구성하는 영혼과 육체 모두가 인과율이 적용되는 대상이며, 이러한 원리에서 결코 벗어날 수 없다. 절대자인 "하느님은 인과응보를 추호 차착 없이 공평하게 시행하시는 주재자"가 된다. 여기서 하느님은 불교의 "부처"도 될 수 있고, 기독교의 "하느님"도 될 수 있다. 그러므로 이 소설에서 말하는 인과를 주

---

181) 이광수, 앞의 글, 75-77쪽.

재하는 신은 단순한 성인의 의미가 아니라, 불변의 진리를 진행시키는 힘이라고 볼 수 있다.

> "『…그러면 하나님은 무엇일까. 하나님이란 인과 응보를 추호 차착 없이 공평하게 시행하시는 주재자야. 도무지 속일 수도 없고 잘못할 수도 없는 정확한 기록자시고 심판자시거든. 그런데 말야, 사람이 이 도리를 모르고 제가 당하는 일을 무서워하고 슬퍼하고 성내고, 이러면 이럴수록 점점 악의 인을 더 쌓는 것이란 말야. 그렇다고 하면, 우리가 할 일이 무엇인가? 날마다 시시각각으로 당하는 일을 좋은 일이거나 궂은 일이거나 원하는 일이거나 원치 아니하는 일이거나 다 묵은 빚을 갚는 셈치고 순순히, 한 걸음 더 나가서는 감사하는 마음으로 받고, 그리고는 제 과거와 현재의 생활에 대해서는 참회적 비판을 사정없이 가해서 보다 나은 미래의 인을 짓는 것이야. 알아들었소?』"[182]

개인이 끊임없는 수양과 훈련을 통하여 성인의 경지에 도달할 수 있다는 점에서 볼 때, 개인 자신이 인과를 주재하는 절대자가 될 수 있다. 즉 개인의 몸이 어떠한 업을 행하여, 어떠한 인과율에 노출되느냐에 따라서 자신의 미래를 결정지을 수 있게 된다. 이러한 점에서 몸의 개조는 새로운 인과를 만들어내는 혁신적인 작업으로 볼 수 있다. 개인은 자신의 지속적인 노력에 의해 과거의 인과를 끊고 새로운 인과를 만들어냄으로써, 자신의 몸의 개조는 물론 민족의 개조를 이룰 수 있는 것이다. 그러므로

---

182) 이광수, 앞의 글, 77쪽.

인과율에 대한 믿음은 지속적인 노력에 의해 개인의 개조를 이룰 수 있고, 장기적으로 민족의 개조를 이룰 수 있다는 전망에 과학성·합리성·정당성을 부여한다.

2. 몸의 개조와 의학

이 소설에 보이는 몸의 개조 과정은 근대 의학과 밀접한 연관성을 가지고 있다. 의학은 질병이 발생하는 원인과 과정을 규명하고 질병을 치료하기 위한 일체의 지식 및 기술 체계를 말한다.[183] 학문적 관점에서 보았을 때, 의학은 과학적으로 중립적인 성격을 지니고 있다. 그러나 의사들이 환자의 질병을 치료하는 과정으로 볼 수 있는 소위 의료화(medicalization) 과정은 과학적 중립성을 지키는 것이 아니라, 사회적 통제의 기능을 수행[184]한다고 볼 수 있다. 왜냐하면 의사들이 근본적으로 몸의 다양한 질병에 개입하여 의학적으로 치료하는 과정은 당대의 가치판단을 적용하는 과정, 즉 어떠한 상태를 질병으로 규정하느냐의 문제와 밀접한 연관성을 가지고 있기 때문이다. 또한 의료화 과정은 일단 질병이 있는 것으로 규정된 사람을 엄격한 통제와 치료에 의해 다시 건강한 사람으로 양성하는 것을 목적으로 하기 때문이다.

---

183) 이종찬, 『서양의학과 보건의 역사』, 명경, 1995, 16쪽.

184) 이종찬, 위의 책, 384쪽.

1) 몸의 개조와 생체 실험

이 소설에서 행해지는 안빈의 동물과 사람에 대한 생체 실험은 그의 연구과정에서 매우 중요한 기초 자료가 된다. 생체 실험은 근본적으로 서양 의학의 생의학적 모델 개념과 밀접한 연관성을 가지고 있다.

근대 서양 의학의 철학적 토대는 데카르트적 세계관이다. 데카르트적 세계관의 본질은 신체-정신의 이원론적 사고 체계인데, 생의학적 모델은 이러한 데카르트적 세계관의 본질에 근거해 있다. 생의학적 모델이란, "인체는 기계이고 질병은 이 기계의 고장의 결과이며, 의사의 역할은 인체라는 기계를 수리하는 것"을 의미한다.[185] 생의학적 모델은 인간의 몸이 정신과 신체가 나뉘어져 있다는 이원론적 세계관, 인간의 몸을 기계로 파악하는 기계론적 인간관, 원인에 의한 결과의 도출이라는 과학적 합리성을 근본적인 성격으로 하고 있다.

그러나 이 소설에서 생체 실험은 정신과 신체가 서로 분리되어 있는 것이 아니라, 서로 유기적으로 연결되어 있다는 심신일원론적 관점을 취하고 있다. 즉 정신에 일어나는 일은 무엇이든지 신체에 영향을 미치고, 신체 역시 같은 영향을 정신에 미치게 된다는 것이다.[186] 동물이나 사람의 내면에서 일어나는 정서활동은 육체의 생리학적 결과로 나타난다. 마음의 상태, 즉 미움, 증오, 사랑, 슬픔 등은 신체 속에서 화학 반응을 일으켜 혈

---

185) 이종찬, 앞의 책, 379쪽.

186) 이러한 사고방식은 "신체 어느 한 부분이 아니라 환자의 전신(全身)에 관심을 가지는 히포크라테스적 사고방식"으로 볼 수 있다.(이종찬, 위의 책, 389쪽.)

액 속에 일정한 물질을 생성시킨다. 또한 어떠한 감정 상태냐에 따라 분비되는 화학 물질의 성격이 달라진다. 이렇게 정서 활동이 신체에 미치는 영향은 동물과 사람의 구분 없이 똑같은 양상을 보인다. 이러한 점에서 볼 때, 동물과 사람은 하등 차이점이 존재하지 않으며, 다만 인간이 동물보다 더 진화한 상태에 불과하다.

"왼쪽에 놓인 것이 순옥의 피, 오른편에 놓인 것이 어미 개의 피, 눈으로 보기만 하여서는 분별할 수 없는, 사람의 피와 개의 피, 그 속에 들어 있을 슬픔의 형적인 독소, 신경 세포의 노폐물, 만일 이것을 문학적으로 표현한다면 생명의 촛불 빛을 발하고 타고남은 재, 그것조차도 그 성분에 있어서는 별로 틀림이 없을 것이다. 사람과 개, 그것은 엄청 나게 계급이 틀리는 두 존재이지마는 생명 현상에 있어서는 기쁨 · 슬픔 · 성냄 · 사랑함, 이러한 것에 일도, 이도 하고 도수로 헤아릴 만한 차이가 있을 뿐일 것이다. 사람과 개, 이것을 다른 마음, 다른 생명이라고 하기보다는 한 마음의 한 생명의 색다른 나타남이라고 보는 것이 안빈의 생각이다. 안빈은 동물의 혈액과 인류의 혈액을 여러 가지 방면으로 비교하면 비교할수록 모든 중생이 다 한마음으로 되었다는 불교 사상을 승인하지 아니할 수가 없었다."[187]

마음의 정서 활동이 신체에 여러 가지 영향을 끼친다고 가정할 때, 마음이 도덕적으로 개조된다면, 신체도 이에 따라 개조되게 된다. 이와 반대

---

187) 이광수, 앞의 글, 40-41쪽.

로 신체의 상태를 보다 이상적인 방향으로 개조시킨다면, 마음도 이에 따라 개조될 수 있다. 이러한 논리의 도출은 이광수의 사고 체계가 마음과 신체를 서로 밀접한 상관관계를 지닌 것으로 본다는 점에서 기인한다.

"안빈은 이 문제가 해결되기 전에는 폐병의 완전한 치료는 바랄 수 없음을 깨달았다. 오늘날과 같이 영양·안정·일광 요법을 폐병의 유일한 요법으로 삼는 데는 틀림이 없으나 그 중심이 되는 안정 요법의 정체를 알아내기 전에는 폐병 요법은 어찌 보면 자연 치료의 또 어찌 보면 자가 치료여서 병자 자신의 힘에 맡겨 둘 수밖에 없는 것이다.

이에 안빈은 병리학·내과학·치료학·생리학·심리학 등 모든 영역의 문헌을 읽기 일년에, 감정내지 정서 활동과 그 생리학적 결과라는 데 대해서 아직 과학적 탐구가 불충분함을 밝혀 알고, 그 이듬해 의학회에서 참석하였던 길에 모교인 ○○제국 대학의 내과·정신과·병리학·생리학, 네 교수를 찾아 이 연구 테에마에 대한 의견을 말하고, 동시에 문과 시대에 심리학 교수던 심야 박사를 찾아서 이 연구 제목에 관한 것을 말하였다."[188]

안빈은 "병리학·내과학·치료학·생리학·심리학"을 자신의 연구 영역으로 정하고 "정서 활동과 생리적 결과"를 연구하게 된다. 이 연구는 주로 동물과 사람의 피를 채취하고, 분석하는 과정을 통해서 진행된다. 채혈된 피는 마음과 신체의 연관성을 보여주는 결정적인 증거로 제시되는데,

---

188) 이광수, 앞의 글, 32-33쪽.

이를 기초 자료로 하여 몸을 효과적으로 치료할 수 있는 치료방법을 계발하게 된다. 이 치료방식은 사람들의 육체적 질병을 마음의 평화, 즉 안정요법에 의해 치료하는 것이다.

안빈이 행한 동물과 사람의 생체 실험은 몸을 하나의 생의학적 모델로 본다는 점에서 기계론적 사고를 기초로 하고 있다. 즉 몸은 정신과 신체로 이루어진 하나의 기계로서 분석 가능한 대상이 된다. 그러나 그에게 몸은 정신과 신체가 서로 분리된 것이 아니라, 서로 유기적으로 연결되어 있는 존재이다. 안빈이 생체실험에서 보여준 생의학적 모델은 서양 의학의 생의학적 모델과는 다른 성격을 지니고 있다는 것을 알 수 있다. 이 소설에 형상화된 동물과 사람의 생체 실험은 기계론적 사고를 대변하는 생의학적 모델 개념을 기초로 하여, 심신일원론적 사고가 결합된 것임을 알 수 있다. 신체의 실험과 분석을 통하여 비가시적인 대상인 마음=정신=영혼의 상태가 가시적인 영역으로 드러나게 되고, 의사는 이를 통해 몸의 개조를 보다 합리적이고 과학적인 방식에 의해 진행할 수 있게 된다. 그러므로 안빈이 행한 실험과 연구는 몸의 구성체인 정신과 신체를 보다 효과적으로 치료(개조)하기 위한 준비 과정으로 볼 수 있을 것이다.

2) 건강한 몸의 양성을 위한 임상 실습

임상 실습은 환자의 진료, 또는 의학의 연구를 위하여 병상에 임하는 실습을 말한다. 이 소설에서 강조되는 임상 실습에 대한 논의는 몸을 보다 효율적으로 치료(개조)하기 위한 예비적 단계로서 의미를 지닌다. 왜 냐하면 의사는 임상 실습을 통하여 몸에 대한 실질적 지식과 경험을 습득 하게 되고, 이를 통해 몸을 효과적으로 개조할 수 있기 때문이다. 즉 다양 한 질병에 의해 야기되는 신체의 변화를 직접 보고 느낌으로써, 질병을 정 확하게 진단할 수 있고, 이에 대한 적절한 처방이 가능하게 된다.

『"아무래두 안 선생한테 도움을 좀 받아야지. 책두 책이지만, 임상 진단하는 거랑, 처방하는 거랑 그걸 배워야지. 너 제일기에 합격하드래두, 가을 제이기꺼 지 몇 달 남았니? 그때에는 환자를 내어 놓구 진단을 하구 처방을 내라구 그런 다. 그러자면 그냥 간호부루 구경만 한 것 가지구는 안되요. 의사한테 설명을 들 어가면서 배워야지. 또 정말 환자의 가슴이란 배랑 두들겨 보기두 하구 들어 보 기두 하구, 그래야 되지. 그러자면 안 선생 병원에서 밖에 알 데가 있어?"』[189]

그러므로 "책을 통해 아는 것보다 능력 있는 의사로부터 직접 설명을 듣는" 것이 중요하고, "자신이 직접 환자의 심장의 위치, 가슴과 등을 타 진도 하고, 청진도 하고, 목구멍을 들여다보고, 눈도 뒤집어 보는" 행위가 필요한 것이다. 또한 "해부학 교실에서 쓰는 표본"을 보는 것이 필요하고, 직접 "해부학 교수에게 청하여 사체를 해부하는 실경"을 보는 것이 필요 한 것이다.

---

189) 이광수, 앞의 글, 312쪽.

"순옥을 시험에 합격케 하려고 안빈은 물론이어니와, 영옥과 인원도 여간 애를 쓴 것이 아니었다. 영옥은 제 몸을 제공하여서 순옥의 실험용을 삼았다. 심장의 위치는 어디, 그 소리를 듣는 법은 어떠하며, 간장의 위치는 어디, 간장이 부으면 복부의 어느 부분에서 만져지며, 모두 이 모양이었다. 순옥은 영옥을 환자로 삼아서 가슴과 등을 타진도 하고 청진도 하고 또 목구멍도 들여다보고, 눈도 뒤집어 보고 이 모양으로 연습을 하였고, 또 영옥은 해부학 교실에서 쓰는 표본들도 얻어다 보여 주고, 또 해부학 교수에게 청하여 사체 해부하는 실경도 두 번이나 보게 하여 주었다.

또 인원은 인원대로 제 몸을 순옥에게 제공하여서 못 보일 데 없이 다 보게 하였고 감기가 들거나 속이 불편하면 순옥의 진찰을 받았다. 그리고는 순옥은 제 처방을 안빈에게 보여서 인원의 약을 주기로 하였다."[190]

이렇게 의사들은 임상 실습을 통해 인체를 보다 과학적이고, 합리적인 측면에서 접근하게 된다. 이는 인체에 대한 근대의 해부학적 시각과 밀접한 연관성을 가지고 있다. 근대의 해부학적 시각[191]은 이전의 인체에 대한 시각과는 전적으로 구별되는 것이다. 질병이 일어나는 직접적 장소이기도 한 근대의 육체는 영혼이나 상징, 또는 그 어떤 신비적인 질서와 결부

---

190) 이광수, 앞의 글, 323쪽.

191) "해부란 그 대상을 철저히 타자화하는 일일뿐만 아니라, 해부 대상의 합리적 구획과 연결을 주도하는 추상된 시각의 작용이기도 하기 때문이다. 인체를 오직 시각화한다는 점에서 해부는 시각을 다른 감각으로부터 분리한다. 그것은 현미경이나 망원경 등으로써 대표되는 시각의 추상을 구체적으로 발현하는 행위이며, 따라서 분업이나 교환 가치의 추상 작용에 필적하는 것이다."(이경훈, 「인체 실험과 聖戰-이광수의 『유정』·『사랑』·『육장기』에 대해-」, 『동방학지』 제117호, 240쪽.)

된 개념이라기보다는, 일종의 기계 및 기관, 또는 물리적이고 생물학적인 메커니즘을 가진 해부학적 대상으로서의 성격을 보다 짙게 갖고 있다.[192] 이는 인간의 신체를 분해·결합이 가능한 단순한 기관으로 제시하는 것으로서, 대상을 해부·조직·전유한다는 점에서 합리적 이성의 활동과 닮아 있다.[193] 인체를 합리적인 해부학적 대상으로 본다는 것은 경제성의 원리를 신체에 적용한 것으로 볼 수 있다. 왜냐하면 이성은 근대의 신체로 하여금 보다 효율적으로 활용할 것을 요구하기 때문이다.

그런데 이 소설에서 보여지는 임상 실습의 목적은 육체에 대한 해부학적, 과학적 지식을 습득하여 신체의 질병을 효율적으로 치료하는 데서 끝나지 않는다. 이는 신체적 질병의 치료를 목표로 할 뿐만 아니라, 정신적 질병의 치료까지도 목표로 하고 있다. 의사가 신체에 대한 다양한 해부학적 지식을 습득하고, 이에 대한 저방을 내리는 능력을 키우는 것은 궁극적으로 정신(영혼)에 대한 보다 폭넓은 지식을 습득하고, 이를 치료할 수 능력을 키우는 것과 동일한 것이다. 이는 심신일원론적 관점을 적용한 것으로 볼 수 있다.

의사 안빈은 환자의 신체 상태를 보고, 그의 마음의 상태를 알 수 있으며, 또한 이를 치료하기 위한 적절한 처방을 할 수 있다. 그는 환자의 신체를 진찰하고, "의심이 많은 사람이니 어떻게 해라", 혹은 "번민이 많은 사람이니 어떻게 해라"는 처방을 내린다. 이러한 그의 독특한 진단과 처방

---

192) 이경훈, 「모더니즘 소설과 질병」, 『어떤 백년, 즐거운 신생』, 하늘연못, 1999, 141쪽.

193) 이경훈, 「놀부적인 것」, 『문학동네』 제31호, 2002, 여름호, 417쪽.

의 방식은 신체의 상태가 정서적인 작용과 밀접하게 연결되어 있다는 심신일원론적 관점에서 설명될 수 있을 것이다. 환자의 신체에 대한 과학적이고, 해부학적 지식을 알 수 있는 임상 실습과 이에 따른 합리적 처방은 환자의 신체를 치료하기 위해서 뿐만 아니라, 정신을 효율적으로 치료하기 위해서도 필수적인 과정이라고 할 수 있다.

3. 근대 의료체제에 의한 몸의 훈육과 통제

『사랑』에서 이루어지는 개조의 핵심 공간은 병원(요양원)이다. 마음에 병이 있거나 육체에 병이 있는 환자들은 이 개조의 공간을 통하여 건강한 몸으로 다시 탄생할 수 있다. 몸의 개조는 감화와 통제의 주체인 의사, 간호사에 의해 정신적, 신체적 개조가 진행된다. 개조의 주체인 의사와 간호사는 정성과 사랑, 즉 감화의 원리에 의해서 환자의 정신을 치료하며, 통제의 원리에 의해서 환자의 신체를 치료한다. 또는 감화와 통제의 원리가 정신과 신체의 치료에 동시에 적용되기도 한다. 이러한 과정을 통하여 개조된 몸은 "사랑과 자비로 가득 찬 영혼"과 "강건하고 건강한" 신체를 가진 몸이다. 이렇게 완벽하게 개조된 "아름다운 몸"은 안빈이 병원이라는 개조의 공간을 통하여 이루고자 하는 이상적 목표이다.

1) 몸의 개조와 의사 · 간호사

이 소설에서 의사, 간호사는 "스승", "선생님", "지도자"로 묘사되어 있다. 더 나아가 "부처님", "예수"의 경지에까지 이르는 신으로 형상화되어 있다. 이러한 비약적인 신성화는 근대의 임상 검사와 해부병리학, 미생물학의 발전이 의사에게 과학자로서의 이미지를 부여하였으며, 의사를 새로운 신으로 비유하는 말까지도 등장하고 있었던 사실과 밀접한 연관성을 가지고 있다.[194] 그러므로 의사, 간호사에 대한 비약적 신성화는 인체에 대한 과학적이고, 합리적인 접근과 이로부터 파생된 놀라운 치료효과와 밀접한 연관성을 가지고 있는 것이다.

의사, 간호사는 근본적으로 몸을 관리하고 통제하며, 정신과 신체를 모두 건강하게 양성하는 데 종사하는 인물들이다. 개인의 몸의 개조가 곧 민족 개조이며, 이를 완수하는 길만이 우리 민족이 살아남을 수 있는 유일한 대안이라는 이광수의 관점에서 볼 때, 근내 과학자로서의 이미지를 지니고 있는 의사, 간호사가 병이 있는 환자를 사회에 유용한 건강한 몸으로 양성할 수 있는 개조의 주체이자 우리 민족을 구제해 줄 "부처님", 혹은 "예수"일 수 있는 것이다. 즉 이 소설에 등장하는 의사, 간호사는 본인의 끊임없는 수양과 훈련에 의해 자신의 몸을 이상적으로 개조함으로써, 다른 사람들로부터 성인의 경지에 오른 인물로 추앙받는 인물들이기도 하며, 또한 다른 사람들의 몸을 적극적으로 개조시키는 주체이기

---

194) 조형근, 「근대 의료 속의 몸과 규율」, 『근대성의 경계를 찾아서』, 서울대 사회과학 연구소, 새길, 1997, 220쪽.

도 하다.

> "根本的性格이 좋지 못한 民族이라고 그 民族의 各個人이 다 좋지 못한 사람
> 일 理는 萬無하니, 그中에도 小數나마 몇 개의 善人이 있을 것이외다. 마치 腐敗
> 한 猶太人中에서 예수 같으신 이가 나시고 그의 使徒들 같은 이들이 난 모양으
> 로. 이 小數의 仙人이야말로 그 民族復活의 萌芽이외다. 十人의 善人이 없으므
> 로 하여 소돔城이 天火에 亡하였다는 말도 眞實로 意味深長한 말이외다.
>
> 이 小數의 善人, 다시 말하면 그 民族의 根本的惡性格을 가장 少量으로 가진
> 사람들 中에 한 사람이 먼저 「이 民族은 改造해야 한다」는 自覺과 決心이 생깁
> 니다. 그 사람이 自己와 뜻이 똑 같은 사람 하나를 찾아 둘이서 同盟을 합니다.
> 먼저 自己를 힘써 改造하고, 다음에 改造하자는 뜻이 같은 사람을 많이 모으기
> 로 同盟합니다. 차차 三人, 四人씩 늘어 數千萬의 民族中에서 數百 乃至 數千인
> 을 募集하여 한 덩어리, 한 社會, 한 民族同盟團體를 이룹니다." [195]

이러한 의미에서 안빈과 순옥은 민족 개조를 위한 "소수의 선인仙人",
"민족 개조의 맹아萌芽"로 볼 수 있다. 이는 안빈에게 감화를 받은 순옥
의 피에서 성인에게나 발견되는 "아우라몬"이 검출됨으로써 구체적으
로 입증된다. 또한 이 물질을 통해 그녀에게 감화를 준 스승인 안빈 역
시 성인聖人이라는 것이 입증된다. 그러므로 성인의 경지에 오른 두 사
람, 안빈과 순옥이 환자들에게 행하는 의료 행위는 환자의 몸을 건강

---

195) 이광수, 앞의 글, 188쪽.

하게 개조시키는 길인 동시에, 이들을 올바른 길로 이끄는 지도자의 길이며, 중생구제의 길이기도 하다. 그러므로 이들의 인생은 험난한 수난의 길일 수밖에 없다. 이들이 나아가야 할 길은 자신의 행복을 추구하기 위해 급급한 소인小人의 길이 아니라, 중생을 구제하기 위해 온갖 시련을 겪어야 할 위대한 지도자의 길이기 때문이다. 이러한 혹독한 시련의 과정을 통해서 이들은 다른 사람들로부터 추앙받는 대상이 된다.

> "나와 같이 힘없는 중생으로서 괴로워하는 중생을 건지리라는 뜻을-원을 세워서 오래고 오랜 동안 부지런히 부지런히 힘쓴 결과로 그 원을 이루셨다는 아미타불이나 관세음보살은 결코 우리와 동떨어진 신이 아니요, 우리와 같은 피를 가진 중생이시다. 다만 선배시고 선생님이시다. – 이렇게 생각하매, 더욱 아미타불이나 관세음보살이 현실적이요, 바로 내 곁에 있는 친구와 같았다.
>   안빈은 한 번 더 병에 괴로워하는 옥남을 두 분에게 맡겼다. 그리고 옥남의 마음에 두 분을 믿고 의지하는 마음이 깨어나기를 빌었다."[196]

그런데 여기서 주목해 보아야 할 점은 안빈과 순옥이가 "스승", "선생님", "지도자"로 추앙받게 되는 구체적인 과정이다. 이들이 "지도자", "선생님", "성인"으로 추앙받게 되는 이유는 그들이 지닌 도덕성과 희생정신 때문이다. 더 구체적으로 말하면, 이는 그들이 공통적으로 인간의 근원적

---

196) 이광수, 앞의 글, 167쪽.

인 육체적 욕망을 억제하고, 금욕적인 생활을 한다는 점에 기인한다. 금욕적인 관점에서 볼 때, 이들의 삶은 너무나도 도덕적이다. 이 도덕적 덕성으로 인해서 이들은 다른 사람들과는 구별되는 뚜렷한 변별성을 지니게 되며, 순종하고 따라야 할 모범의 전형[197]이 되는 것이다.

그렇다면 도덕이란 무엇인가? 도덕이란 말은 가족, 교육 기관, 교회 등의 다양한 규율 기구를 통해 개인이나 집단들에게 제안되는 행동 규칙과 가치들의 총체를 의미한다. 이 규칙과 가치들은 논리적인 교리나 명확한 교훈으로 정식화되기도 한다. 그러나 도덕이란 말은 또한 그들에게 제기된 규칙과 가치들과의 관계 속에서 개인들의 실제적 행동을 의미하기도 한다.[198] 그런데 도덕적 규율과 이에 따른 도덕적 행동들은 무엇보다 금욕과 밀접한 연관성을 가지고 있다. 금욕적인 생활을 엄격하게 준수하느냐, 못 하느냐의 문제는 그 사람의 도덕적 덕성을 결정하는 핵심적인 문제인 것이다. 안빈과 순옥이가 도덕적인 인물로 칭송되는 근본적인 근거도 역시 엄격한 금욕적인 생활에 있다. 또한 이들의 무한한 육체적 욕망의 에너지를 자기희생의 정신으로 전이시켜, 사회에 봉사한다는 점에 있다.

이 욕망의 전이과정에서 보여지는 특이한 점은 욕망을 억제하고, 보다 도덕적인 생활을 해야 하는 당위성을 불교 사상으로 합리화하고, 윤색한다는 것이다. 불교 관점에서 볼 때, 인간의 욕망은 덧없고, 무의미하며, 더

---

197) 이 소설에서 지도자적인 인물들이 '도덕적 덕성'에 의해 다른 사람들을 순종시키고, 지배하는 방식은 북한 소설에서 획일적으로 드러나는 '영웅' 만들기의 구도와 근본적으로 동일하다. 보다 구체적인 내용에 대해서는 신형기의 「남북한 문학과 정치의 심미화」 혹은 「가상의 인격, 도덕의 광기」(『문학 속의 파시즘』, 삼인, 2001.)를 참고할 것.

198) 미셸 푸코, 『성의 역사2-쾌락의 활용』, 문경자 · 신은영 옮김, 나남, 1999, 39쪽.

구나 인간의 해탈을 저해하는 근본적인 요인이다. 인간의 육체적 욕망은 번뇌를 일으키는 주요한 원인들 중의 하나로서, 인간이 육체적 욕망에서 벗어날 수는 없지만, 해탈에 이르기 위해 억제해야 할 대상이다. 그러므로 불교에서는 "번뇌가 생겨도 그 작용을 억제하면 집착을 일으키는 것까지는 가지 않고, 결국은 번뇌가 번뇌로서 기능하지 않는다"라고 말한다.[199] 이러한 불교의 번뇌 사상은 안빈 및 그의 추종자들이 육체적 욕망이 인간을 타락시키는 "음란"하고, "음탕"한 것으로 간주하고, 이를 억제하고, 통제하기 위해 노력해야 한다는 생각의 합리적 근거가 된다. 즉 이 소설에서 불교는 인간의 육체적 욕망을 억제하고, 통제해야 하는 정당성과 도덕적 가치를 부여해주는 이론적 근거로 제시된다. 불교 사상을 통해 성적 욕망의 억제와 통제가 합리화·심미화되는 것이다.

또한 안빈과 순옥이 성적 욕망을 통제 대상으로 보는 것은 무엇보다도 성적 활동의 포기에 의해 보다 근원적인 진리와 사랑의 경험에 접근할 수 있게 해준다는 생각과 밀접한 연관성을 가지고 있다. 즉 그들은 금욕이 인간 본성보다 우월한 어떤 요소와 직접적으로 접할 수 있게 해주고, 자신들을 진리의 존재 자체에 접근할 수 있도록 해주는 어떤 형태의 지혜와 직접적으로 연결[200]되어 있다고 보는 것이다. 그들은 타의에 의해 자신의 성적 욕망을 억제하는 것이 아니라, 스스로 육체적 욕망의 확장을 조장하

---

199) 나라 야스아키, 앞의 책, 79쪽.

200) 미셸 푸코, 앞의 책, 34-35쪽.

는 여러 가지 요인들을 회피하거나 제거한다.[201] 이러한 측면에서 이들의 성적 절제는 자기 지배의 형태를 취하는 자유의 행사로 볼 수 있다. 이 자기 지배는 주체가 자신의 행동을 행함에 있어 조심하고 자제하는 방식 속에서 나타난다. 이와 같은 태도는 다른 것보다 훨씬 높은 가치 판단의 대상이 된다. 이 도덕적 가치는 미에 관계되는 가치이기도 하며, 진리에 관계되는 가치이기도 하다.[202]

이들이 성적인 욕망을 적극적으로 부인하고, 초연한 모습을 보여주며, 실제로 일상생활에서 실천해 나가는 모습은 사람들로 하여금 그들을 보통 사람들과는 다른 성인의 경지로 바라보게 하고, 존경하게 되며, 모범의 전형으로 보게 만드는 기능을 하게 된다. 사람들은 그들의 도덕적 권위에 위압감을 느끼고, 그들에게 자연스럽게 복종하게 되는 것이다. 지도자적인 인물들이 지니고 있는 도덕성이 그들에게 권위를 부여해 주고, 사람들로 하여금 복종하게 만드는 것은 폭력성이 윤색된 지배방식이다. 이러한 도덕성에 의한 지배방식은 안빈이 순옥을 지배하는 방식이자, 순옥이 환자나 일반 사람들을 지배하는 방식이기도 하다. 또한 북한 요양원의 모든 의사나 간호사들이 환자를 지배하는 방식이기도 하다. 이러한 지배과정

---

201) 안빈과 순옥이가 자신의 내부에서 일어나는 자연스런 욕망을 억제하는 과정과 이에 대해 부여하는 도덕적 가치는 불교사상과 밀접한 관계를 가지고 있다. 즉 이들이 자신의 욕망을 억제하고, 이로부터 초연해지는 것은 궁극적으로 고통스런 삶의 번뇌로부터 '해탈'시키는 근본적인 방식이라는 것이다. 그러나 안빈이나 순옥 모두 종족 보존을 위해 '결혼'이 사회제도로써 필요함을 인정한다. 이렇게 그들은 남녀 간의 성욕 및 성관계가 인간의 진보(진화, 향상)를 저해하는 '악'한 것으로 상정하고 있음에도 불구하고, 결혼한 부부의 성관계는 종족보전이라는 측면에서 정당화시키는 이중적 태도를 보인다.

202) 미셸 푸코, 앞의 책, 112쪽.

은 다른 사람들의 신체와 정신을 개조시키는 과정이며, 신체적 · 정신적으로 지배하는 과정이다. 이 지배방식은 도덕적 덕성을 가진 자의 "지도와 높은 덕성에 감응하는 자발적 추종의 관계"[203]로 심미화함에 의해 권력의 폭력적 양상은 드러나지 않는다. 그러므로 이 지배방식에 대한 어떠한 저항감도 존재하지 않는다. 다만 지배하는 자와 지배받는 자, 통제하는 자와 통제받는 자 사이에 감화의 논리가 존재할 뿐이다.

2) 몸의 개조와 병원(요양원)

『사랑』에서 근대 의료체제인 병원(요양원)은 개인에게 미시적인 규율의 메커니즘을 작동시키는 제도적 장치[204]로 기능한다. 환자들은 병원[205]에서 규율의 강압석 성격을 느낄 수 없는 의학적 메커니즘에 의해 지배되며, 이 과정을 통하여 건강하고 유용한 몸으로 개조될 수 있다. 병원(요양원)의 의사, 간호사들은 환자의 몸을 감화의 원리와 통제의 원리에 의해

---

203) 신형기, 「남북한 문학과 '정치의 심미화'」, 『문학 속의 파시즘』, 삼인, 2001, 331쪽.

204) 이 소설에 형상화된 병원(요양원)이라는 공간은 정신과 신체의 개조를 통하여 궁극적으로 사회와 민족의 발전에 기여할 유용한 몸을 만든다는 점에서, "벤담(Bentham)의 '일망(一望) 감시시설'(panopticon)과 여러 가지 점에서 유사하다. '일망 감시시설'은 실험을 행하고 행동을 변화시키며, 개인을 훈육하거나 재훈육하는 일종의 기계 장치로서 이용될 수 있다. '일망 감시시설'은 인간에 관한 실험을 할 수 있고, 또한 인간에게 적용되는 변화를 확실하게 분석할 수 있는 가장 유리한 공간"이기 때문이다.(미셸 푸코, 앞의 책, 301쪽.)

205) 안빈의 병원(요양원)은 "다양한 교육, 직업, 신분, 출신, 계급으로 구분되는 병자를 동일하게 취급"하게 된다는 점에서, "인간들이 사회적이고 합리적인 구체성과 차이를 상실하고 '중생'으로 일반화"(이경훈, 「인체실험과 성전-이광수의 『유정』 · 『사랑』 · 『육장기』에 대해-」, 『동방학지』 제117집, 227쪽.)되는 장소로 볼 수도 있다. 이러한 측면에서 본다면, 이 영역에서 당시의 정치적 상황, 즉 '민족'에 대한 이야기는 그 존재의 의미를 잃게 된다. 다만 서로가 '동정'해야 할 '중생'이라는 이름이 존재할 뿐이다.

서 치료한다. 즉 그들은 감화의 원리에 의해 마음을 치료하며, 또한 엄격한 위생, 환자의 입원·격리, 건강의 효율적 관리를 위한 기록, 시간의 질서에 의한 통제의 원리에 의해 육체를 치료한다.[206]

(1) '정결벽淨潔癖', '도덕성', '미美'

이 소설의 등장 인물들이 보여주는 위생적인 생활방식은 단지 신체를 건강하게 유지하는 방식만을 보여주는 것이 아니라, 인물들의 도덕성을 형상화하는 방식이기도 하다. 또한 이는 의학적, 과학적 시선으로 "신체적 정결"과 몸의 개조와의 상호연관성에 대해 형상화하는 방식이기도 하다.

> "이 淨潔癖은 秩序를 낳고, 金錢去來에 있어서는 信用을 낳는다.…
>
> 한층 더 道德的으로 들어가서, 몸의 淨潔을 좋아하는 이는 魂의 淨潔도 좋아한다. 몸에 때묻기를 싫어하는 이는 魂에 죄 묻기를 싫어한다. 金錢去來에 信用 잃기를 두려워하는 이는 魂이 天地에 對하여 信用 잃기를 두려워한다. 이렇게 類推하여도 잘못이 아닐 것이다. 松都人의 집에는 꽃포기, 새 한 마리, 그림 한 장이 있다. 이것도 그들의 淨潔癖이 精神上에 있어서도 美의 要求가 되어 나온 것임을 證明한다."[207]

---

206) 미셸 푸코는 근대인의 '건강한 몸 만들기' 과정은 인간의 몸의 효율성, 유용성을 증대시키는 것과 밀접한 연관이 있음을 강조하고 있다. 그는 병원에서 이루어지는 환자의 입원, 격리, 기록에 의한 환자의 관리와 통제, 그리고 시간의 질서의 적용 등은 모두 근대적인 건강한 몸의 육성과 밀접한 연관성을 가지고 있는 것으로 본다.

207) 이광수, 「심신의 정결」, 『이광수전집』13, 삼중당, 1962, 471-472쪽.

위의 예문은 이광수가 "정결벽淨潔癖"의 기능과 그 중요성에 대해 언급한 글이다. 그는 "정결벽淨潔癖"이 "질서를 낳고", "금전거래에 있어서는 신용을 낳으며", 더 나아가 "집에 꽃 한 포기"를 심고, "새 한 마리"를 기르며, "그림 한 장"을 내실에 걸게 만드는 "미의식"을 낳는다고 말한다. 또한 그는 "몸의 정결淨潔을 좋아하는 이는 혼魂의 정결淨潔도 좋아하고," "몸에 때 묻기를 싫어하는 이는 혼魂에 죄 묻기를 싫어한다"고 말함으로써, "정결벽淨潔癖"이 근본적으로 "도덕성"과 긴밀한 연관을 가지고 있음을 주장한다.

이러한 이광수의 주장을 통해서, "정결벽淨潔癖"이 개인의 차원에서 벗어나 사회를 유지하기 위한 "질서"와 개인 간의 관계를 건전하게 유지시키는 "신용", 그리고 "도덕성"과 동일한 선상에서 논의되고 있음을 알 수 있다. 이러한 논리의 확장은 개인이 자신의 신체를 정결하게 유지하는 것이 신체를 과학적, 합리적, 경제적, 이상적으로 관리하고 통제하는 것이라는 점에 기인한다. 즉 신체의 정결 유지는 하나의 관리의 문제이며, 통제의 의미를 지니게 된다. 또한 사회의 "질서"는 사회 구성원들의 효율적인 관리와 통제에 의해서 유지될 수 있다는 점에서 볼 때, 신체를 관리하고 통제하는 방식과 근본적으로 동일하다고 볼 수 있다. 신용 또한 "금전거래"처럼 엄격하게 상호 간에 지켜야 할 규칙이 준수될 때만이 유지될 수 있다는 점에서 동일한 성격을 지니고 있다.

"정결벽淨潔癖"은 사회를 이상적으로 유지하기 위한 "질서"와 "신용"을 낳는다는 점에서 "도덕적인" 것이며, 또한 "미美"와 관련된 것이기도 하다. 왜냐하면 몸의 엄격한 관리와 통제에 의해 "도덕적인" 개인과 "도덕적인" 민족으로 개조시키는 것이 이광수가 추구하는 절대 목표라면, "정결벽淨潔癖"은 곧 "미美"의 추구로 볼 수 있기 때문이다. 이러한 점으로 볼 때, "정결淨潔"은 이광수가 주장하는 몸의 개조, 더 나아가 민족 개조의 시작이자, 완성의 의미를 지니게 된다. 그러므로 자신의 전염병을 다른 사람에게 옮기는 행위는 근본적으로 "정결淨潔"하지 못한 행위이며, 개인 간의 "신용"을 파괴하고, 사회를 건강하게 유지시키는 "질서"를 파괴하는 "비도덕적인" 행위로 볼 수 있다. 즉 이는 민족의 개조를 저해하는 행위이다.

> "傳染病의 豫防에는 民衆 自身의 自覺이 가장 要緊하다. 病者와 및 病者의 家族의 公益心만 한 傳染病 消毒藥·豫防藥은 없는 것이니, 自家의 傳染病을 隱諱하는 것은 非公民的이다. 설사 저는 죽더라도 남에게만은 傳染시키지 말자는 道德心을 가진 者는 다른 道德에 있어서도 稱讚받을 사람일 것이다."[208]

이광수는 전염병에 감염되었을 경우 다른 사람들에게 전염시키지 않기 위해 "민중 자신의 자각이 가장 요긴하다"고 주장한다. "설사 저는 죽더라도 남에게만은 전염시키지 말자"는 희생적인 태도가 필요하며, 이러한 자각을 가진 사람은 "도덕심을 가진 사람"이며, "다른 도덕에 있어서도 칭찬 받을 사람"일 것이라고 말한다. 이러한 그의 주장은 절도 있고, 합리적

---

208) 이광수, 「병의 도덕」, 앞의 책, 480쪽.

인 관리법을 따르겠다는 결심과 그것의 시행이 도덕적 확신과 관계[209]가 있음을 암시한다. 이광수가 민족의 개조를 무엇보다 "도덕성"의 개조로 보았다는 점에서, 신체의 질병을 예방하고, 전염병을 방지하기 위한 "정결벽淨潔癖"은 문명인으로 진화하기 위한 필수적인 생활방식이 된다.

이러한 이광수의 "정결벽淨潔癖"은 이 소설의 주요 배경이 환자를 치료하는 병원(요양원)이라는 점에서 보다 과학적, 합리적, 체계적인 모습으로 드러난다. 이 소설에서 도덕적인 생활을 추구하는 인물들은 모두 철저한 위생의식을 가지고 있다. 그중에서 누구보다 철저한 위생관을 지닌 인물은 옥남이다. 결핵병자인 그녀는 전염성이 있는 병을 앓고 있다는 것을 알기 때문에, "기침을 할 때에 수시로 입을 막고, 담 한 방울 다른 데 아니 떨어지도록 조심하며", "알콜 솜으로 손을 소독하고", "담을 뱉은 뒤에는 반드시 옥시플로 양추를 한다." 또한 "자기가 음식을 먹고 난 그릇이나 수저는 반드시 자기 손으로 크레졸 물에다 집어넣는다"

"옥남은 자기의 병을 잘 알았다. 그래서 기침을 할 때에는 반드시 수시로 입을 막고 하였고, 담 한 방울 다른 데 아니 떨어지도록 조심하였다. 그리고는 알콜 면으로 가끔 손을 소독하고 담을 뱉은 뒤에는 반드시 옥시플로 양추를 하였다. 자기가 음식을 먹고 난 그릇이나 수저는 반드시 자기 손으로 크레졸 물에다가 집어넣었다. 순옥이가

『아이, 제가 잘 소독하께요.』

---

209) 미셸 푸코, 앞의 책, 119쪽.

하고 아무리 말려도 막무가내였다.

협이와 윤이가 학교에서 돌아오는 길에 들리면 결코 곁에 가까이 오지 못하게 하였고, 또 별실에 오래 있기를 허하지 아니하고 십 분이 못해서,

『어서 아버지 뵙고 집으로 가거라.』

하고 쫓아 버렸다. 그리고 순옥이더러 번번이 아이들 손을 소독하고 양추를 시켜 줄 것을 일렀다. 그러지 아니 하여도 순옥은 더운 물로 아이들을 세수를 시키고 손발을 씻기고 눈에 안약을 넣어 주어서 집으로 보내었다."[210]

더구나 그녀는 자신의 사랑하는 두 아이가 "학교에서 돌아오는 길에 들리면 결코 곁에 오지 못하게 하고", "오래 있기를 허하지 아니하고 십 분이 못해서 쫓아버릴" 정도로 위생에 관해서 엄격하다. 이러한 옥남의 철저한 위생 의식은 그녀의 마음이 정결하다는 것을 보여주는 것이기도 하다. 왜냐하면 그녀가 자신의 병을 다른 사람들에게 전염시키지 않기 위해 스스로 자신의 몸을 관리하고, 통제하는 것은 "공중도덕"을 지키는 것을 의미하기 때문이다.

위와 같이 이 소설에 형상화된 "정결淨潔"에 대한 인물들의 강박관념적 인식은 기본적으로 몸의 개조, 즉 민족의 개조가 "정결淨潔"에서 시작되고, "정결淨潔"에서 완성된다는 이광수의 사상을 그대로 반영하고 있는 것으로 볼 수 있다.

---

210) 이광수, 앞의 글, 160쪽.

(2) 입원(격리) · 기록을 통한 몸의 '도덕적' 통제

병원에서 이루어지는 환자의 관리(치료)와 통제는 입원(격리)과 기록 체계에 의해 보다 효율적으로 이루어진다. 이는 병원에 적용되는 규율의 메커니즘과 밀접한 연관성을 가지고 있다. 병원 속의 규율은 공간 배치 속에 드러난다. 공간은 결코 중립적인 것이 아니라 사회적 권력관계를 표상하고 무의식 중에 그것을 재생산하는 일종의 규율의 장으로 기능한다.[211] 그러므로 환자의 입원과 격리는 병원 속의 규율이 공간에 적용된 것으로 볼 수 있다.

이광수의 관점에서 보면 병이 난 환자를 정상적인 건강한 몸으로부터 격리시키는 것은 도덕성과 밀접한 연관성을 가지고 있다. 앞서 살펴보았듯이 그에게 "철저한 위생"은 "정결한 정신"을 의미하며, 곧 "도덕성"[212]과 일치한다. 그러므로 병의 확산을 방지하기 위한 입원(격리)은 도덕성의 향상과 진화를 위한 것이며, 격리병원은 이를 전문적으로 담당하는 기관으로 볼 수 있다. 근대의 병원은 기본적으로 폐쇄적인 공간을 필요로 한다.[213] 병원은 외부세계와 경계를 설정함으로써 환자를 격리시키며, 병원 내에서도 또다시 환자의 질병의 종류와 질병의 정도에 따라 보다 세부적인 격리가 이루어진다.

---

211) 조형근, 「근대 의료 속의 몸과 규율」, 『근대성의 경계를 찾아서』, 서울대 사회과학 연구소, 새길,1997, 225쪽.

212) 이광수, 앞의 글, 480쪽.

213) 미셸 푸코, 앞의 책, 212쪽.

이 소설의 주인공인 안빈의 병원(요양원)에서 이루어지는 환자의 입원(격리)은 병을 가진 사람을 다른 건강한 사람으로부터 격리시킴으로써, 병이 확산될 가능성을 원천적으로 차단시킨다는 점에서 도덕적인 행위로 볼 수 있다. 또한 이는 환자의 입장에서도 도덕적인 행위로 볼 수 있다. 왜냐하면 의사와 간호사들이 환자를 입원(격리)시킴에 의해서 환자의 질병을 보다 효율적으로 치료할 수 있기 때문이다.

"옥남도 이 유행성 감기에 걸려서 삼 주일이나 신고한 끝에 가슴의 증상이 심히 나빠져서 좌우 폐의 침윤이 가속도적으로 진행하게 되어서 신열을 삼십 팔구 도를 오르내리고 또 담에는 다량의 결핵균을 검출하게 되었다. 안빈도 말은 아니하나 옥남에게 대해서는 절망인 모양이었다.

이리해서 아이들과 격리도 할 겸 안빈이가 수시로 돌아 볼 틈도 얻기 위하여 옥남은 안빈의 병원에 입원을 하게 되었다. …

『순옥이 나허구 한 방에서 자두 괜찮어?』

하고 옥남은 병이 전염할 것을 걱정하였다."[214]

근대의 병원(요양원)은 환자를 사회로부터 격리·통제함에 의해서 환자의 몸을 건강하게 만든다는 점에서, 통제의 기관이자 개조의 기관으로 볼 수 있다. 또한 건강한 사람들을 질병으로부터 보호하고, 질병에 걸린 몸을 건강하고, 건전하게 회복시켜 준다는 점에서 도덕적 기관으로 볼 수

---

214) 이광수, 앞의 글, 160쪽.

있을 것이다.

한편 병원(요양원)에서 행해지는 환자에 대한 통제와 관리는 기록에 의해 보다 효율적으로 수행된다.[215] 병원(요양원)은 일반 가정과 달리 많은 인원을 수용하는 집단적 성격을 갖고 있다. 또한 병원(요양원)은 전문 인력인 의사와 간호사에 의해 체계적이고, 조직적인 의료 행위가 이루어지는 곳이다. 그러므로 치료를 보다 효율적으로 수행하기 위해 환자에 대한 지식을 기록하고, 이를 분석하는 작업이 필요하다. 이러한 작업은 합리적인 언어체계에 의해 기록되는데, 이 기록은 지속적으로 축적됨으로써 환자를 보다 효율적으로 관리할 수 있는 기초자료가 된다.

"안빈은 여러 해 습관으로, 거의 자동적으로 발에 끌려서 진찰실로 들어 가 제자리에 앉는다.

『아무 일 없나?』

하고 안빈은 앞에 선 어 간호부를 바라본다.

『네. 칠호실 환자가 열이 좀 올랐습니다.』

『응. 또 삼호실?』

『네. 삼호실은 밤에 잘 잤어요.』

『또 사호실 환자 울지 않나?』

『아침엔 웃던데요. 밤에두 안 울었대요.』"[216]

---

215) 미셸 푸코, 앞의 책, 217쪽.

216) 이광수, 앞의 글, 262쪽.

병원에서 환자에게 부여하는 일련의 번호는 환자의 정체성을 대신하고, 환자의 기록을 편리하게 해준다. 의사나 간호사는 환자의 이름을 구체적으로 호칭하지 않는다. 대부분 환자에 대한 호칭은 그가 입원해 있는 방의 번호로 불리어지는데, 이는 주민등록증이 한 사람의 정체성을 대신하는 방식과 동일한 맥락으로 볼 수 있다.

"순옥이가 온지 이틀만에 옥남은 제 모기장 속으로 끌어다가 자게 하였다. 순옥은 옥남이가 잠이 드는 것을 보고야 잠이 들었고 밤중이면 한 두 번씩 깨어서 옥남의 등에 손을 넣어 식은땀을 흘리지나 않나 검사해 보았다. 그리고 날마다 옥남의 온도표와 음식 먹은 분량과 잠잔 시간, 산보한 시간, 바다에 들어간 시간, 그날의 기분 등을 자세히 적어서 안빈에게 보고하였다."[217]

위의 예문은 간호사인 순옥이 옥남의 하루 동안에 행한 일들을 기록한 내용이다. 순옥이가 꼼꼼하게 기록한 내용은 "옥남의 체온의 수치", "음식 먹은 분량", "잠잔 시간", "바다에 들어간 시간", "그날의 기분" 등이다. 이 기록의 내용들은 옥남의 신체의 상태(체온), 섭식, 수면시간, 운동시간, 감정 상태로 요약될 수 있는데, 이는 분류와 분석의 과정을 통하여 옥남을 치료하는 데 기초적인 자료로 활용된다.

위와 같이 의사와 간호사는 환자를 입원(격리)시킴에 의해서 환자를효율적으로 관리·통제한다. 또한 그들은 환자의 상태에 대한 기록을 통해

---

217) 이광수, 앞의 글, 123쪽.

서 환자의 상태를 판단하고, 구체적인 치료 계획을 세우게 된다. 또한 의사와 간호사들은 입원(격리)해 있는 환자를 엄밀하게 감시 · 관찰하고, 이를 곧 기록으로 전환한다. 그리고 이 기록을 기초로 하여 그들은 환자의 몸을 적절한 규율 속에 배치시킬 수 있는 것이다. 여기서 주목해야 할 점은 환자를 입원(격리)시키고, 그에 대해 기록하는 것이 환자의 몸을 의사 · 간호사의 시선에서 항시 벗어날 수 없도록 만드는 중요한 통제수단이 된다는 사실이다. 그러므로 병원에서 이루어지는 입원(격리)과 기록은 환자의 몸을 통제의 영역 속에 놓이게 하는 근본적인 방식으로 볼 수 있다.

(3) 몸을 지배하는 시간의 질서

근대 사회는 몸이 시간의 질서에 의해 지배되는 사회라고 볼 수 있다. 전통적인 형태의 시간표를 지탱하던 원리는 근본적으로 부정적인 것이다. 그것은 나태를 불허하는 원칙이다. 시간의 낭비는 금지되었고, 시간표는 도덕적인 과오이며, 경제적 불성실이라 할 수 있는 낭비의 위험을 막는 것이었다. 한편 규율은 긍정적인 관리를 그 목표로 삼으며, 이론상으로 항상 증대되어 가는 이용의 원리[218]와 밀접한 연관을 가지고 있다. 즉 시간에 의한 규율은 효율성이라는 경제적 원리와 연결되어 있다.

근대 의료체제인 병원(요양원)은 다른 어떠한 시설보다 엄격한 시간의 질서에 의해서 운영된다. 외부세계와 차단된 폐쇄적인 공간에서 몸은 병

---

218) 미셸 푸코, 앞의 책, 231쪽.

원에 의해 시행되는 여러 가지 규율에 의해 지배되는데, 이 중에서 중요한 규율이 시간이다. 근대 병원은 시간에 의해 사람들을 통제한다는 측면에서 학교와 동일한 성격을 갖고 있다. 학교가 시간의 질서에 의해 학생의 몸이 위치해야 할 장소를 배분하는 것처럼, 병원도 환자가 지켜야 할 행동과 위치를 시간의 질서에 따라 적절하게 배치시킨다. 병원에서 이루어지는 환자들의 식사시간, 취침시간, 회진시간, 약 먹는 시간, 건강을 위한 일광욕하는 시간, 산보 시간 등은 환자의 몸이 매 순간 시간의 질서 속에 자리 잡고 있음을 보여주는 예로 볼 수 있다.

"하루에 오분씩 늘여서 하는 일광욕이 인제는 하루에 두 시간 이상이나 하게 되어서 순옥의 살이 까무스름하게 탔다. 인제는 장딴지며 넓적다리며 젖가슴에도 토실토실 새살이 올라서, 북간도에서 왔을 때에 껍질만 마주 붙었던 순옥과는 딴 사람이 되었다. 인제는 자는 약도 아니 먹어도 하루에 팔구 시간이나 잠을 자고 소화약을 아니 먹어도 하루에 세 때 밥이 곧 잘 내렸다."[219]

위의 인용문은 시간의 질서가 병원에 입원해 있는 환자에게 어떠한 영향력을 행사하고 있는가를 잘 보여준다. 북한 요양원에 입원한 순옥은 매일 하루 "오 분씩" 시간을 늘려서 일광욕을 해왔는데, 이제는 하루에 "두 시간" 이상을 할 정도로 건강을 회복하게 된다. 이러한 그녀의 건강회복은 하루에 철저하게 "오 분씩" 시간을 늘려서 일광욕을 했다는 사실과 밀

---

219) 이광수, 앞의 글, 456쪽.

접하게 관련되어 있다. 이렇게 그녀가 일광욕을 "오 분" 단위로 철저하게 계획해서 몸으로 실천했다는 사실은 그녀의 몸이 한시의 오차도 없이 시간의 질서 속에 편입되어 있었다는 것을 암시한다. 그러므로 그녀가 결핵에 걸려서 안빈의 북한 요양원에 입원한 후, 다른 사람들보다 빠르게 회복되어 "모범환자"로 불리게 된 것은 시간을 엄격히 준수했다는 사실에 기인하고 있다. 시간 속에 몸을 철저하게 배치시킨 것이 몸을 건강하게 만드는 데 효과적인 규율로 작용한 것이다. 이렇게 북한 요양원이라는 공간에서 환자들은 시간의 질서에 의해 철저하게 배분되고, 통제된다. 그러나 북한 요양원은 치료 대상인 환자뿐만 아니라 치료(개조)의 주체인 의사나 간호사 역시 시간의 질서에 의해 통제하는 곳이다.

> "사람들이 잠잠히 안빈의 말을 생각하여 본다.
>
> 얼마 후에 안빈은 한번 기침을 하고,
>
> 『내가 인제 나이 육십인데, 그동안 하도 바빠서 반성하고 수양할 기회가 없었고 또 몸도 좀 피곤하단말야. 인제는 아이들도 다 자라고, 또 요양원도 기초가 잡히고 했으니 나는 한참 더 공부를 할라네. 석군, 이군, 순옥이, 또 협이, 수선이, 인원이, 또 윤이도 한다니까 다들 이 요양원을 맡아서 해 가기로 하라고.』
>
> 하는 선언을 한다.
>
> 일동은 이 선언에 깜짝 놀란다.
>
> 안빈은 시계가 아홉 시를 땅땅 치는 것을 듣고 놀라는 듯이,
>
> 『아차 너무 늦었군. 자 다들 가서 아홉시 회진을 해야지. 윤아, 내 예방의 가져온.』

하고 안빈이 먼저 일어난다."[220]

위의 예문은 안빈이 병원(요양원)에서 행해지는 시간의 규율에 의해 얼마나 엄격하게 통제되는가를 잘 보여준다. 그는 북한 요양원이 안정되고 자리가 잡히자, "자신이 이미 나이가 육십이고", "바빠서 반성하고 수양할 시간이 없었으므로", "은퇴하여 더 공부하기를 원한다"고 말한다. 그리고 북한 요양원은 다른 젊은 사람들이 맡아서 운영해주기를 희망한다. 그러나 그는 "시계가 아홉 시를 땅땅 치는 것"을 듣고는 기계적으로 일어나서 회진을 돌기 위해 먼저 일어난다. 자신이 방금 전에 한 "은퇴하겠다"는 말은 그 순간 잊어버리고, 평소의 습관대로 회진하기 위해 일어선 것이다. 이 무의식적인 행동은 그의 몸이 이미 시간의 질서에 완전히 통제되었고, 이에 따라 기계적으로 움직이고 있음을 보여주는 것이다. 결국 시간의 질서는 병원에 입원한 환자들을 통제하는 질서일 뿐만 아니라 의사, 간호사에게도 동시에 작용하는 강력한 질서임을 알 수 있다.

4. 정서활동의 육체적 전이

이 소설에서 마음의 작용이 육체적으로 전이되는 현상은 유가의 심신

---

220) 이광수, 앞의 글, 468쪽.

일원론[221])과 히포크라테스의 의학이론[222])이 긴밀하게 결합되어 있다. 이두 이론은 마음과 육체가 이원론적으로 분리된 것이 아니라 상호 밀접한 관계를 이루면서 서로 영향을 주고받는 대상이거나, 혹은 동일한 대상으로 파악하고 있다. 마음의 정서활동은 육체에 일정한 화학반응을 통하여물질 현상으로 드러나게 되는데, 이는 피 속에 만들어지는 화학물질과 빛, 그리고 냄새다. 이 물질 현상들은 인간의 육체적 욕망과 밀접하게 연결되어 있다. 금욕적인 생활을 하느냐, 쾌락을 추구하는 생활을 하느냐의 문제는 육체에 생성되는 물질 현상을 지배하게 된다. 이는 이광수의 철저한 이분법적 사유의 구도를 반영한 것으로 볼 수 있다.

한편 정서활동과 육체가 서로 밀접하게 연결되어 있다는 심신일원론적 관점은 마음의 수양과 훈련을 행하는 사람은 육체적 측면에서도 이와똑 같은 결과를 얻을 수 있다는 결론을 도출하게 된다.

1) 정신적 진화의 육체적 전이

이 소설에서 정신적 진화(개조)가 육체적으로 전이되어 가는 과정을 가

---

221) 심신일원론은 유가의 전통으로 볼 수 있다. 유가적 전통에서 "몸은 정신과 육체의 통일체이므로 마음은―몸짓, 낯빛, 눈빛 등― 으로 표현될 수 있는데, 이때 몸으로 표현됨은 몸의 충만한 기(氣)와 관련이 있기 때문이다."(이거룡 외, 『몸 또는 욕망의 사다리』, 한길사, 2001, 70쪽.)

222) 정신에 일어나는 일은 무엇이든지 신체에 영향을 미치고 신체 역시 같은 영향을 정신에 미치게 된다는 히포크라테스의 의학이론은 이후 '정신신체의학'을 확립시키는데 이론적 근거가 된다. "정신신체의학(精神身體醫學:Psychosomatische Medizin)은 주로 신체적 질환, 혹은 병고(病苦)에 심리적 요소가 관계가 있는 것으로 보는 것이다. 또한 신체적 질병 내지는 증상이 정신적 병적 기전(病的機轉)을 통해 깊이 영향을 받고, 때로는 부분적으로 그 기전에 야기된다고 본다."(아커크네히트, 『세계의학의 역사』, 허주 옮김, 지식산업사, 1995, 245쪽.)

장 선명하게 보여주는 인물은 순옥이다. 순옥은 감화와 통제의 원리에 의해서 정신적 진화가 진행되며, 이는 그녀의 육체에 물질 현상으로 드러난다.

순옥은 안빈의 문학 작품을 보고, 그의 사상에 의해 먼저 감화된다. 그이후 그녀는 정신적 "스승"이자 "지도자"인 안빈의 곁에 머물고 싶다는 일념으로 본업인 교사 자리도 포기하고, 간호사가 되어 그의 병원에 근무하게 된다. 이때부터 감화가 보다 본격적으로 진행된다. 안빈은 순옥의 마음을 도덕적으로 정화시키고, 또한 그녀의 마음속에 "인류애적 사랑"을 심어주는 감화의 주체로서 작용한다. 이렇게 순옥이가 안빈에 의해 감화된 후, 냉소적인 성격의 인원도 안빈의 말과 행동이 일치하는 모습에 의해 감화된다. 그리고 이들 세 사람(안빈, 순옥, 인원)이 극진한 사랑과 정성으로 환자들을 대하는 모습을 보고, 병원의 다른 사람들까지도 점차 감화되어 간다. 이와 같이 사람들은 피라미드식 감화의 이행과 확산을 통해 점차 정신적, 신체적으로 개조(진화)되어 간다.

여기서 주목해야 할 사실은 감화의 원리가 작용하는 대상이 사람에게만 한정되지 않는다는 것이다. 그들은 북한 요양원의 의사, 간호사인 안빈, 수선, 인원은 "사물들"에게까지 빛을 발한다. 이에 의해 북한 요양원은 감화의 주체인 사람들과 그들의 빛을 받은 사물들에 의해서 "더욱 밝고, 더욱 맑고, 더욱 따뜻하고, 더욱 향기로울" 수 있는 공간으로 다시 태어나게 된다. 북한 요양원을 낙원으로 만드는 가장 핵심적인 요소는 사람에게서 사람으로, 혹은 사람에게서 사물로 전이되는 감화의 원리이다. 이렇게 감화의 원리가 작용하는 방식, 즉 피라미드형 구조의 감화의 확산은 이광수가 「민족개조론」에서 역설한 개조의 방식을 그대로 반영하고 있다. 즉 이는 "한 사람의 깨어 있는 사람을 중심으로 하여 동지를 얻어서 이들을 중심으로 개조를 이루어 나가는" 방식과 근본적으로 일치한다.

한편 병원(요양원)은 통제의 원리가 작용하는 공간이기도 하다. 이 원리의 핵심적 주체 역시 "지도자"로 형상화된 안빈이다. 그는 감화의 원리를 통해 다른 사람의 몸을 개조시킬 뿐만 아니라, 감시와 통제의 원리에 의해서 순옥뿐만 아니라, 다른 의사·간호사·환자의 몸을 개조시킨다. 그는 "코로 냄새를 맡고, 눈으로 보고, 귀로 듣는" 행위를 통해 다른 사람의 마음과 신체의 상태를 정확하게 판단하게 된다. 그리고 이 판단에 의해 그는 적절한 처방과 관리의 방식을 정해 간호사들에게 지시한다. 이러한 처방과 관리에 의한 통제는 비단 환자에게만 해당되는 것이 아니라, 환자를 개조시키는 주체인 의사, 간호사에게도 해당된다. "순옥은 안빈의 곁에 가기가 늘 겁이 나고", 그녀가 "아침에 일어나면, 마음을 깨끗하게 하고 안빈이 출근하기를 기다리게 되는 것이다"

"『그래, 아모로겐이랑 아우라몬이랑. 그런데 선생님은 여간 코가 예민하지 않으셔. 시험관에 피를 뽑아 넣지 않우? 그걸 시험약을 넣어 보기두 전에 슬쩍 냄새만 맡으시면 벌써 무엇인지 알아 내셔요. 안피노톡신 일호인지, 이호인지, 아우라몬인지, 아모로겐인지, 단박에 알아 내셔요.』

『피루야만 아시나?』

『왜? 그냥 겉으로 사람을 대하셔두 벌써 그 사람의 속을 알아 보신단말요. 환자가 오지 않우, 입원허는 사람이? 그러면 말야, 그 환자가 의심이 많은 사람이니, 이렇게 이렇게 허라는둥 마음이 번민이 있는 사람이니 어떻게 허라는둥, 글

쎄 이렇게 간호부들헌테 이르시는 걸 보면 슬쩍 겉으루 냄새를 맡구두 아시나 보아요. 병두 병마다 냄새가 다르다시는 걸. 무론 냄새만 맡으시는 것이야 아니겠지. 눈으루 보고, 귀루 듣구 허는 게, 모두 그 마음을 판단하시는 재료가 되는 모양야. 그러니 내가 선생님 곁에 가기가 늘 겁이 나지 않우, 그러니깐 아침에 일어나면 내 마음을 깨끗이 해가지구 선생님 오시기를 기다리지」"[223]

감화와 통제의 원리에 의해 순옥의 정신적 진화가 이루어지고, 이는 육체적으로 전이되어 피 속에 "아우라몬"을 형성시킨다.[224] 그녀의 피 속에 생성된 "아우라몬"은 "공포성을 제거한 사랑", "자비의 표상"을 암시하며, 이 물질은 "맑고 그윽한 향기"를 발한다. 이러한 물질 현상은 끊임없는 욕망의 억제와 수양에 의해 그녀가 진화의 최고 단계라고 할 수 있는 "성인"의 경지에 올라섰다는 것을 의미한다. 그러나 일시적으로 성인의 경지에 올랐다 하더라도, 이 고결한 상태를 계속 유지하기 위해 끊임없는 노력이 필요하다. 왜냐하면 성인의 상태가 "습관화"·"고착화"되기 위해서는 오랜 시간과 노력이 필요하기 때문이다.

"다른 사람들도 순옥에게서 일종의 경건한 감동을 받았다. 그것은 다만 이혼

---

223) 이광수, 앞의 글, 181-182쪽.

224) 「사랑」의 한 테마는 '아모로겐' 성분이 발견되었던 순옥의 피가 '아우라몬'으로 충만하게 되는 과정을 제시하는 것"으로 볼 수도 있다. 왜냐하면 "김동인이 '희극'이라고 평가했던" 이 피의 실험이 "안빈과 순옥의 깨끗한 관계를 화학적으로 증명"하고, 또한 "춘원이 안빈의 부인을 통해, 순옥을 '생물학적인 모든 욕망을 초월한 사람'이며, '관세음보살과 같이 짐짓 여자의 몸을 쓰구 사람의 형태루 세상에 나타난 신'으로 규정"하기 때문이다. (이경훈, 「인체 실험과 성전-이광수의 『유정』·『사랑』·『육장기』에 대해-」, 『동방학지』 제117집, 2002, 9, 224-225쪽.)

받은 전 아내가 전 남편의 새 아내의 병을 보았다든지 또 전 남편의 문병을 와서 치료를 한다든지 하는 것이 처음 보는 일이요, 의외의 일이라고 하여서만은 아니었다. 이때에 순옥의 얼굴과 몸에서는 일종의 빛과 향기를 발하였다. 모여 앉은 사람들은 거의 다 장난군이요, 별로 엄숙하다든지 경건하다든지 하는 기분을 경험하지 아니한 사람들일뿐더러, 도리어 이른바 현대 사상으로 그러한 것을 우습게 여기는 편이었지마는, 이날 순옥을 대할 때에 그들은 전에 경험하지 못한 경건한 감정을 경험한 것이었다. 순옥을 보고 앉았는 동안 그들의 마음은 폭 가라앉고 맑아지고 편안하였다. 순옥은 거의 무표정이라 할 만하게 태도가 냉정하였으나 그래도 그의 몸에서는 따뜻한 자비의 빛이 흐르는 것 같았다."[225]

한편 순영의 정신적 진화는 성인의 경지를 암시하는 "아우라몬" 외에도 육체에 또 다른 물질 현상을 일으키게 되는데, 이는 그녀의 몸에서 발하는 일종의 "빛"과 "향기"이다. 이 현상들은 안빈, 순옥을 비롯한 신부나, 수녀 등 자신의 이익이나 편안함을 구하지 않고, 남을 위해 희생하는 사람들에게서 공통적으로 나타난다. 그들의 몸에서 발하는 "빛"과 "향기"는 그들의 "봉사정신", "희생정신"을 표상한다고 볼 수 있다. 그러므로 이 인물들의 육체에 나타나는 경이로운, 혹은 거룩하다고 할 수 있는 물질 현상들, 즉 피 속에 형성되는 "아우라몬", "빛", "향기"는 그들의 정신적 진화(도덕성)를 절대화, 심미화시키는 것들로 볼 수 있다. 이 도덕성의 절대화, 심미화의 과정을 통해서 이들은 성인의 경지에 이른 인물로 인정받게

---

225) 이광수, 앞의 글, 417쪽.

되며, 거룩함이나 경건함을 획득하게 되는 것이다.

그렇다면 이들이 지닌 거룩함과 경건함은 다른 사람들을 지배하고, 복종시킬 수 있는 일종의 억압적인 '권력'으로서만 작용하는 것일까? 이 신비로운 물질 현상들은 앞서 설명했듯이, 이들의 도덕성을 입증하고, 다른 사람들의 자발적인 순종을 유도·통제할 수 있는 근원적인 원동력으로 기능한다. 그러나 이 물질들이 일시적으로 육체에 생성되었다 하더라도, 계속적으로 유지되는 것이 아니라 끊임없는 수양과 훈련에 의해서만이 유지될 수 있다. 그러므로 거룩함과 경건함을 지닌 인물들은 이 물질 현상을 지속적으로 유지하기 위해 엄격한 자기관리와 통제를 필요로 하게 된다. 왜냐하면, 이들은 선천적으로 타고난 성인이 아니라 욕망을 지닌 인간이기 때문이다. 결국 그들이 지닌 거룩함과 경건함은 다른 사람들을 지배할 수 있는 권위를 부여해주었지만, 또한 이에 의해 그들 자신도 통제되고, 지배된다. 어느 누구도 육체를 지닌, 그리고 욕망을 지닌 인간인 이상, 도덕성의 우열에 의해 절대적이고 영원한 권력의 주체가 될 수는 없는 것이다.

이러한 상황에서 진정한 개인은 사라지게 된다. 다만 다른 사람들을 위한 봉사와 희생, 그리고 자기 수양과 훈련만이 존재할 뿐이다. 이 소설은 전체(민족)를 위한 개인의 희생을 심미화하고 있다는 측면에서, 이광수의 초기 소설보다 오히려 전체주의적 경향이 강화된 모습을 드러내고 있음을 알 수 있다. 그러나 "전체를 위한 개인의 희생"을 찬미하는 그의 사상은 '사랑·자비' 등의 종교적 윤리와 연결됨으로써, 전체주의가 갖는 폭력적인 성격이 윤색된다.

2) 동물적 욕망의 육체적 전이

앞서 살펴보았듯이, 이광수에게 남녀 간의 자유로운 성적 유희는 개인과 민족을 타락시키는 "병적 질환", "야수에의 복귀", "시대의 악惡"[226]으로 정의된다. 그는 남녀 간의 육체 관계는 "자손의 번식"[227]을 위해서만 필요한 것으로 본다. 이러한 이광수의 성에 대한 부정적 인식은 이 소설의 등장인물들에게 그대로 반영되어 있다.

『『선생허구 어떻게 혼인을 하우? 선생님허구 혼인을 헌다면 내가 선생님을 모독허는 것 같아. 지금까지 내가 선생님을 사모해 오던 깨끗한 정이 더러워지는 것 같구.』

『왜 혼인이란 더러운 물건인가?』

『그렇게 더러운 물건은 아니라두, 그렇게 거룩한 물건일 건 무어요? 남녀가 살을 맞대구 비비는 게 혼인 아냐? 그게 동물적이지 무어요? 그것두 일종 음탕이지 무어요?』

『아이참. 그럼 혼인하는 사람은 다 더러운 사람이겠네, 다 음탕한 사람이구.

---

226) 이광수, 「야수에의 복귀-청년아 단결하여 시대악과 싸우자-」(『동광』, 1931, 5.), 『이광수전집』17, 삼중당, 1962, 453-454쪽.

227) 이광수에게 있어서 남녀 간의 성관계는 종족번식을 위한 것이다. 그러므로 이러한 중대한 임무를 벗어난 자유로운 성의 유희는 곧 도덕적, 육체적 타락을 의미하게 된다.
"생물학적으로 볼 때에, 부부는 성관계요, 그 목적은 종족의 계속번식에 있는 것이겠지만, 문화라는 특수한 유산과 사명을 가진 인류에 있어서는 부부라는 남녀 양인의 직장인 가정에는 생식이외에 문화의 보존, 온양, 전파의 기능을 다 하는 것입니다. 이러하여 문화 인류의 생활의 정상한 근거요, 중심은 가정입니다."(이광수, 「여성교실」(『여성』, 1936, 4-6.), 위의 책, 464쪽.)

이거 큰일 났군.』

　인원은 빈정대는 웃음을 웃는다.

　『그런 게야 아니지. 혼인하는 남녀가 다 더럽구 음탕한 거야 아니지. 한 남자
가 한 여자에만 남녀 관계를 맺는 것은 최소 한도의 음탕이니깐. 또 이것루 종
족두 유지되구 가정이란 것두 생기구. 이를테면 인류의 동물적 존재가 유지되
는 것이니깐 혼인이 아주 나쁘단 말은 아냐.』"228)

　위의 인용문은 이 소설의 등장인물들이 추구하는 바람직한 결혼과 남
녀 간의 성性에 대한 의식을 단적으로 보여주는 부분이다. 순옥은 인원에
게 남녀 간의 결혼이 "그렇게 더러운 물건"은 아니라 하더라도 "그렇게 거
룩한 물건"은 아니며, 결국 결혼은 "남녀가 살을 맞대구 비비는" 것이고,
"동물적"이며, "음탕"한 것이라고 말한다. 그러나 결혼을 통해 "한 남자가
한 여자에게만 남녀 관계를 맺는 것은 최소한도의 음탕이며", 이로 인해
"종족도 유지되구 가정이란 것"이 생긴다는 것이다. 즉 결혼이 필요한 이
유는 가정이 유지되어 종족이 지속적으로 번식하게 하는 데 있다. 그러므
로 이 목적에서 벗어난 쾌락을 위한 성관계는 "더럽고", "음탕"한 것229)이
되는 것이다.

---

228) 이광수, 앞의 글, 172쪽.

229) 이러한 순옥의 생각은 기독교의 사상과 밀접한 연관성을 가지고 있다. "기독교는 성을 '악',
'죄', '타락', '죽음'과 연결시킨다. 기독교는 일부일처의 결혼에서만 부부관계를 용인했고, 이러한
관계에서도 오직 생식만을 목표로 한다는 원칙을 부여하였다. 기독교는 이교 도덕과는 달리 엄격
한 금욕, 영원한 순결, 그리고 동정성에 지고의 도덕적, 영적 가치를 부여했다."(미셸 푸코, 앞의 책,
28쪽.)

이러한 순옥의 성과 결혼에 대한 인식은 기독교 윤리를 그대로 수용한 것임을 알 수 있다. 그녀의 인식은 기독교 윤리처럼 이중적이다. 그녀에게 성은 기본적으로 인간을 타락시키는 악한 것으로, 가능한 한 벗어나야 할 유혹의 대상이다. 그러나 사회 구성원의 재생산이라는 측면에서, 한 남자와 한 여자 사이에서의 허가받은 성관계는 최소한 인정받을 수 있고, 용서받을 수 있다는 것이다. 이러한 최소한의 성적 관계에 대한 인정은 사회의 공익과 연결될 때만이 가능하다. 사회의 공익과 무관한 성적 쾌락에 몰두하는 하는 것은 죄의 쾌락이며, 일종의 일탈이다. 이러한 일탈을 행하는 사람들은 합리적인 습관을 가진 사람들, 즉 금욕적인 생활을 하는 사람들과는 변별되는 특징을 갖게 되는데, 이는 그들의 피 속에 형성되는 "아모로겐" 때문이다.

> "순옥은 허영의 눈에 점점 불길이 이는 것을 보았다. 그것이 마치 성난 맹수의 눈에 일어나는 빛과 같다고 생각될 때에 순옥은 몸서리를 쳐졌다. 두 어깨를 감아 안은 허영의 팔은 점점 졸아 들어서 숨이 답답할 지경이었다. 그 숨결은 더욱 거칠어지고 더욱 뜨거워져서 마치 열대사막을 거쳐 오는 바람결과 같았다. 그 숨결에는 차차 일종의 냄새가 풍기기 시작했다.
>
> 〈아모로겐! 유황과 암모니아 냄새!〉
>
> 순옥은 이렇게 생각하고 고개를 약간 돌렸다."[230]

---

230) 이광수, 앞의 글, 59-60쪽.

"음탕한 행위"·"음탕한 생각"과 "아모로겐"의 역학관계를 가장 잘 보여주는 인물은 허영이다. 도덕적이고, 금욕적인 삶을 추구하는 순옥의 피 속에 "아우라몬"이 형성된 것과는 달리, 허영의 피 속에는 그의 동물적 성향을 그대로 반영하는 "아모로겐"이 형성된다. 즉 "아모로겐"은 동물적 욕망이 외부에 물질 현상으로 드러난 것이다. "아모로겐"은 "아우라몬"과는 달리 "비릿한 유황과 암모니아 냄새", "흉악한 취소의 냄새"를 풍긴다.

"성적인 애정을 경험한 동물의 혈액에서 검출되는 아모로겐에서는 다량의 유황과 암모니아를 본다. 이것이 그 혈액에 자극성이면서 약간 불쾌감을 주는, 비린내에 가까운 냄새를 발하게 하는 원인인 듯하다. 새끼에게 젖을 먹이고 그 몸을 핥아 주고 있는 어미 개의 혈액에서 검출되는 아모로겐에서 극히 소량의, 겨우 형적이나 있다고 할 만한 유황질과 암모니아질이 있을 뿐이요, 금이온이 현저히 증가함을 본다. 그리고 그 혈액에서는 비린내와 같은 자극성인 악취가 없고 심히 부드러운 방향을 발할 뿐이다.』"[231]

"아모로겐"에서 발생하는 "비릿하고", "흉악한" 냄새는 성에 대한 부정적 인식을 그대로 반영한다. 즉 성적 활동이 그 자체로서 매우 위험하고 희생이 뒤따르며, 생명체의 손실과 깊이 연관되어 있어서, 필요하지 않는 한 세심한 관리로 성행위를 제한[232]해야 한다는 것이다. 그러나 성적 활동

---

231) 이광수, 앞의 글, 43쪽.

232) 미셸 푸코, 앞의 책, 266쪽.

을 완전히 부정하는 것은 아니다. 이는 허영과 대조적인 인물로 설정된 안빈이 결혼한 사람이고, 이 결혼생활에 의해 두 명의 자녀를 두었다는 점에서 확인된다. 사회 구성원의 재생산 측면에서 볼 때, 무조건적인 금욕은 불가능하다. 그러므로 무조건적인 금욕이 아니라, 금욕을 지향하게 되는 것이다. 이러한 금욕의 지향을 통해서, 이 소설들의 인물들이 근본적으로 모든 육체적 관계의 포기라는 이상을 가지고 있음[233]을 알 수 있다. 이는 안빈과 순옥이가 자신의 배우자가 죽은 후 재혼하지 않고, 금욕적인 생활 속에서 병원 일에만 전념한 점, 또한 인원을 포함한 북한 요양원에 근무하는 헌신적인 인물들이 결혼하지 않고 독신생활을 고수한 점에 의해서 분명하게 드러난다.

한편 "음탕한 행위"·"음탕한 생각"에 의해 "비릿하고", "흉악한" 냄새가 나는 "아모로겐"이 형성된다는 설정에서 알 수 있는 사실은 정서활동의 육체적 전이가 철저한 이분법적 논리에 근거하고 있다는 것이다. "아우라몬/아모로겐", "그윽한 향기/비릿한 냄새—고약한 취소의 냄새", "인류애적 사랑/동물적·이기적 사랑", "선과 악", 그리고 사회적으로 존경을 받는 인물들과 파멸하는 인물들 등, 이 소설을 이끌어나가는 서사구조는 극명한 이분법적 논리에 근거해 있다. 이 이분법적 논리는 근본적으로 배제의 원리와 통제의 원리를 적용[234]한 것이다. 그러므로 엄격한 배제와 통제로 인한 일종의 폭력성을 동반하게 된다. 이광수의 소설에서 보여

---

233) 미셸 푸코, 앞의 책, 268쪽.

234) 이광수의 이분법적 논리는 그의 사상의 전 영역에 걸쳐서 나타나고 있다. 그의 교육관, 결혼관, 인물론은 모두 이러한 논리와 밀접한 관계를 가지고 있다.

지는 극단적인 운명의 인물들, 즉 사회적인 찬사와 명예를 얻는 자와 비극적 파멸을 맞이하는 자의 이분법적 구도[235]는 기본적으로 민족, 국가에 유용한 사람인가 아닌가에 근거해 있다. 그리고 작가는 이 기준에 따라서 민족, 국가에 공헌할 수 없는 인물들의 비극적 파멸을 정당화시킨다.

---

235) 초기 이광수의 사상에 근본적으로 내재해 있는 명료한 이분법적 가치평가에 대해서는 차승기의 「'생(生)'에의 의지와 전체주의적 형식-초기 이광수의 문화적 민족주의의 성격」(『연세학술논집』 30집, 연세대 대학원 총학생회, 1999, 16쪽.)을 참조할 것.

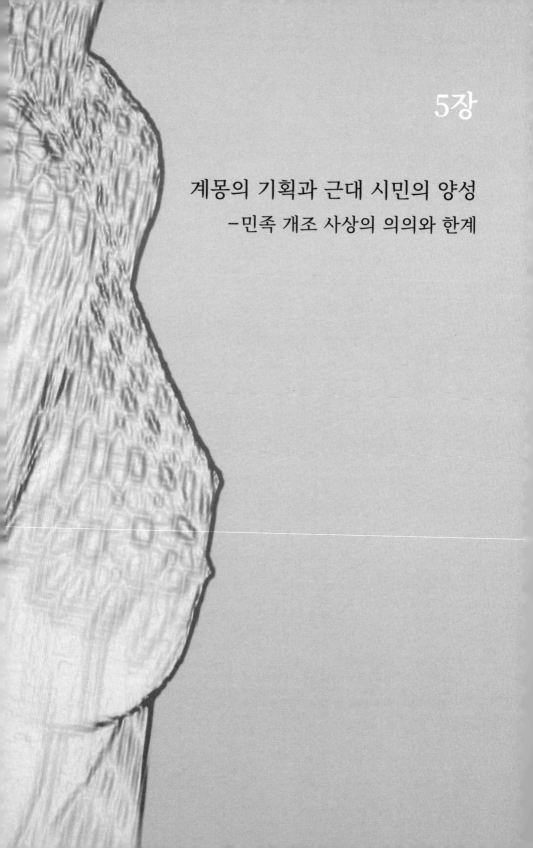

5장

계몽의 기획과 근대 시민의 양성

─민족 개조 사상의 의의와 한계

이 글에서는 이광수의 소설에 나타난 '민족 개조 사상'과 '몸'의 관련 양상을 분석함으로써, 그가 지향하는 계몽의 기획이 궁극적으로 민족에 공헌할 '유용성'을 지닌 몸의 생산(계몽)임을 고찰하였다. 이 소설들에 형상화된 개조의 주체를 분류하면, ① 자기 자신 ② 사회 구성원들을 재생산하는 가정 ③ 사회적으로 몸의 훈육과 통제를 담당하는 주요 기관(교육기관, 근대 의료체제 등)으로 볼 수 있다. 이러한 개조의 주체들을 통하여 몸은 세 가지 측면에서 개조되는 양상을 보인다.

첫째는 개인이 자신의 욕망을 통제함으로써 이루어지는 몸의 내적 개조이다. 이는 개인 스스로 지속적인 수양과 훈련을 통하여 개조하는 방식으로서, 자기 규율적인 성격을 가지고 있다.

둘째는 사회 구성원의 재생산을 담당하는 가정을 통하여 이루어지는 개인의 체질 개선, 즉 몸의 정신적, 신체적 개조이다. 이러한 몸의 근본적인 체질 개선은 우수한 유전자를 가진 남녀 간의 낭만적인 사랑과 결혼, 자녀의 생산에 의해 이룰 수 있다. 이러한 결혼관은 결혼 대상을 우성인자를 가진 자와 열성인자를 가진 자로 분류하고, 취사선택한다는 점에서 배제의 원리와 통제의 원리가 작용하고 있다. 이렇게 가정을 통한 몸의 개조는 민족의 체질을 근본적으로 개조하여 그 민족의 경쟁력을 강화시킨다는 차원에서 영원히 계속되어야 한다. 이는 몸이 지닌 시간성과 연관된 개조로 볼 수 있다.

셋째는 특정한 공간에서 이루어지는 몸의 훈육과 통제에 의한 개조이다. 이는 근대의 주요 기관들인 학교와 의료체제에 의해서 이루어지는데, 이들은 개조 대상의 정신과 신체를 감화와 통제의 원리에 의해 개조한다. 이 기관들이 지니고 있는 공간의 폐쇄성은 몸의 개조를 보다 임격하게 진행할 수 있게 한다는 점에서 매우 중요하다. 또한 이들은 전문적인 인력을 동원하여 보다 과학적이고 합리적인 계획에 의해 몸의 개조를 진행할 수 있다는 장점을 가지고 있다. 이렇게 이 공간에 작용하는 규율은 엄격함 그 자체로 한치의 오차도 없이 인간의 몸에 적용되며, 개인의 몸은 점차 건강하고 유용한 몸으로 재탄생하게 된다.

이광수의 소설에서는 위와 같이 세 가지 측면, 즉 개인 스스로 행하는 수양과 훈련에 의한 몸의 내적 개조, 가정에서의 정신적 · 신체적 개조, 그리고 특정 공간에서의 몸의 개조가 동시에 진행된다. 몸의 개조가 세 가지 측면에서 진행되는 이유는 몸이 지니고 있는 근본적인 속성 때문이다. 몸이 정신과 신체의 통합체라는 점과 몸이 지니고 있는 시간성, 공간성 때문이다. 그러므로 몸의 개조는 정신적 측면과 신체적 측면의 특성을 고려한 것이어야 하며, 또한 몸의 시간성과 공간성을 고려한 것이어야 한다.

이러한 개조에 의하여 탄생한 유용성을 지닌 몸은 민족을 구성하는 유기적인 요소로 작용한다는 점에서 유기체적인 몸이며, 또한 끊임없이 향상·진화한다는 점에서 진화론적인 몸이다. 그리고 이 몸들은 민족의 번영과 발전에 기여할 때에만 진정한 의미를 찾을 수 있다. 이광수의 민족 개조 사상은 개인의 역량 강화를 통해 민족의 역량 강화를 추구한다는 측면에서 볼 때, 민족주의적 성격을 지니고 있다고 볼 수 있다. 그러나 그의 사상이 민족의 번영과 발전이라는 열망을 담고 있다 하더라도, 근본적으로 일제의 식민 지배 정책에 이용될 소지를 지니고 있었다는 점을 지적하지 않을 수 없다.

이광수의 민족 개조 사상은 개인의 유용성 증대를 통해 민족의 역량을 강화하는 방식인 '자강론'의 입장으로 볼 수 있다. 이러한 계몽의 기획은 한·일 합방 시기부터 사회 통제 방식으로 기획된 교육기관 및 위생 경찰 체제를 통해 식민지인의 몸을 규율하고 식민지인의 유용성을 증대시키고자 했던 일제 식민지 전략[236]과 몸의 유용성의 증대라는 측면에서 서로 공통점을 갖고 있다. 즉 민족 구성원의 유용한 몸 만들기라는 이광수의 목표는 그가 「민족개조론」에서 역설했던 핵심 사상인 동시에, 당시 일제에 의해서 시행된 한국에 대한 식민지 전략이기도 했던 것이다. 이렇게 이광

---

236) 조형근, 「근대 의료 속의 몸과 규율」, 『근대성의 경계를 찾아서』, 서울대 사회과학 연구소, 새길, 1997, 232-233쪽.

수의 민족 개조 사상이 일제의 식민 정책과 부합할 수 있었던 근본적인 이유는「민족개조론」이 내재하고 있는 전체주의적 성격에 기인한다.「민족개조론」은 기본적으로 불복종을 허락하지 않는 권위와 위엄을 지닌 지도자에 대한 열망과 그에 대한 숭배, 엄격한 집단주의, 이성과 지성보다는 의지와 정신의 촉구, 도덕적 절대주의, 금욕주의, 민족정신에 대한 신비화·심미화, 민족에 대한 강력한 통합에의 의지 등을 담고 있다.

이러한「민족개조론」의 성격을 통해서, 민족 개조 사상은 민족 공동체에 대한 '열망'과 '신화'를 반영하고 있음을 알 수 있다. 민족을 구성하는 개개인이 민족 공동체의 안녕과 발전을 위해 공동체에 철저히 복종하는 것은 도덕적 의무이자, 절대적 사명이다. 민족 공동체의 안녕을 저해할 수 있는 모든 요소들은 도덕적 죄악으로 간주되며, 도덕적 죄악을 제거하기 위한 폭력은 정당화되거나 심미화되는 경향을 보였던 것이다. 여기서 민족 개조 사상이 지니고 있는 한계점이 노출된다. 일제의 전체주의적 폭력에 대항하여 민족의 생존을 지키기 위해 마련된「민족개조론」은 일제의 전체주의적 식민 통치 방식과 동일한 방식을 취하고 있었던 것이다. 이러한 이율배반적인 상황은 근본적으로 근대 계몽사상이 제국주의적 토양에서 배태되었고, 또한 제국주의적 팽창을 합리화하는 이성적 도구로 활용되고 있었다는 점에서 기인한다고 볼 수 있다. 즉 근대 계몽사상은 '해방'과 '억압'이라는 자기 모순적인 성격을 지니고 있었던 것이다. 몸의 '유용성' 증대라는 이광수의 계몽의 기획은 일제의 식민 지배 정책이 점차 강화·고착되고, 일본의 제국주의적 팽창 정책이 진행됨에 따라서, '건강한' 식민지인을 양성하여 전쟁의 도구로 적극적으로 활용하고자 했던 일제의 지배정책과 자연스럽게 결합될 수 있었던 것이다.

이와 같이 이광수의 민족 개조 사상은 근대적인 훈육의 방식과 통제의 방식에 의해 자본주의 하에서 민족의 발전을 위해 유용하게 활용될 수 있는 '건강한 몸 만들기'를 목표로 하고 있다는 점에서, 정신적인 측면에만 한정되었던 이전의 계몽사상과는 변별되는 성격을 가지고 있다. 그러나 그의 민족 개조 사상은 식민지인을 유용한 몸으로 양성하고, 이를 적극적으로 자국의 제국주의 팽창에 활용하고자 했던 일제의 식민지 정책에 이용될 수 있는 가능성을 담지하고 있다는 점에서 근본적인 한계를 지니고 있었다.

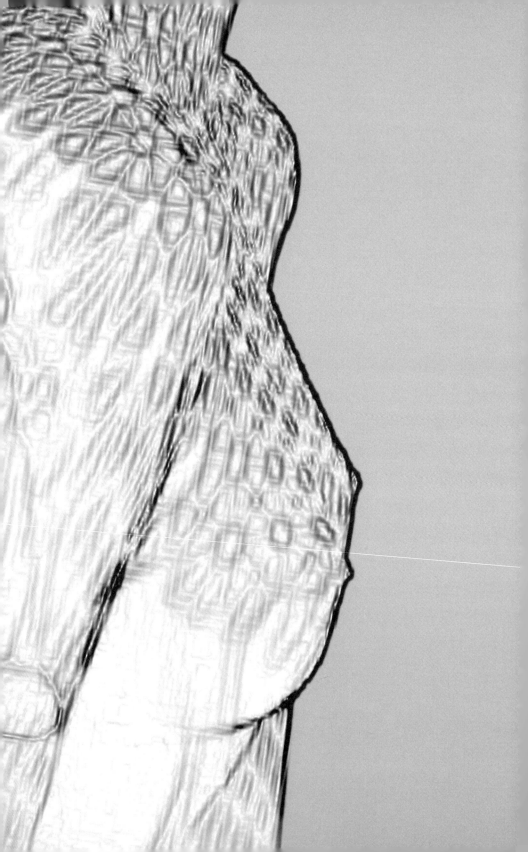

2부

한국 근대 예술과 육체,
그리고 욕망

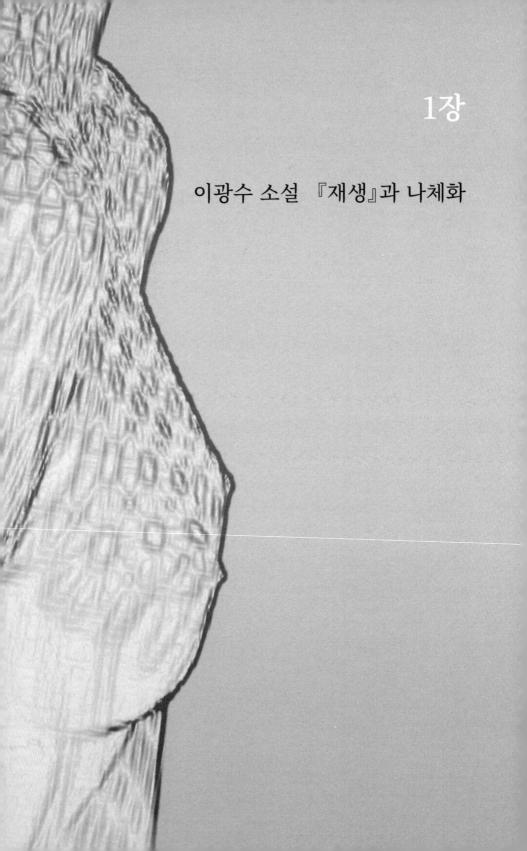

1장

이광수 소설 『재생』과 나체화

『재생』은 이광수가 1924년 11월 9일부터 1925년 9월 28일까지『동아일보』에 연재했던 장편소설이다. 이 소설의 주제는 일반적으로 사랑과 민족의 갈등, 젊음의 혼돈, 세상의 무성한 소문 등을 경험한 이광수의 내면이 잘 반영된 것으로 평가되고 있다. 또한 3·1운동 실패 후 무력감에 빠져 민족적 이상을 상실하고 타락한 생활을 하고 있던 조선의 젊은이들에 대한 질타와 그들의 재생을 촉구한 것으로 이해되기도 한다.[237] 이러한 평가는 이 소설이 쓰이기 전까지의 한 인간으로서, 또한 한 남성으로서의 고단했던 개인적 상황과 3·1운동 이후 암울했던 시대적 상황과 연결해 볼 때 매우 타당한 평가라고 볼 수 있다.

---

237) 이남호,「이광수의『재생』에 대하여」,『재생』, 우리문학사, 1996, 420쪽.

그러나 여기에서는『재생』이라는 소설을 분석함에 있어 작가의 개인적 상황과 암울했던 시대적 상황이라는 외적 조건에 의한 기존의 작품 분석에서 벗어나, 1910년대에 일본을 거쳐 우리나라에 들어오게 된 서구 나체화의 상호연관성에 대해 주목하고자 한다. 표면상으로 상호 이질적으로 보이는 두 예술 양식, 즉 소설과 나체화의 연관성에 대해 고찰해 봄으로써 육체, 그리고 육체 중에서 가장 흥미를 끄는 성에 대한 근대적 인식이 18세기 이후의 근대 서사문학에 어떻게 반영되었으며, 궁극적으로 1920년대 이광수 소설『재생』에서 어떠한 방식으로 형상화되었는가에 대해 살펴볼 것이다.

1. 나체화와 서사문학

1) 나체화와 서사문학의 상호연관성

나체화는 인류 역사상 가장 오래된 예술 형식의 하나로, 이는 육체에 대한 인간의 근원적인 관심을 나타낸다. 인간에게 몸이란 것은 항상 탐구와 호기심의 대상인 동시에 두려움과 수치, 경외감의 대상이었다. 그리고 육체에 대한 인류의 반응은 사회 · 역사적 상황에 따라 각기 상반된 양상을 보이고 있다. 시대에 따라서 인간의 육체는 아름다움과 도취의 대상이 되기도 했고, 때론 수치와 죄의식, 그리고 금기의 대상이 되기도 했다. 인류의 육체 대한 상반된 사고는 예술의 전 분야에 걸쳐서 유사한 양상으로 나타난다. 미술과 서사문학도 예외는 아니다. 그렇다면 미술과 서사문학은 어떠한 면에서 상호연관성을 지니고 있는 것일까? 이 문제에 근본적으로 접근하기 위해서는 미술 양식으로서의 누드와 서사문학의 발달 과정을 살펴 볼 필요가 있다.

미술의 한 양식으로서의 누드는 기원전 5세기에 그리스인들이 창안한 예술 형식[238]이다. 영어는 알몸(naked)과 누드(nude)[239]를 구별하고 있다. 알몸이 된다는 것은 옷을 벗는 것으로, 이 단어는 대개의 사람들이라면 그런 상태에서 느끼는 약간의 당혹감을 함축하고 있다. 반면 누드란 단어는 교양 있게 사용하면 별로 듣기 거북한 느낌을 주지 않는다. 이 단어가 마음에 투영하는 어렴풋한 이미지는 움추린 무방비한 신체가 아니라 균형 잡힌 자신만만한 육체, 즉 재구성된 육체의 이미지다.[240]

그리스 미술에서 재현의 대상이 된 것은 분명 완전히 벌거벗은 남자의 육체로서 조각에 나타난 육체는 성적으로 흥분된 상태는 아니다. 반면에 화병에 그려진 그림에는 그렇게 묘사된 경우도 있다. 무화과 잎사귀로 성기를 가리는 것은 다음 시기인 헤레니즘 시대의 산물이다. 여자의 나체는 남자보다 상당히 늦게 나타났으며, 그 후에도 오랫동안 남성의 나체에 비

---

238) 케네스 클라크는 그의 저서 『누드』에서 5세기 무렵의 그리스인들은 누드를 호색적이거나 성적 충동을 일으키는 흥미에서 벗어나 어떤 인간적인 상황을 함축하고 있는 수단으로 개척하였음을 지적하고 있다.(김호연, 「한국 화단에 있어서 서양누드화의 수용과 정착」, 동국대 대학원 석사학위 논문, 1988, 5쪽.)

239) 이 단어는 18세기 초기의 비평가들이 예술적인 교양이 없는 섬나라의 주민들에게, 회화나 조각이 정당하게 제작되고 평가되고 있는 나라들에서는 알몸의 인체가 항상 예술의 중심 주제가 되고 있다는 것을 설득시키기 위해 영어 어휘 속에 억지로 추가된 것이었다.(케네드 클라크, 『누드의 미술사』, 이재호 옮김, 열화당, 1982, 9쪽.)

240) 케네드 클라크, 위의 글, 9-10쪽.

해 드물었다.[241] 그리고 시간이 흐르면서 기독교적인 서양 중세미술에서 직접적인 에로틱한 표현이 사라지게 되고, 엄숙하고 신성한 주제를 표현할 때 필수불가결한 한 요소로만 나타난다. 일반 기도서의 여백이나 교회 건축의 세부, 또는 교회의 가구, 즉 교회 천장의 장식용 조각, 대들보를 받치는 받침나무, 기둥의 주두柱頭[242], 성가대석을 장식하는 나무 조각인 가로대에서 에로틱한 표현을 찾아볼 수 있다.[243]

이탈리아의 르네상스 시대에 이르러 인간의 육체가 다시금 주요 대상으로 떠오르게 되었을 때 그 중심 대상이 된 것은 남자의 육체였다. 이것은 부분적으로는 르네상스가 고대를 모방하였다는 사실 때문이기도 하다. 또 한편으로는 남자의 육체가 일반적인 육체, 즉 세계의 기준으로 간주되었다는 사실 때문이기도 하다. 르네상스 시대의 남성 의상은 그 이후의 남성 의상이 육체의 노출을 억제한 것과는 반대로 육체를 잘 드러내도록 디자인되어 있었다. 고대와 르네상스의 전통은 18세기까지 이어져 남성의 육체는 계속적으로 예술의 제일차적 기준이 되었으며, 19세기에 이르러서야 비로소 여자의 육체가 나체의 전형으로 떠오르게 되었다. 남자의 완전한 나체에 대한 전적인 검열이 부과된 것도 바로 이때의 일이다. 19세기 전반기의 유럽 화단을 지배했던 프랑스 아카데미의 미술 교육은 계속하여 남성 모델 데생을 강조하였다. 그러나 완성 작품을 만들 때

---

241) 피터 브룩스, 『육체와 예술』, 이봉지 · 한애경 옮김, 문학과지성사, 2000, 51쪽 재인용.

242) 기둥머리.

243) 에드워드 루시-스미스, 『서양미술의 섹슈얼리티』, 이하림 옮김, 시공사, 1999, 31-32쪽.

는 헝겊 조각을 사용하여 성기를 감추고 남성 자체의 선을 감추었다. 반면 여자의 나체는 미적 평가와 전시회 및 미술품 수집의 주요 대상이 되었다.[244] 신화에서 제재를 따오던 르네상스 회화의 전통은 19세기 내내 전통적 화단에서 계속되었다. 그러나 사실주의와 그다음의 인상주의, 그리고 그 뒤를 이은 여러 사조들에 의해서 이러한 핑계 없이도 나체를 표현할 수 있는 여건이 마련되었던 것이다.[245]

이처럼 인간의 육체, 그리고 욕망을 미술로 표현하는 데 있어서 사회적, 시대적 상황에 따라서 많은 굴절을 겪은 것과 마찬가지로 문학 역시 이와 비슷한 과정을 겪게 된다. 욕망의 대상으로서의 육체는 아가雅歌[246]를 포함한 그리스의 여러 시인들의 작품 등 서양 문학 초기에 있어서 시詩의 주제를 이룬다.[247] 실제로 이 시기는 소설, 즉 사회적 · 현상적 세계에서의 개인 문제를 다루는 픽션의 시기였으며, 따라서 개인의 육체 역시 이야기의 필수 구성 요소로 기능했다.[248] 이는 당시 사람들이 인간의 육체와 욕망에 대해서 부정적 견해를 가지기보다는 긍정적으로 인식하고 있었음을 보여주는 것이다. 고대 그리스 시대의 조각상에서 볼 수 있듯이, 인간의 육체는 혐오와 수치의 대상이 아니라 아름다움과 도취의 대상이었다. 그러므로 이러한 시대적 분위기에서 인간의 육체에 대해 노래하고 찬송

---

244) 피터 브룩스, 앞의 책, 50-52쪽.

245) 피터 브룩스, 위의 책, 54-55쪽.

246) 남녀 간의 아름다운 연애를 찬미한 8장으로 된 문답체의 노래.

247) 피터 브룩스, 위의 책, 30쪽.

248) 피터 브룩스, 위의 책, 25쪽.

한 것은 자연스러운 문학적 흐름으로 볼 수 있다. 그러나 인간의 육체에 대한 긍정적 인식은 중세 이후 금욕적인 분위기에 의해 문학의 전면에 표출되지 못하고, 음성적인 방식으로 유지된다. 그 대신 중세 음유 시인들의 서정시와 기사 이야기가 문학의 주류를 이루게 된다.

르네상스 시대에 이르러 이러한 경향은 다시 한 번 역전된다. 르네상스의 자유로운 분위기는 이전 시대의 금욕적인 인식의 틀에서 탈피하여 인간의 육체와 욕망에 대해 좀 더 긍정적인 시선으로 접근하게 된다. 르네상스 시대에 성행했던 여성의 육체에 대한 '블라종', 즉 여성의 모든 부분을 묘사하고 찬양하는 시구를 주고받는 신사들의 게임에 의해 창작된 시, 그리고 그러한 관행을 풍자한 매우 외설적인 시에서 극치를 이룬다.[249] 그리고 18세기 이후 서사물, 특히 상대적으로 새로운 형태인 소설이 번성하면서 매우 근대적인 의미에서 육체가 글쓰기의 주요 대상이 되었던 것이다.[250]

이와 같이 나체화와 문학은 서로 다른 예술 양식임에도 불구하고 육체와 욕망에 대한 표현양상들이 유사한 방식으로 전개된다는 것을 알 수 있다. 이는 예술이 기본적으로 당대의 시대적 상황, 그리고 이러한 상황 하에서 형성된 인간의 인식을 반영한다는 사실과 밀접한 연관성을 갖고 있다. 나체화와 서사문학이 당시의 육체에 대한 인식을 다른 예술 방식으로 표현했을지라도, 표현하고자 하는 인식의 틀은 근본적으로 동

---

249) 피터 브룩스, 앞의 책, 30쪽.

250) 피터 브룩스, 위의 책, 26쪽.

일했던 것이다.

2) 조선 화단의 서양 나체화 수용

서양 화단에 있어서 20세기 초의 누드는 이미 미술 분야에서 중요한 위치로 부상하여 추상적이거나 표현주의적인, 즉 새로운 사상을 표현하는 주요한 장르였다.[251] 19세기 사실주의 또는 인상파 화가들은 여성의 나체를 있는 그대로의 모습으로 리얼하게 그렸고, 이러한 사실주의 미술은 일본을 거쳐 1910년에 우리나라에 들어왔다.[252]

한국 최초의 나체화는 고희동에 이어 두 번째로 동경미술학교에 입학한 김관호에 의해 그려진 〈석모夕慕(1916)〉다. 김관호의 졸업 작품인 〈석모〉는 당시의 사회적 물의를 염려한 관료들과 언론들에 의해 베일 속에 가려져 있었던 그림이었다. 그러나 국립 현대미술관이 주최한 한국 현대미술자료전을 통해 동경미술학교 출신의 다른 조선인 화가들의 자화상과 함께 국내에 소개되었다.[253] 그러나 당시의 신문 보도에서는 그의 특선작이 아무리 걸작이라 하더라도 '벌거벗은' 여인들이 그려진 그림이라는 이유로 그림의 사진을 싣지 않았다. 그리고 『매일신보』는 다음과 같이 독자의 양해를 구했다.

---

251) 김호연, 『한국 화단에 있어서 서양 누드화의 수용과 정착』, 동국대 교육대학원 석사학위 논문, 1988, 9쪽.

252) 이구열, 『한국근대미술산고』, 을유문고, 1972, 203쪽.

253) 오광수, 『한국근대미술 사상 노트』, 일지사, 1987, 7쪽.

"전람회에서 진열된 김군의 그림은 사진이 동경으로부터 도착하였으나 벌거벗은 그림인고로 사진에 게재치 못함."

결국 한국 최초의 나체화는 신문사가 사회 윤리 문제로 사진 게재를 금지시킴으로써 일반인들에게 소개될 수 없었다.[254] 이와 같은 나체화에 대한 사회의 비판적 인식은 조선 미술계에도 그대로 반영되어 있었다. 국내 최초의 관전이었던 제1회 조선미술전람회(1921년 창설)의 유화 부문 출품 화가는 고희동, 나혜석, 정규익의 입선을 기점으로 점차 증가하였고, 십 년 후인 1931년에는 백 명이 넘는 화가가 작품을 출품하였다. 이에 반해서 나체화는 제2회 선전에서 김관호의 〈호수〉를 시작으로 제16회 출품작까지의 작품이 모두 14점으로 극히 제한되었다.[255] 이를 통해 당시 나체화가 보수적인 전통사회의 틀을 미처 벗어나지 못한 조선사회에서 용인되기 어려운 예술 장르였다는 사실을 확인할 수 있다.

그러나 1920년대부터는 서양 나체화가 내중 속에서 서서히 수용되기 시작한다. 1922년 월간지 『개벽』에서는 연재소설의 삽화로 나체화를 사용했고, 1923년 7월호에는 이제창의 누드 스케치를 전면 감상용으로 실었던 것이다. 1930년을 전후한 시기에 이르면 선전이나 기타 전람회에서 젊은 여인의 나체 조각품을 보는 일은 비교적 흔하게 된다. 일본에서 미술학교를 졸업하고 돌아온 청년 화가나 국내에서 독학한 새 시대의 미술

---

254) 이구열, 『한국근대미술산고』, 을유문고, 1972, 185쪽.

255) 김호연, 『한국 화단에 있어서 서양 누드화의 수용과 정착』, 동국대 교육대학원 석사학위 논문, 1988, 10쪽.

가들에게 누드는 매력적이고 황홀한 작품 소재의 하나였던 것이다. 더구나 눈앞에서 여인의 옷을 벗길 수 있다는 것은 그들만의 사회적 특권이었다.[256] 한편 일반 대중들이 발가벗은 여인의 나체화를 흔하게 볼 수 있다는 사실은 나체화가 조선사회에서 하나의 독자적인 예술 영역으로 자리 잡기 시작했다는 것을 의미한다. 이는 인간을 관념적인 존재로 보는 기존의 인식에서 벗어나 인간의 육체와 욕망에 대해 한층 객관적이고, 긍정적으로 인식하기 시작했다는 것을 의미한다.

이처럼 나체화는 1910년대 조선에 들어 온 이후, 1920년대부터 점차 대중화되는 양상을 보여준다. 여기서 주목해야 할 점은 나체화가 조선에 도입되고, 대중화되는 과정에서 한국 근대문학의 성립, 발전 과정에 큰 영향을 주었다는 사실이다. 이 중에서도 특히 이광수 소설『재생』의 경우 발표 시기가 1924년 11월 9일부터 1925년 9월 28일까지로 나체화가 본격적으로 대중 속에 자리 잡기 시작하는 시기와 자연스럽게 맞닿아 있다.

그러므로 나체화와 이광수 소설『재생』과의 상호연관성에 대해 분석해 보는 것은 근대 이후 자리 잡기 시작한 육체, 욕망에 대한 새로운 인식의 틀을 살펴볼 수 있는 중요한 접근 방식을 제공할 수 있을 것이다.

---

256) 이구열, 앞의 책, 185쪽.

2. 『재생』에 나타난 나체화

1) 근대의 서술 양식

(1) 나체화와 언어의 선형성(linear)

나체화는 사진처럼 한순간에 육체를 포착하는 것이 아니라 화가의 붓놀림을 통해 일부분씩 육체에 접근해 가는 과정을 통해서 육체를 이야기로 바꾼다. 부분들이 합쳐져서 하나의 전체상을 형상화한다는 점에서 근원적으로 환유적인 특성을 갖고 있다. 한편 나체화를 감상하는 관찰자 역시 나체화 전체를 한눈에 볼 수 없다. 관찰자의 시선은 나체화의 일부분에 차례대로 고정되고, 마침내 관찰자는 전체의 상을 획득하게 되는 것이다. 이러한 시각적 원리는 근대 서사물의 경우에도 동일하게 적용된다. 문학은 언어의 선형적(linear) 성격 때문에 이미지나 사상이 단번에 제시될 수 없으며, 여러 문장으로 나뉘어 제시되어야 한다.[257] 즉 부분이 합해져서 전체를, 또는 전체가 일부분을 형상화한다. 이러한 의미에서 서사문학의 글쓰기 방식은 근본적으로 환유적 성격을 갖는다고 할 수 있다.

환유란 어떤 대상이나 관념의 이름을 다른 이름으로 대치하는 수사법을 가리킨다. 환유는 물리적이고 인과적인 관계에 기초를 두고 있기 때문

---

257) 피터 브룩스, 앞의 책, 207쪽.

에 환유로 쓰이는 대상은 인간의 구체적인 경험과 깊이 연관되어 있다.[258] 그러므로 추상적인 성격을 띠는 은유와는 달리 환유는 구체적인 성격을 띠게 된다.

"과연 순영은 이날 밤에는 더욱 어여뻤다. 호리호리한 키와 날씬한 몸맵씨, 얌전하게 튼 윤이 흐르는 머리 모양이 오늘따라 순영은 더욱 어여쁘다. 활짝 핀 예쁜 얼굴이지만 학교 안에서 소문이 나도록 순영은 화장에 힘을 쓰고, 또 화장하는 솜씨가 있으며 옷감 고르는 것이라든지 옷고름 매는 것까지 모두 남보다는 모양이 있었다. 게다가 그는 갓 스물이라는 한창 필대로 다 핀 꽃이다."[259]

위의 예문은 순영의 외적인 모습에 대한 묘사다. 우선 그녀의 모습을 "활짝 핀 예쁜 얼굴"로 묘사한 것은 환유적인 표현방식이다. "활짝 핀 예쁜 얼굴"에서 '얼굴'은 신체 일부분만을 나타낸다. 그러나 '얼굴'은 이 문장에서 단지 그 사람의 얼굴만을 가리키는 것이 아니라 그 사람 전체를 나타낸다. 즉 "활짝 핀 예쁜 얼굴"은 예쁜 얼굴의 사람을 나타낸다. 그러므로 "활짝 핀 예쁜 얼굴"은 신체의 일부분이 그 사람 전체를 나타내는 환유적 표현으로 볼 수 있다.

또한 그녀의 전체적인 외형 묘사에서도 환유적 성격이 두드러지게 나타난다. 글쓰기의 경우, 언어의 선형적(linear) 특성상 한 문장으로 전체를

---

258) 김욱동, 『은유와 환유』, 민음사, 1999, 199-201쪽.

259) 이광수, 『재생』, 우리문학사, 1996, 9쪽.

묘사하지 못하고, 여러 문장들이 합해져서 하나의 전체적인 형상을 묘사하게 된다. 위의 예문은 신체의 일부분의 특성을 하나씩 열거한다. "호리호리한 키+날씬한 몸맵씨+얌전하게 튼 윤이 흐르는 머리 모양" 등 각기 다른 문장 표현들은 신체의 한 부분의 특징을 묘사한다. 그리고 이 표현들이 결국 합쳐져서 인물의 전체적인 모습을 나타내는 것이다.

> "이것저것 다 합하여 김 모라 하면 순영에게는 구역이 나도록 싫었다. 분을 바른 듯한 하얀 얼굴, 기름 바른 머리, 여름에도 까만 지팡이와 같이 밤낮 걸고 다니는 외투, 속에도 없는 지어서 하는 듯한 그 공손한 태도와 웃음……. 어느 것 하나 순영의 비위에 안 거슬리는 것이 없었다."[260]

위의 예문은 '김 모'라는 인물을 다양한 환유적 표현에 의해서 종합적으로 묘사하고 있다. 여주인공 순영은 먼저 "김 모라는 인물이 구역이 나도록 싫다"라고 단정적으로 언급한다. 그리고 그가 싫은 이유를 세 가지로 구분하여 나열한다. 이 세 가지는 그의 외모, 그가 가지고 다니는 소유물, 그리고 그의 태도와 웃음이다. 김 모라는 인물의 외모는 "분을 바른 듯한 하얀 얼굴", "기름 바른 머리"로 표현되어 있다. '얼굴'과 '머리'는 신체의 일부분으로 이를 통해서 신체 전체, 즉 김 모라는 인물의 전체 외형을 형상화한다. 이는 신체의 일부분에 의해서 전체를 형상화하는 환유적인 표현이다. 그리고 "까만 지팡이"와 "외투"는 이들의 소유주인 김 모라는

---

260) 이광수, 앞의 책, 34쪽.

인물의 육체적 흔적이 새겨진 대상물이다. 이러한 점에서 "까만 지팡이"와 "외투"는 이를 소유하고 있는 주체를 환기시킨다. 그리고 "그의 공손한 태도와 웃음" 역시 환유적인 표현으로 볼 수 있다. "그의 공손한 태도와 웃음"은 단순한 의미에서 한 인물의 태도와 웃음 자체를 나타내는 것이 아니라, 이들("공손한 태도"와 "웃음")의 주체, 즉 김 모라는 인물의 특성이다. 이러한 특성들은 한 인물을 구성하는 일부분으로 볼 수 있고, 결국 그 인물 자체를 환기시킨다. 이러한 측면에서 "공손한 태도와 웃음"은 추상적 속성으로서 구체적인 실체를 나타내는 환유적 표현으로 볼 수 있다.

이처럼 김 모라는 인물이 형상화되는 과정을 도식화하면, 신체의 일부(얼굴과 머리)+소유물(지팡이와 외투)+인물의 추상적 특성(공손한 태도와 웃음)="구역이 나도록 싫은 김 모라는 인물"이다. 즉 김 모라는 인물은 ① 부분이 전체를 나타내는 환유 ② 소유물이 소유주를 나타내는 환유 ③ 추상적 속성으로써 구체적인 실체를 나타내는 환유가 서로 유기적으로 결합되어 전체적인 상을 획득하게 된다.

> "순흥은 빤빤한 눈으로 파리똥 묻은 천장을 바라보았다. 아랫목 못에 걸린 아내의 행주치마가 눈에 뜨인다. 그 곁에는 베드로의 색동 마고자가 걸렸다."[261]

위의 예문은 환유적 표현의 또 다른 예를 보여준다. "아내의 행주치마"와 "베드로의 색동 마고자"라는 표현은 소유물로서 그 소유주를 나타내

---

261) 이광수, 앞의 책, 333쪽.

는 환유로 볼 수 있다. "아내의 행주치마"는 아내의 소유물로 아내의 몸이 자국을 낸 대상물이다. 그러므로 "행주치마"는 아내의 자국이 새겨진 일부분이며, 이는 그 대상물의 소유주인 아내를 나타낸다. "베드로의 색동 마고자" 역시 같은 맥락에서 이해될 수 있다. "색동 마고자"는 베드로가 입던, 그의 육체적 자국이 새겨진 대상물로서, 이는 그의 소유주인 베드로를 나타낸다.

이처럼 이 소설에 사용된 인물 묘사방식은 주로 환유적 개념에 근거하고 있다. 나체화는 하나하나 붓의 움직임에 의해 전체를 형상화한다는 점에서 근본적으로 환유적 개념에 근거하며, 서사문학 또한 단번에 전체를 나타낼 수 없고, 여러 개의 문장들이 합해져 전체를 형상화한다는 점에서 환유적 성격을 갖는다. 상호 이질적인 양식인 나체화와 근대 서사문학은 육체를 형상화하는 재료만 다를 뿐, 육체를 기호화하고, 이야기를 육체화한다는 측면에서 공통점을 갖고 있다고 볼 수 있다. 그러나 시각은 근원적으로 불충분하다. 항상 부수적인 물체들이 시야를 가림으로써 환유적인 인식만이 가능할 뿐이다. 따라서 시각은 육체에 대한 완전한 포착을 향해 계속 나아가지만 결코 그것에 도달하지는 못한다.[262]

---

262) 피터 브룩스, 앞의 책, 214쪽.

(2) 서술적 기표로서의 육체

① 육체의 자국 내기

화가는 육체를 화폭에 담는 과정을 통해서 실재하는 물질 대상과는 다른 이미지를 가진 육체를 만들어낸다. 실재 대상인 육체와 그림으로 형상화된 육체(나체화)는 동일한 대상임에도 불구하고, 이 두 대상이 가진 의미는 결코 동일한 것이 아니다. 화가가 그림을 그린다는 것은 하나의 새로운 의미를 가진 대상을 창조하는 것으로 볼 수 있다. 서사문학도 이처럼 글쓰기라는 유사한 과정을 통해 육체를 형상화한다. 작가는 그 나름대로의 독특한 기호체계를 활용하여 육체를 표현하고, 이로 인해 육체는 새로운 생명력을 획득하게 되는 것이다.

그렇다면 육체란 무엇인가. 육체는 무한한 에너지를 가진 유기체다. 유기체가 가진 생명력으로 인해서, 육체는 그 소멸을 필연적으로 담보하게 된다. 인간의 육체적 욕구, 고통, 병, 죽음 같은 것들을 보면서, 우리는 육체가 정신과는 구별되는 실재를 가지고 있음을 실감하게 되는 것이다. 그러므로 육체를 의미의 영역으로 끌어들여 기호현상의 인자로 만드는 데는 육체에 자국을 내는 순간, 즉 뚜렷이 인식할 수 있는 최초의 자국을 내는 순간이 존재해야 한다.

육체 혹은 육체의 한 부분이 메시지가 쓰이는 장소가 되는 것은 주로 욕망의 시나리오를 통해서다. 이러한 시나리오는 육체의 각 부분에 에로틱한 이야기를 제공함으로써 그에 대한 서술을 가능하게 한다. 따라서 글

쓰기의 욕망과 그 대상의 재현 관계에 대한 하나의 알레고리 역할을 한다.[263]

　"순영은 갑자기 이 모양으로 무서운 변화를 겪은 것을 놀라는 동시에 어저께
까지의 자기가 몹시 그립고 부러웠다. 그러나 어저께까지의 자기는 지금의 자
기의 얼굴에 침을 탁 뱉었고 비웃는 눈으로 나를 힐끗힐끗 보면서 높이높이 구
름 위로 올라가면서
　「마지막이야, 다시는 나를 못 만나, 이 죄 많은 더러운 년아.」
　하고 외치는 듯하였다."[264]

　여주인공 순영은 백윤희의 '남근적' 자국에 의해서 여학생으로서의
수줍음과 얌전함의 껍질을 벗고, 그녀의 내면에 숨겨져 있던 육체적 욕
망과 쾌락에 눈을 뜨게 된다. 백윤희와의 첫 성관계 이후, 그녀는 처음에
는 백윤희의 동물적인 육욕에 치를 떨며 예전의 자신의 모습(처녀의 모
습)으로 다시 돌아갈 수 없다는 사실에 분노한다. 또한 자신의 육체에 새
겨진 그의 남근적 자국에 심한 혐오감을 드러낸다. 하지만 이러한 격렬한
반응도 잠시 어느덧 그녀는 백윤희의 돈과 육체의 쾌락에 몰두하게 된다.
　이러한 측면에서 백윤희와의 첫 성관계는 순영으로 하여금 육체적 쾌
락에 눈뜬 정열적인 여인으로 전환하게 되는 결정적인 계기가 되었다는
것을 알 수 있다. 그리고 남성의 자극이 새겨진 그녀의 육체는 이 소설의

---

263) 피터 브룩스, 위의 책, 103쪽.

264) 이광수, 앞의 책, 93쪽.

플롯을 이끌어가는 근원적인 동력을 제공한다. 그녀의 육체는 이 소설의 초반부에 등장하는 기차와 여러 면에서 유사하다. 열(동력)을 받아 천천히 움직이기 시작한 기차가 점차 속력을 내면서 달려갈 때 원래의 위치로 돌아갈 수 없는 것처럼, 그녀의 자국 난 육체의 욕망은 자신의 의지에 의해 제어되지 못하고 계속해서 가속화된다. 그리고 남성의 자국이 새겨진 그녀의 육체는 이미 하나의 기호화된 육체로 전환된다. 이 기호화된 육체는 이 소설을 이끌어 가는 가장 핵심적인 동력이다.

"순영은 차를 들어 마시려고 일어나 앉았다. 열병을 앓고 난 사람 모양으로 무섭게 목이 말랐다. 찻잔을 들다가 순영은 멈칫하였다. 왼손 무명지에 번쩍번쩍하는 금강석 반지가 눈에 띈 것이다.

「자, 표로 이것을 줄게. 무엇은 안 주나, 달라는 것은 다 주지.」

하고 어린애를 달래는 모양으로 이 반지를 끼워 주고 울고 있는 자기를 달래던 백의 짐승과 같은 모양이 나타난다. 그렇게 공순해 보이고 그렇게 점잖아 보이던 것도 다 껍데기다. 그는 사람이 아니요 짐승이다, 하고 순영은 반지를 빼어서 부서져라 하고 아무 데나 함부로 내던졌다. 그러나 원망스럽고 분한 눈을 가지고 얼른 일어나서 그 반지의 보석이 부서지지나 않았나 하고 찾아보아서 그것이 무사한 줄을 알고는 울기를 시작하였다."[265]

한편 그녀의 손에 끼워진 금강석 반지는 또 하나의 중요한 기표로 작용

---

[265] 이광수, 앞의 책, 90쪽.

한다. 반지, 그것도 금강석 반지가 그녀의 육체에 최초로 남성의 자국이 새겨진 뒤에 손가락에 끼워져 있는 것이다. 이 반지는 그녀의 순결의 대가, 즉 백윤희가 그녀와의 성적 관계에 대한 대가로 주었다는 점에서 교환적 의미를 갖고 있다. 그녀는 처음엔 분노하여 그 반지를 빼어서 부서져라 아무데나 내던진다. 그러나 원망스럽고 분한 가운데서도 얼른 일어나 그 반지의 보석이 부서지지 않았는지를 찾아 확인한다. 이러한 그녀의 행동은 이미 이 반지의 위력, 즉 자본주의의 신神인 돈의 강력한 위력이 그녀의 몸에 자국을 냈으며, 이러한 자국은 그녀 앞의 행보에 중요한 영향력을 행사할 것임을 암시한다. 이 반지 또한 남근적 자국과 마찬가지로 순영의 육체에 하나의 자국을 남긴다는 측면에서, 그녀의 육체가 기호화되는 데 중요한 역할을 하게 된다.

② 육체관계의 흔적들, 임질 · 매독

소설 속에서 육체적(성적) 관계는 인물들의 육체에 긍정적이든 부정적이든 다양한 측면에서 흔적들을 남기게 된다. 특히 성적으로 자유분방한 인물들을 형상화할 때, 그들의 육체관계에 대한 대표적인 흔적은 성병으로 표현된다.

이광수 소설 작품에서 이러한 성향은 매우 뚜렷하다. 성적으로 자유분방한 인물들이 임질 · 매독 등에 걸리는 경우가 매우 빈번하게 나타난다. 여기서 임질 · 매독은 부정적인 육체적 관계에 대한 흔적(자국)으로 볼 수 있다. 『재생』의 여주인공 순영은 백윤희와의 첫 관계 이후, 그녀가 가지고 있던 도덕과 윤리관에서 완전히 벗어나 돈과 육체적 쾌락을 탐닉하기 시작한다. 그녀는 자신이 휩쓸려가는 방향도 알지 못한 채 그저 그녀의 육체가 주는 쾌락에 온몸을 내어 맡길 뿐이다. 그러나 그녀에게 돈과 육체적 쾌락을 동시에 가져다 줄 것으로 기대했던 백윤희와의 결혼은 결국 파경을 맞게 되고, 그녀에게 남겨진 것은 임질과 매독으로 오염된 더러워진 몸뚱이뿐이다.

"나도 참된 사람 구실을 해볼양으로 뛰어나온 것이니까 죽어도 당신 집에는 다시는 안 들어갈 테야요. 지금 내 뱃속에 아이가 있으나 그것은 낳는 대로 당신 집으로 보내 드리지요. 당신 것은 다 당신에게로 보내 드리지요. 나는 임질·매독 오른 몸뚱이 하나밖에 가지고 나온 것은 없으니까요."[266]

"어머니는 끌고 소경 딸은 끌려서 석양의 가을바람 속으로 뒤에다가 긴 그림자를 끌고 아장아장 걸어간다. 아직도 길가 마른풀 속에는 국화에 속한 꽃이 한 송이 두 송이 받은 목을 바람에 간질이고 있다. 어머니는 가끔 꽃송이를 뜯어서는 딸에게 쥐어 준다. 딸은 그것을 볼 줄을 모르고 먹을 것인 줄만 알고 입으로 뜯어보고는 맛이 없는 듯이 내어버린다."[267]

한편 순영의 딸은 그녀의 육체적 흔적인 임질·매독에 의해 선천적인

---

266) 이광수, 앞의 책, 367쪽.

267) 이광수, 위의 책, 395쪽.

소경으로 태어난다. 이는 순영의 부정적 육체적 관계에 의해 본인뿐만 아니라, 어린 딸의 육체에까지 부정적인 흔적(선천성 매독)이 새겨지게 되었다는 것을 의미한다. 이러한 부정적 흔적의 이행과정을 통해서, 백윤희가 순영의 육체에 자국을 내는 것과는 또 다른 형태로 한 육체가 다른 육체에 자국을 내게 되었다는 사실을 알 수 있다.

그리고 그녀의 딸이 소경이라는 것은 일반적인 사람들이 소유하고 있는 시력을 상실하고 있다는 점에서 결핍을 나타낸다. 순영의 부정적 육체적 관계가 또 하나의 육체로 하여금 정상적인 시력의 상실, 즉 결핍의 근본적인 요인으로 작용한 것이다. 이러한 측면에서 선천성 매독과 시력의 상실은 모두 한 육체가 다른 육체에 새긴 부정적 흔적이라는 점에서 공통점을 갖고 있다. 이러한 흔적들로 인해서 지금까지와는 전혀 새로운 의미의 육체가 소설 속에 형상화될 수 있는 것이다. 이는 이러한 육체적 흔적들이 육체가 기호화되는 데 하나의 기표 역할을 하게 된다는 것을 암시한다.

2) 교환가치로서의 육체

단순한 생물학적 육체가 아니라 여러 사회적 규약, 사회적 결정 인자에 의해 형성되는 사회적 육체는 자본주의 질서에 의해서 제1차적 교환가치, 즉 돈과 욕망의 교환을 가능하게 해주는 연결고리가 된다. 실제로 사회 경제는 언제나 이미 사회 성적 경제다. 그리고 여기서 투자 · 보존 · 지출이라는 말은 화폐 유통뿐 아니라 리비도의 경제를 표현하는 데도 사용된다. 자본주의 경제 체제 하에서 사람들은 육체를 자본주의 체제의 법칙에 따라 사용하려 한다. 역으로 육체는 이 경제 체제를 자신의 이야기 속의 한 부분에 포함시킨다. 또한 이 육체의 이야기는 욕망의 경제에 의해 뒷받침된다.[268] 이러한 사회적 경향은 나체화가 생산자에 의해서 만들어지고, 소비자에게 판매되는 하나의 상품이라는 인식이 대중 속에 자리 잡게 되는 것과 그 맥을 같이 한다. 나체화와 소설이 공통적으로 육체와 욕망의 이야기에 몰두하게 된 것은 근본적으로 자본주의 상업적 속성에서 비롯된 것이다.

여주인공 순영은 육체와 욕망의 경제원리가 작용하는 자장의 중심에 위치한다. 그녀는 자신도 모르는 사이 자본주의 사회에 새롭게 등장한 절대 권력의 신神인 돈의 위력에 압도된다. 이 절대 권력의 신神인 부富는 그녀의 간절한 욕망의 대상이 된다. 그리고 그녀는 자신의 육체가 남자들에게 강렬한 욕망의 대상이 되고 있음을 누구보다 잘 인식하고 있다. 그녀는 자신의 상품적 가치를 높이기 위해 부단히 노력하는 모습을 보여준다. 그녀가 "학교에서 소문이 나도록 화장에 힘을 쓴 것"과 "옷감을 고르고, 옷고름을 매는 것까지 모두 남보다 모양이 있게 한 것" 등은 모두 화장과 옷이라는 수단을 통해서 자신의 상품가치를 높이려는 노력의 일환으로 볼 수 있다.

이러한 자본주의 시장경제 하에서 돈에 대한 욕망은 성적인 욕망과 그 궤를 같이 한다. 그녀가 자본주의 사회의 부의 상징으로 볼 수 있는 '자동

---

268) 피터 브룩스, 앞의 책, 177쪽.

차'의 화려하고 사치스런 장식을 애무하듯이 만지는 과정에서 느끼는 "알 수 없는 욕망의 오색불길"은 물질적 부에 대한 욕망의 속성과 인간의 육체적(성적) 욕망이 상호 밀접한 연관성을 갖고 있다는 사실을 보여주는 좋은 예이다. 이러한 인간의 물질적 욕망과 육체적 욕망은 사회체제 안에 보이지 않는 강력한 자기장을 형성하며 삶을 지배하고 있다. '자동차'는 순영의 물질적, 성적 욕망이 투영된 대상인 동시에 다른 이들의 욕망이 투영된 대상이기도 하다.

"순영은 값비싼 비단으로 돌아 붙인 자동차 내부를 돌아보고 손길같이 두껍고 수정같이 맑은 유리창과 그것을 반쯤 내려 가린 연회색 문장을 얼른 손으로 만져 보고 그러고는 천장에서 늘어진 팔걸이에 하얀 손을 걸치고는 운전대 뒷구석에 걸린 뾰족한 갈색 유리에 꽂힌 백국화 한 송이를 바라보았다. 이때의 순영의 얼굴에는 흥분의 붉은빛이 돌고 가슴에는 알 수 없는 욕망의 오색 불길이 타올랐다."[269]

"지금 자동차는 부富의 상징이었다. 수없는 인류 중에 오직 뽑힌 몇 사람밖에 타보지 못하는, 마치 왕이나 왕후의 옥좌와도 같은 그렇게 높고 귀한 자리 같았다. 자기가 그 자리에 턱 올라앉을 때에 순영은 이 자동차의 주인이 되어 마땅한 사람인 듯한 지금까지의 일, 즉 경험해 보지 못한 자기의 높고 귀함을 깨달

---

269) 이광수, 앞의 책, 43쪽.

았다."[270]

이러한 그녀 자신의 욕망과 더불어 이 소설의 플롯을 이끌어가는 중요한 또 하나의 요소는 그녀의 둘째 오빠 순기가 가지고 있는 물질적 부에 대한 절대적인 욕망이다. 순기는 순영이가 자신의 친동생임에도 그녀의 행복 따위에는 전혀 관심이 없다. 그가 노심초사하는 것은 다른 누구도 아닌 바로 본인 자신의 행복이다. 그의 행복은 물질적 풍요에 의해서만이 획득될 수 있다. 그러므로 그에게 있어서 순영의 아름다운 육체는 그의 행복을 담보해주는 중요한 물질적 대상물에 불과하다. 그는 그녀의 육체를 가능한 한 비싼 값에 백윤희에게 팔고자 하는 일념밖에 없다. 그러므로 그는 순영의 몸값을 조금이라도 더 올리기 위해서 백윤희와 눈에 보이지 않는 긴장된 줄다리기를 계속한다. 그리고 마침내 그는 백윤희가 온천에서 순영의 순결을 빼앗을 수 있는 결정적인 기회를 제공하게 된다.

"이러는 동안에 백은 순영의 사진을 고르고 순영에 관한 이야기를 고르고 또 순영을 먼 빛으로라도 볼 기회를 구하고 그리하고 어찌하면 순영의 마음을 끌어, 말하자면 그 약점을 이용하여 가장 힘과 돈을 덜 들여서 그를 손에 넣을까를 연구하였다. 그와 반대로 순기는 어찌하면 백에게서 가장 좋은 값을 받고 순영을 팔까 하는 계책을 연구하였다."[271]

---

270) 이광수, 앞의 책, 43쪽.

271) 이광수, 위의 책, 37쪽.

이 소설에서 순영의 욕망과 순기의 욕망 사이에 존재하는 또 하나의 욕망의 주체는 백윤희이다. 그는 자신의 막대한 재력을 바탕으로 매력적인 성적 대상인 순영의 육체를 사고자 한다. 그는 현 조선사회가 돈이라는 경제원리에 의해 지배되고 있음을 누구보다도 잘 인식하고 있었고, 이러한 측면에서 그 자신이 누구보다 이 사회에서 유리한 위치에 있다는 사실을 알고 있는 인물이다. 또한 그는 이 유리한 상황을 교묘하게 이용할 수 있는 능력 역시 지닌 치밀하고, 냉철한 인물이다. 이러한 측면에서 그의 욕망은 순영과 순기의 욕망과 비교해 볼 때 훨씬 더 자본주의적이라고 할 수 있다.

이처럼 이 소설은 여주인공 순영의 육체를 중심으로 각기 이질적이면서도 근본적으로 동일한 세 개의 욕망, 즉 순영 자신의 욕망과 순기의 욕망, 그리고 백윤희의 욕망이 각기 독특한 빛깔을 지닌 채 씨실과 날실처럼 치밀하게 얽혀 있다는 것을 알 수 있다. 그리고 이 욕망들은 모두 순영의 육체를 담보로 한 욕망이라는 점에서 공통점을 갖는다.

"봉구의 집에서 만날 때에는 별로 많은 말도 하지 않았고 다만 순영이가 마침 사흘 동안이나 휴가가 생기니 우선 가을옷 장만하기 위해 돈 이백 원만 내일 안으로 취해 달라 하고 또한 삼백 원(무얼 하려고 삼백 원이라고 하였는지 그것은 봉구도 모른다) 가량만 준비가 되거든 내주 금요일 밤 종로鐘路 청년 회관 음악회에서 만나서 석왕사로 같이 가기를 청하여 봉구도 허락하고 자세한 말은 석왕

사에서 하기로 하고 서로 헤어져 버리고 말았다."²⁷²⁾

"봉구는 순영이가 자기에게 끌려 온 것을 생각할 때에 황송하기도 하고 기쁘기도 하였다. 그래서 도적질해 온 물건을 남모르게 전하는 모양으로 십원 짜리 스무 장을 넣은 봉투를 살그머니 순영의 손에 쥐어 준다.

「에그, 얼마나 애를 쓰이었어요.」

하고 순영은 그 돈을 얼른 손가방에 넣고 그대로 돌아가려다가 잠깐 서서 생각하더니 핑 그 몸을 돌려 봉구의 입술을 스치고는 달아나 버리고 말았다."²⁷³⁾

한편 아이러니하게도 백윤희와 상호 대립적인 인물로 설정된 신봉구와 순영의 관계도 돈의 경제원리가 작용하는 측면이 있다. 순영은 몇 년 만에 다시 만나는 봉구에게 아무런 양심의 가책도 받지 않고, 오백 원이라는 적지 않은 돈을 구해 줄 것을 부탁한다. 그리고 신봉구는 순영이가 돈을 구해 줄 것을 자신에게 부탁하는 것은 그녀가 자기에게 끌려온 것이라고 생각하여 황송해한다. 그는 "도적질해 온 물건을 남모르게 전하는 모양"으로 그 돈을 살그머니 순영에게 쥐여준다. 순영은 이에 대한 대가로 그의 입술을 스치듯이 자신의 입을 맞춘다. 이러한 상황설정은 봉구의 오백 원의 돈과 순영의 입술이 서로 교환되고 있음을 암시한다. 이 교환 행위는 순영의 육체를 하나의 상품, 즉 물질 대상으로 간주하고 자신

---

272) 이광수, 앞의 책, 110쪽.

273) 이광수, 위의 책, 110쪽.

의 물질적 부富와 순영의 육체를 교환하고자 하는 백윤희처럼 직접적이고 비인간적이지는 않다. 그러나 이 행위 역시 시장경제에서 이루어지는 욕망의 교환관계라는 점에서 백윤희와 순영의 사이에서 이루어지는 교환관계와 동일한 맥락으로 파악할 수 있을 것이다.

이처럼 이 소설에서 순영의 육체는 시장경제 하에서 값(돈)으로 환원된 상품에 불과하다. 이미 그녀의 육체는 인격적 대상이 아니라 물질화, 타자화된 대상이다. 이러한 이행과정은 그녀를 둘러싼 다른 이들의 욕망에 의해 동력을 얻고, 그녀 자신의 욕망에 의해서 더욱 가속화된다. 결국 상품화, 타자화된 그녀의 육체는 백윤희가 순기에게 지급한 이만 원의 돈과 교환되는 동시에 그녀 자신의 육체의 자율성을 잃게 되며, 그녀의 육체는 〈순영의 육체＝이만 원〉의 교환이라는 계약의 중심에 서게 된다. 이러한 측면에서 그녀의 육체가 소멸되지 않는 한 그녀의 육체 위에 성립된 계약은 계속 존재하며, 결코 파기될 수 없는 것이다.

3) 형이상학적 탐색의 궁극적 회귀, 육체

나체화와 서사문학은 구체적으로 어떤 관련성을 갖고 있을까?

나체화는 근본적으로 시각적인 것으로 남성의 시선과 욕망(육체적이든 심정적이든)의 대상이다. 그리고 이는 기본적으로 발가벗기기가 전제되는 예술이다. 발가벗기기의 과정은 분리된 타자와의 합일, 즉 에로티즘으로의 과정이다. 여기서 발가벗기기는 에로티즘의 결정적인 순간으로 분리된 개체의 합일에 대한 열망, 금지의 위반, 앎의 욕구를 나타낸다.

이러한 욕망의 기저에는 발가벗기고자 하는 욕망과 발가벗겨지는(드러내는) 것에 대한 두려움, 공포, 수치, 그리고 역설적이게도 이에 대한 도취를 나타낸다.

나체화와 서사문학은 많은 면에서 공통점을 갖고 있다. 나체화가 붓과 물감으로 외부세계, 더 구체적으로는 육체를 화폭에 형상화함으로써 하나의 새로운 의미를 창조하듯이, 근대 서사문학은 언어라는 붓과 물감(언어라는 기호/도구를 통한 글쓰기)을 통해 외부세계를 묘사한다. 근대 서사물들은 육체를 기호화하는데, 이는 이야기의 육체화(somatization)를 의미한다.[274] 인간의 육체 중에서 가장 관심을 끌고 흥미 있는 대상은 성적인 측면에서의 육체다. 근대 서사문학의 경우, 주인공은 육체(대부분의 경우 다른 사람의 육체, 때로는 자신의 육체)를 욕망하고, 또한 육체는 욕망 충족, 권력, 의미의 핵심적인 열쇠를 제공한다.[275]

(1) 은밀한 사적 공간과 발가벗기기

〈매우 취미가 고상하고 심미안을 가진 위대한 사람들의 경우라도 내실에 누드 그림을 거는 일을 꺼리지는 않으리라. 물론 속인들의 입방아 때문에 계단이나 거실에 내걸지는 않겠지만.〉(존 클리랜드, 『유녀(遊女)』의 비망록)

---

274) 피터 브룩스, 앞의 책, 〈서론〉 중 인용.

275) 피터 브룩스, 위의 책, 34쪽.

나체화의 배경이 되는 장소는 대부분 욕실이나 침실이다. 물론 신화적 소재를 차용하는 경우, 하늘이나 바다 등 자연을 배경으로 하는 경우도 있다. 그러나 대부분 가장 은밀한 공간인 욕실이나 침실이 주요한 공간이 된다. 이러한 은밀한 사적 공간을 그린다는 것은 역으로 그러한 공간을 지켜보고자 하는 관음적 시선이 존재한다는 사실을 의미한다. 그리고 보여주는 자와 바라보는 자의 비밀스런 상호작용을 통해서 에로틱한 정서가 조장되고, 극대화된다.

근대 서사문학도 나체화와 마찬가지로 은밀한 사적 공간을 엿보고자 하는 개인들의 욕구가 그대로 반영되어 있다. 소설은 글쓰기라는 공적 행위를 통해 사생활을 공개하지 않고서는, 즉 사생활을 침범하지 않고서는 사생활에 대해 이야기할 수 없다.[276] 근대 서사문학에서 글쓰기에 의한 사적 생활의 침범은(프로이트가 말했듯이) 남을 엿보고자 하는 욕구, 즉 질시증과 깊은 관련을 맺고 있다. 그리고 역설적이게도 자신의 은밀한 사적 생활을 타인의 시선으로부터 감추고자 하는 욕구와도 연결된다. 인간 삶 속에서 가장 은밀한 사적 공간은 침실, 욕실(온천)이다.

이러한 공간은 『재생』에서 주인공 순영이 인생의 커다란 전환을 가져오게 하는 중요한 기제로써 작용한다. 그녀가 백윤희의 내실(침실)에서 침대 곁의 나체화를 보고, 자신과 나체화의 여인과 동일시하는 대목은 이 소설의 전개에 중요한 의미를 갖는다.

---

276) 피터 브룩스, 앞의 책, 78쪽.

"그것은 이 방보다 더 적고 한복판에 누른 침대가 놓이고 하얀 시트가 덮이고 천장에는 분홍 망사 서양 모기장이 달렸다. 그리고 서창을 옆에 끼고 북벽을 향하여서는 그리 크지는 아니하나 얌전한 피아노 하나가 놓이고 다른 구석에는 서양 경대와 서양 의걸이가 놓이고 침대 곁에는 조그마한 탁자와 의자가 놓이고 침대머리에는 초인종 대가리가 달리고 동창에는 짙은 초록 문장을 드리웠는데 그 위에는 나체 미인화 하나를 걸었다."[277]

"이러하는 동안에 전등불이 들어왔다. 젖빛 같은 방안에 차고 창 밖이 갑자기 어두워지는 듯하고 순영의 앞길도 갑자기 어두워지는 듯하였다. 순영은 전등을 바라보았다. 그리고 벽에 걸린 어느 미인화를 바라보았다. 그는 목욕을 하고 나오다가 불의에 사람을 만난 모양으로 하얀 헝겊으로 배 아래를 가리고 몸을 비꼬고 앉았으나 자기 육체의 아름다움을 자랑하는 듯이 빙그레 웃음을 띄웠다. 순영은 그것이 자기인 것 같다."[278]

위의 예문에서 침실 풍경을 바라보는 시선은 은밀한 사적인 침실의 풍경을 하나하나 묘사하고, 한 걸음 더 나아가서 여인의 나체화에 고정된다. 그리고 궁극적으로 그 나체화의 에로틱한 형상을 묘사하기 시작한다. 나체화 속의 아름다운 여인의 모습은 나체라는 것이 수치와 두려운 공포의 대상이 아니라, 아름다움과 도취의 대상이며 성적인 동요를 조장하는 대

277) 이광수, 앞의 책, 63쪽.

278) 이광수, 위의 책, 70쪽.

상임을 보여준다. 여인은 목욕을 하고 나오다가 불의에 다른 사람을 만나지만 전혀 당황하거나 부끄러워하지 않는다. 표면적으로는 부끄러운 듯이 자신의 치부를 하얀 헝겊으로 가리고 있지만, 이는 수치심 때문이 아니라 오히려 남성의 시선을 그곳으로 이끌어 성적인 자극을 유도하는 데 그 목적이 있다. 이러한 그녀의 의향은 에로틱하게 봄을 *쏘고* 자기 육체의 아름다움을 자랑하는 듯이 빙그레 웃음을 띄우고 있다는 표현에 의해서 확인할 수 있다.

그렇다면 나체란 무엇인가? 이는 성적 결합을 예기하는 결정적인 순간이라고 할 수 있다. 순영은 나체화를 바라보다가 결국 나체화의 여인이 자기인 것 같다고 생각한다. 순영이 나체화의 여인과 자신을 동일시한다는 설정은 이 소설의 핵심적인 요소로서, 순영이라는 인물이 쾌락 지향적인 여성임을 암시하는 것이다. 이러한 그녀의 지향성은 이 소설의 서사를 이끌어 가는 핵심적인 요인이다.

(2) 금기 위반의 충동

> * 아무 것도 방종을 억누를 수는 없다. …… 방종자의 욕망에 불을 지르고, 그 욕망을 다양하게 하려면, 그를 제한하는 방법보다 더 좋은 방법이 없다.
>
> ─『소돔의 백 이십 일』─〈서문〉

금기는 인간과 동물을 가르는 하나의 기준이다. 동물은 죽음과 생식과 폭력의 게임에 한껏 몰두하는 데 반해 인간은 거기에서 벗어나려고 한다.

그것은 금기의 충동이다. 그러나 인간에게는 금기의 충동 이외에도 위반의 충동이 있으며, 인간은 바로 그 위반의 충동에 의해 동물과 가까워진다.[279] 나체화는 인간이 육체에 대해 설정한 다양한 금기와 이 금기를 위반하고자 하는 위반의 충동을 보여주는 전형적인 예이다. 이러한 인간의 위반에의 충동은 신화적 내용이나 종교적인 의식 장면 등을 차용하여 우회적으로 표현하거나, 때론 여과 없이 직접적으로 표현하기도 한다. 인간 자체가 만들어낸 육체에 대한 금기, 그리고 이를 위반할 때 필연적으로 수반되는 긴장감과 쾌감은 인간이 왜 금기를 만들어내고, 이를 위반하는가에 대한 하나의 해답을 제공한다.

알브레히트 알트로르퍼의 〈롯과 그의 딸들, 1537년경〉은 인간의 금기에 대한 위반의 충동을 보여주는 좋은 예이다. 이 작품은 신화의 소재(소돔이 멸망한 후, 아들이 없었던 롯은 딸들이 먹인 술에 취해 그에게 아들을 낳아주려는 딸과 함께 잤다)를 사용하여 근친상간의 금기를 가볍게 뛰어넘고 있다. 현재 빈에 있는 이 작품은 롯이 딸과 깊게 포옹하며 누워 있고, 나머지 딸 한 명은 좀 떨어진 곳에서 자신의 차례를 기다리면서 벌거벗은 채 앉아 있는 모습이 담겨 있다. 그녀 뒤로 저 멀리에서는 소돔이 아직도 불타고 있다. 놀라운 것은 이 장면에 불어넣은 가정적인 분위기이다. 죄의식이나 부끄러움 없이 한 가정의 가장이 자신의 아름다운 딸을 은밀하고, 열정적으로, 그리고 심지어 편안한 모습으로 껴안고 있다. 이것은 많은 아버지들이 딸에게 가진, 그리고 많은

---

279) 조르주 바타유, 『에로티즘』, 조한경 옮김, 민음사, 1989, 90쪽.

딸들이 아버지에 대해 가진 꿈을 예술적으로 표현한 것이다. 이처럼 신화는 작품에 표현된 것에 대해 변명거리를 제공한다.[280] 정상적인 상황에서라면 결코 이루어질 수 없는 이러한 욕망은 신화라는 소재를 활용하여 화폭에 새겨질 때, 사회적인 비난의 시선에서 자연스럽게 벗어날 수 있었던 것이다.

한편 근대 서사문학은 인간의 금기에 대한 좀 더 근본적인 질문과 심오한 사색을 담고 있다. 이광수 소설 『재생』 역시 금기가 서사구조에 중요한 기제로 작용한다. 이 소설의 주인공 순영에게 주요한 금기는 처녀에게 부과되는 '성경험'에 대한 금기이다. 이 금기는 이 소설에서 너무나 쉽게 위반되는 모습을 보여준다. 아래의 예문은 백윤희라는 인물이 순영이 자고 있는 방 안에 침입하여 그녀를 안는 장면이다.

"순영은 무슨 소리에 놀라서 잠결에 숨소리를 죽였다. 「순영 씨!」하고 누가 부르는 것 같았다. 순영은 눈을 떴다. 그러나 자던 눈에 캄캄한 어두운 밤이요, 아무 것도 보이는 것이 없었다. 전등을 켜리라 하고 일어나려고 할 때에 누가 뒤로 자기를 껴안으며, 「나요, 나요.」하였다. 백이다. 백이다, 하고 순영은 움직이려 하였으나 꼼짝할 수가 없었다."[281]

작가는 백윤희가 순영을 강제로 안는 긴장된 장면을 구체적으로 묘사

---

280) 에드워드 루시-스미스, 『서양미술의 섹슈얼리티』, 이하림 옮김, 시공사, 1999, 2007~208쪽.

281) 이광수, 앞의 책, 88쪽.

하기보다는 '어두운 방'이라는 시각적 이미지에 의해서 독자로 하여금 상상력을 발휘하도록 유도한다. 즉 어두운 방은 언어적 기호를 사용하여 욕망의 대상인 육체에 흔적을 새기는 장소가 된다.[282] 이러한 방식을 통해 독자는 그들이 환상적으로 만들어 낸 욕망의 대상들에 의해서 긴장감과 함께 더욱 더 자극적인 에로틱한 욕망을 느낄 수 있는 것이다. 대부분의 나체화가 선명한 색조를 활용하기보다는 희뿌연 스프레이를 뿌려 놓은 것처럼 아스라하게 표현하는 것과 동일한 맥락에서 이해될 수 있다.

위의 예문에서 느껴지는 긴장성은 결혼하지 않은 두 남녀의 결합이라는 점에서 한층 더 고양된다. 당시 1920년대 사회에서 여성의 혼전 성관계는 가장 핵심적인 금기로 볼 수 있다. 이로 인해 금기의 위반은 두려움과 공포의 대상이 된다. 그러나 금기와 위반의 감정은 동전의 앞뒷면과 같아서 금기의 뒷면에는 위반의 충동이 내재되어 있다.

"「누가 보는 사람이 있소?」하고 백의 말은 점점 예의가 없어져 가고 그의 씨근거리는 입김은 마치 성난 맹수와 같았다. 「응 아무도 보는 사람이 없다. 감쪽같다」하고 순영의 성난 것은 가라앉았다. 참 일순간이었다. 일순간보다 더 짧은 순간이었다."[283]

"순기도 상당한 핑계를 만들어 가지고는 이삼 일이 못하여 가버리고 별장에

---

282) 피터 브룩스, 앞의 책, 113쪽.

283) 이광수, 앞의 책, 89쪽.

는 하인들밖에 아무도 아는 사람이 없게 되어, 또 순영이도 점점 수줍은 티와 학교에서 쓰고 있던 탈을 벗어버리게 되어 백과 순영과는 마치 여러 해 같이 살아온 흠 없는 내외와 같았다. 순영이가 십 년 동안 학교에서 얻은 금박은 극히 떨어지기 쉬운 것이었다. 아무도 보는 이가 없자 그 금박은 일주일이 못 하여 벗어져 버리고 말았다."[284)

순영은 백윤희의 육체적 요구를 애써 거부하려 하지만, "누가 보는 사람이 있느냐?"라는 말 한마디에 백윤희의 욕망과 자기 자신의 욕망에 일시에 굴복하고 만다. 이는 남들의 시선이 존재하지 않을 때, 즉 남들에게 알려지지 않을 때 금기의 준수란 별다른 의미를 갖지 못한다는 사실을 시사한다. 그러므로 결국 순영은 백윤희의 유혹과 자신의 내적 욕망에 굴복할 수밖에 없는 것이며, 이후 며칠간 그녀의 양심을 괴롭히던 죄의식은 이내 사라져 버리고 만다. 그리고 남들의 시선이 없는 곳에서 그녀는 지금까지 느끼지 못했던 자유로움을 느끼게 되며, 더욱 더 대담성을 띠게 된다.

(3) 분리된 개체의 합일에의 열망

서로 다른 육체가 완벽한 합일에 이르는 순간을 예술로 형상화하려는 시도는 인간의 근본적인 욕망에 해당한다. 나체화에서 침실과 욕실, 그리

---

284) 이광수, 앞의 책, 104쪽.

고 밀폐된 공간에서 자신의 육체를 드러내고 있는 다양한 작품뿐만 아니라 한 쌍의 또는 많은 남녀들이 서로 성적인 합일을 열망하며 벌이는 각양각색의 자극적인 작품들은 인간의 육체적 합일에의 열망을 형상화한 것으로 볼 수 있다.

근대 서사문학은 이러한 인간의 욕망에 대해 좀 더 구체적으로 형상화할 수 있는 예술 장르로 볼 수 있다. 많은 소설 작품의 경우, 육체적 합일에 도달하려는 의도의 성공, 혹은 실패, 그리고 그 과정에서 발생하게 되는 성취 혹은 환멸의 이야기는 서사의 핵심적인 내용이다. 이것은 바로 인생의 신비를 꿰뚫어 보려는 욕망의 구체적인 표현에 다름 아니다. 이때 인생의 신비라는 것은 많은 경우, 타인의 타자성을 뜻한다. 조르주 바타유가 주장한 것처럼 각 개인은 자신을 다른 사람과 분리된 개체로 여기며, 에로틱한 시도, 즉 자기 자신의 육체라는 외로운 한계를 깨뜨림으로써 타인과의 연속성을 획득하고자 한다.[285] 분리된 개체로서 완전한 연속성을 획득하기 위한 에로티즘적 지향성은 인간의 본질적인 속성이다.

『재생』의 순영은 기독교 학교의 여학생으로서 엄격하게 금욕적인 생활을 강요받는 기숙사에서 십 년간 생활해 온 소위 모범생이다. 결혼에 대해서는 생각도 해보지 않았고, 더구나 연애한다는 것에 죄악이라는 단어를 떠올릴 만큼 그녀의 가치관은 당시의 사회 윤리로 볼 때 '너무나' 도덕적이다. 하지만 외면적으로 보이는 그녀의 모습과는 달리 그녀의 내부에서 일어나는 육체적인 욕망은 그 누구보다 뜨겁다. 순영의 내면은 기독교

---

285) 피터 브룩스, 앞의 책, 35쪽.

적인 윤리 하에서 모범적으로 학교생활을 해가는 이성적이고, 윤리적인 '차가운' 순영과, 사회적 시선에서 벗어나 있을 때 불덩어리처럼 이글이글 더워지는 '뜨거운' 순영으로 분리되어 있다. 이러한 이중적인 자아는 그녀가 위치한 시간과 장소에 따라서 어느 쪽 한 단면이 표출되기도 하고, 때로는 내적으로 상호 갈등하면서 분열하기도 한다. 그러나 이성적이고 차가운 순영의 모습은 사회의 시선을 벗어나 자유로운 공기를 접하게 될 때 언제고 쉽게 떨어져 나갈 지극히 '얇은 금박'에 불과한 것이었다.

"순영은 자리에 누워 곁에 자는 동창들의 깊이 잠든 숨소리를 들으면서 가슴속에 이상한 젊은 욕심이 일어남을 깨닫는다. 그의 몸은 지나치게 발육되었다. 그의 뜨거운 피는 귀를 기울이면 소리라도 들리리만큼 기운차게 돌아간다. 그리하고 그의 정신은 일종의 간지러움과 아픔을 가지고 무엇을 붙잡으려는 듯이 손을 허공으로 내어 두른다. …〈중략〉… 그의 몸은 동대문 밖 백씨의 집 양실 침대 위의 폭신폭신한 새털 요와 가뿐한 새 이불에 싸였디. 그의 곁에는 건강하고 아름답고 은근하고 사랑이 깊은 중년의 남자가 누웠다. 밖에서는 바람이 불고 비가 뿌린다. 그러나 방안은 봄날 일기와 같이 따뜻했다. 그의 하얀 몸과 검은 머리에서는 향기가 동한다. 살은 비단결같이 부드럽다."286)

한편 봉구라는 인물은 사랑하는 사람에 대한 열망이 한 인간의 절대적

---

286) 이광수, 앞의 책, 78쪽.

지향성이 될 수 있음을 보여주는 인물로서, 그에게 있어서 순영의 존재는 그의 전 인생을 지배하는 신과 같은 것이다.

"봉구는 여러 번 위험한 지경을 당하였고 또 마침내 셋 중에 맨 먼저 붙들렸다. 그러나 그가 순영을 생각할 때 모든 고생과 위험은 꿀과 같이 달았다. 만일 자기가 사형대에 올라선다 하더라도 순영이가 곁에서 보아주기만 한다면 목이 잘리면서도 기쁘리라 하였다."[287]

"봉구는 무슨 까닭으로 이 운동을 시작하였던가, 또 그것조차 잊어버렸다. 인제는 다만 자기가 힘을 쓰면 쓰는 만큼, 위험을 무릅쓰면 무릅쓰는 만큼, 순영이가 기뻐해 주고 애썼다고 칭찬해주는 것이 기뻤다. 잡힐 뻔 잡힐 뻔하던 여러 가지 위험을 벗어나서 자기의 사명을 마치고 세 사람이 숨어 있는 곳으로 들어갈 때에 그가 얼마나 기뻤을까. 그가 똑똑 문을 두드릴 때에「아이구 오시네.」하고 순영이 문을 열어 줄 때에 그가 얼마나 기뻤을까."[288]

봉구는 순영이가 그의 곁에 존재하기 때문에 나랏일을 하며 겪는 "모든 고생과 위험을 꿀과 같이 달게" 여기게 된다. 또한 자신이 "사형대에 올라선다 하더라도 순영이가 곁에서 보아주기만 한다면, 목이 잘리면서도 기쁠 것"이라고 생각한다. 그리고 마침내 그는 자신이 왜, 무엇 때문에 나라

---

287) 이광수, 앞의 책, 23쪽.

288) 이광수, 위의 책, 23-24쪽.

를 위한 이 운동을 시작하였는가, 하는 목적의식조차 망각하게 된다. 다만 자신이 "힘을 쓰면 쓰는 만큼, 그리고 위험을 무릅쓰면 무릅쓰는 만큼 순영이가 기뻐해주고 애썼다고 칭찬해주는 것"이 기쁠 뿐이다. 이러한 봉구의 가파른 의식의 변화를 통해서, 그가 추구하는 절대적 대상이 '나라'에서 '순영'이라는 아름다운 여인으로 전환되었다는 사실을 알 수 있다. 이제 그에게 있어 순영이라는 인물은 다만 그가 사랑하는 여인이 아니라 그의 전 인생을 지배하는 강력한 신인 것이다. 순영이라는 절대적 존재의 상실은 그의 인생의 목적의식을 상실하게 만들 뿐만 아니라, 푸르렀던 그의 인생 자체를 시들게 만드는 '독'으로 작용한다.

> "내가 순영 씨를 그렇게 의심하였다 하면 나는 벌써 순영 씨를 죽여 버렸거나 했지. 아직까지 이렇게 무사하겠어요. 한국 여자를 다 의심하더라도 순영 씨는 의심할 수가 없지요. 자기가 사랑하는 사람까지 의심하고야 어떻게 살아요?"[289]

한편 위의 예문은 두 연인의 결합이 열정의 결과라고는 하지만, 그 열정적 결합은 죽음을 부르고, 살해 욕망과 자살의 충동을 일으킬 수 있다[290]는 것을 보여준다. 봉구가 순영을 백윤희에게 빼앗긴 후, 억울한 살해 사건에 연루되어 사형될 위기에 처해지는 상황에서도, 자신의 무죄를 밝히기를 거부한 것은 열정의 대상인 순영의 상실에 그 원인이 있었던 것이

---

289) 이광수, 앞의 책, 114쪽.
290) 조르주 바타유, 앞의 책, 21쪽.

다. 이는 에로티즘이 죽음과 무관하지 않다는 사실을 보여주는 중요한 단
서가 된다.

(4) 앎의 욕구

프로이트의 견해를 빌리면, 인간의 앎에 대한 욕구(지적 욕구)는 성적
인 욕망과 긴밀하게 연결되어 있다. 엿보고자 하는 욕망, 그것도 인간의
나체를 엿보고자 하는 욕망은 인간의 기본적인 본능에 해당한다. 나체화
는 인간의 육체에 대한 앎의 욕구(육체 자체이든, 아니면 육체에 대한 성
적 욕망이든지 간에)를 관능적인 시선을 통해서 충족시켜 주는 대리물로
볼 수 있다. 또한 나체화가 인간의 육체와 그에 대한 욕망을 형상화한다
고 가정할 때, 이는 인간의 삶에 대하여 알고자 하는 욕망과 긴밀하게 연
결되어 있다고 볼 수 있다.

한편 근대 서사문학에서 앎에 대한 욕구는 나체화보다 좀 더 다양한 비
유적 표현과 가제를 통해서 드러난다. 근대 이후 서사문학에서 두드러지
게 나타나는 사실주의 경향은 이 세계와 인간의 삶에 대해서 알고자 하는
욕구가 반영되어 있다. 유한한 인간과 무한한 세계에 대한 인간의 반성과
숙고는 근대 이후 싹트기 시작한 주체의식에서 비롯된다. 이러한 주체의
식의 성장은 필연적으로 인간이 육체적 존재라는 사실을 인식하게 만든
다. 육체에 대한 새로운 인식과 육체를 가진 인간의 삶에 대한 철학적 고
찰은 앎에의 욕구와 근본적으로 합일된다.

이광수 소설『재생』은 인간의 앎에 대한 욕구를 주인공 순영의 관점에

서 서술하고 있다. 순영의 앎에 대한 욕구는 '창'이라는 매개체를 통해서 더욱 명확하게 드러난다. 전통적으로 창문은 거울과 마찬가지로 세계를 향한 사실주의적 시각을 나타내는 대표적인 은유물이다. 여기서 창문은 양쪽 방향으로 작용한다.[291] 안에서 밖으로 향하는 시선과 밖에서 안으로 시선이 함께 존재한다. 순영은 창문을 통해 그녀의 외부세계(다른 사람들의 세계)를 들여다보는 동시에 그들의 세계에 진입하고, 그들의 세계를 본질로 삼고자 한다. 이러한 측면에서 창문은 그녀가 지향하는 세계로 진입할 수 있는 '통로'로서의 의미를 지니고 있다. 그녀가 진입하고자 하는 세계는 P 부인으로 대표되는 신성하고 도덕적이며 정신적인 세계와 백윤희로 대표되는 물질과 육체, 관능의 세계이다. 그러므로 순영의 내면세계는 상호 이질적인 세계 사이에서 갈등하며, 자아 분열을 일으키게 된다.

"어린 여학생들이 보기에 그 생활은 본받을 수 없으리만큼 거룩하고 높은 것 같았다. 사실상 그렇기도 헷다. 그러나 P 부인은 순영에게는 너무도 멀었다. 스무 나뭇 살까지는 그 생활을 이상으로 하였지만은 금년에 와서부터는 도저히 자기가 견딜 수 없는 생활과 같았다. 그러하던 것이 백의 집에 다녀온 후로는 그 생활이 우스워 보일 뿐 아니라 P 부인까지도 어찌 어리석은 것 같다. 「나는 못 해! 못 한다는 것보다도 안해!」하고 순영은 P 부인의 창에 비친 불에서 눈을 다른 데로 돌리면서 무엇에 굳세게 반항할 듯이 마음속으로 외쳤다. 그러고는 그 따위 보기 싫은 것은 다시는 안 보리라 하는 듯이 창에서 물러서서 자기의 자리

---

291) 피터 브룩스, 앞의 책, 181쪽.

로 오려 하였다."[292]

순영은 평소 모범의 전형으로 여기던 P 부인의 모습을 창을 통해 보게 된다. 이 창문은 어떤 특수한 형태의 시선이 위치하는 장소가 되며, 이 시선 속에는 근본적으로 본질을 알고자 하는 욕망이 들어 있다. 그것은 외면으로 드러난 것을 관찰하는 동시에 보이지 않는 본질적인 것까지 꿰뚫어보고자 하는, 다시 말하자면 외면뿐만 아니라 내면적인 본질까지 자기 것으로 만들고자 하는 욕망이다. 그러나 이러한 욕망은 점차 그녀의 내면에서 그 힘을 잃게 된다. 그녀는 어린 여학생들이 보기에 본받을 수 없으리만큼 거룩하고 높은 그 '무엇'에 대해 알기를 원했고, 그것을 자신의 삶의 본질로 삼고자 했었다. 그러나 P 부인의 거룩한 삶과 자신의 삶 사이에는 은유된 바와 같이 창이라는 단절된 공간이 존재하며, 그 공간은 순영에게 있어서 도달하기 불가능한 먼 거리였던 것이다. 그러므로 P 부인의 삶을 자기 자신의 삶의 본질로 만들고자 했던 순영의 시도는 실패할 수밖에 없었던 것이다.

"그 동안에 몇 소나기가 지나갔는지 모르나 두 여자가 서창을 바라볼 때에는 외솔나무 박힌 낙산 성머리에 술 취한 시뻘건 해가 시커먼 구름 속으로 얼굴을 반이나 내어놓고 뉘엿뉘엿 걸리고 성 밑 해굴조개 모양으로 다닥다닥 박힌 조그마한 초가집들이 어스름한 자줏빛 안개 속에 가물가물하다."[293]

---

292) 이광수, 앞의 책, 69쪽.

293) 이광수, 위의 책, 69쪽.

한편 순영의 내면에 자리 잡고 있는 또 하나의 세계는 물질과 육체, 그리고 관능으로 대표되는 백윤희의 세계다. 그녀는 백윤희와의 결혼을 통해서 이 세계와 자신이 원하는 사회적 신분상승을 동시에 얻고자 한다. 그리고 앞으로 자신의 장래에 펼쳐질 백윤희와의 화려한 삶의 모습을 상상하며 기쁨에 몸을 떤다. 그러나 그녀가 진입하고자 하는 백윤희의 세계는 피상적으로 인식될 수 있는 세계일 뿐, 그 핵심적인 본질을 파악할 수 없다. P 부인과 마찬가지로 백윤희와 순영 사이에는 단절로서의 창이 존재하고 있었던 것이다.

　백윤희의 화려하기 짝이 없는 내실은 순영이 꿈꾸는 미래의 꿈의 공간이다. 이 공간은 그녀에게 행복한 미래라는 아름다운 환상을 갖게 한다. 그러나 창밖에는 "다닥다닥 박힌 조그마한 초가집"들이 그 자신의 모습을 숨기려는 듯 "어스름한 자줏빛 안개 속에 가물가물하다". 사실 모호하고 "가물가물"하는 바깥 풍경의 모습은 통일성을 갖지 못하고 분열하는 순영의 내면 풍경이기도 하며, 실제 그녀가 존재하는 현실적인 공간이기도 하다. 그리고 장밋빛 환상의 공간과 현실적 공간 사이에 창이 여전히 존재한다. 창은 단절이며, 이 단절에 의해서 그녀는 자신이 보고자 하는 본질을 제대로 볼 수 없고, 굴절된 환상만을 불러일으킬 뿐이다. 그러므로 순영은 그녀가 추구하는 이질적인 지향성인 P 부인과 백윤희의 세계의 본질을 제대로 파악하는 데 모두 실패하게 되며, 이로 인해 그녀의 인생은 파멸할 수밖에 없었던 것이다.

4. 육체의 기호화, 육체의 서사화

　인간은 근본적으로 육체적인 존재이다. 인간이 육체를 벗어나 존재할 수 없다는 점에서 육체에 대한 관심은 필연적인 것이다. 르네상스 이후 발생하기 시작한 육체에 대한 긍정적 인식은 육체를 포함한 외부세계에 대한 형상화 욕구, 즉 글쓰기의 욕구와도 밀접하게 연관되어 있다. 인간의 육체와 외부세계에 대한 표현 욕구는 근대 서사문학과 그 이전의 문학을 변별되게 하는 중요한 요소이다.

　나체화가 붓과 물감으로 외부세계, 더 구체적으로 육체를 화폭에 표현함으로써 하나의 새로운 의미를 창조하는 것처럼, 근대 서사문학은 언어라는 붓과 물감을 통하여 외부세계를 묘사한다. 즉 근대 서사물은 육체를 기호화하였다고 할 수 있다. 이처럼 육체를 포함한 외부세계를 표현하는 과정에서 가장 흥미롭고, 관심을 끄는 점은 성적인 측면에서의 육체다. 그러므로 나체화와 근대 서사문학은 필연적으로 에로티즘적 성격을 갖게 된다.

　이광수의 1920년대 사실주의 소설인『재생』(1924~1925) 역시 육체와 이에 대한 욕망이 이 소설을 이끌어가는 플롯으로 등장한다는 점에 그 맥을 같이 한다. 이 소설의 인물들은 주로 환유적 기법으로 묘사되어 있다. 개개의 인물들은 인물의 한 부분이 전체를, 혹은 전체가 한 부분을 대체하게 된다. 이러한 환유적 서술기법은 추상적인 성격을 지닌 은유적 기법보다 인물을 더 구체적으로 묘사할 수 있다. 이 소설의 등장인물들이 이전의 작품 속에 등장하는 인물들과 비교해 볼 때 평면적이지 않고, 구체적인 개성을 보여 주는 것은 이러한 서술 기법에서 기인된 것으로 볼 수 있다.

이 소설의 플롯을 이끌어가는 핵심적인 동력은 인간의 육체적 욕망(에로티즘에 대한 열망)이다. 이러한 욕망은 자본주의 시장경제의 원리 하에서 새롭게 등장하는 다양한 요인들과 결합된다. 이러한 욕망은 순영의 육체를 중심으로 그 연결고리를 갖게 되며, 이 과정에서 순영의 육체는 값(돈)으로 환원된 상품으로 전락하게 된다. 순영이라는 매력적인 상품을 매개로 서로 다른 욕망들이 각기 자신만의 독특한 빛깔을 가지고 혼전하는 가운데, 주인공들의 삶은 제어되지 못하고, 예상하지 못한 방향으로 나아가게 한다. 그리고 이 과정에서 인물들의 구체적인 육체가 기호화되고, 이야기화되며, 또한 그 의미를 갖게 된다.

이 소설은 각기 다른 육체를 가진 인간들이, 그리고 각기 다른 욕망들이 속속들이 발가벗겨진 채로 만들어 내는 1920년대의 나체화라고 할 수 있다. 이 그림은 이전의 진부하고 도덕적이며 획일화된 그림과는 달리 인간의 다양한 욕망들을 발가벗기고, 이를 객관적인 시선으로 그리고 있다. 서로 육체를 부딪치며 자기 자신의 욕망과 외부의 욕망에 의해 알 수 없는 방향으로 치달아갈 수밖에 없는 나약한 인간들의 모습을 형상화한 이 소설과 실오라기 하나 걸치지 않은 채 수치스러운 치부를 그대로 드러내는 나체화는 한 부모에게서 태어난 이란성 쌍둥이와 같은 존재들이다.

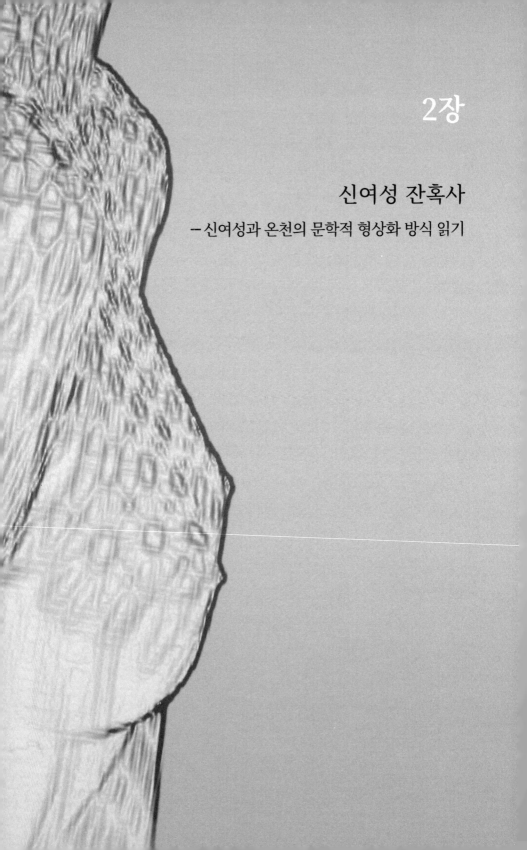

2장

신여성 잔혹사
― 신여성과 온천의 문학적 형상화 방식 읽기

한국 근대소설에서 '신여성'과 '연애/결혼'의 문제는 많은 작가들이 가장 중요하게 다루었던 주요한 주제 중의 하나이다. 그중에서도 춘원 이광수는 이러한 문학적 주제에 집착했던 대표적인 작가이자, 식민지 시기 조선 최고의 남성 지식인이다. 그가 주창했던 조선의 근대적 계몽은 그의 문학 전체를 관통하는 최고의 화두이며, 그의 일생 역시 이러한 사상의 연장선상에 놓여 있다. 그는 근대사상 중에서도 특히 남녀 간의 자유연애, 또는 결혼문제를 한국 최초의 근대 장편소설 『무정』(1917)에서부터 『재생』(1926), 『그 여자의 일생』(1935), 그리고 『사랑』(1938)으로 이어지는 주요 작품 속에서 집중적으로 다루었다.

이러한 이광수 소설의 가장 중요한 특징 중의 하나는 조선의 최상류층을 이루고 있던 남성 지식인과 신여성이 주인공으로 등장한다는 것이다.

이러한 설정은 그 자신이 당대 조선의 최고 지성인이자 지도자였다는 사실과 그의 아내 역시 한국 최초의 여의사가 될 허영숙이었다는 사실에서 비롯된 것으로 볼 수 있다. 그는 1910년 7월 자유연애가 아닌 중매로 백혜순白惠順과 결혼했던 인물이다. 그러나 그는 1918년 일본에 머물고 있는 동안 갑자기 폐병이 재발하여 우메고시牛込 여의전 부속 병원에서 치료를 받게 된다. 이를 계기로 병원에서 근무하고 있던 허영숙과 운명적인 사랑에 빠지게 되고, 결국 1918년 10월 허영숙과 베이징으로 사랑의 도피를 감행하게 된다. 이 시기에 그는 봉건적인 가부장 제도를 비판하고, 결혼 당사자의 자유로운 연애와 결혼을 주장하는 「혼인론」(1917), 「혼인에 대한 관견」(1917), 「신생활론」(1918) 등을 발표하여 조선사회에 큰 파장을 불러일으키기도 하였다. 그리고 이후 본처 백혜순과 합의 이혼하고, 1921년 3월 상하이에서 귀국하여 허영숙과 정식으로 결혼하게 된다.[294]

이처럼 이광수는 조선의 전통적인 결혼제도를 통해 결혼했던 본처와 이혼하고, 자유연애를 통해 신여성과 재혼했던 인물이다. 이러한 자신의 경험, 즉 근대 지식인 남성과 전통적인 교육을 받은 '애정 없는' 본처, 그리고 근대적 교육을 받은 '사랑하는' 신여성의 삼각관계는 그의 문학 속에서 중요한 서사구조로 형상화되는 양상을 보여준다. 여기서 주목해야 할 점은 그의 문학 속에 나타나는 신여성에 대한 시각이다. 앞서 언급했듯이, 그는 다수의 평론을 통해서 자유연애를 주장했던 인물이지만, 실질

---

294) 김병익, 『한국문단사: 1908~1970』, 문학과지성사, 2001.

적인 의미에서 자유연애론자라고 볼 수는 없다. 이광수는 혼인의 목적을 "생식과 행복"으로 규정한다. 즉 혼인의 목적은 "재능 있는 자녀를 가급적 많이 생산하여, 가급적 완전하게 교육하는 것"이며, 개인의 행복은 육욕만을 위한 "원시적 연애"가 아니라, "영과 육이 합일된 진화進化된 사랑"에 의해서 획득될 수 있다고 주장한다.[295] 그리고 이는 연애를 통해서 보다 나은 유전형질을 가진 상대를 선택하고, 그와 결혼함으로써 이룰 수 있다고 주장한다. 그러므로 그가 주창하는 자유연애는 민족적 생존경쟁, 진화, 근대적 위생, 의학 체계 등을 매개하는 우생학(eugenics)적 관점[296]이 반영되어 있다고 볼 수 있다. 이러한 우생학적 연애/결혼관으로, 그의 소설 속에 등장하는 신여성들은 하나의 공통된 특징을 보여주는데, 정식 결혼과 상관없는 육체적 욕망에 충실했던 신여성들은 모두 예외 없이 비극적 파멸을 맞게 된다는 것이다. 이러한 소설적 설정은 이광수의 문학 속에서 거의 유사한 방식으로 변주되어 반복되는 모습을 보여준다.

이처럼 이광수 문학 속에서 1910년대 애국계몽기의 숭고했던 신여성들은 1920~30년대에 이르러 성적 방종과 타락의 길을 걷게 되는 모습으로 표현된다. 흥미로운 점은 그녀들의 전락과정이 당시 유행했던 근대적 여가로서의 온천욕의 경험과 밀접한 연관성을 갖고 전개된다는 사실이다. '신여성'과 '온천'은 모두 돈과 쾌락이라는 키워드를 통해 매개되는 모

---

295) 이광수, 「혼인에 대한 관견」, 『학지광』 제12호, 1917.4. 여기서는 『이광수전집』17, 삼중당, 53-54쪽.

296) 이경훈, 「『무정』의 패션」, 『민족문학사연구』 제18호, 2001, 354-355쪽.

습을 보여주는데,[297] 이러한 돈과 쾌락에 대한 추구는 그녀들이 사회적으로 몰락/파멸하게 되는 근본적인 요인으로 작용하게 된다. 즉 신여성들이 자신의 욕망을 자각하고, 이를 적극적으로 실현하고자 하는 행위는 남성 중심적인 봉건적인 사회에서 그녀들이 사회적으로 처벌(몰락/파멸) 받게 되는 가장 핵심적인 요인으로 나타난다. 이러한 소설적 설정은 당시 신여성의 자유로운 육체적 욕망의 추구가 남성 중심적인 가부장적 사회에서 가혹한 처벌의 대상이자, 절대로 가까이 해서는 안 될 금단의 열매로 인식되고 있었다는 사실이 반영된 것으로 볼 수 있다.

1. 온천에서 욕망은 피어나고

이광수의 최초 근대 장편소설 『무정』(1917)에 등장하는 신여성들, 즉 선영, 병욱, 영채(이후 신여성으로 변모)의 특징은 자신의 육체적 욕망에 대한 분명한 자각이 없거나, 혹은 자각하고 있다 하더라도 이를 참아낼 수 있는 인내심을 지닌 인물들로 형상화된다는 것이다. 그들에게 보다 중요한 문제는 민족/국가라는 거대 서사이며, 개인적 욕망은 민족과 국가라는 거대 서사 앞에서 완전히 삭제되는 양상을 보여준다. 그러나 이로 인해 그녀들은 육체적 욕망의 실현과정에서 발생할 수 있는 사회적 위험으

---

297) 이광수 소설 중에서 「재생」(1926), 「혁명가의 아내」(1930), 「사랑의 다각형」(1930), 「흙」(1932-1933), 「그 여자의 일생」(1935) 등은 온천이 불륜과 성적 타락의 장소로서 제시된 작품들이다.

로부터 보호받게 되며, 그들을 이끌어 줄 수 있는 지도자적인 남성과 유학길에 오름으로써 조선의 여성 지도자로 성장할 수 있는 가능성을 담보하게 된다.

그러나 3.1운동 실패 이후 1920~30년대 이광수 소설에 등장하는 신여성들은 애국계몽기(1910년대) 신여성들과는 매우 상반된 특징을 보여주게 되는데, 이는 자신의 육체에 잠재되어 있는 성적 욕망을 자각하고, 이를 적극적으로 실현하고자 하는 모습을 보여준다는 것이다. 이러한 양상은 1920년대에 신여성이 본격적으로 등장한 이후, 주로 잡지, 신문의 대중매체의 논설, 기사, 그리고 강연 등을 통해서 봉건적인 억압으로부터 여성의 해방을 설파하였다는 사실과, 1930년대 신여성들이 여성해방과 관련하여 자유로운 성·연애·결혼에 주목하고 있었다는 사실에서도 확인할 수 있다. 당시 대중매체의 보도를 통해 사회적인 이슈를 불러일으켰던 나혜석과 최린의 연애사건, 음악인 윤심덕과 작가 김유진 사건, 홍옥희와 김용주의 정사情死 사건 등은 이러한 유행과도 같은 신여성들의 자유연애 담론과 실제 연애 방식을 보여주는 대표적인 사례로 볼 수 있다.[298] 이러한 조선의 상황을 고려해 볼 때, 이광수의 『재생』(1926), 『그 여자의 일생』(1935)에 등장하는 신여성들의 모습은 당시 조선의 20~30년대 신여성의 모습을 투영한 것이자, 그의 신여성에 대한 비판적 시각을 반영한 것으로 볼 수 있다.

여기서 중요한 점은 이광수의 신여성의 성적 자유(자유연애)에 대한

---

298) 신정숙, 「1930년대 소설의 신여성 재현과 신경증-『여성』에 실린 「과실」, 「세기의 화문」, 「슬픈 해결」을 중심으로」, 『대중서사연구』 제30호, 대중서사학회, 2013.12.

시각이다. 이 두 소설은 등장인물들의 직업, 서사구조 등에서 많은 공통점을 갖고 있는데, 그중에서도 가장 중요한 공통점은 여주인공으로 등장하는 신여성이 자신의 육체적 욕망을 자각하고, 육체적 쾌락에 탐닉하게 되는 결정적인 계기가 '온천'의 경험이라는 사실이다. 두 여주인공은 모두 뛰어난 미모와 재능을 지닌 여학생(신여성)으로서 남성들의 흠모의 대상으로 군림한다. 그러나 그녀들은 조선의 상류층 기혼 남성들과 불륜을 저지르고 그의 첩으로 전락하게 되는데, 이들의 간음/불륜의 장소로 등장하는 것이 바로 온천이다. 즉 당대 관광명소로 명성이 자자했던 부산의 동래온천(동래관[299], 명호여관[300]), 해운대온천, 천안의 온양온천, 대전의 유성온천 등은 모두 성적 방종과 타락의 핵심장소로서 표상된다.

이러한 소설적 설정은 1920~30년대 조선에서 일부 고급 온천이 상류층만이 제한적으로 즐길 수 있는 근대적 여가로서의 의미/상징성을 갖고 있었다는 사실과 온천이 남녀가 옷을 벗는 공간이면서 숙박을 위한 공간이라는 특성상 자연스럽게 퇴폐적 풍속의 중심지로 기능하고 있었다는 사실과 밀접한 연관성을 갖고 있다.

---

299) "동래관(東萊館)은 일본인 여성 고지마도라(伍島卜ラ)가 운영한 여관이다. 고지마도라는 오이께(大池) 여관과 봉래관에서 근무한 경험이 있는 인물이다. 그녀는 1931년 동래호텔을 인수하여 기존의 건물을 개조하고 신관을 지은 후에는 동래관으로 이름을 바꿨다."(부산근대역사관 편, 『근대의 목욕탕: 동래온천』, 부산근대역사관, 2015, 133쪽.)

300) "명호 여관(鳴戶旅館)은 동래온천장의 유명한 여관들 중 하나이다. 객실과 정원이 잘 조화된 여관으로 명성을 떨쳤다. 설립자인 나루토쵸조(鳴戶長藏)는 원래 요정 나루토를 운영하였다. 요정이 큰 화재를 입은 후에 부산역 앞에서 나루토 여관을 개업하였고, 1914년에는 동래온천장에서도 나루토 여관을 개업하였다. 1932년에는 별관을 신축하여 객실 22실, 욕탕 5개를 갖춘 대형 여관으로 성장했다."(부산근대역사관 편, 위의 책, 124쪽)

"일제강점기에는 동래온천장으로 가는 교통수단과 도로시설 등이 갖추어졌고, 목욕을 할 수 있는 여관과 공중욕탕이 늘어났다. 근대적 도시 시설이 정비되고 대중들이 많이 찾는 동래온천은 근대의 관광지로 성장했다. 1930년대에 이르러 동래온천은 일본인들과 특권층뿐만 아니라 식민지 조선의 백성들도 방문하는 대중적인 관광지가 되었다. ······

동래온천장을 향한 투어리즘(Tourism)은 세속적, 퇴폐적인 풍속도 동반했다. 돈이 많고 시간적 여유가 있는 유한자들이 동래온천에서 장기간 유흥을 즐기는 모습들이 포착되었다. 동래온천은 돈과 기생, 술과 도박 등이 성행하는 유흥지가 되었다. 1927년 「동래온천정화東萊溫川情話」란 글을 쓴 김남주金南柱는 '그 때는 정토淨土였고 지금은 음탕한 곳으로 여지없이 변하고 말았습니다. 기생, 자동차, 창녀, 여관, 요리집으로 발달이 되었다면 상당 이상으로 그렇다고 하겠습니다.'라고 말했다."[301]

1890년대 말부터 본격적으로 개발되기 시작한 온천은 강제적인 한일합방 이후 일본인들에 의해 근대적인 교통시설이 구축되면서 대중화되기 시작했다. 1930년대에 이르면, 당시 전국적으로 명성이 자자했던 동래온천은 일본인과 특권층뿐만 아니라 조선의 백성들도 방문할 수 있는 대중적인 관광지로 성장했다. 이처럼 온천이 대중화되는 과정에서 상류층이 이용하는 온천과 일반인들이 이용하는 온천으로 나눠지게 되

---

301) 부산근대역사관 편, 앞의 책, 83쪽.

었고[302], 일부 고급 온천은 최상류계급 남성들이 그들의 재력을 과시하고, "기생, 술과 도박" 등을 즐길 수 있는 퇴폐적 공간으로 변모하고 있었다.[303]

"어느 곳이던지 온천장이나 약수터가튼 데는 부랑남녀가 만히 단이지마는 더욱히 이 동래온천은 부산과 접근하고 해수욕탕인 해운대와 범어사, 양산 통도사 가튼 명승지와 거리가 각가운 까닭에 그곳에 유람객도 반듯이 한 번씩은 이 온천장을 들이게 되는 관계상 사시四時 내객來客이 만코 그 중에는 부랑남녀가 만흔 것이다. …… 나 잇던 여관에도 이층 객실에 금해(김해-옮긴이)인가 대구인가 산다는 청년 한아가 신사풍의 양복을 차리고…여자를 다리고 와서 이틀째 묵는 중인데 자기네는 부부간인 척하나…남자는 푼돈이나 잇는 집 부랑자요 여자는 얼치기 기생이 안이면 은근자엿다…그리고 바로 나 잇는 엽헤 방에도 그런 남녀 한쌍이 밤에 와서 자는데…동래기생을 다리고 와서 일야유흥一夜遊興하는 것이었다. … 여관이란 여관과 별장이란 별장은 김모(김某) 이모李某라는 이름

---

302) 동래온천의 개발은 계속 진행되었는데, 1936년 동래온천호텔은 휴게실과 풀장을 개장하여 입욕자에게 15전을 받고 이용할 수 있도록 하였다. 반면 대부분 조선인들이 이용했던 동래면영 온천의 경우 1인 1회 3전, 소인의 경우 1전, 가족탕의 경우 3인을 기본으로 40분간 사용료 15전을 받았다. 이처럼 동래면영 온천은 동래호텔 온천에 비교해 상당히 저렴하게 이용할 수 있었다.(부산근대역사관 편, 앞의 책, 214-218쪽.)

303) "참고로 1936년 부산지역 예기의 전체 수를 보면 부산 남빈정 113명, 동래온천 50명, 기생의 경우 부산 영주정 43명, 동래읍내 58명, 유곽의 경우 부산 녹정의 예기, 창기는 263명, 영도 영선정의 예기, 창기는 69명 등으로 파악된다. 그런데 동래온천의 예기는 고객을 접대할 때 최고 1시간의 화대로 2원 10전, 1시간 더 즐길 경우에는 80전을 추가로 받았다. 만약 고객이 3시간을 예약할 경우에는 화대가 5원이었다. 최소 한 시간의 화대 값만을 놓고서 동래온천의 예기와 여타 지역의 예창기들과 비교하면, 동래온천의 예기들이 동래읍내 보다 60전, 유곽의 예기보다 1원 10전, 유곽의 창기보다 1원 40전이 더 많은 가장 비싼 화대 값을 받고 있었다. 동래온천의 예기들이 받은 화대 값을 당시 서울의 전차요금 25전과 비교하더라도 상당히 비쌌다. 따라서 동래온천에서 그냥 목욕을 즐기는 일반인과 예기들을 불러 제법 유희를 즐기는 유산층들 사이에는 많은 문화적 격차가 있었다."(부산근대역사관 편, 위의 책, 221쪽.)

은 볼수 업고 모도 무슨 郎 무슨 郎뿐이엿다."[304]

위의 인용문을 통해서 알 수 있는 점은 상류층 남성들의 유흥의 대상이 단지 '기생'에 한정되지 않았다는 것이다. 그들은 이전부터 자유로운 유흥의 대상이었던 기생뿐만 아니라 "은근자", 즉 주위 시선을 꺼릴 수밖에 없는 일반 여성들과도 온천에서 은밀한 유희를 즐기게 되었던 것이다. 이는 당시 상류층 남성들과 일반 여성들을 위한 인기 있는 연애 코스 중 하나가 온천관광이었다는 것을 의미한다.

이러한 측면에서 1920~30년대 식민지 조선의 세태를 형상화한 이광수의 소설 『재생』과 『그 여자의 일생』에서 온천이 신여성을 타락시키는 유혹의 공간으로서 묘사된 것은 온천이라는 공간을 중심으로 새롭게 형성된 퇴폐적 풍속도를 반영한 것이자, 자유연애를 주장했던 신여성에 대한 비판적 의식을 반영한 것으로 볼 수 있다.

2. 신여성과 온천의 문학적 코드 읽기
– '냉정'과 '열정'사이, '숙녀'와 '탕녀' 사이

이광수 소설 『재생』(1926)과 『그 여자의 일생』(1935)은 발표 시점이 십 년 정도 차이가 있음에도 불구하고 작품의 배경, 등장인물들의 유형, 그리

---

304) 차상찬, 「남수(南隊)」, 『별건곤』 제22호, 1929, 117~118쪽. 여기는 부산근대역사관 편, 앞의 책, 221쪽.

고 서사구조가 거의 유사하다. 두 작품의 여주인공으로 등장하는 신여성들은 모두 빼어난 미모와 재능을 지닌 '숙녀'로서 많은 사람들의 선망의 대상이었지만, 당시 최상류층만이 즐길 수 있었던 고급 온천욕을 경험하는 과정에서 점차 쾌락에 빠지게 되고 결국 '탕녀'로 전락하게 된다. 그리고 그녀들은 성적 탐닉(자유)의 대가로서 죽음(자살)에 이르거나 수도자(비구니)가 됨으로써 사회로부터 완전히 단절된다. 이러한 그녀들의 전락/파국은 당대 온천이 지니고 있던 상징성과 밀접한 연관성을 갖고 있다. 두 작품에서 고급 온천은 일부 특권층만이 즐길 수 있는 사치스럽고, 퇴폐적인 여가로서 불륜과 성적 타락의 공간으로 표상된다. 신여성들은 두 가지 중요한 특징을 보여주는데, 이는 다른 평범한 여성들과 달리 근대교육을 받았다는 특권의식과 성에 대한 이중적 태도이다. 이러한 두 가지 특징은 온천이라는 공간의 특수성과 유기적으로 결합되는 양상을 보여준다.

먼저 고급 온천은 일반인들이 즐길 수 없는 호화로운 여가 공간이라는 점에서 신여성들의 특권의식을 충족시켜 줄 수 있는 핵심적인 장소로서 표상된다. 한편 성적인 측면에서 온천은 공포와 매혹의 공간으로 표상된다. 당시 신여성들은 여전히 견고하게 자리 잡고 있는 순결에 대한 강박관념과 근대 의식의 성장으로 자신의 육체적 욕망을 자유롭게 충족하고자 하는 욕망을 동시에 지니고 있었다. 그리고 온천은 발가벗기기의 공간으로서 신여성들이 자신의 육체와 그 육체에 내재되어 있는 욕망을 새롭게 발견하는 공간이자, 이러한 욕망을 충족시킬 수 있는 쾌락의 공간으로 제시된다.[305] 이로 인해 신여성들은 온천에 대한 매우 이중적 인식을 보여주게 된다. 즉 그녀들은 온천이 자신의 고결한 순결을 잃을 수도 있는 '공포'의 공간이자, 이미 자각하기 시작한 거부할 수 없는 육체적 욕망을 충족시킬 수 있는 '매혹'의 공간으로 인식하는 양상을 보여준다. 그리고 그녀들은 결국 자신의 욕망을 선택하게 되는데, 이는 온천이 지닌 내밀성과 밀접한 연관성을 갖고 있다. 온천이 지닌 내밀성은 신여성들이 그녀들을 통제하고 있던 외부세계의 엄격한 윤리적 질서에서 벗어나 자유롭게 자신의 원초적 욕망을 마주하고, 이를 충족시키기 위한 적극적인 행위로 나아가는 데 결정적인 요인으로 작용하게 된다.

그러나 신여성들의 성적 자유(방종)는 그에 해당하는 가혹한 대가를 치르게 되는데, 이는 육체적 죽음 또는 사회로부터의 영원한 단절/분리(수도생활)이다. 그녀들의 죽음(자살) 또는 수도생활은 단순히 죄악[306]에 대한 처벌의 의미뿐만 아니라 동물적 욕망에 오염되지 않은 순결한 육체로의 재생을 상징한다.

1) 온천욕과 구별 짓기의 욕망

여가는 근대사회에서 빼놓을 수 없는 중요한 요소 가운데 하나이다. 여

---

305) 신정숙, 「이광수 소설에 나타난 '민족개조사상'과 '몸'의 관계양상에 관한 연구」, 연세대 석사학위 논문, 2003, 89~93쪽, 또는 김주리, 「식민지 시대 소설 속 온천 휴양지의 공간 표상」, 『한국문화』 40, 서울대학교 규장각 한국학연구원, 2007.12, 134~137쪽. 참조할 것.

306) 이광수의 두 소설 속에서 신여성들의 성적 욕망과 이의 자유로운 추구는 반드시 제거해야 할 악(惡)으로 형상화된다.

가는 단순히 일상생활로부터 벗어나 취하게 되는 휴식만을 의미하지는 않는다. 여가는 그러한 여가를 즐기는 사람의 성격이나 사회적 위치를 나타내기도 하고, 일상생활과는 전혀 다른 형태의 삶의 양식을 제공하기도 한다. 특히 상품이나 서비스의 소비가 많아지는 근대 자본주의 사회에서는 여가활동이 과거 봉건사회와는 다른 형태의 '구별 짓기'의 표지가 될 수 있다. 즉 특정한 서비스를 살 수 있는 구매력은 일정한 신분을 드러내주는 표지가 될 수 있는 것이다.[307]

『재생』(1926)과 『그 여자의 일생』(1935)에 나타나는 가장 핵심적인 여가는 바로 온천욕이다. 온천욕은 조선에서 오래전부터 치료의 목적으로 이용되어 왔던 것이지만, 이 두 소설에서는 조선적인 것과는 변별되는 일본적인 것이며, 그래서 곧 근대적인 것이고, 일부 상류층만이 향유할 수 있는 특권으로 형상화된다. 등장인물들이 온천으로 가는 과정은 근대의 상징이자 부의 상징으로 볼 수 있는 자동차, 그리고 기차(침대차) 등을 마음껏 즐기는 과정으로 묘사된다. 그리고 이러한 호사스런 온천욕을 누릴 수 있다는 사실은 다른 평범한 계층과 구별되는 상류계층의 표지로 제시된다.

두 소설에서 이러한 타자에 대한 '구별 짓기'의 욕망을 가장 선명하게 보여주는 인물은 신여성인 순영과 금봉이다. 그녀들의 구별 짓기의 욕망은 기존의 경건한 삶을 포기하고, 돈과 쾌락을 좇게 되는 삶을 선택하는 데 핵심적인 요인으로 작용하게 된다. 『재생』의 여주인공 순영은 어느 날

---

307) 설혜심, 『온천의 문화사: 건전한 스포츠로부터 퇴폐적인 향락에 이르기까지』, 한길사, 2001, 25-257쪽.

신경통을 치료하러 온천에 간다는 둘째 오빠 순기를 따라서 동래온천으로 출발하게 되는데, 그날 그들이 탄 차는 일반 좌석이 아니라 '일등 침대차'였다. 그녀는 "차가 쿵쿵하는 대로 몸이 알맞게 흔들릴 때에 알 수 없이 유쾌"함을 느끼게 되며, "사람이란 이렇게 살 게야!"라면서 상류층의 삶에 대한 욕망을 드러낸다. 이러한 그녀의 욕망은 당시 일부 최상류층이 사용했던 자동차를 타는 장면에서 보다 구체적으로 드러난다.

"순영은 값 가는 비단으로 돌아 붙인 자동차 내부를 돌아 보고 손길같이 두텁고 수정같이 맑은 유리창과 그것을 반쯤 내려 가리운 연회색 문장을 얼른 손으로 만져 보고, 그리고는 천장에서 늘어진 팔걸이에 하얀 손을 걸치고는 운전대 뒷구석에 걸린 뽀족한 칼륨 유화에 꽂힌 백국화 송이를 바라 보았다. 이때의 순영의 얼굴에는 흥분의 붉은 빛이 돌고 가슴에는 알 수 없는 욕망의 오색 불길이 타올랐다.

자동차에 올라 앉아서 그 오빠가 나오기를 기다리는 순간― 진실로 순간이다. 삼분이나 될까말까 하는 극히 짧은 순간은 순영이가 십년 동안 학교에서 P부인에게 배운 모든 도덕적 교훈을 이길 만한 큰 인상을 주었다."[308]

"그러나, 이 자동차는 부富의 상징象徵이었다. 수없는 인류 중에, 오직 뽑힌 몇 사람 밖에 타 보지 못하는 마치 왕이나 왕후의 옥좌와 같은, 그렇게 높고 귀한 자동차와 같았다. 자기가 그 자리에 턱 올라 앉을 때에 순영은 이 자동차의

---

308) 이광수, 「재생」, 『이광수전집』2, 삼중당, 1963, 37쪽.

주인이 되어 마땅한 사람인 듯한 지금까지에 일찍 경험해 보지 못한 자기의 높고 귀함을 깨달았다."[309]

순영은 백윤희의 값비싼 자동차에 타는 순간 "홍분의 붉은빛이 돌고 가슴에는 알 수 없는 욕망의 오색 불길이 타"오르는 것을 느끼게 된다. 또한 그 자동차라는 것이 "부富의 상징象徵"이며, "수없는 인류 중에, 오직 뽑힌 몇 사람 밖에 타 보지 못하는 마치 왕이나 왕후의 옥좌와 같은, 그렇게 높고 귀한 자동차"라는 사실을 뼈저리게 느끼게 된다. 그리고 이러한 경험을 통해서 "지금까지에 일찍 경험해 보지 못한 자기의 높고 귀함을 깨"닫게 된다. 즉 그녀에게 있어서 '일등 침대차'와 '자동차'를 타고 온천에 간다는 것은 일반 사람들과 자신을 엄격하게 구별 짓는 핵심적인 표지였던 것이다. 이러한 그녀의 강렬한 경험은 기독교 여학교에서 십 년 동안 "P 부인에게 배운 모든 도덕적 교훈을 이길 만한 큰 인상"을 주게 된다. 이로 인해 그녀의 인생은 지금까지의 경건하고, 종교적인 삶의 궤도에서 이탈하여 돈과 쾌락을 추구하는 새로운 삶의 궤도로 나아가게 된다.

한편 『그 여자의 일생』(1935)은 여주인공 금봉의 구별 짓기의 욕망과 온천욕, 그리고 그녀의 비극적인 삶과의 연관성이 보다 구체적으로 나타나는 작품이다. 그녀는 "천년에 하나가 날지 만 년에 하나가 날지"[310] 모르는 뛰어난 미인이었다. "그 치렁치렁한 검은 머리 하얀 목, 샛별 같은 빛나

---

309) 이광수, 앞의 글, 37-38쪽.

310) 이광수, 위의 글, 46쪽.

는 눈, 그 조화된 몸 모양, 그 보들보들해 보이는 조그마한 손, 그 걸음걸이, 모두 사람들의 눈을 끌었"으며, "같은 여자 동무들도 황홀"해 할 만큼 아름다운 미인이었다. 또한 공부 역시 보통학교 일학년부터 계속 일등을 할 만큼 뛰어난 학생이었다. 이러한 범상치 않은 미색과 재능으로 인해서 그녀는 자신과 다른 사람들을 구별 짓는 인식을 갖게 되며, 기존에 추구했던 소박하고 경건한 삶이 아닌 화려하고 쾌락을 탐닉하는 삶을 선택하게 된다.

"금봉의 마음에 그리는 남편은 인물 잘나고 부자요, 대학이라도 동경 제국 대학을 수석으로 졸업한 수재였다. 그의 직업은 문사나 변호사나 의사일 것이요, 전문 학교 출신이라든지 교수 이하의 교원이라든지는 금봉의 남편의 망에도 오르지 못할 것이었다. 그러니까 손 선생 따위는 도무지 문제도 되지 아니하였다. 그런 것을 손 부인이 그처럼 염려하는 것이 도리어 자기를 모욕하는 것만 같았다."[311]

위의 인용문은 그녀가 바라는 남편 상을 묘사한 것이다. 그녀는 자신의 남편이 자신에 걸맞게 "인물 잘나고 부자요, 대학이라도 동경 제국 대학을 수석으로 졸업한 수재"이며, "그의 직업은 문사나 변호사나 의사"여야 한다고 생각한다. "전문학교 출신이라든지 교수 이하의 교원이라든지는" 자신의 "남편의 망에도 오로지 못할 것"이라고 생각한다. 이처럼 단순하

---

311) 이광수, 앞의 글, 31쪽.

기만 했던 그녀의 구별 짓기에의 욕망이 보다 구체적으로 발현되기 시작한 계기는 손명규의 손에 이끌려 가게 된 조선 최고의 관광코스 중의 하나였던 "해운대 온천호텔"의 경험이다.

> "방은 아래층 남향이었다. 복도에서 방으로 들어 가는데 문이 두 겹이요, 그리고도 우자시키(방)와 문과의 사이에는 조그마한 즈기노마(협실)가 있었다.
>
> 방으로 두 사람을 인도한 하녀는 그 열인 많이 한 눈으로 이 손님들이 어떤 손님인 것을 한번 보고 알아 내이려는 듯이 힐끗 한번 훑어 보고는 위선 화로에 불을 가져오고, 김이 모락모락 오르는 무쇠 주전자를 화로에 갖다가 놓고, 차와 과자를 가져오고, 그리고는 「유가다」와 「단젠」이라는 옷 두 벌을 갖다가 가지런히 놓고,
>
> 『자, 갈아 입으세요.』
>
> 하고 금봉을 한번 힐끗 본다."[312]

금봉이가 들어간 해운대 온천호텔의 "조용하고 경치 좋은 방"은 일본식 방으로 그곳을 채우고 있는 생활용품들, 즉 '무쇠 주전자', '유가다', '단젠'과 '차', '과자' 등은 조선의 일상생활과는 다른 형태의 삶의 양식을 제공하는 물건들이다. 이는 일본 상류층의 삶의 양식을 제공해 주는 생활용품들로 볼 수 있다. 더구나 "사람이 불 때어서 끓이지 아니한 자연히 샘솟는 더운 물"(온천물)에 몸을 담근다는 것은 금봉이가 식민지 조선의 최상

---

312) 이광수, 앞의 글, 57쪽.

류층의 생활양식을 소비하는 주체로 재탄생했다는 사실을 의미한다. 그녀는 자신이 투숙하고 있는 해운대 온천호텔의 위험성을 온몸으로 직감하면서도 이러한 공간이 제공해주는 강렬한 매혹으로부터 차마 도망갈 수 없었던 것이다.[313]

2) 발가벗기기와 육체(욕망)의 발견

일반적으로 문학 속에서 온천 혹은 침실과 같은 내밀한 공간에서 여성의 육체에 대한 '발가벗기기'는 남녀 간의 에로티즘, 즉 분리된 존재 간의 상호 교통交通을 예고하는 상태를 의미한다. 그러므로 발가벗겨진 육체는 음란과 동요를 상징한다고 볼 수 있다.[314]

그러나 이광수 소설『그 여자의 일생』(1935)에서 여성의 발가벗기기는 이러한 기존의 문학적 도식에서 완전히 벗어나 있다. 이 소설에서 여성을 발가벗기는 공간은 온천이다. 문학, 또는 회화(나체화) 속에서 발가벗겨진 여성의 육체에 대한 시선의 주체는 일반적으로 남성이다. 이때 여성의 육체는 남성적 시선에 전유되는 대상에 불과하며, 그 육체는 여성의 욕망이 아닌 그 육체를 전유하는 남성의 욕망을 투영하게 된다. 흥미로운 사실은 이 소설에 형상화된 아름다운 여성의 육체는 남성의 시선이 아닌 여성 자신의 시선에 노출되며, 이러한 새로운 경험을 통해서 그 육체에 잠

---

313) 금봉은 손명규와 한 방에 머물게 된 자신의 상황을 후회하면서도 "거미줄에 걸린 나비와 같아서 달아날 힘이 없다"라고 생각한다.(이광수, 앞의 글, 59쪽.)

314) 조르주 바타유,『에로티즘』, 조한경 옮김, 민음사, 2006, 17쪽.

재되어 있는 강렬한 욕망을 자각하게 된다는 것이다. 즉 여성의 육체에 대한 시선의 권력이 남성으로부터 여성으로 전이되는 양상을 보여준다.

"문득 금봉은 이상한 것, 지금까지에 보지 못한 것을 발견하였다. 그것은 제 몸의 아름다움이었다. 그 부드럽고 불그레한 살 빛, 팔과 다리와 몸의 선, 불룩한 젖가슴. 금봉은 일생에 처음 제 몸의 이 아름다움을 발견하였다. 그리고 제 몸을 처음 보는 듯이 놀리는 눈으로 이리 저리 자세히 살펴 보았다. 보면 볼수록 아름다운 제 몸에 어린 듯이 금봉은 사르르 눈을 내려 감았다.

금봉의 가슴은 까닭 모르게 뛰었다.

금봉은 감았던 눈을 다시 떠서 한번 더 제 몸을 돌아보았다. 바로 일 분 전에 볼 때보다도 제 몸은 더 아름다워진 것 같았다. 지나간 일 분 동안에 제 아름다움이 더 자란 것 같았다."[315]

여주인공 금봉은 손명규와 같이 가게 된 해운대 온천호텔에서 혼자 목욕을 하게 된다. 처음에는 누가 들어오지나 않을까 하여 긴장하였으나, 점차 마음 놓고 전신의 때를 씻고, 머리를 감는 등 목욕을 즐기게 된다. 그러다 문득 "이상한 것", "지금까지 보지 못한 것을 발견"하게 되는데, 그것은 바로 자신의 몸(육체)의 아름다움이었다. 그녀는 옷 속에 감추어져 있었던 자신의 "그 부드럽고 불그레한 살 빛, 팔과 다리와 몸의 선, 불룩한 젖가슴"을 "처음 보는 듯이 놀리는 눈으로 이리 저리 자세히 살펴 보"게 된

---

315) 이광수, 앞의 글, 61쪽.

다" 그리고 이러한 그녀 자신의 시선을 통해서, 이전까지 자각하지 못했
었던 자신의 육체를 새롭게 발견하게 된다. 여기서 중요한 사실은 온천욕
을 통한 육체에 대한 자각/발견이 단순히 육체에 대한 자각/발견의 수준
에서 끝나지 않는다는 것이다. 이는 바로 그 육체 속에 잠재되어 있던 욕
망을 자각하는 단계로 곧장 나아가게 된다.

"〈아아, 어떻게나 아름다운 내 몸인고. 아직 그림자, 네 눈에 밖에 띄어 본 일
없는 이 몸이다. 어떤 사람의 손은커녕 입김도 닿아 본 일이 없는 이 숫색시의
몸이다. ……〈중략〉……

〈이 아름다움은 누구가 볼 아름다움인가? 이 보드라움은 누가 만질 보드라움
인가?〉

하고 금봉은 사르르 눈을 감았다. ……〈중략〉……

이런 공상을 하매, 금봉은 전에 모르던 일종의 그리움, 설운 듯한, 애타는 듯
한 일종의 그리움을 깨달았다. 금봉의 얼굴에서는 명랑하고 어린애다운 빛이
스러지고 졸리는 듯, 침울한 듯 빛이 돌았다.

그러나 다음 순간에는 가슴의 울렁거림과 자신의 피가 갑자기 온도와 속력을
높이는 듯함을 깨달았다."[316]

금봉은 남성의 시선이 아닌 자신의 시선을 통해서 자신의 몸(육체)의
아름다움을 자각하게 되고, 이 과정에서 "전에 모르던 일종의 그리움, 설

---

316) 이광수, 앞의 글, 62-63쪽.

운 듯한, 애타는 듯한 일종의 그리움을 깨"닫게 된다. 그리고는 다음 순간 "가슴의 울렁거림과 자신의 갑자기 온도와 속력을 높이는 듯함을 깨"닫게 된다. 여기서 그녀가 새롭게 느끼게 된 '그리움'은 분리된 타자와의 경계의 제거와 상호 융합을 의미하는 에로티즘에의 욕망[317]이라고 볼 수 있다.

이처럼 금봉은 자신의 육체에 대한 자각/발견을 통해서 그 속에 잠재되어 있던 욕망을 깨닫게 된다. 이는 그녀 스스로 육체적 욕망의 주체가 될 수 있다는 사실을 의미한다. 그러나 여전히 봉건적인 남성 중심의 사회에서 여성이 육체적 욕망의 주체가 된다는 것은 남성들의 비난의 대상으로 전락할 수 있는 중대한 사안이며, 그만큼 사회적으로 상당한 위험에 노출될 수밖에 없다. 이러한 측면에서 금봉이 선생 손명규, 부호 김광진, 변호사 심상태, 학생 지도자 임학재 등의 여러 남성을 전전한 후, 끝내 비구니가 되어 사회로부터 완전히 분리되는 가혹한 소설적 결말은 (신)여성이 육체적 욕망의 주체가 된다는 사실에 대한 남성들의 거부감내지 공포심을 반영한 것으로 볼 수 있다.[318]

---

317) 조르주 바타유, 앞의 책, 143쪽.

318) 금봉이 여러 남성을 거친 후 중이 되는 소설적 결말은 신여성 김일엽을 떠올리게 한다. 그녀는 세력 있는 양반가에서 태어나 이화학당을 졸업한 후, 일본 동경영화학교에서 유학했던 조선의 대표적인 신여성이다. 그러나 그녀는 당시 남성 지식인이었던 이노익, 오다 세이조(太田淸藏), 임노월, 국기열, 백성욱, 하윤실 등과의 결혼/이혼, 동거, 그리고 사생아의 출산과 같은 험난한 인생역정을 거친 후, 끝내 세속을 떠나 불교에 귀의하게 된다.(방민호, 「김일엽 문학의 사상적 변모와 불교 선택의 의미」, 『한국현대문학연구』20, 한국현대문학회, 2006.12.)

3) 유혹과 퇴폐의 공간학

원래 온천은 질병의 치유를 위해 만들어진 것이기 때문에 피서지나 휴양지보다는 요양원의 의미에 가까운 공간이었다. 그러나 점차 심각한 질병이 없는 경우에도 사람들은 오락, 여흥 등을 위해서 온천에 가게 되었고, 이는 온천이 여가 활동의 장으로서 새롭게 부상되기 시작했다는 것을 의미한다.[319] 그러나 1920~30년대 조선의 고급 온천은 이러한 질병치료나 여가활동으로서의 공간이라기보다는 성적 무질서와 방종의 장으로 변모하는 양상을 보여준다. 이러한 온천의 퇴폐적 성격은 특히 식민지 시기 가장 대표적인 온천이었던 동래온천에 대한 역사적 기록을 통해서도 확인할 수 있다.

"동래온천장은 기생조합인 권번券番이 있었다. 권번은 조선의 관기官妓들로 구성되었다. 관기 제도는 강제적 한일합방 시에 해산되었으나 생계가 막연했던 관기官妓들은 조합을 만들고 동래온천에 진출하였다. 그들은 부채춤, 가야금, 장고 등의 악기를 능숙하게 다루고, 판소리와 예법까지 익힌 예인藝人들이었다. 전국의 한량들은 동래 기생들을 찾아 동래온천장의 여관과 요정으로 몰려갔다. 이로써 동래온천의 기방문화가 크게 발전하였다. 일본 기생인 게이샤藝者도 동래온천에 진출하였다. 동래온천을 찾는 주요 손님은 일본인 남성들이었기에 이들을 상대로 한 게이샤들을 필요로 하였다. …〈중략〉… 1920년대 동래온천장

---

319) 설혜심, 『온천의 문화사: 건전한 스포츠로부터 퇴폐적인 향락에 이르기까지』, 한길사, 2001, 235-236쪽.

에서 일하는 게이샤는 대략 50명이었다고 한다. 조선의 기생의 노랫소리와 아울러 게이샤의 샤미센 연주 소리도 끊이지 않았던 동래온천장은 제국과 식민의 유흥이 뒤섞인 밤의 거리로 조성되었다."[320]

위의 인용문을 통해서 알 수 있듯이, 1920~30년대 동래온천은 강제적인 한일합방 이후 해산된 관기들이 조합을 만들어 진출하였고, 일본 기생 게이샤 역시 1920년대에 대략 오십 명에 달할 정도였다고 한다. 이는 동래온천이 일본인과 일부 상류층 조선인들이 즐기는 단순한 여가의 공간만이 아니라, 일탈과 향락의 장소이기도 했다는 사실을 보여주는 것이다. 즉 온천은 당대 유흥을 좇는 상류계급 남성들의 탈선의 공간이라는 의미를 지니고 있었다.

이광수 소설 『재생』(1926)과 『그 여자의 일생』(1935)은 당시 온천을 중심으로 이루어지는 퇴폐적인 풍속도를 그대로 반영하고 있다. 그리고 이러한 시대적 풍속의 강력한 자장 하에서 엄격한 기독교적 교육을 받은 순결한 신여성들이 기존의 도덕/윤리의 견고한 질서로부터 이탈하는 과정을 날카롭게 포착하고 있다. 이 두 소설 중에서도 특히 『재생』(1926)의 여주인공 순영은 이러한 이탈과정을 가장 선명하게 보여주는 인물이다. 순영은 돈 많은 중년의 색정가 백윤희에게 큰돈을 받고 그녀를 넘기려는 둘째 오빠 순기의 계략에 의해 그와 부산의 동래온천에 단둘이 남게 되는 위험한 상황에 처하게 된다. 그녀는 공포감에 당장이라도 서울의 기숙사

---

320) 부산근대역사관 편, 앞의 책, 136쪽.

로 달아나고자 하지만 자신도 알 수 없는 힘에 사로잡힌 채 온천이라는 유혹과 공포의 공간으로부터 끝내 벗어나지 못한다. 이로 인해 그날 밤 백윤희에게 강간당하게 된다.

"『누가 보는 사람이 있소?』

하고 백의 말은 점점 예가 없어지어 가고 그의 씨근거리는 입김은 마치 성낸 맹수와 같았다.

〈응, 아무도 보는 사람은 없다. 감쪽 같다.〉 하고 순영의 성난 것은 가라앉았다. 참 일순간이었다—그렇게 짧은 순간에 사람의 성격은 시험을 당하는 것이다. 순영은 엄한 교육을 받았다. 좋은 말도 많이 들었다. 정조가 굳어야 할 것도 많이 들었다. 그러나, 「누가 보는 사람이 있소?」하고 유혹이 부를 때에 또는, 「이 기회를 놓치면 일생의 행복이 아주 영영 지나가 버리고 마오」하고 유혹이 위협할 때에 그것을 이길 아무 준비도 없었다. P부인도 여기서 순영의 교육에 실패한 것이다."[321]

순영은 백윤희가 그녀의 침실을 침범하자 "더할 수 없이 욕을 당한 듯하여 분이 치밀어 올라 왔"지만, 그의 "누가 보는 사람이 있소?"라는 말 한 마디에 그녀의 성난 분노는 일순간에 가라앉게 된다. 그녀는 아직까지 결혼이라는 것을 생각해 보지도 않았고, 더욱이 "연애라는 것은 입에도 담을 수 없는 죄악으로 알았"을 만큼 엄한 기독교 교육을 받았던 인물이다.

---

321) 이광수, 앞의 글, 75쪽.

그러나 사람들의 시선에 벗어나 있을 때, 그녀의 견고했던 도덕/윤리의식은 일시에 와해되는 양상을 보여준다.

이러한 그녀의 급격한 심리적 변화는 온천이라는 공간이 지니고 있는 내밀성(intimacy)과 밀접한 연관성을 갖고 있다. 내밀성이란 드러나지 않는 것, 자신만의 것, 따라서 자신의 내면에 속하는 것이다.[322] 즉 내밀성이라고 하는 것은 외부세계의 시선과 윤리에 의해서 굴절되지 않은 순수한 내면으로 볼 수 있다. 그러므로 내밀성이 보호되기 위해서는 외부세계와의 거리/단절을 필요로 한다. 그리고 이러한 거리/단절을 충족시켜주는 결정적인 공간이 바로 온천이었던 것이다.[323] 이러한 내밀성과 도덕/윤리적 일탈과의 연관성은 순영이 "원산 바다 외따른 섬 별장'에서 백윤희와 벌이는 난잡한 생활방식을 통해서도 선명하게 드러난다. 그녀는 아직 결혼하지 않은 여학생의 신분임에도 불구하고, 본처가 따로 있는 유부남 백윤희와 "순전한 부부 생활"을 하는 데 거리낌 없는 모습을 보여준다.

"이리하여 순영은 한여름을 원산 바다 외따른 섬 별장에서 백으로 더불어 아무도 꺼리는 사람 없이 순전한 부부 생활을 하였다. 처음에는 인사 체면도 돌아보아서 딴 방에 자리를 폈으나 일주일이 못하여서 아주 한자리에서 자는 생활을 하게 되었고, 오직 삼사일에 한번씩 몸이 피곤한 것을 쉬기 위하여 딴 방에서

---

322) 이진경, 『근대적 주거공간의 탄생』, 소명, 2002, 231쪽.

323) 김주리는 온천이 이성이 아닌 관능과 화려한 소비문화가 여성의 몸을 통제하는 공간으로 보고 있다.(김주리, 「식민지 시대 소설 속 온천 휴양지의 공간 표상」, 『한국문화』40, 서울대학교 규장각 한국학연구원, 2007.12, 137쪽.)

잤다. 순기도 상당한 핑계를 만들어 가지고는 이삼일이 못하여 가버리고, 별장에는 하인들 밖에 아무도 아는 사람이 없게 되매, 또 순영이도 점점 수줍은 티와 학교에서 쓰고 있던 탈을 벗어 버리게 되매, 백과 순영과는 마치 여러 해 같이 살아 온 흠 없는 내외와 같았다. 순영이가 십년 동안 학교에서 얻은 금박은 극히 떨어지기 쉬운 것이었다. 아무도 보는 이가 없으매 그 금박은 일주일이 못하여 벗어지어 버리고 말았다."[324]

순영은 백윤희와 "처음에는 인사 체면을 보아서 딴 방에 자리를 폈으나, 일주일이 못하여서 아주 한 자리에서 자는 생활을 하게 되었고, 오직 삼사 일에 한 번씩 몸이 피곤한 것을 쉬기 위하여 딴 방에서 잤다" 그리고 같이 갔던 순기가 핑계를 만들어 떠나버리고 하인들만 남게 되자, 그녀는 "점점 수줍은 티와 학교에서 쓰고 있던 탈을 벗어 버리게 되고", 백윤희와 "마치 여러 해 같이 살아 온 흠 없는 내외와 같"은 생활을 하게 된다. 즉 보는 사람이 없을 때, 그녀의 도덕/윤리의식은 일시에 와해되는 양상을 보이게 된다.

4) 오염된 육체의 탈피와 재생

이광수의 신여성의 성적 자유에 대한 부정적 인식은 두 소설의 여주인공 순영과 금봉의 비극적 최후를 통해서 보다 선명하게 나타난다. 앞서

---

324) 이광수, 앞의 글, 87-88쪽.

언급했듯이, 그녀들은 모두 온천 경험을 계기로 육체적 욕망과 물질적 쾌락을 좇는 삶을 살았던 인물들이다. 이로 인해 스스로 자살을 선택하거나(순영), 영원히 사회로부터 벗어나 수도자(비구니)의 길을 선택하는(금봉) 등 그 누구보다 잔혹한 대가를 치르는 것으로 설정되어 있다. 이러한 비극적인 파멸은 그녀들을 타락의 길로 이끌었던 남성들의 운명과는 매우 상반된다. 주요 남성 등장인물들, 즉 『재생』의 백윤희, 『그 여자의 일생』의 손명규, 김광진은 모두 순수했던 순영과 금봉을 타락시키는 데 결정적인 역할을 했던 인물들이다. 이들은 본처가 있는 중년의 유부남임에도 불구하고, 거의 자식뻘에 가까운 스무 살 전후의 신여성 순영과 금봉을 자신의 육체적 쾌락을 위해 유혹하고, 끝내 첩으로 삼을 만큼 자신의 욕망에 가장 충실했던 인물들이다. 그러나 이들은 순영과 금봉이 비극적인 운명을 맞이하는 것과는 달리 별다른 사회적 타격 없이 기존의 삶을 영위해 가는 양상을 보인다.[325]

반면 여주인공 순영과 금봉은 자살(죽음)하거나, 수도자(비구니)가 되는 모습을 보여준다. 이러한 소설적 설정은 그녀들이 근본적으로 육체적 쾌락을 추구하는 삶을 살았다는 사실과 밀접한 연관성을 갖고 있다. 앞서 살펴보았듯이, 그녀들의 육체는 근대적 여가로 볼 수 있는 온천욕의 경험을 통해서 이미 돌이킬 수 없을 정도로 '뜨거워진' 육체이며, 이로 인해 쾌

---

[325] 이들 중 『그 여자의 일생』에 등장하는 손명규만이 유일하게 자신의 탐욕에 대한 일정한 대가를 치르는 모습을 보여준다. 그는 무차별적인 쾌락을 추구한 대가로 성병을 얻게 되고, 이로 인해 아이를 가질 수 없는 몸이 된다. 이는 그가 아버지가 되기를 너무나 원했던 인물이라는 점에서 가장 잔혹한 대가를 치른 것이라고 볼 수 있다. 또한 그는 모든 사업에 실패하고, 빈털터리가 되어 마약 중독자로 전락하게 된다. 그러나 이러한 그의 전락은 그가 타락시켰던 금봉이 완전히 사회와 단절하고 수도자(비구니)의 길을 선택하게 된다는 설정과 비교해 볼 때, 보다 덜 잔혹하다고 볼 수 있다.

락의 탐닉에 빠진 '오염된' 육체로 볼 수 있다. 새롭게 순결한 육체로 재생하기 위해서는 오염된 육체로부터의 탈피과정이 필요하다. 이러한 탈피과정은 육체적 죽음(자살) 또는 수도생활로 제시된다.

먼저 『재생』의 여주인공 순영은 재생의 방식으로서 자살을 선택한다. 그녀는 선천성 매독으로 인해 소경으로 태어난 딸과 금강산 구룡연 폭포에 몸을 던져 자살하게 된다. 그녀는 처음엔 백윤희가 제공해주는 육체적, 물질적 쾌락에 빠져 지내게 되지만, 점차 그의 방탕한 생활에 심한 염증을 느끼게 되고, 새롭게 인생을 시작하고 싶어 한다. 그러나 이미 세상에 파다했던 그녀에 대한 온갖 추문과 백윤희를 통해 전염된 매독/임질로 인해서 그녀는 이전의 삶으로 복귀하는 데 실패하게 된다. 이러한 절망적인 상황에서 결국 그녀는 자살을 선택하게 되었던 것이다.

"봉구는 폭포 밑으로 뛰어 갔다. 뽀얀 안개가 싸인 검푸른 물에는 분명히 순영이가 소경 딸을 업은 대로 얼굴을 하늘을 향하고 둥둥 떠서 폭포가 내려 찧을 때마다 끔벅끔벅 물 속으로 들어 갔다 나오기도 하고 둥그런 수면으로 이리로 저리로 빙빙 돌기도 한다.

『순영이! 순영이!』

하고 봉구는 발을 구르며 소리를 질렀다. 그러나 순영은 여전히 끔벅끔벅하면서 붙일 곳 없는 혼 모양으로 이리로 저리로 빙빙 돌았다."[326]

---

326) 이광수, 앞의 글, 352쪽.

위의 인용문은 순영이 자살한 모습을 묘사한 것이다. 그녀가 자살한 장소는 바로 금강산 구룡연이다. 그녀는 어린 소경 딸을 업은 채 바위 비탈로 기어 올라가서 "천 길인지 만 길인지 깊이를" 알 수 없는 "얼음같이 찬" 폭포 속으로 추락한다. 이처럼 그녀가 오염된 자신의 육체를 구룡연에 추락시킨 것은 물이 지니고 있는 죽음과 재생의 이미지와 밀접한 연관성을 갖고 있다. 물은 근본적으로 흘러가는 것, 분해하는 것, 그리고 죽어가는 것을 상징한다. 이러한 측면에서 물의 이미지는 인간의 죽음에 대한 몽상을 반영하고 있다고 볼 수 있다. 그러나 물의 유동하는 이미지는 존재의 실체를 끊임없이 변모시키는 운명을 상징한다. 이러한 측면에서 순영이 폭포(물) 속으로 추락한 것은 단순한 육체적 죽음이 아니라 새로운 존재로의 변모(재생)를 상징한다고 볼 수 있다.[327]

그렇다면 왜 순영은 이광수 소설에 자주 등장하는 '대동강'[328], '한강'[329]과 같은 '강'에서 자살하지 않고, 금강산 구룡연이라는 "천 길인지 만 길인지 깊이를 알 수 없는"[330] 물속으로 수직적인 추락을 해야만 했을까? 이러한 수직적 추락은 순영의 삶이 결코 도덕적이지 못했다는 사실에서 비

---

327) 바슐라르는 물이 "특수한 죽음에 의해서 이끌려진 특수한 삶을 상징"한다고 주장한다. 즉 우리가 물을 "응시하는 것은 흘러간다는 것, 분해한다는 것, 죽어간다는 것"을 상징한다는 것이다. 이로 인해 물은 죽음을 상징하면서도, 물이 지닌 유동성으로 재생의 가능성을 상징하게 된다.(가스통 바슐라르, 『물과 꿈』, 이가림 옮김, 문예출판사, 1998, 94~96쪽.)

328) 『무정』(1917)에서 영채는 김현수에게 강간을 당한 후 대동강에서 자살하기 위해 기차를 타게 된다. 그러나 우연히 기차에서 만난 신여성 병욱으로 인해 자살하고자 했던 마음을 바꾸게 된다.

329) 『그 여자의 일생』(1935)의 금봉 역시 처음에는 '한강'에서 자살하고자 하는 마음이 있었지만, 끝내 마음을 바꾸어 수도자(비구니)의 길을 선택하게 된다.

330) 이광수, 앞의 글, 350쪽.

롯된 것으로 볼 수 있다. 순영은 신봉구라는 남성을 사랑하고 있었음에도 불구하고, 물질적 욕망과 육체적 쾌락에 매혹되어 스스로 백윤희의 첩으로 전락했던 인물이다. 더구나 이 과정에서 그녀는 백윤희가 아닌 신봉구의 아이를 낳는 등 기존의 전통적인 가족질서 하에서 용납될 수 없는 치명적인 과오를 범했던 인물이다. 이러한 측면에서 그녀의 수직적 추락은 그녀 자신 안에서 그 추락의 이유와 책임을 지니는 추락이며, 이로 인해 그녀의 추락은 더욱 가혹할 수밖에 없었던 것이다. 그러나 추락의 장소가 폭포 즉, 물속이었다는 설정은 이러한 가혹한 추락을 대가로 하여 새롭게 재생하고자 하는 간절한 염원이 반영되어 있다고 볼 수 있다.

한편 『그 여자의 일생』(1935)의 여주인공 금봉은 순영과는 완전히 다른 방식으로 재생을 꿈꾸게 된다. 금봉은 손명규의 본처가 죽은 이후 그렇게도 바래왔던 그의 정식부인이 된다. 그러나 그녀는 엄청난 재력과 성적 매력을 동시에 지닌 김광진과의 불륜을 통해 그의 아이를 낳게 되고, 남편이 사업을 도모하고자 조선을 떠나 있었던 사이 김광진의 완전한 첩으로 전락하게 된다. 그리고 결국 이로 인해 손명규와 김광진 사이에 칼부림이 일어나게 되고, 이 사건 이후 금봉은 세속적인 삶을 포기하고, 오빠 인현처럼 수도자(비구니)의 길을 선택하게 된다. 이러한 그녀의 선택은 『재생』의 순영과 마찬가지로 동물적 쾌락을 추구하는 과정에서 오염된 그녀의 육체를 새롭게 재생시키고자 하는 욕망에서 비롯된 것이다. 이처럼 재생을 통해 비상하고자 하는 욕망은 그녀가 찾아간 '선암'에 대한 묘사를 통해서 분명하게 드러난다.

"산마루에 올라 서니 하늘에 닿은 봉우리에 위태하게 달린 선암이 보였다. …
〈중략〉…

『여기서 바라보기만 해도 핑핑 돌아요. 저 천야 만야한 비탈로 송두리채 굴러
내려갈 것 같은데.』

하고 원통골 바다에 물 흐르는 것이 하늘 높이 뜬 흰 구름 줄기 같은 골짜기
를 내려다 보면서 금봉은 무서운 듯이 인현의 팔을 잡고 바싹 제 몸은 인현에게
로 붙었다. 강선대 꼭대기에 송낙을 너슬저슬 단 뼈만 남은 늙은 향나무들이 푸
른 하늘을 찌르고 섰다. 선암 뒤 벼래에서 사람들이 어물거리는 것이 허깨비같
이 보였다.

『하늘 반공에 뜬 것 같애.』

하고 금봉은 또 한번 감탄한다."[331]

금봉은 죽기 전에 오빠 인현을 한번 만나보고 싶다는 마음으로 그가 머
물고 있던 암자를 찾아 간다. 그런데 그가 머물고 있던 곳은 세속의 욕망
을 지닌 사람들은 절대 머물 수 없을 것만 같은 "하늘에 닿은 봉우리에 위
태하게 달린 선암"이었다. 그리고 그곳에서 그녀는 머리를 깎고 세속과
단절한 채 종교인으로서의 삶을 통해 새로운 재생을 꿈꾸게 된다. 여기서
중요한 사실은 수도자들이 머물고 있는 선암이 지니고 있는 상징성이다.
선암은 "하늘", 그것도 "푸른 하늘"에 맞닿아 있어서 "하늘 반공에 뜬 것
같"은 모습으로 형상화되어 있다. 여기서 "하늘" 또는 "푸른 하늘"은 본질

---

331) 이광수, 앞의 글, 369-370쪽.

적으로 어떤 미래를 가지고 있으며, 이는 비상飛上의 벡터를 갖는다. 그러므로 그녀가 "하늘", "푸른 하늘"을 응시한다는 것은 그녀의 육체가 처한 고통, 피곤, 회한, 오염, 악惡으로부터 비상하여 기쁨, 비약, 희망, 선善에 이르고자 하는 욕망을 상징한다고 볼 수 있다.[332] 그러나 이러한 비상은 육체성(물질성)의 상실, 즉 모든 육체적 욕망을 포기한 대가로 주어질 수 있는 것이라는 점에서 그녀가 세속과의 인연을 끊고, 수도자의 길을 선택하게 된 것은 필연적인 소설적 귀결로 볼 수 있다.

3. 신여성이라는 이름으로

신여성은 1920년대부터 본격적으로 등장하였고, 1930년대 이후에는 근대적 주체성을 획득하는 방식으로서 자유연애 · 결혼을 주창하고 있었다. 그리고 많은 매체를 통해 보도된 그녀들의 연애사건을 통해 알 수 있듯이, 신여성들은 기존의 전통적 질서를 전복시킬 수 있는 위험하지만 매혹적인 존재로서 표상되고 있다. 그리고 당시 조선에서 고급 온천은 치료의 공간이 아니라 일부 최상류층만이 향유할 수 있는 불륜과 성적 타락의 장소로서 소비되고 있었다. 즉 온천은 위험하지만 매혹적인 장소였던 것이다. 이러한 측면에서 신여성과 온천은 모두 최상류층의 남성들에게 다소 위험할 수 있지만 거부할 수 없는 매혹의 대상이었다고 볼 수 있다.

---

332) 가스통 바슐라르, 『공기와 꿈』, 이학사, 정영란 옮김, 2000, 56-175쪽.

이러한 신여성과 온천에 대한 이광수의 인식은 그의 대표작『재생』(1926)과『그 여자의 일생』(1935)에 보다 선명하게 형상되어 있다. 두 작품의 여주인공으로 등장하는 신여성들은 모두 애국계몽기의 청년들과 같이 민족/국가를 위해 봉사하겠다는 아름다운 신념을 지녔던 인물이다. 그러나 최상류층만이 향유할 수 있었던 사치스럽고, 뜨거운 온천욕의 경험은 그녀들이 숭고한 이상을 포기하고, 돈과 쾌락만을 추구하는 삶을 살게 되는 핵심적인 계기로 작용하게 된다. 그리고 이후 그녀들은 자신의 원초적 욕망이 이끄는 대로 돈과 육체의 쾌락을 제공해줄 수 있는 유부남의 첩으로 전락한다. 이러한 비도덕적인 삶의 대가로 사회의 가혹한 비난과 육체적 질병(성병)을 얻게 되며, 끝내 자살하거나 수도자의 길을 선택하는 모습을 보여준다. 이러한 선택은 모든 동물적 욕망의 원흉으로 볼 수 있는 육체성(물질성)의 탈피를 통해서 새롭게 재생하고자 하는 욕망이 반영된 것으로 볼 수 있다. 여기서 주목해야 할 점은 두 여주인공을 타락의 길로 이끌었던 남성들에 대한 이광수의 관대한 시선이다. 두 여주인공은 본능에 충실했던 삶으로 인해 가장 가혹한 대가를 치르게 되는 반면, 그들을 유혹했던 남성들은 사회적으로 별다른 타격 없이 기존의 삶을 영위해 가는 모습을 보여준다.

위와 같이 이광수의『재생』(1926),『그 여자의 일생』(1935)은 1920~30년대 신여성의 자유연애(성적 자유)에 대한 남성 지식인의 비판적 인식을 온천이라는 문학적 코드와 연결시켜 형상화한 소설이다. 이 두 소설에서 자유연애/결혼을 주장하는 신여성들은 남성 지식인에게 기존의 가부장적 질서를 전복시킬 수 있는 위험한 존재이지만, 동시에 그들과의 자유연애는 거부할 수 없는 매혹으로 제시된다. 그러나 신여성이 본능에 충실했던 대가로 겪게 되는 가혹한 소설적 결말은 여전히 그녀들의 자유연애(성적 자유)를 사회적으로 허용할 수 없었던 보수적인 남성 지식인의 인식이 반영되어 있다고 볼 수 있다.

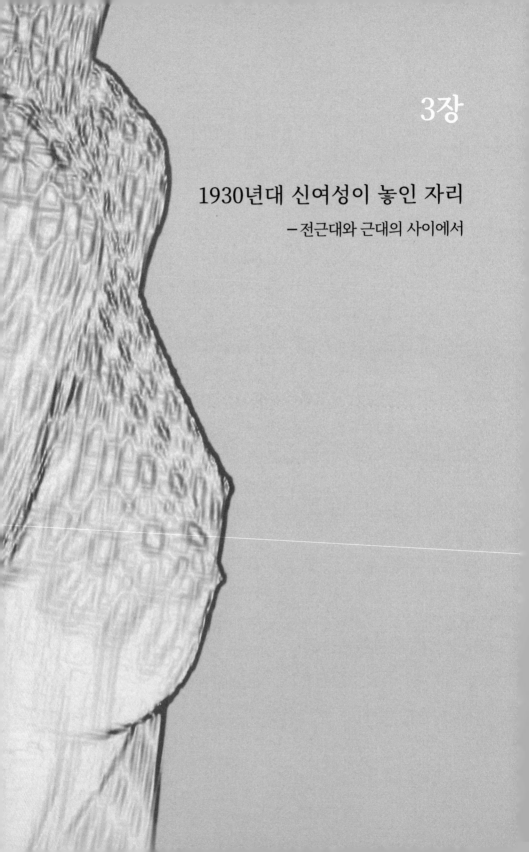

3장

1930년대 신여성이 놓인 자리

─전근대와 근대의 사이에서

'신여성'에 관련된 연구는 주로 1920~30년대 대표 여성잡지 『여자계』 (1917~1927), 『신여자』(1920), 『부인』(1922~1923), 『신여성』(1923~1934), 『여성조선』(1930~1932), 『신가정』(1933~1936), 『여성』(1936~1940)을 분석 대상으로 하여 진행되어 왔다. 이는 이러한 여성잡지들이 신여성 담론을 본격적으로 생산하는 장으로써 기능했기 때문이다.[333] 이러한 연구를 통해서, 당시 유행과도 같았던 신여성 현상은 그 자체로 근대적 산물이며, 식민지 조선에서 양산된 근대성의 핵심적인 지표가 될 수 있다는 사실을 고찰했다. 특히 그들이 다양한 매체를 통해 적극적으로 제기했던 자유로

---

333) 식민지 시기 신여성에 관한 연구는 주로 1920년대에 본격적으로 등장하기 시작한 1세대 신여성의 근대성을 규명하는 방향으로 진행되어 왔다. 이러한 연구경향으로 인해서 1930 중후반~1940년대 신여성에 관한 연구는 거의 전무한 상황이다.

운 성·연애·결혼과 관련된 수많은 논설·주장들은 근본적으로 여성이 하나의 독립된 개인으로서 자신의 주체성을 확보해 가는 문제와 밀접하게 연결되어 있었다는 사실을 밝혔다. 또한 이러한 담론들의 생산과 유행은 당시 19세기 말~20세기 초의 서구사회와 일본, 인도, 중국 등의 비서구 사회에서 광범위하게 나타났던 세계적 현상과 궤를 함께 하는 것이며, 도시화, 산업화, 대중매체 등의 등장을 배경으로 하여 중고등 교육을 받은 초기 세대를 중심으로 적극적으로 제기되었다는 사실을 밝혔다. 이러한 연구 성과들은 식민지 시기 조선의 사회, 역사적 특수성과 세계사적 보편성에 입각하여 1920~30년대 신여성의 근대적 성격을 고찰했다는 점에서 중요한 의미를 지니고 있다고 볼 수 있다.

그러나 이러한 거시적인 연구방식은 사회, 역사적 맥락에서 신여성의 근대사적 위치를 규명하는 것은 가능하지만, 실제 삶을 영위해 나가는 살아 있는 한 개의 인간으로서 수반될 수밖에 없는 신여성 자체의 이중성, 즉 구여성과 신여성 사이에 존재하는 '중간자'로서 필연적으로 내재할 수밖에 없는 모순과 균열의 지점들을 포착해 내는 것은 불가능하다. 왜냐하면 신여성은 견고한 전통적/봉건적인 사회구조에서 새롭게 탄생한 존재라는 점에서, 그들이 제기하는 이상적인 성·연애·결혼에 대한 논설·사상과 그들이 실제 발을 딛고 있는 전통사회에서의 삶의 영역은 상호 대립, 충돌할 수밖에 없기 때문이다. 그들이 빈번하게 보여주는 진보적인 논설·주장과 실제 전통적, 보수적인 삶의 방식 간에 엄연하게 존재하는 괴리(분리)는 이러한 신여성이 처한 역사적 특수성에서 발생한다고 볼 수 있다. 이러한 측면에서 신여성이 지닌 근대사적 의의와 한계를 고찰하기 위해서는 보다 미시적인 접근방식, 즉 정신분석학적인 연구방식이 필요하다고 생각된다. 왜냐하면 정신분석학적인 연구방식은 근대사상으로 인해 새롭게 자각된 신여성의 성적 욕망과 이를 억제하는 사회적 기제와의 상호 길항관계에 대한 구체적인 분석의 틀을 제공함으로써, 각기 이질적인 경향을 보여주는 신여성들의 행동양상에 내포되어 있는 함의를 규명해 내는 것이 가능하기 때문이다.

이 글에서는 신여성이 지닌 근대사적 의의와 한계를 보다 입체적으로 규명하기 위해서 1930년대 대표적인 여성 종합잡지 『여성』(1936~1940)에 수록된 소설 「과실(果實)」(조풍연, 1937), 「세기世紀의 화문花紋」(김남천, 1938), 「슬픈 해결」(방인근, 1938~39)을 분석해 보고자 한다. 이는 다음과 같은 세 가지 이유 때문이다. 먼저 1930년대에 주목한 이유는 1920년대 신여성의 자유로운 성·연애·결혼에 관한 논설·사상들이 대체로 단순한 논설·사상에 그친 반면, 1930년대는 이러한 논설·사상들이 실제 삶의 영역에서 적극적으로 수용되는 시기였기 때문이다. 이러한 사회, 역사적 상황에 의해서 신여성은 논설·사상의 영역과 실제 삶의 영역 간의 대립, 충돌하는 양상을 보여주게 되는데, 이는 담론적인 차원에서가 아니라, 실제 삶의 영역에서 신여성이 지닌 근대사적 의의와 한계를 보여주는 핵심적인 지표라고 볼 수 있다.

둘째, 1930년대 여성잡지 중에서 『여성』(1936~1940)[334]에 주목한 이

---

334) 『여성』은 잡지 제목을 통해서도 알 수 있듯이, 여성들을 위한 종합교양잡지의 성격을 띠고 있었다. 이 잡지는 문학(시, 수필, 소설), 평론, 논설, 실화/수기, 가정탐방기 등 다양한 글쓰기가 수록되어 있었다. 이러한 다양한 글쓰기는 주로 여성의 성·연애·결혼의 문제에 초점이 맞추어져 있었고, 신여성들에게 내재되어 있었던 전통적인 순결 이데올로기와 현모양처 이데올로기에 대한 옹호와 거부감이 혼재되어 나타난다. 이러한 양상은 당시 1930년대 신여성이 처해 있던 이중적 상황이 그대로 반영된 것으로 볼 수 있다.

유는 유사한 시기에 발행되었던 『신가정』(1933~1936)에 비해서 보다 여성의 성·연애·결혼의 문제에 초점을 맞추어 발행되었고, 발간 시기가 성·연애·결혼에 대한 담론들이 점차 일제에 의해 국가적으로 통제되는 시기였기 때문이다. 이처럼 1930년대 중후반의 일제에 의한 국가적 통제는 신여성의 내적 분열을 일으키는 또 하나의 중요한 요인으로 작용했다고 볼 수 있다. 왜냐하면 1930년대 이후 이미 자리 잡기 시작한 자유로운 성·연애·결혼에 대한 신여성들의 욕망은 국가적인 외적 억압에 의해서 쉽게 통제될 수 없는 것이기 때문이다. 이러한 측면에서, 1930년대 중후반은 신여성의 분열적 상황을 보다 효과적으로 포착할 수 있는 시기로 볼 수 있다.

셋째, 『여성』(1936~40)에 실린 소설 「과실果實」(조풍연, 1937), 「세기世紀의 화문(花紋)」(김남천, 1938), 「슬픈 해결」(방인근, 1938~39)이라는 작품들이 중요한 이유는 다음과 같다. 먼저 소설이라는 장르는 논설·사상에 비해서 당시 1930년대 중후반의 신여성의 실제 삶의 양태를 전체적으로 형상화하는 데 보다 효과적인 글쓰기 방식이라는 점과 위의 세 작품들이 당시 신여성이 처한 이중적 상황과 이로부터 발생하는 그녀들의 인식/사상의 분열 상태를 보다 정확하게 포착해 냈다는 사실에서 비롯된 것이다.

이 작품들은 각기 다른 성향의 신여성의 전형을 보여주는데, 이들은 표면적으로 자유연애(성), 연애결혼에 대한 철저한 신념을 주창하지만, 근본적으로 성적 억압에서 기인된 '신경증'을 보여준다는 측면에서 공통점을 갖고 있다. 「과실果實」은 신여성의 선천적인 육체적 결함이 신경증을 불러일으키는 요인으로 작용하는 양상이 나타나고, 「세기世紀의 화문花紋」은 신여성의 지성만능주의를 숭배하는 금욕적 생활방식이 신경증의 원인이 되는 양상이 나타나며, 「슬픈 해결」은 성적 충족의 '지연'에서 기인된 신여성의 '팜므파탈(femme fatale)'적 면모가 신경증의 한 발현태라는 사실이 나타난다.

1. 신여성의 탄생과 신경증의 발견

1920년대 신여성이 본격적으로 등장한 이후, 이들은 주로 잡지, 신문 등의 대중매체의 논설, 기사, 그리고 강연 등을 통해서 봉건적인 억압으로부터 여성의 해방을 설파하게 된다. 이후 1930년대에 이르면, 신여성들이 여성해방과 관련하여 특히 주목했던 문제는 성·연애·결혼이었다. 대중매체의 지면을 통해 사회적으로 이슈가 되었던 연애사건, 즉 나혜석과 최린의 연애사건, 음악인 윤심덕과 작가 김우진 사건, 홍옥희와 김용주의 정사情死사건 등에 대한 반복적인 기사화는 일반 대중들의 관심과 호기심을 충족시키기 위한 것이기도 했지만, 신여성 자신의 관심과 대리만족, 그리고 자유연애 담론의 재생산 문제와도 긴밀하게 연결되어 있었다. 왜냐하면 이러한 연애사건들은 신여성들이 추구하는 낭만적 사랑의 요소와 감성(격정)을 자극하는 드라마틱한 요소가 적절히 조합되어 있었고, 봉건사회의 억압적인 도덕과 윤리를 뛰어넘고자 하는 혁신성(근대성)을 내포하고 있었기 때문이다. 즉 이 연애사건들은 구여성과 변별되는 신여성의 특수성을 표상하는 기표로서 기능하고 있었던 것이다.

여기서 주목해야 할 점은 이러한 기표들의 사회적 기능과는 별개로, 신여성들이 성·연애·결혼과 관련된 진보적 논설·사상과 실제 삶의 방식의 차이에서 발생하는 균열(분열)의 양상을 보여준다는 것이다. 이는 근본적으로 1930년대 중후반의 신여성들이 근대적인 고등교육을 통해 진보적인(서구적인) 연애관·결혼관으로 무장하고 있었지만, 그럼에도 불구하고 그들은 이미 가부장적인 전통사회의 질서가 깊이 내면화된 여성들이었다는 사실에서 비롯된 것으로 볼 수 있다. 또한 조선의 제1세대 대표적인 신여성들이었던 나혜석, 김명순, 김일엽이 정조의 상실과 추문, 그리고 반복되는 결혼과 이혼과정에서 사회적으로 몰락해 가는 과정을 누구보다 가까이서 지켜 본 이들이었다는 사실과도 밀접한 연관성을 갖고 있다.

이처럼 당시 신여성들이 처해 있었던 이중적 상황은 『여성』의 창간호부터 폐간호에 이르기까지 다양한 글을 통해서 끊임없이 드러난다. 이 잡지는 자유연애, 결혼, 직업에 대한 진보적인 논설 및 기사도 수록하고 있지만, 자유연애에 대한 경계와 기존의 전통적인 결혼관의 미덕을 옹호하는 신여성들의 수기, 실화, 가정 탐방기 등을 다수 수록하고 있다. 김공주의 「남성!」[335]과 손금숙의 「연애는 인생의 고배」[336]는 자유연애의 위험성을 경고한 대표적인 글이며, 노천명의 시 「여인」[337], 허영숙의 「나의

---

335) 『여성』 제2권 제1호, 1937. 1.

336) 『여성』 제3권 제12호, 1938. 12.

337) 『여성』 제2권 8호, 1937. 8.

자서전」[338], 고영옥의「〈입선실화〉 때리면 때릴수록 정성을 베푼 것이」[339], 원순갑의「마음의 보수」[340]는 모두 전통적인 가부장적 질서에 대한 순응·옹호의 의식이 드러난 대표적인 글로 볼 수 있다.

흥미로운 점은 춘원 이광수의 아내로서, 그리고 사회의 여성 지식인으로서 활발하게 활동하고 있었던 허영숙, 그리고 대표적인 여성 시인 노천명 역시 전통적인 현모양처의 이데올로기를 적극적으로 옹호하는 입장을 보여준다는 것이다. 허영숙은「나의 자서전」에서, "춘원하고 결혼생활하는 동안 그 언제나 안 그랬으련만 지금도 춘원이 쓰고 남은 것이 있으며 그것으로 세간사리를 합니다. 우유 같은 것도 그가 자시다 남기면 애들을 노나주고 다 자시면 말고 그러지요. 옷도 그랬습니다. 춘원을 위하야 쓰고 남는 여유가 있으면 옷가지도 해입고 없으면 말고"라고 고백하였고, 노천명은 시「여인」에서 "빨래해서 손질하곤 이여 또 꿰매는 일 어린 것과 그이를 위하는 덴 힘드는 줄 모르오"라고 노래함으로써, 전통적인 현모양처의 미덕을 찬양한다.

허영숙은 여자의학전문학교를 졸업한 후, 1930년대 대표적인 여성잡지 『신가정(新家庭)』(1933~1936)과 『여성』(1936~1940)의 주요 집필진으로 활동하고 있었고, 노천명은 이화여전 영문과를 졸업한 후, 『조선중앙일보』, 『조선일보』, 『매일신보』의 기자를 지냈으며, 시작품의 발표 및 강연활동, 그리고 『여성』(1936~1940)의 편집진의 역할을 병행하고 있었다. 이러한 화려한 이력

---

338) 『여성』 제4권 제2호, 1939. 2.

339) 『여성』 제5권 제6호, 1940. 6.

340) 『여성』 제4권 제2호, 1939. 2.

을 고려했을 때, 그들은 당시 신여성 중의 신여성으로 볼 수 있다. 그러나 그녀들은 현실의 삶 속에서는 그들에게 붙여진 '신여성'이라는 호칭이 무색할 만큼 전통적인 여성으로의 삶을 살고 있었고, 더욱이 스스로 자신의 전통적/봉건적 삶의 방식을 합리화시키는 이중적인 면모를 보여주었던 것이다.

그렇다면 이러한 사상(이념)과 실제 삶의 괴리(분리/분열)는 어디에서 기인된 것일까? 이는 신여성들이 비록 성·연애·결혼에 대한 진보적인 사상(이념)을 지니고 있었을지라도, 이를 실제 현실에서 실현하기에는 어려운 상황에 처해 있었다는 사실에서 비롯된 것으로 볼 수 있다. 신여성들의 사회적 계급은 특별한 경우를 제외하면, 부유한 상류층이다. 즉 신여성들은 사회의 다양한 혜택을 향유할 수 있는 기득권 계층에 속해 있었던 것이다. 이들은 전문고등교육의 기회는 물론이고, 졸업 후에는 직업의 유무에 상관없이 비슷한 상류층의 남성들과의 결혼을 통해서 기존의 상류층으로서의 생활을 지속할 수 있는 기회를 갖고 있었다.[341] 이러한 상황에서, 자유로운 성·연애를 통한 정조의 상실과 추문, 반복적인 결혼/이혼은 그들의 선택받은 삶을 위협할 수 있는 결정적인 요인으로 작용할 수 있었다. 이는 제1세대 대표적인 신여성이었던 나혜석, 김명순, 김일엽의 삶을 통해서 명확하게 드러난다. 나혜석은 여류화가이자, 문인으로서 사회적인 인기와 부를 동시에 가지고 있었지만, 최린과의 연애사건으로

---

341) 『여성』에 실린 다양한 글 중에서, 연재물 「가정태평기(家庭太平記)」는 1930년대 중후반의 신여성들이 갖고 있었던 성·연애에 대한 인식을 알 수 있는 중요한 단서가 된다. 이 기사들은 대부분 지식인/유명인 남편과 신여성, 그리고 아이들로 구성된 이상적인 핵가족을 보여준다. 이는 신여성들이 궁극적으로 추구하는 성·연애의 목표가 상류층 지식인/유명인 남성과의 결혼을 통해 '스위트 홈'을 이루는 것이라는 사실을 의미한다.

인해 남편과 이혼하게 되고, 결국 자신의 가족으로부터도 버림받은 채 고독과 가난 속에서 사망하게 된다. 김명순은 당시 신여성들 중 자유연애로 인해 최대의 피해를 입었던 인물로 볼 수 있다. 그녀는 일본 유학 중 데이트 강간으로 인해 정조를 상실한 후, 평생 동안 조선의 지식인 남성들과 언론으로부터 '탕녀'라는 비난을 받았던 인물이다. 그녀는 이러한 사회적 폭력을 견딜 수 없게 되자, 1939년 일본으로 건너가게 되는데, 이후 아오야마青山 정신병원에서 비참하게 생을 마감하게 된다.[342] 그리고 김일엽은 세력 있는 양반가에서 태어나 이화학당을 졸업한 후, 일본 동경영화학교東京英和學校에서 유학했던 신여성이다. 그러나 그녀는 당시 남성 지식인이었던 이노익, 오다 세이조太田淸藏, 임노월, 국기열, 백성욱, 하윤실 등과의 결혼/이혼, 동거, 그리고 사생아의 출산과 같은 험난한 인생역정을 거친 후, 끝내 세속을 떠나 불교에 귀의하게 된다.[343] 이러한 그녀들의 전락과정은 당시 신여성들에게 있어서 자유로운 성·연애가 분명히 '유혹적'인 것이었지만, 동시에 너무나 '치명적인' 독이 될 수도 있었다는 사실을 입증해주는 대표적인 사례라고 볼 수 있다.

　이처럼 신여성은 근대사상(이념)의 수용을 통해서 자유로운 성·연애

---

342) 김명순은 평양의 부호였던 아버지와 기생 출신의 첩이었던 어머니 사이에서 태어났다. 비록 그녀가 첩의 딸이었을지라도, 만약 일본 육군 소위 이응준으로부터 데이트 강간을 당하지 않았다면, 당시 조선의 지식인이자 신여성으로서 평탄한 삶을 살 수 있었을 것이다.(김명순의 전락과정과 데이트 강간과의 연관성에 대해서는 김경애의 「성폭력 피해자/생존자로서의 근대 최초 여성작가 김명순」(『여성과 역사』14, 한국여성사학회, 2011. 6.)을 참조할 것.

343) 김일엽의 삶과 문학사상의 연관성, 그리고 그녀의 불교 선택의 의미에 대해서는 방민호의 「김일엽 문학의 사상적 변모와 불교 선택의 의미」(『한국현대문학연구』 20, 한국현대문학회, 2006. 12.)를 참조할 것.

에 대한 욕망은 배가되었지만, 기존의 기득권을 유지하기 위해서는 봉건적인 사회질서에 순응해야만 하는 역설적인 상황에 놓여 있었던 것이다. 이러한 역설적 상황에 의해서 1930년대 중후반의 신여성들은 하나의 경향으로 일반화 시킬 수 없는 모순적인 양상을 보여주게 되었던 것이다. 즉 신여성들은 기존의 도덕과 윤리에 충실한 금욕적인 모습을 보이거나, 지성주의에 집착하거나, 그 반대로 과도하게 성에 집착하는 등, 다양한 행동양상을 보여주게 된다.[344] 금욕주의와 지성주의는 인간 본연의 성적 욕망의 억압에 기반한 것이며, 과도한 성적 갈망은 진정한 성적 욕망의 해소가 불가능한 상황에서 발생한다는 측면에서, 이러한 다양한 행동양상들은 근본적으로 성적 억압에서 발생하는 성적 욕망의 '대체물', 또는 '전사물轉寫物'로 볼 수 있다. 즉 성적 충족의 지연, 또는 불가능성에서 발생하는 일종의 '신경증'인 것이다.[345]

---

344) 백철은 「신정조론」에서 당시 조선이 연애 · 결혼관에 있어서 극도의 혼란한 상태에 처해 있다고 진단한다. 그는 여성의 처녀성을 신비화하는 전통적인 가치관도 문제이지만, 처녀성의 가치를 무시하고, 향락을 일삼는 행위도 문제라고 비판한다. 이러한 주장을 통해서, 당시 신여성들의 성에 대한 태도가 극단적으로 양분되어 있었다는 사실을 알 수 있다.(백철, 「신정조론」, 『여성』제4권 3호, 1939. 3.)

345) 정신분석학자 프로이트에 따르면, 전통적인 도덕과 윤리의 근간을 이루는 성적 본능과 육체에 대한 혐오, 지성만능주의, 그리고 이와는 반대되는 성에 대한 과도한 집착은 모두 성적 욕망이 충족될 수 없는 상황에서 발생하는 일종의 '신경증'의 양상들이다. 즉 '신경증'은 인간이 자연적인 욕망을 억제하고, 문명적 요구에 적응하는 과정에서 발생하는 것이며, "성본능에서 힘을 얻은 충동들의 대체물"이다. 그는 '신경증'을 본래적〈신경증 Neurose〉과〈정신 신경증 Psychoneurose〉으로 분류하는데, 이 두 '신경증'은 모두 성적 억압이 발병의 근원적인 요인이라는 점에서 공통점을 갖고 있다.〈본래적 신경증〉은 흔히〈신경 쇠약 Neurasthenie〉으로 분류되는데, 신체 기능에 장애(증세)가 나타나든 정신 기능에 장애가 나타나든 모두 중독성을 갖고 있으며, 유전적 요인이 없더라도 성생활이 저해 받으면 유발될 수 있는 것으로 파악한다.〈정신 신경증〉역시 성생활을 저해, 억압, 왜곡하는 모든 요소들로 인해 발생하는데, 이의 대표적인 증상은 히스테리, 강박증이다.(프로이트, 『성욕에 관한 세 편의 에세이』, 김정일 옮김, 열린책들, 2004, 54-56쪽. 지그문트 프로이트, 『문명 속의 불만』, 김석희 옮김, 열린책들, 2004, 14-15쪽.)

그녀들이 보여주는 강박증에 가까운 성적 본능과 육체에 대한 혐오, 지성만능주의, 금욕주의, 성에 대한 집착 등과 같은 '신경증'은 근본적으로 자신의 내밀한 성적 욕망에 대한 자각과 성적 충족에 대한 열망에 의해서 추동된다는 측면에서, 근대 이후 조선에서의 신여성의 탄생은 '신경증'을 발견하게 되는 결정적인 계기가 되었다고 볼 수 있다.

2. 1930년대 소설의 신여성 재현과 신경증

『여성』(1936~1940)에 실린 소설 「과실」(조풍연, 1937), 「세기의 화문」(김남천, 1938), 「슬픈 해결」(방인근, 1938~39)은 모두 전문 남성 작가의 작품들이다. 이 작품들은 기본적으로 당시 사회를 주도했던 남성 지식인/작가의 위계적 시각에서 1930년대 중후반 신여성들의 성·연애·결혼에 대한 이중적(분열적) 인식과 이로 인해 발생하게 되는 다양한 '신경증'의 양상들을 정확하게 포착하고 있다. 흥미로운 점은 신여성에 대한 남성 작가의 위계적 시각 속에는 당시 남성이 지배하던 공적 공간에서, 혹은 남녀 간의 사적 공간(연애·성)에서 당당하게 자신의 목소리를 내기 시작한 신여성들에 대한 불안과 공포/혐오, 그리고 어쩔 수 없는 매혹의 감정들이 투영되어 있다는 것이다. 이러한 남성 지식인의 신여성에 대한 양가적 감정은 당시 신여성들이 지닌 혁신성과 이로부터 발생하게 되는 그들의 불안한 사회적 위치를 증명해주는 것이라고 볼 수 있다.

이 소설들에 등장하는 신여성은 모두 근대적인 교육을 통해서 진보적인 연애 · 성 · 결혼에 대한 인식/사상을 습득한 인물들이다. 그러나 현실적 삶 속에서 그녀들은 여전히 견고한 남성 중심적인 지배질서에 의해 억압되어 있는 양상을 보여준다. 이러한 인식/사상과 현실적 삶의 괴리는 그녀들의 신경증을 불러일으키는 근본적인 요인으로 볼 수 있다.

「과실」(1937)은 신여성이 전통적인 남성적 시각(욕망)을 내면화함으로써 자신의 성적 욕망의 주체가 되지 못하고, 자유로운 성적 욕망의 추구와 성적 억압 사이에서 균열하는 양상이 나타난 소설이다. 이 소설에서 신여성의 신경증은 남녀 간의 성적(육체적) 결합에 대한 비정상적인 혐오/공포로 나타난다. 「세기의 화문」(1938)은 신여성의 진보적인 성 · 연애에 대한 이론/사상과는 달리 현실적인 삶에서 보여주는 과도한 지성만능주의, 금욕주의가 성적 억압에서 기인된 신경증의 한 양상이라는 사실이 드러난 소설이다. 「슬픈 해결」(방인근, 1938~39)은 신여성의 '팜므파탈(femme fatale)'적 면모가 궁극적으로 성의 충족의 '지연'에서 발생한다는 사실이 나타난 작품이다. 여기서 신여성이 '팜므파탈'로 변모해 가는 과정은 기본적으로 성적 억압으로부터 벗어나, 성적 충족의 단계로 나아가고자 하는 열망에 의해 추동된다는 점에서, 신여성이 주체성을 획득해 가는 과정으로 볼 수 있다.

1) 남성적 시각(욕망)의 내면화와 내적 분열 : 「과실」(1937)

「과실(果實)」(1937)은 여성의 타고난 신체적 결함이 정상적인 성생활을 저해하고, 이로 인해 성적 욕망과 성적 혐오 사이에서 내적 분열(신경증)

을 일으키는 양상이 나타난 소설이다. 여기서 중요한 점은 여성의 정상적인 성생활을 저해하는 궁극적인 요인이 자신의 타고난 신체적 결함 자체에 있는 것이 아니라, 여성이 남성의 여성에 대한 시선(욕망)을 내면화함으로써 자신의 성적 욕망의 주체가 될 수 없다는 점에서 발생한다는 것이다.

이 소설은 기본적으로 남성 지식인/작가가 위계적인 시각에서 신여성의 삶의 양상을 형상화하고 있다. 이 소설에 등장하는 주요 인물들인 학예부 기자 현두, 여학생 비다와 자원은 당시 남성 지식인과 신여성을 각각 상징한다. 이 중 남자 주인공 현두의 시선은 남성 지식인의 시각을 대변하는데, 그의 시선을 통해서 1930년대 중후반 신여성의 성·연애·결혼에 대한 논설·사상과 실제 삶의 간극에서 발생하는 균열의 양상을 정확하게 포착해 내고 있다. 한편 자원과 비다는 전혀 다른 유형의 신여성을 대표하는 인물이다. 이들은 같은 여전에 재학 중인 여학생이지만, 그들이 보여주는 성·연애·결혼에 대한 인식과 태도는 완전히 상반된다. 자원은 근대적인 고등교육을 받고 있는 여학생이지만, 과거 전통적인 여성과 변별점을 찾을 수 없는 보수적, 수동적인 여성이다. 그녀의 경우, 전통적인 여성으로서의 면모를 그대로 답습하고 있다는 측면에서, 근대적인 교육을 받은 여학생이라는 사실과는 상관없이 전통적인 여성상의 연장선상에 서 있는 인물이라고 볼 수 있다. 그녀는 전통사회에서 근대사회로 이행하는 과도기에 위치해 있는 신여성들이 보여주는 어떠한 분열의 양상도 보여주지 않는다.

1930년대 중후반 신여성의 성·연애에 대한 분열적 인식/태도를 고찰하기 위해서 주목해야 할 인물은 비다라고 할 수 있다. 그녀가 '교인 가정'

에서 태어났고, '평양'에서 성장했으며, '여전'에 진학한 인물이라는 소설적 설정을 통해 알 수 있듯이, 종교적으로는 '기독교', 지역으로는 '평양', 그리고 '전문고등교육'을 통해 새롭게 성장하기 시작한 신여성을 상징하는 인물이다. 이러한 상징성에 걸맞게, 그녀는 성 · 연애에 대해 적극적, 개방적인 태도를 보여준다.

> "……. 그러는 중에 의면과 비다에게 두가지로 가는 주의를 의식하고 그는 일종의 수치심이 일었다. 명주저고리와 스콧취양복의 팔이 접촉할적마다 의복을 무시하고 두사람의 체온이 서로 저항하였다. 허나 그러한 감각적 욕망은 곳 이성을 불러내고 현두는 설명을 하는 중에 비다의 표정을 훔처보았다. 역시 비다의 얼굴에는 예상한 바와 같은 일종 퇴폐적인 음난한 그림자를 발견하고 그는 의식적으로 화면에 향하야 주의를 보냈다. 음난하다는 말에 관해서는 일즉이 비다와 실없는 이야기를 하든 끝에 여자란 모양을 몹시 내는 젊은사람에겐 성병의 공포를 느낀다고 한 비다의 말에 그런 생각을 하는 것은 이미 음난한 표상이 아니냐고 웃으며 놀려준 일이 잇는데 이 세상의 여자를 두가지 주형속에 판박어 생각하는 현두에게는 이러한 여학생의 향낙적 기교는 추리를 지난 육감적 효능이 있음을 께달았다. 성숙하여진 열매에 일어나는 탐욕이 불현듯 솟은 것도 이때였다.…… "[346]

위의 인용문을 통해서 알 수 있듯이, 현두가 그녀와의 육체적 접촉과

---

346) 조풍연, 「과실」, 『여성』(제1회), 제2권 8호, 1937. 8. 97쪽.

308 한국 근대 예술과 육체, 그리고 욕망

정에서 "일종의 수치심"을 느끼는 것과는 달리, 그녀는 자신의 내면 깊숙이 존재하고 있는 "퇴폐적인 음난한 그림자"를 얼굴에 숨김없이 드러내기도 하며, 정숙한 여학생으로서는 도저히 행할 수 없는 "향낙적 기교"를 통해서 현두에게 "육감적 효능"을 불러일으키는 등, 여학생보다는 "요부"적인 면모를 보여준다. 그러나 그녀는 현두와의 지적인 대화를 나누는 과정에서 자연스럽게 "문학론을 남매처럼 쏘다 놓"는 "천사와 같이 다정"[347] 한 모습을 보여주는데, 이는 그녀가 당시 전문고등교육을 받은 지식인이라는 사실을 의미하는 것이다. 이러한 비다의 성에 대한 자유분방한 태도와 지적인 총명함은 현두로 하여금 그녀를 "천사와 같은 악마"라고 생각하게 하는데, 이러한 그녀의 이중성은 그로 하여금 그녀에게 더욱 매력을 느끼게 되는 핵심적인 요인으로 작용한다.

이러한 소설적 설정을 통해서, 두 가지 중요한 사실을 알 수 있다. 당시 남성들은 신여성의 자유로운 성·연애의 추구를 '악마적인' 행위로 평가했으며, 그녀들의 지적 추구를 '천사적인' 행위로 평가했다는 사실이다. 이러한 평가는 여성의 성적 쾌락의 추구는 '악惡'이며, 지적 추구는 '선善'이라는 인식/사상, 즉 여성의 금욕을 강요하는 남성 중심적 인식/사상을 반영한 것으로 볼 수 있다. 흥미로운 점은 이러한 남성들의 인식/사상이 이중적이라는 사실이다. 그들은 신여성의 성적 쾌락의 추구를 분명히 '악'으로 규정하면서도, 그녀들의 '악마적' 행동(자유로운 성적 추구)에 대해 강렬한 '매혹'/'유혹'을 느낀다는 사실이다. 이 점은 당시 지식인 남성들이

---

347) 조풍연, 앞의 글, 96쪽

신여성들의 개방적이고, 진보적인 성·연애의 풍속을 환영하면서도, 이를 부정적으로 바라보았던 모순적 인식과 일치한다.

여기서 주목해야 할 점은 비록 비다가 표면적으로 성·연애에 대한 개방적인 태도를 견지하고 있었을지라도, 여전히 순결을 유지하고 있었다는 사실이다. 이러한 비다의 이중적 면모는 그녀의 이전 연애 상대자로서 일찍이 버림받았던 조영호의 고백을 통해서 드러난다.

"「……, 요지경같이 현황한 아지못할 정체, 이것이 말하자면 비다의 정체라고나 할까. ……〈중략〉…, 자네에게 오해를 사는 것은 나의 가장 두려운것이므로 용기를 내어 말하지만, 사실인즉, 비다는 남이 알아서 아니될 육체의 비밀이 있네. 얼른 알기 어려운 일이나, 비다의 왼편 팔이 바른편 팔보다 길다는 것일세. 이런 일이 현대의 의학상으로 있을 일인지 모써겠네만, 꼿꼿치 세워보면 이것은 현저한 모양일세. 하긴 아무도 비다를 꼿꼿치 세워본 사람은 없지만, 비다는 결혼이란 육체를 벌거벗기는 것으로만 알고 있는 까닭에 그것이 결혼을 싫여하는 까닭일세. 이 비밀을 아는 사람은 아조 희소하고 비다 자신도 잊어버리는 수가많다― 아니 잊을 법은 없겠지만 항상 자기를 기만하는 데서 오즉 가느다란 삶의 히망을 갖인 여잘세. 또하나 비다가 그 분명한 행동으로 모든 사람을 속이고 히롱하지만, 최후의 경계선을 넘지않는 까닭에 내가 아는 한 그 여자는 아즉도 순결하네. 그러나 시집을 안가는 여자란 수전로가 사용치 않는 금전에 가치를 두는 것과 맛창가지로 언제나 가능의 의식을 기대하고 있으니까 견데어 나가는 것인즉 비다와 같이 미련과 집착에서 온 절망은 이교적인 운명에 껄고 만다. 그러므로 비다의 반생 동안에 몇 사람의 젊은 사람이 버림을 받았다 하드라도,

결국 비다 자신이 버림을 받은 것일세.」[348]

그는 현두에게 보내는 편지에서, 비다의 이중적인 행동을 불러일으키는 원인에 대한 중요한 정보를 제공한다. 그녀가 비록 "그 분명한 행동으로 모든 사람을 속이고 희롱하지만, 최후의 경계선을 넘지 않은 까닭에 내가 아는 한 그 여자는 아즉도 순결"하며, 이는 그녀의 육체적 결함, 즉 왼쪽 팔이 바른쪽 팔보다 길다는 사실에서 기인되었다는 것이다. 또한 그녀는 "결혼이란 육체를 벌거벗기는 것으로만 알고 있는 까닭에, "결혼을 싫여"한다는 것이다.

이러한 주장을 통해서, 비다의 내적 분열(신경증)을 불러일으키는 두 가지 중요한 원인을 알 수 있다. 먼저 비다의 신경증은 두 팔의 길이가 다르다는 선천적인 신체적 결함에서 기인되었다는 것이다. 이는 그녀가 신체적 결함으로 인해서 성·연애에 대한 자유로운 태도에도 불구하고, 실제 남성과의 성적 결합에까지 나아가는 데는 실패했다는 것을 의미한다.[349] 그런데 여성의 신체(육체)적 결함은 남성의 여성에 대한 성적 욕망과 쾌락의 강도를 감소시킬 수 있다는 점에서, 남성의 시선(욕망)에 관련된 문제이지, 그 신체(육체)적 결함을 지닌 여성이 자신의 욕망을 충족시키는 문제와는 전혀 상관없는 것이다. 그럼에도 불

---

348) 조풍연, 앞의 글, 73쪽.

349) 프로이트는 "타고난 체질적 결함이나 발달 장애는 정상적인 성생활을 위협하는데, 이 위협에서 자신을 지킬 수 있는 최선의 수단은 바로 성적 만족 자체"라고 주장한다. 또한 "신경증에 걸리기 쉬운 사람일수록 금욕을 참지 못한다"고 주장한다.(지그문트 프로이트, 『문명 속의 불만』, 김석희 옮김, 열린책들, 2004, 22-23쪽.)

구하고, 비다가 자신의 신체(육체)적 결함으로 인해서 남성과의 성적 결합의 상황으로부터 끊임없이 도피하고자 하는 것은 남성의 시각(욕망)을 내면화함으로 인해 자신의 성적 욕망의 주체가 되지 못했다는 것을 의미한다.

둘째, 비다의 '신경증'은 근대적인 교육을 통해 수용된 진보적인 성·연애에 대한 인식/사상과는 달리, 그녀의 내면에는 "결혼=육체를 벌거벗기는 것"이라는 전통적인 인식이 견고하게 자리 잡고 있었다는 사실에서 발생한다고 볼 수 있다. "결혼"과 "육체를 벌거벗기는 것"을 등가 관계로 보는 것은 기본적으로 미혼여성의 성적 쾌락은 죄악이라는 인식과 연결되어 있다. 즉 이는 여성의 성적 쾌락이란 결혼이라는 제도를 통해서만이 정당화될 수 있다는 전통적, 보수적 인식에서 비롯된 것이다. 그러므로 비다는 개방적인 성·연애에 대한 태도와는 달리 여전히 순결을 지키고자 했던 것이다.

이러한 측면에서, 이 소설의 여주인공 비다가 보여주는 신경증은 신여성이 개방적이고, 진보적인 성·연애에 대한 인식/사상과 근대적인 지식을 겸비하고 있었지만, 여전히 전통사회의 남성 중심적인 이데올로기에 구속되어 있었다는 사실을 상징한다고 볼 수 있다.

2) '인테리젠스'의 추구와 육체에 대한 혐오(공포): 「세기의 화문」(1938)

「세기의 화문」(1938)은 신여성들이 보여주는 과도한 금욕주의/지성만능주의라는 신경증이 남성 중심적인 사회구조 속으로 진입하고자 하는 욕망에서 발생된 '자발적'인 억압의 결과물이자, 여성에 대한 전통적인 도덕·윤리의 억압에서 기인된 성적 욕망의 대체물이라는 사실이 형상화된 소설이다.

이 소설의 서사는 서로 상이한 성격을 지닌 여류 소설가 이경히, 신여성 하애덕, 그리고 신문기자 송현도, 은행원 박기훈의 연애를 중심으로 진행된다. 이 중 송현도, 하애덕, 박기훈은 자신의 성적 욕망에 충실한 인물들이다. 반면 이경히는 기본적으로 성(육체)적 욕망에 대한 공포를 갖고 있는 금욕적인 인물이다. 이러한 그녀의 금욕적 경향은 그녀가 "높은 교양", "도고한 심정", "손끝 하나 건드릴 수 없을 만큼 가장 날카로운 이성理性으로 무장"[350]하고 있었고, 장래의 연애 상대자나 남편이 될 사람의 가장 중요한 자격조건으로서 "인테리젠스"를 주장할 만큼 "지성만능주의知性萬能主義"를 숭배하는 인물이라는 사실과 밀접한 연관성을 갖고 있다.

그렇다면 이경히의 지성만능주의는 어디에서 기원된 것일까? 이를 고찰하기 위해서는 무엇보다 그녀가 주장하는 "인테리젠스"가 곧 "크리티시즘=강렬한 비판정신"을 의미한다는 사실을 주목할 필요가 있다. 여기서 "크리티시즘=강렬한 비판정신"은 당시 조선사회가 근대사회로 급격하게 이행하고 있었다는 사실을 고려해 볼 때, 전통적인 인습과 도덕(윤리)에 의해서 발생하는 폭력에 대한 비판의식이라고 볼 수 있다. 이러한 측면에서 그녀가 추구하는 지성만능주의는 남성 중심적 사회에서 새롭게 여성의 권리를 신장시키는 문제와 유기적으로 연결되어 있다는 사실을

---

350) 김남천, 「세기의 화문」(제3회), 『여성』 제3권 5호, 1938. 5. 23쪽.

알 수 있다.

그러나 그녀의 지성만능주의는 근본적으로 전통사회의 인습에서 발생하는 여성의 성적 억압의 대체물로 볼 수 있다.[351] 이는 그녀가 주장하는 성·연애에 관한 이론/사상과 실제 삶이 극단적으로 양분되어 있는 인물이라는 사실을 통해서 선명하게 드러난다. 그녀는 미혼여성이 성적인 쾌락을 추구할 수 있는 권리를 주장하고, (낭만적 사랑에 기반하고 있다면) 가정이 있는 남성과 신여성의 연애·결혼을 옹호할 정도로 혁신적인 성·연애·결혼에 대한 인식/사상을 지닌 인물이다. 그러나 실제 현실 속의 그녀는 자신의 성(육체)적 욕망조차도 온전히 자각하지 못할 만큼, 유아기적인 상태에 머물러 있는 양상을 보여준다.

이러한 유아기적 상태에서 벗어나게 해준 인물은 아이러니하게도 그녀가 미래의 결혼 상대자로서 상상했던 지성적인 인물 송현도가 아니라, 세속적인 인물 박기훈이다. 그녀는 우연히 그의 남성적인 육체를 주시하게 되는 경험을 통해서, 자신 속에 내재해 있던 성(육체)적 욕망을 자각하게 된다. 이는 육체에 대한 주시가 적어도 인간들 사이에서는 정상적인 성적 목적을 달성하기 위해 반드시 필요한 과정이며, 시각적인 느낌은 리비도의 흥분이 고조되기 위한 핵심적인 통로[352]로서 기능한다는 사실과 밀접한 연관성을 갖고 있다.

---

351) 프로이트는 성본능이 문명에 대해 갖고 있는 중요성을 승화(Sublimation) 능력이라고 주장한 바 있다.(지그문트 프로이트, 앞의 책, 16쪽.)

352) 지그문트 프로이트, 『성욕에 관한 세 편의 에세이』, 김정일 옮김, 열린책들, 2004, 46-47쪽.

" …〈중략〉… ─이경히가 모든 것을 일어버리고 마음을 어데엔가 먼 곳으로 쫓아버린 뒤에 있는 것 고대로를 왼통 제공하고 그 속에 파묻히 올 수 있는 이 순간은 저 건강한 육체의 감상주의가 갖어다주는 값비싼 청춘의 한 페이지의 알범이 아닐거냐.

벌서 박기훈이의 인격이라던가 지성이라던가가 문제가 될 시기는 넘어갔다. 내가 어쩌면 이렇게 될 것인가 하는 값싼 반상주의(反省主義)도 언권을 상실한 순간이다. 송현도와 하애덕이가 어찌되는 것일가 내가 왜 그들의 행동에서 질투를 느끼는 것일가 연애는? 결혼은? 개성은? 인격은? 인테리젠스는? 문학은? 크리티스즘은?……모든 것이 그의 존재권을 상실하고 언권을 박탈당하는 무서운 순간이다."[353]

"드디어 이경히는 이 「위대」한 침묵의 용사를 바로본다. 휙근 휙근 노만 젔고 잇는 세련된 육체를 멍하니 바라본다. 눈이 가슴을 보고 목을 보고 얼골을 보고 맥고자를 보고 다시 코와 눈과 입을 한꺼번에 보았을 때 이경히는 「오 이것이 박기훈이」하고 속으로 부르짖는다. 그는 지금 겨우 마주 앉은 사나이가 박기훈인 것을 깨닫는 것이다. 그리고 간지러운 공포에 떠렀다."[354]

위의 인용문은 이경히가 남성으로서 전혀 관심의 대상이 아니었던 박기훈이라는 인물과 우연히 보트 놀이를 하던 중에, 그의 남성적 육체를

---

353) 김남천, 「세기의 화문」(제5회), 『여성』 제3권 7호. 1938. 7, 26쪽

354) 김남천, 위의 글, 26쪽.

처음으로 인식하게 되면서 겪게 되는 정신적 혼란을 묘사한 부분이다. 그녀는 박기훈의 "건강한 육체"를 주시하는 순간 그동안 그녀가 추구했던 이론적인 "자유연애", "결혼", 그리고 "개성", "인테리젠스", "문학", "크리티시즘"의 의미를 완전히 상실하게 된다. 그의 "획근 획근 노만 젓고 잇는 세련된 육체를 멍하니 바라"보고, "눈이 가슴을 보고 목을 보고 얼굴을 보고 맥고자를 보고 다시 코와 눈과 입을 한꺼번에 보았을 때"에야, 비로소 이경히는 자신의 앞에 앉아 있는 사나이가 바로 박기훈이라는 사실을 깨닫게 된다. 그리고는 이내 "간지러운" 공포에 떨게 된다.

이처럼 이경히가 박기훈이라는 인물을 "인격", "지성"을 통해서가 아니라, 그의 "육체"를 통해서 자각하게 되는 과정은 눈으로 보고, 만질 수 있는 구체적인 육체에 대한 자각이 없이 진정한 의미에서 인간을 이해하는 것은 불가능하다는 사실을 깨닫게 되는 과정이자, 인간의 육체 속에 깃들어 있는 내밀한 성적 욕망을 자각하게 되는 과정으로 볼 수 있다. 이로 인해 그녀는 그동안 주창했던 사상/이론의 존재가치를 박탈당하는 "무서운 순간"을 경험하게 되었던 것이며, "간지러운 공포"에 떨게 되었던 것이다.

이러한 그녀의 미숙하지만, 강렬한 성(육체)적 욕망에 대한 자각은 욕망의 충족 단계로 나아가지 못한 채 이전의 억압 상태로 완전히 회귀하게 된다. 이경히는 박기훈의 육체를 통해 성(육체)적 욕망을 자각하게 되었지만, 여전히 그녀가 '결혼' 상대자로서 염두해 두고 있었던 인물은 송현도였다. 그러나 그녀는 하애덕이 송현도의 아이를 임신했다는 사실을 확인한 순간, 이미 모든 것이 결정되었다고 생각한다. 왜냐하면, 하애덕은 "앞으로 얼마 아니하야 새 생명을 이 세상에 내어놓을 하나의 어머니"이기 때문에, "모든 것이 권리와 주장을 상실하고, 한보 물러서야 할 경우"[355]
라고 생각했기 때문이다. 여기서 '어머니'의 권리에 대한 강조는 개인보다
는 가족, 사랑보다는 도덕(윤리)을 강조하는 것이라는 점에서, 기존의 전
통적인 질서를 옹호하는 것이라고 볼 수 있다. 이러한 태도는 그녀가 개
성과 여성의 성적 자유를 주창했던 기존의 입장과는 완전히 상반된 것으
로서, 그녀의 삶이 이론/사상과 현실적 삶의 괴리(분리) 위에 위태롭게
유지되고 있었다는 사실을 보여주는 것이다.

여기서 주목해야 할 점은 그녀가 송현도와의 결혼을 포기하는 순간 다
시금 성적 억압의 상태로 회귀하게 된다는 것이다. 송현도가 아닌, 박기훈
을 통해 자신의 강렬한 성(육체)적 욕망을 자각하게 되었다는 점에서, 그
녀는 이후 박기훈과의 자유연애를 통해 성(육체)적 욕망을 충족시킬 수
있는 기회를 갖게 된 것이다. 그럼에도 불구하고, 별다른 갈등 없이 이전
의 성적 억압의 상태로 회귀하게 된 것은 성(육체)적 쾌락은 결혼을 통해
서만이 정당화될 수 있다는 인식에서 비롯된 것으로 볼 수 있다. 그녀는
송현도와의 결혼 가능성이 완전히 삭제되자, 성(육체)적 욕망을 충족시
키고자 하는 의지 역시 완전히 소멸되었던 것이다. 이러한 '부자연스러운'
회귀과정에 근본적인 동력을 제공한 것은 잠시 집을 비웠던 '아버지'의
귀환이다.

---

355) 김남천, 「세기의 화문」(제8회), 『여성』 제3권 10호. 1938. 10, 42-43쪽.

"…〈중략〉…. 그는 문을 모다 열어저쳤다. 녹음이 욱어진 뜰안을, 그리고 이 편 쪽으로 비스듬히 뻗혀나간 푸른잔디밭을 바라보다가, 그는 문뜩 박기훈이를 생각했으나, 그의 그림자는 오랬 동안 그의 눈앞에 남어 있지 아니하였다. 그런데 전보가 온걸 올케가 들고 이방으로 들어온다. 시굴가섰든 아버지가 오후 차로 올러 오신다는 전보다.

「언니, 함께 우리 오―게스트라의 소녀나 구경허구 아버지 오시는 데나 마중 갈까.」

그때엔 벌서 쳐녀다운 명랑한 기분이, 찬공기처럼 가슴 가득히 차있을 때였다. 그들은 곧 점심을 먹었다.

「유쾌히, 명랑하게,」―

그리고 지적긍지知的矜持를 싫지 않고 꾸준히 지혜의 길을 닦아나가자.―

그는 가벼운 양장으로 옷을 가라입으며 이렇게 거듭 결심해보고 무척 유쾌해질 수가 있었다."[356]

이경히는 하애덕 임신의 충격으로 한동안 "고독"과 "적막"을 온몸으로 느끼게 되지만, 이내 "처녀따운 명랑한 기분"을 회복하게 된다. 이것이 가능 했던 것은 그녀로 하여금 처음으로 성(육체)적 욕망을 자각하도록 만들었던 박기훈의 존재가 아니라, '아버지'의 귀환이었다. 그녀는 문득 박기훈을 생각하지만, 그의 모습은 이내 사라진다. 그리고 그녀는 시골에 내려갔던 아버지가 오후 차로 올라온다는 전보를 확인하는 순간, 이전의 명

---

356) 김남천, 앞의 글, 43쪽.

랑성을 회복하게 되며, "지적긍지知的矜持를 싫지 않고 꾸준히 닦아 나가자"라고 마음속으로 거듭 다짐한다. '아버지'라는 존재는 기존의 전통사회를 구성하고 있는 가부장적인 질서를 상징한다고 볼 수 있다. 이러한 측면에서, 그녀가 이전의 금욕주의/지성만능주의의 생활로 회귀하는 과정은 여성에게 금욕의 미덕을 강요하는 억압적인 전통질서로 회귀하는 과정으로 볼 수 있다.

이와 같이 이경히라는 인물은 당시 신여성이 전통적인 사회에서 여권을 신장하기 위한 수단으로서 금욕주의/지성만능주의를 지향하게 되었지만, 이러한 금욕주의/지성만능주의는 아이러니하게도 여성의 성적 욕망을 억압하는 전통적인 가부장적 질서와 유기적으로 결합되어 있었다는 사실을 보여준다.

3) 성적 충족의 '지연'과 '팜므파탈'로의 변모 : 「슬픈 해결」(1938~39)

「슬픈 해결」(1938~39)은 치명적인 매력을 지닌 젊은 유부녀(신여성)와 남편의 젊은 제자가 새로운 삶을 위해 만주로 도주하는 내용을 다룬 소설이다. 이러한 자극적인 서사는 당시 사회적으로 이슈가 되었던 '사랑의 도피 · 도주' 사건들을 일정하게 문학적으로 반영한 것이지만, 기본적으로 당시 신여성에 대한 사회의 부정적 인식, 즉 신여성은 기존의 도덕(윤리)를 무시한 채, 자유롭게 성을 탐닉하는 퇴폐적인 존재라는 사회적 인식을 반영한 것이기도 하다. 그러나 무엇보다 이 소설의 중요성은 이러한 신여성의 '팜므파탈'적인 면모가 성적 충족의 지연에 의해서 발생하게 되는 신경증의 한 양상이라는 사실이 선명하게 나타난다는 점에 있다.

이러한 신여성의 특수성은 여주인공 영혜의 행동양상을 통해서 드러난다. 과거 그녀는 시쳇말로 '공부를 한 똑똑한 여성'이었지만 젊은 남자와의 자유연애에 실패한 후, 늙은 재력가의 재혼 상대로 전락하게 된다. 그녀는 성적 만족을 줄 수 없는 늙은 남편과의 결혼생활을 불행하게 생각하지만, 언제나 상냥한 아내의 역할을 가장함으로써 이 "기형적 결혼"을 유지하고자 노력한다.

> "……〈중략〉……. 영혜는 수단에 쉽사리 넘어가는 남편을 쳐다보고 웃으며 「았다 누굴 주든지간에 차차 형편봐서 합시다. 그게 그리 급하오, 위선 우리나 정답게 삽시다」하고 아양을 피우며 남편의 가슴에 안긴다. 제호는 그만 녹아버리고 만다. 제호는 영혜의 살지고, 탄력있는 몸에 자기의 쭈글쭈글하고 파리한 몸이 다면 황홀한 쾌감을 느끼며 젊어지는 것 같았다. 그러나 그 반대로 영혜는 송장이나 해골을 끼고 있는 것처럼 불유쾌 하였다."[357]

이러한 그녀의 선택은 전통적인 사회에서 '비정상'적인 삶의 방식인 '이혼녀'로 살아갈 경우, 그녀가 감당해야만 하는 사회적 폭력으로부터 자신을 안전하게 보호하고자 하는 욕망에서 비롯된 것으로 볼 수 있다. 이러한 보호본능은 결혼생활을 통해서 충족되지 못한 성적 욕망을 전혀 다른 형태의 신체적 현상으로 전환시키게 하는 근본적인 기제로서 작용한

---

357) 방인근, 「슬픈 해결」(제2회), 『여성』 제3권 12호, 1938. 12, 51쪽.

다. 즉 그녀의 충족되지 못한 성적 욕망은 "물질적 욕망"으로 전환되며, 이로 인해 남편의 재산을 빼앗는 데 장애물이 될 수 있는 전처소생의 명수, 옥순 남매를 지능적으로 학대하는 전형적인 계모의 역할을 하게 된다. 이러한 측면에서, 그녀의 과도한 물질욕과 전처소생의 남매에 대한 잔혹한 폭력성은 억압된 성적 욕망의 대체물, 또는 전사물傳寫物로 볼 수 있다.[358] 즉 억압된 성적 욕망의 자기 가장假裝이라고 볼 수 있다.

그러나 그녀의 위태로운 자기 가장은 남편의 젊은 제자 이정택과 우연한 기회로 같이 살게 되면서 이내 종결되고, 오히려 과도한 성적 집착으로 다시 한 번 전환된다. 이는 그녀가 평범한 유부녀에서 "요부", "악마", "아편", "구미호"[359]와 같은 "팜므파탈"적 여성으로 변모하게 된다는 것을 의미한다. 영혜는 자신이 이미 결혼한 유부녀이며, 정택이 남편의 제자라는 사실에 상관없이 그에게 저돌적으로 접근한다. 또한 자신의 감정 노출에도 전연 거리낌이 없다.

"「아마 다른 여자에게는 그렇게 무뚝뚝하고 냉정하게 아니 하실걸요— 왜 제게만 그렇게 하세요. 어째든 제눈 앞에서는 사랑을 삼가주세요, 저는 그것을 참아 볼 수가 없어요. 죄스러운 말이지마는 정말 숨기잖고 말하자면 질투심이 나서 못견디겠어요. 저라고 그렇게 무감각하고 고민이 없는 동물로 아세요. 너무

---

358) 프로이트에게 이러한 성적 욕망의 대체물, 혹은 전사물(傳寫物)은 일종의 "히스테리"이다. 즉 이는 심리적 과정(억압)에 의해서 발생될 수 없었던 것들이 신체적인 현상으로 표현된 것이다. (지그문드 프로이트, 앞의 책, 55~56쪽.)

359) 정택은 영혜가 치명적인 매력으로 사람들을 불행에 빠뜨리는 "요부", "악마", "아편", "구미호"와 같은 존재라고 생각한다.

도 얕잡아 보시고 제 맘을 몰라 주시는게 분해요. 정말 분해요」하고 영혜는 눈물까지 먹음는다.

택은 이 말을 들을 때 무섭게 떨리었다. 택은 영혜의 그동안 이상한 태도를 모르는 배 아니요 알면서도 짐짓 모르는 체하고 경계하고 피하며 그 수단으로 애란이나 옥순에게 생각과 맘을 옮긴 것이다. 그러나 택은 이상하게도 누구보다 영혜의 매력이 강한 것을 느끼며 몸서리를 쳤다.

「죄악이다! 배은망덕이다, 파멸이다!」

이렇게 생각하면서도 택은 영혜가 날마다 안타까운 시선을 던질 때마다 그 시선이 화살처럼 자기 가슴에 박히는 것이었다. 중년부인의 육감적 매력이 택의 몸을 칭칭감는 것이 불쾌하면서도 거기에 속박을 받는 것을 어쩔 수 없었다."[360]

위의 인용문을 통해서 알 수 있듯이, 영혜의 유혹적이면서도, 적극적인 태도, 그리고 "중년 부인의 육감적인 매력"은 소극적이면서도 우유부단한 성격을 지닌 정택을 압도하게 된다. 그는 그녀와의 성적 타락이 자신을 돌보아 준 스승에 대한 "죄악"이며, "배은망덕"이고, 곧 자신의 "파멸"이라는 사실을 냉정하게 자각하고 있음에도 불구하고, 그녀의 치명적인 매력에 굴복하고 만다. 결국 그는 영혜가 남편의 재산을 빼돌려 만주로 도망가자는 제안을 받아들인다. 그러나 그는 그녀가 가져 온 모든 돈을 그녀 몰래 전처소생의 명수에게 돌려 준 후, 그녀와 만주행 기차를 탄다. 그가 만주로 도망가자는 영혜의 제안을 받아들였던 표면적인 이유는 자신

---

360) 방인근, 앞의 글, 49쪽.

과 영혜가 없어진다면, 그 가정의 모든 사람들이 행복해질 수 있을 것이라는 생각 때문이다. 그러나 스스로 인정했듯이, 그가 그녀와 만주로 도주하게 된 근본적인 이유는 "영혜의 정신을 미워하면서도 그 육체에는 혹하여 어찌할 수 없었"기 때문이다.

여기서 중요한 점은 영혜의 "팜므파탈"적 면모와 물질에 대한 과도한 욕망이 정택과 만주행 기차를 타는 순간 완전히 소멸되는 양상을 보여준다는 것이다. 영혜는 만주행 기차가 출발한 후, 정택으로부터 자신이 가져왔던 남편의 돈을 다시 돌려주었다는 말을 듣고는 큰 충격에 빠진다. 그러나 정택이 "우리가 버러서 먹고 살지, 남의 돈을 훔처가지고 가서 구구하게 살 것이 뭐" 있으며, 남에게 그런 "적악"을 행한다면, "반듯이 그 앙화와 벌을 받을 것이 아니"냐는 훈계를 듣고서[361], 이전의 과도한 물질욕에서 완전히 해방되는 모습을 보여준다.

이러한 영혜의 급격한 성격적 전환은 표면적으로 정택의 도덕적, 윤리적인 면모에 감동받았기 때문으로 볼 수 있다. 그러나 영혜의 늙은 남편 역시 오갈 데 없는 옛 제자인 정택을 아무 조건 없이 자신의 집에서 보살펴 줄 만큼 어진 인물이었다는 측면에서, 정택의 도덕적, 윤리적 면모로 인해 영혜가 급격한 성격적 전환이 이루어졌다는 설명은 설득력이 떨어진다. 앞서 언급했듯이, 영혜의 과도한 물질적 욕망은 늙은 남편과의 결혼 생활로 충족될 수 없었던 성적 욕망의 대체물/전사물이었다는 측면에서, 영혜가 물질에 대한 과도한 집착에서 벗어날 수 있었던 것은 '젊은 남자'

---

361) 방인근, 「슬픈 해결」(제5회), 『여성』 제4권 3호, 1939. 3, 93쪽.

정택과의 결혼생활을 통해 성(육체)적 욕망을 충족시킬 수 있을 것이라는 기대감에서 비롯된 것으로 볼 수 있다.

이처럼 이 소설에 형상화된 신여성의 '팜므파탈'적 변모는 근본적으로 성적 충족의 지연/불가능성에 의해 발생한다는 측면에서, '팜므파탈'적 특성은 성적 억압에서 기인된 신경증의 한 양상으로 볼 수 있다.

3. 신여성의 육체적 욕망과 굴절

1930년대 대표적인 여성 종합잡지 『여성』(1936~1940)에 실린 조풍연의 「과실」(1937), 김남천의 「세기의 화문」(1938), 방인근의 「슬픈 해결」(1938~39)은 1930년대 중후반 신여성들의 성·연애·결혼에 대한 인식/사상과 실제 그들의 삶의 방식의 괴리(분리)에서 발생하는 다양한 '신경증'의 양상들이 형상화된 작품들이다. 이 소설들은 기본적으로 당시 대중문화를 이끌었던 남성 작가이자, 지식인이었던 조풍연, 김남천, 방인근의 전통적인 남성 중심적인 시각이 반영되어 있다. 그들의 신여성에 대한 위계적인 시각은 사회 전반의 지식인 남성들의 일반적인 시각을 보여주는 것이기도 하다. 그리고 이러한 위계적인 시각에는 기존의 남성 중심적인 사회질서를 위협하는 신여성들에 대한 남성 지식인/작가의 혐오/공포와 매혹이라는 양가적 감정이 투영되어 있다.

이러한 작품들은 1930년대 중후반 신여성들의 삶과 사상 간의 균열에서 발생하는 다양한 신경증의 양상을 정확하게 포착하고 있다. 이러한 다양한 신경증은 엄밀하게 말한다면, 신여성 자체가 지닌 한계에서 발생하는 것이라기보다는 그녀들이 속해 있었던 시공간의 특수성에서 발생한다고 볼 수 있다. 즉 1930년대 중후반이라는 조선의 시공간 속에 견고하게 자리 잡고 있던 봉건성과 새롭게 대두된 근대성의 대립과 혼종은 신여성들이 처한 상황과 동일한 것이기 때문이다. 더구나 사회적 약자인 여성이라는 사실에서 발생하는 억압적 요인들은 그들의 모순과 균열을 심화시키는 핵심적인 요인으로 볼 수 있다. 이러한 측면에서 그들이 보여주는 이중성과 분열적 양상들은 전통적인 여성들과는 변별되는 신여성에게 가해지는 사회적인 억압의 강도를 보여주는 척도이자, 역으로 신여성들이 지닌 혁신성(근대성)을 입증해주는 것이기도 하다. 왜냐하면 그녀들이 보여주는 이중성과 분열적 양상은 근본적으로 전통사회의 인습을 변혁시키고자 하는 욕망에서 추동되는 것이기 때문이다. 전문 남성 작가의 소설 「과실」(1937), 「세기의 화문」(1938), 「슬픈 해결」(1938~39)은 이러한 신여성의 특수성이 선명하게 나타난 작품들이다. 「과실」(1937)은 신여성의 남성적 시선(욕망)의 내면화와 주체성의 상실에서 발생하는 신경증(성과 육체에 대한 혐오)이 역설적으로 여성의 성적 욕망에 대한 자각과 이를 충족시키기 위한 강렬한 열망을 증명하는 것이라는 사실이 나타난 소설이다. 「세기의 화문」(1938)은 신여성이 보여주는 금욕주의/지성만능주의라는 신경증이 남성 중심적인 봉건사회에서 충족되기 어려운 여성의 성적 욕망의 대체물이라는 사실이 나타난 소설이다. 그러나 신여성의 금욕주의/지성만능주의는 개성의 실현과 사회의 한 구성원으로서의 위치를 확보하고자 하는 욕망과 유기적으로 결합되어 있다는 측면에서, 여성이 주체성을 확립해 가는 과정과 밀접한 연관성을 갖고 있다고 볼 수 있다.

그리고 「슬픈 해결」(1938~39)은 신여성의 '팜므파탈'로의 변모가 성적 충족의 지연에서 발생한다는 사실이 나타난 작품이다. 여기서 '팜므파탈'적인 모습은 성적 억압에서 발생하는 '비정상'적인 신경증으로 볼 수 있지만, 여성이 성적 영역에서 주도권을 확보해 가는 모습을 보여준다는 측면에서, 구여성과는 변별되는 신여성의 특수성을 보여주는 것이라고 볼 수 있다.

이처럼 위의 소설들에 형상화된 신여성들의 이중적 상황과 이로부터 발생하는 다양한 신경증의 양상들은 1930년대 중후반 신여성들이 성·연애·결혼의 영역에서 주체성을 확보할 수 없다는 사실에서 발생하는 것이라는 점에서, 그녀들이 지닌 근대사적 한계를 보여주는 것이라고 볼 수 있다. 그러나 그녀들의 다양한 신경증은 자유로운 성·연애·결혼에 대한 열망과 이를 억압하는 사회구조의 대립, 충돌에 의해서 발생한다는 측면에서, 신여성의 혁신성(근대성)을 보여주는 것이라고 볼 수 있다. 즉 1930년대 중후반 신여성이 보여주는 신경증은 그들이 지닌 근대사적 의의와 한계를 동시에 보여주는 핵심적인 지표라고 볼 수 있다.

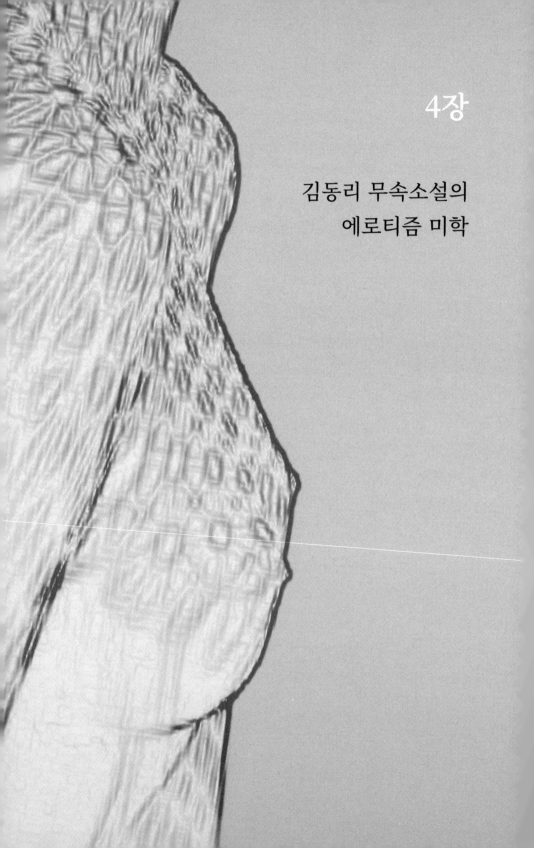

4장

김동리 무속소설의
에로티즘 미학

김동리의 대표적인 무속소설 「무녀도」(1936), 「달」(1947)의 창작배경 및 문학적 형상화 방식은 일제 식민지 시기에 정치적 이데올로기로서 제시된 상이한 두 가지 형태의 무속담론과 밀접한 연관성을 갖고 있다. 1910년대까지만 해도 음사로서 규정되었으며, 더욱이 경찰의 처벌대상이었던 조선무속[362]은 일제가 조선을 효율적으로 규율하기 위하여 실시한 식민정책과 관련하여 그 전통적 위상이 재정립된다. 일제의 무속담론은

---

[362] 무속과 샤머니즘이라는 용어는 때에 따라서 혼용되는 경향이 있지만, 무속이 곧 샤머니즘이라는 등식이 항상 성립하는 것은 아니다. 그러므로 이 글에서는 이 두 개념을 구별해서 사용하고자 한다. 무속은 무당뿐만 아니라 무당이 모시는 신령, 무당을 찾는 단골들과의 관계에서 비롯되는 여러 현상을 포괄하는 개념이다. 반면에 샤머니즘은 특정 지역에서 특수한 능력을 가진 인물이 그의 능력에 의해 겪게 되는 특수한 정신적 체험을 핵심으로 한 개념이다. 그러므로 이 글에서는 샤머니즘이라는 용어 대신에 무속이라는 용어를 사용할 것이다.(전남대 사회과학연구소 편, 『한국 여성과 무속』, 전남대 사회과학연구소, 1988, 5-8쪽.)

조선 전통의 원시성 및 내선일체內鮮一體를 정당화하고, 조선민족의 열등성과 정체停滯성을 합리화하기 위한 식민정책의 일환이었던 것이다. 반면, 조선 지식인에 의한 민족담론으로서의 무속담론은 일제의 식민지 문화정책의 자장 속에서 일제의 무속담론을 보완하고, 합리화하는 담론으로 변질되는 모습을 보여주게 된다.

이러한 시대적 상황 속에서, 김동리는 조선무속을 일제의 제국주의 및 근대의 세기말적인 문제를 해결할 수 있는 '고유'하고, '순수'한 민족 신앙으로 규정하고, 이를 그만의 독특한 문학적 구현원리로 발전시킨다. 그러나 김동리의 논리체계는 '조선=무속, 조선=동양'이라는 공식에 의해서, 조선 고유의 신앙은 동양 고유의 신앙으로 포섭되며, 이는 서양과 대비되는 동양의 전통으로 포섭되는 논리적인 모순을 보여준다. 또한 그는 조선무속이 "조선민족에게 불교나 유교가 들어오기 이전의 원초적인 종교적 기능"[363]을 담당했던 종교라고 규정한다. 이는 그가 '조선적인 것', '조선의 고유한 것'을 분리해내기 위하여 상고성(원시성)으로 회귀하는 방식을 취한 것과 밀접한 연관성을 갖고 있다. 그러나 이 방식은 조선의 특수성을 강조하기 위한 것임에도 불구하고, 시간적으로 상고성(원시성)에 회귀하는 방식은 민족(국가)간의 경계를 무화無化시킴에 의해서 조선의 '특수성'이 '보편성'으로 수렴되는 역설적인 양상을 보여준다. 바로 이 점이 김동리 무속소설의 이중적, 역설적 성격이 발생하는 구체적인 지점이다.

---

363) 김동리, 「무속과 나의 문학」, 『월간문학』, 1978. 8, 151쪽.

그렇다면, 김동리 무속소설의 서사를 이끌어가는 강렬한 추동력은 무엇인가? 김동리 스스로 언급했듯이, 그가 무속소설을 쓰게 된 구체적인 동기는 일제의 제국주의와 근대의 세기말적인 문제를 조선무속을 통해 극복하는 방식을 보여주기 위한 것이었다. 일제의 제국주의와 근대의 세기말적인 문제는 상호 이질적인 영역임에도 불구하고 한 가지 공통점을 갖고 있다. 이는 이들의 폭력성이 인간으로 하여금 실존에 대한 피할 수 없는 '불안'과 '공포'를 불러일으키는 직접적인 요인으로 작용한다는 것이다. 인간의 분리 의식, 유한성(죽음)에 의한 불안과 공포는 인간의 근원적인 존재양태라고 볼 수 있다. 이와 더불어 인간에게 가해지는 외적 세계의 불합리한 폭력성은 불안과 공포를 증폭시키는 핵심적인 요인으로 작용하는 것이다. 여기서 주목해야 할 점은 김동리가 인간 존재의 불안과 공포, 그리고 이를 극복하기 위해 제시하는 독특한 논리체계이다.[364] 그는 무속소설에서 미분화된 무속적 세계관을 기반으로 인간의 구체적인 실존 양태를 제시하고, 이를 '에로티즘'이라는 신화적, 초월적 논리체계로 극복하는 드라마틱한 양상을 형상화한다.

이 글에서는 김동리 무속소설이 지닌 이중적, 역설적 성격을 분석하기 위해서 1930년대 일제의 식민지 규율권력으로서의 무속담론, 민

---

364) 김동리는 자신의 문학과 "죽음의 공포"와의 관련성에 대해 다음과 같이 말한다.
"내가 문학을 하게 된 근본적인 동기도 한 마디로 털어놓으면, 이 〈죽음의 공포〉에 있다. 나는 처음 문학이란 말이 있는 것도 몰랐고, 내가 문학을 한다고 생각해 본 적도 없었다. 나는 다만 〈죽음〉의 공포에서 벗어나려고 발버둥쳤을 뿐이다. 그래서 나는 처음 글을 썼어도 그것을 문학이라고 알고 쓴 것이 아니고, 〈죽음의 무서움〉과 싸우는 일이라고 막연히 믿고 있었을 정도다."(김동리, 『김동리 대표작 선집 6』, 삼성출판사, 1978, 368쪽.)

족담론으로서의 무속담론이 상호 대립하고 포섭되는 양상[365]과 이러한 복잡하고 이율배반적인 메카니즘이 김동리의 실존의식과 결합되면서 '에로티즘'이라는 독특한 논리체계를 문학적으로 형상화하는 방식을 고찰해 볼 것이다. 이를 위해 그의 무속소설 중에서 「무녀도」[366](1936), 「달」[367](1947)을 주요 분석 대상으로 삼는다. 그 이유는 이 작품들이 1930년대 사회, 역사적 상황 속에서, 혹은 그의 영향 하에서 탄생한 작품으로, 김동리의 무속소설이 조선의 무속담론들과의 어떠한 변증법적 관계 속에서 형성되었는지를 선명하게 보여주는 작품들이기 때문이다.

1. 김동리 무속담론과 에로티즘

1930년대 식민지 조선의 문화운동 및 학술운동에서 핵심적인 단어는 단연 '전통'이다. 〈신간회〉 해체 후 1930년대 전반부터 민족주의 계열에

---

365) 일본의 식민지 정책과 무속의 위상 변화, 그리고 이의 한국 문학적 수용에 관한 연구 글로는 박진숙의 「한국 근대문학에서의 샤머니즘과 '민족지'(ethnograpsy)의 형성」(『한국현대문학연구』 제19집, 2006. 6.)이 유일하다. 이 글에서 저자는 무속이 한국 문학 속에서 한국의 고유한 정서적 토대가 되는 경로를 김동리의 「무녀도」, 「산화」, 정비석의 「성황당」의 분석을 통해서 밝히고 있다.

366) 「무녀도」(1936, 원작)는 총 세 번의 개작을 거치게 되는데, 1차 개작은 『무녀도』(을유문화사, 1947)에, 2차 개작은 『등신불』(정음사, 1963)에 각각 수록되어 있다. 마지막으로 3차 개작이 장편 『을화』(문학사상사, 1978)이다. 이 글은 식민지 무속담론과 김동리의 문학과의 변증법적 관계를 규명한 글이므로, 텍스트 분석의 대상은 1936년에 발표된 원작 「무녀도」로 한정한다.

367) 「달」은 1947년에 발표된 소설이다. 그러나 김동리가 실제 이 소설에 대한 소재를 얻고, 착상이 이루어진 시기가 1940년 전후라는 점에서, 「달」을 1930년대 말 무속담론의 영향 하에 쓰여진 소설로 간주한다.(김동리, 「무속과 나의 문학」, 『월간문학』(1978, 8), 151쪽 참조) 한편 이 소설은 개작되어 『씨나리오문예』(1959, 1.)에 「달이와 낭이」로 발표되었다.

의해 조선적인 전통과 고전에 대한 탐구를 중심으로 문화운동이 전개되고, 이것이 각종 학술운동과 결합하여 1930년대 후반 문학의 전통 · 고전 회귀 경향으로까지 이어지게 된다.[368] 이러한 전통부흥운동은 일제 제국주의의 억압과 서양문명의 종말이라는 당대의 인식 하에서 조선의 문화적 정통성을 회복함에 의해서 이러한 위기를 역으로 극복하려는 방식이었다. 이 시기 존재했던 조선연구의 경향은 총독부에 의해 정책적으로 추진된 조선학, 『동아일보』와 『조선일보』를 중심으로 1930년대 초부터 진행되었던 민족주의 계열의 문화운동과 조선주의 문화운동, 그리고 역사적 유물론에 입각하여 이루어진 조선학 등 크게 세 가지 경향으로 구별할 수 있다.[369] 그런데 김동리의 전통주의는 민족주의 계열의 문화운동, 조선주의 문화 운동에 완전히 포섭될 수 없는 독특한 차이점을 갖고 있는데, 이는 김동리가 무속을 다른 전통과 변별되는 조선의 고유한 전통적 원형으로 상정하고, 이를 적극적으로 문학화했다는 사실과 밀접한 연관성을 갖고 있다. 김동리에 의해서 조선민족의 원형적 전통으로 재정립된 무속은 실질적 의미에서 정치적 이데올로기에 의해서 '선택된 전통(selective tradition)'이다.[370] 여기서 중요한 점은 김동리가 일제의 제국주의 및 세계사적인 과제를 무속을 통해 극복가능하다고 주장하는 논리체계이다. 그

---

368) 차승기, 「1930년대 후반 전통론 연구-시간 · 공간 의식을 중심으로-」, 연세대 국어국문학과 박사학위 논문, 2002, 25쪽.

369) 차승기, 위의 글, 26-27쪽.

370) '선택된 전통'은 특정 과거를 현재와의 연관관계 속에서 '진실된' 어떠한 것으로 상정함으로써, 현재 헤게모니의 중요한 요소들을 지지하거나, 적어도 반대하지 않는 형식으로 전환되기도 한다. 전통의 사회, 정치적 이데올로기적 특성에 관해서는 레이몬드 윌리암스의 『Marxism and Literature』(Oxford University Press, 1977.) 참조.

는 「무속과 나의 문학」(1978)이라는 글에서 조선 무속과 자신의 문학(관)과의 연관성을 다음과 같이 설명하고 있다. 1970년대에 쓰여진 이 글을 통해서, 김동리의 1930년대 무속소설의 의미를 분석, 평가하는 작업은 사후 평가일 가능성이 높다는 점으로 미루어 근본적인 한계를 지닐 수밖에 없다. 그러나 이 글은 김동리 문학(관)과 무속의 관계를 이해하기 위한 중요한 단서가 될 수 있다는 점에서 정밀하게 고찰할 필요가 있을 것이다.

"着想의 動機와 過程을 간단히 적으면 다음과 같다.

첫째 民族的인 것을 쓰고자 했다.

당시는 民族精神이라든가 民族的 個性에 해당되는 모든 것이 抹殺되어가는 일제총독 치하의 암흑기였기 때문에, 현실적으로 이에 맞설 수 없는 실정이라면 문학을 통해서나마 이를 구하고 지켜야 한다고 생각했던 것이다. 여기서 가장 근본적이며 핵심적인 민족의 얼이요. 넋이 되는 것은 무엇일까 하는 문제를 생각하게 되었다. 그렇다고 그 해답으로써 당장 巫俗을 생각해낸 것은 아니다. …… 우리 民族에 있어서 佛敎나 儒敎가 들어오기 이전, 이에 해당하는 民族固有의 宗敎的 機能을 담당한 것은 무엇일까 하는 문제였다.

내가 샤마니즘에 생각이 미치게 된 것은 이러한 과정을 거쳐서였고, 따라서, 오늘날의 巫俗이란 것이, 우리 民族에 있어서는 가장 原初的인 宗敎的 機能이라고 볼 때, 그 가운데는 우리 民族固有의 精神的 價値의 核心이 되는 그 무엇이 內在하여 있을 것이라고 생각했다. ……

둘째, 世界的인 課題에 도전코자 하였다. 이 문제는 간단히 설명하기가 어렵지만 그런대로 端的으로 언급한다면 그것은 소위 世紀末의 과제를, 우리의 文

學에서, 특히, 샤마니즘을 통하여 처리해 보고자 하는, 野心的이라면 무척 野心的인 포부였다.

世紀末의 課題라고 하면 대단히 광범하고 거창한 내용을 가리키게 되겠지만 그 가운데서도 가장 핵심적인 문제는, 神과 人間의 문제요, 自然과 超自然의 問題로 科學과 神秘의 問題라고 나는 생각했다."[371]

위의 예문을 토대로, 그가 「무녀도」를 창작하게 된 근본적인 동기를 요약하면 다음과 같다. 첫째 민족정신, 민족적 개성이 말살되어 가는 일제 총독 치하의 암흑기에 '민족적인' 것을 쓰고자 했다는 것이다. 이는 일제의 제국주의에 대한 소극적인 대항 이데올로기로서 조선의 전통에 대한 추구가 적극적으로 기획되었다는 것을 의미한다. 김동리의 보수적 전통주의는 근본적으로 정치적인 의도에서 출발하고 있었다는 점을 알 수 있다. 둘째, '세계적인 과제에 도전', 소위 세기말의 과제인 '신과 인간의 문제', '자연과 초자연의 문제'를 해결하고자 했다는 것이다. 이 주장은 1930년대 후반 조선사회에 만연해 있던 근대에 대한 위기의식과 연결되어 있다. 이 두 가지 측면의 주장에 의해, 김동리가 무속소설을 쓴 근본적인 동기가 조선의 특수한 역사적 현실과 인간 삶이 직면한 보편적인 문제를 무속이라는 조선 고유의 종교를 통해서 극복하고자 한 것임을 알 수 있다.

그러나 '무속=조선, 조선=동양'이라는 논리에 의해서 조선의 특수성은

---

371) 김동리, 「무속과 나의 문학」, 『월간문학』, 1978, 151쪽.

동양적 특수성에 수렴되며, 동양적 특수성은 인류 보편의 문제로 수렴되는 논리적 모순을 보이게 된다. 또한 그의 방식은 조선민족의 고유한 것을 추구함에 의해서 민족의 독자성을 강조하고 있지만, 상고성(원시성)으로서의 소급방식은 각 민족(국가)의 경계를 무화無化시키고, 보편성 · 보편주의로 환원될 수 있는 역설적 성격을 내재하고 있다. 그러므로 김동리의 무속소설 「무녀도」(1936), 「달」(1947)에서 조선의 식민지적 현실이 완전히 소거된 채, 무속적 세계만이 선명하게 형상화된 근본적인 이유는 민족적 문제와 세계적인 과제를 종교(무속)적인 방식으로 극복하고자 했다는 점에 기인한다. 즉 이 소설 속에 궁극적으로 형상화된 것은 조선의 식민지적 현실이 아닌 종교적, 초월적, 신화적, 심미적인 현실인 것이다.

그렇다면 김동리의 대표적인 무속소설 「무녀도」(1936), 「달」(1947)의 서사를 이끌어가는 근원적인 동력과 이 강렬한 추동력을 형상화하기 위한 논리체계는 무엇인가? 앞서 언급했듯이 김동리가 무속소설을 쓰게 된 구체적인 동기는 일제의 제국주의와 근대의 세기말적인 문제를 해결하기 위한 것이다. 이 두 문제는 외적으로 완전히 다른 영역으로 보일지라도, 실질적인 의미에서 하나의 공통점을 갖고 있다. 이는 일제의 조선에 대한 강압적인 식민정책과 근대의 암울한 시대상황이 하나의 생명체인 인간에게 가하는 엄청난 폭력의 효과이다. 이 폭력의 작용에 의해서 인간은 자신의 생명성(넓은 의미로 볼 때는 민족의 생명성)에 대해 극복할 수 없는 불안과 공포를 지닐 수밖에 없다. 이 불안과 공포는 인간 존재의 근원적인 "무근거성"[372]과 결합되면서, 그 효과는 증폭된다. 죽음에 대한 공포는 살아 있는 생명체라면 어느 것이나 내재하고 있는 생물학적 본능이다. 이는 완전히 극복되거나 억압될 수는 없지만 그 형태를 바꿀 수는 있다. 즉 "공포의 탈바꿈(metamorphosis)"이 이루어지는 것이다.[373] 바로 이 공포의 탈바꿈이 구현되는 방식을 규명하는 것이 김동리 무속소설을 분석하기 위한 가장 핵심적인 전제조건이다.

김동리의 무속소설 속에서 인간의 근원적인 공포가 탈바꿈되는 구체적인 논리체계는 조르주 바타유의 "에로티즘"[374]이라는 개념을 통해서 분석할 필요가 있다. 여기서 에로티즘은 단순히 남녀간의 육체적(성적) 행위만을 의미하는 것은 아니다. 조르주 바타유에 의하면, 에로티즘은 "존재의 연속성에 대한 향수"이며, "개체이면서 전체일 수 있는 존재에 대한 열망"[375]을 의미한다. 즉 "소멸할 수밖에 없는 인간 존재를 보편적 실재實在와 이어주는 최초의 연속성에 대한 열망"으로서, "에로티즘의 최종적인

---

372) 마르틴 하이데거는『존재와 시간』에서 인간의 근원적인 불안과 공포의 원인을 인간 현존재의 무근거성("내던져져 있음 Geworfenheit")과 죽음에서 찾는다. 인간은 합리적인 인과관계로 설명할 수 없는 세계에 아무렇게나 "내던져진 존재"이며, 근본적으로 "죽음을 향해 달려가고 있는 존재"라는 점은 존재의 불안과 공포를 증폭시키는 가장 핵심적인 요인이다.(마르틴 하이데거,『존재와 시간』, 이기상 옮김, 까치, 2007. 제40절과 제51절 참조.)

373) 에르스트 카시러,『국가의 신화』, 최명관 옮김, 서광사, 1988, 69쪽.

374) 조르주 바타유는 에로티즘을 "존재의 불연속성에 대립되는 연속성의 개념"과 관련하여 설명한다. 여기서 "연속성"의 개념은 남녀 간의 "정신적 공감(共感)", "육체적 융합", 그리고 "신에 대한 사랑"과 밀접한 연관성을 갖고 있다. 이러한 관점에서 그는 에로티즘을 세 가지 형태, 즉 "육체의 에로티즘", "심정의 에로티즘", "신성의 에로티즘"으로 구분한다. 조르주 바타유의『에로티즘』(민음사, 1997.),『에로스의 눈물』(문학과의식, 2002.),『에로티즘의 역사』(민음사, 1998.)를 참조할 것.

375) 조르주 바타유,『에로티즘』, 조한경 옮김, 민음사, 1997, 12-17쪽.

의미는 경계의 제거와 상호 융합"[376]에 의해 '동일성同一性', '전일성全一性', '연속성連續性'을 획득하기 위한 열망이다. 이는 인간의 실존과 관련된 문제로서, 인간으로 하여금 끊임없이 종교와 신화를 만들어내는 근원적인 동력이다. 종교와 신화는 생명의 보편성과 근본적 동일성의 느낌에서 출발한다.[377] 김동리의 무속소설이 그의 의도와는 달리 민족적 특수성이 소거되고, 인류의 보편성의 문제, 즉 인간 실존의 문제로 초월되는 양상을 선명하게 보여주는 이유는 이 소설이 지닌 종교적, 신화적 성격에 기인하고 있는 것이다.

김동리는 무속소설에서 인간의 근원적인 존재양태(분리된 인간의 실존형태, 인간 존재의 유한성)를 객관적으로 제시하고, 이를 극복하기 위한 인간의 에로티즘에의 강렬한 열망과 이의 실현과정을 무속적(종교적) 세계관에 의해서 합리화하는 독특한 방식을 보여준다. 이를 구체적으로 분석하기 위해서는 그가 스스로 자신의 무속소설의 작품세계를 설명한 「신세대의 정신」(1940)을 면밀하게 살펴 볼 필요가 있다.

"大槪 人間의 生命과 個性의 究竟을 追求한다함은 보다 더 高次的인 人間의 個性과 生命의 改造를 意味하는 同時 그것의 創造를 志向하는 精神이기도 한 것이다. 前記 二作은 이것의 創造를 試驗한 것으로 이제 그 二作中 「巫女圖」한 篇을 實例로서 分析해 보겠다.

---

376) 조르주 바타유, 앞의 책, 143쪽.

377) 에르스트 카시러, 위의 책, 58쪽.

"「巫女圖」가 한 巫女를 主人公으로 삼은 것은 그냥 民俗的 神秘性에 끌려서는 아니다. 朝鮮의 巫俗이란, 그 形而上學的 理念을 追究할 때 그것은 저 風水說과 함께 民族 特有의 理念的 世界인 神仙觀念의 發露임이 分明하다. (이 點 巫女圖에서 具體的 描寫를 試驗한 것이다.)「仙」의 靈感이 道詵師의 境遇엔 風水로서 發揮되었고, 우리 모화(巫女圖의 主人公)의 境遇에선 「巫」로 發顯되었다. 「仙」의 理念이란 무엇인가? 不老不死 無病無苦의 常住의 世界다. (仔細한 말은 後日로) 그것이 어떻게 成就되느냐? 限 있는 人間이 限없는 自然에 融和되므로서다. 어떻게 融和되느냐? 人間的 機構를 解體시키지 않고 自然에 融和함이다. 그러므로 巫女「모화」에 있어서 이러한 「仙」의 靈感으로 말미아마 人間과 自然 사이에 常識的으로 가로놓인 牆壁이 문어진 境遇이다."[378]

위의 글에 따르면, 김동리는 무속소설 「무녀도」(1936)의 여주인공 모화가 인간의 근원적인 존재양태를 극복할 수 있는 구체적 근거로 "신선관념神仙觀念"을 제시한다. 김동리는 "신선관념神仙觀念"을 "민족 특유의 이념적 세계"라고 규정하고, 이 세계관을 근거로 무녀 모화의 죽음이 인간의 유한성을 극복하고 무한성을 획득하는 과정이라고 주장한다. 이는 "인간과 자연의 경계"를 와해시키는 방식, 즉 "한限 있는 인간과 한限 없는 자연"의 융화融和 방식이다. 여기서 융화의 의미는 인간과 사물 간의 '합일合一', '소통疏通', '동일화同一化'를 의미하며, 궁극적으로는 전일성을 지향하는 것이라고 볼 수 있다. 이러한 논리는 무속의 토테미즘(totemism)

---

378) 김동리, 앞의 글, 90-91쪽.

과 애니미즘(animism)적 세계관과 밀접한 연관성을 갖고 있다. 무속은 특히 애니미즘적인 물활론物活論의 세계관에 기초하고 있다. 애니미즘은 우주를 구성하고 있는 모든 생물을 살아 있는 것으로 간주한다. 모든 사물은 최소한의 활活의 가능태이며, 그 물건을 활화活化시키는 힘을 총칭하여 신神이라 부른다.[379] 인간을 포함하는 모든 사물은 모두 신이며, 이는 물질적 형태가 변환 가능하다. 이 물질적 변환 가능성은 순환론적 세계관에 의해서 합리화된다. 그러므로 모든 사물들은 그들 사이에 존재하는 경계(단절, 분리)의 무화無化에 의한 전일성, 연속성, 무한성의 획득 가능성을 담지하고 있다. 이러한 관점에서 볼 때, 무녀 모화의 죽음은 단지 물질적 전환을 위한 과정에 불과하며, 인간의 유한성을 극복하고, 자연의 무한성(연속성)에 융화되는 방식으로 볼 수 있다. 또한 이는 하나의 개체가 소외(고립)에서 벗어나 전체에 수렴되는 방식으로 볼 수 있다. 이러한 신화적, 종교적 시공간에서는 분리(고립), 유한성(죽음)에 기인하는 불안과 공포는 존재하지 않는다. 다만 융화, 합일, 동일화에 대한 욕망과 이에 대한 정동情動적 충족만이 존재할 뿐이다.

김동리가 궁극적으로 추구하는 에로티즘(무한성=연속성)의 구현 양상은 "육체적 에로티즘"[380], 인간 존재 간의 정신적 소통을 의미하는 "심정적 에로티즘", "신성의 에로티즘"("신에 대한 사랑") 등의 구분과 영역을

---

379) 김의숙 · 최광석, 「무란 무엇인가」, 『민속학술자료총서 347, 무속(무당1)』, 우리마당 터, 2003, 391-392쪽.

380) 조르주 바타유는 "어떤 한 존재와 다른 존재 사이에는 뛰어넘을 수 없는 심연과 단절이 가로놓여 있으며", 이를 극복하기 위한 인간 존재의 정신적 "교통(交通)"에 대한 열망을 "심정적 에로티즘"이라고 정의한다.(조르주 바타유, 앞의 책, 12쪽.)

초월하여 통합하는 특징을 가지고 있다. 이는 김동리의 의식을 구성하고 있는 무속적 세계관에 기인한다. 왜냐하면 무속의 물활론적 관점에서 볼 때, 인간·신·자연의 명확한 경계가 없을 뿐만 아니라, 궁극적으로 모든 사물은 곧 신이기 때문이다. 바로 이 부분이 '김동리만의 방식'이라고 정의될 수 있는(에로티즘의) 논리적 근거가 된다. 그의 대표적인 무속소설 「무녀도」(1936), 「달」(1947)은 인간 존재의 근원적인 분리의식과 합일에의 열망이 변증법적으로 작용하는 독특한 인간의 실존양상과 대상 간의 합일合—의 불가능성과 가능성의 이중적 공존양상, 그리고 이를 극복하기 위한 에로티즘의 구현양상이 선명하게 형상화되어 있다.

2. 김동리 무속소설의 에로티즘 미학

1) "더불어 있음"과 "다름", 그 사이間

「무녀도」(1936)는 인간이 분리(소외)된 타자와의 합일(융화)에 대한 강렬한 열망을 지녔음에도 불구하고, 그들로부터 스스로 분리(소외)되고자 하는 열망을 지닌 모순적인 존재임을 형상화하고 있다. 소설 속에서 이 모순적 성격은 아이러니하게도 인간이 다른 사람들과 함께 존재하고 싶은 욕망에서 비롯된다. 이는 분리된(고립된) 인간들이 서로 "더불어 있음" 속에 존재할 때, 분리(소외)의식에서 야기되는 불안과 공포로부터 일시적으로 도피할 수 있다는 사실과 밀접한 연관성을 갖고 있다. 왜냐하면 인간은 다른 사람들과 더불어 있을 때, 그리고 그들과 자신이 서로 유대감을 공유하고 있다고 믿고 있을 때, 운명적인 불안과 공포로부터 도피할 수 있기 때문이다.[381] 그러나 더불어 있음은 인간 현존재로 하여금 삶의 본질에 대한 물음을 억제하고, 다른 사람들과의 소통, 정신적 합일(융화)을 저해하거나 지연시키는 존재방식이다.

「무녀도」(1936)는 이러한 인간의 속성을 모화 가족(무당가족)과 마을 사람들과의 대립구도를 통해서 선명하게 형상화하고 있다. 이 형상화 방식이 무엇보다 흥미로운 이유는 마을 사람들이 그들만의 유대감을 공유하기 위해서 끊임없이 모화 가족과 그들의 '다름'을 부각시키고, 만들어 나간다는 사실이다. 즉 이 '다름'은 마을 사람들의 '더불어 있음'의 근원적인 조건이 된다.

"마을 사람들은 누구나 이 집에 오기를 꺼리었다. 어떤 사람은 가까이 지나가기도 싫어했다. 그들은 집만 아니라 이집의 사람들까지도 가까이 하지 않았다. 그들은 스스로 백정이나, 무당의 족속과는 잘 분별하야, 그 웃 지위에 처할 것을 잊지 않았다.

그러나 그들 가운데, 누구든지 사람이 아프거나, 죽거나 하면 반드시 모화를 찾았다. 한번 찾은 사람은 자칫하면 또 찾고 했다. 그만치 그들은 모화를 보는

---

381) 마르틴 하이데거는 『존재와 시간』에서 인간 존재를 더욱 소외시키는 중요한 요인으로써, "더불어 있음"이 불러일으키는 효과를 지적한다. 그는 "더불어 있음"은 인간 현존재의 "다름"에 의한 공포를 벗어나기 위한 방법으로, 이 "더불어 있음" 속에서 인간 현존재는 "존재자의 일차적인 존재연관"을 획득할 수 없다고 주장한다. 이러한 존재방식은 일상성에 함몰되는 방식인 "잡담"의 효과에 의해 강화된다는 것이다.

것이 위안이 되었었다.”[382]

  위의 예문을 통해서 알 수 있듯이, 모화는 마을 사람들로부터 분리와 경계의 대상이다. “누구든지 사람이 아프거나, 죽거나 하면 반드시 모화를 찾음”에도 불구하고, 모화가 살고 있는 집은 “마을 사람들 누구나 오기를 꺼리”는 곳이다. 이러한 마을 사람들의 이중적 태도는 “무당의 족속과는 잘 분별”하여, “그 웃 지위에 처”하기 위한 전략에 기인한다. 이 전략은 마을 사람들이 스스로 자신들의 “평균성”[383]을 확보하는 방식으로 진행된다. 이는 천민으로 인식되는 모화를 자신으로부터 분리, 배제시킴으로서 그들 자신이 다른 마을 사람들과 비슷한 지위에 있다는 평균성을 심리적으로 확보하는 방식인 것이다. 그러나 평균성은 기본적으로 균일성을 전제로 한다. 균일성은 획일성과 연결되는 개념으로, 각 존재의 개별성을 무화시킨다. 그러므로 「무녀도」(1936)에 등장하는 마을 사람들은 모화(가족)와 분리, 대립되는 추상적인 집단으로서 형상화될 뿐 마을 사람들의 구체적인 개성과 특질은 드러나지 않는다. 그들은 그냥 “마을 사람들”일 뿐이며, 각각의 인물들은 그냥 “방영감의 이종팔촌 손자사위ㅅ벌”, “방영감에 이종팔촌 손자ㅅ딸”, “양조사의 이종팔촌 처 할아버지인 방영감”, “입실댁 김씨 부인”, “안강댁 허씨 부인”[384]일 뿐이다. 이들은 마을 사람들

382) 김동리, 「무녀도」, 『중앙』, 1936, 5, 34쪽.

383) 하이데거는 현존재와 평균성의 관계를 설명하는 방식으로 “잡담”을 설명한다.(마르틴 하이데거, 『존재와 시간』, 이기상 옮김, 까치, 2007, 제35절 참조.)

384) 김동리, 위의 글, 34쪽.

이라는 하나의 균질적인 집단으로 수렴되는 모습을 보여준다. 그리고 외래 종교인 기독교가 마을에 전파되면서 이들 간의 결속과 유대감은 비약적으로 강화되는 양상을 보인다. 평균성으로 결속된 마을 사람들은 개인의 개별화(개인성의 획득) 과정에서 수반되는 존재에 대한 불안, 공포와는 심리적으로 완전히 차단되어 있다. 그들은 평균성에 함몰되어 버림으로써, 그리고 기독교의 새로운 신적 존재(예수)에 귀의하는 방식에 의해서 불안, 공포로부터 도피하고자 한다. "예수 그리스도 믿음으로 말미암아 구원 받고", "천당에 갈 것"[385]이라는 마을 사람들의 믿음은 무속 세계를 대변하는 모화(가족)와 그들 자신의 위치를 변별시켜 주고, 그들만의 평균성을 확보하게 하는 심리적 근거로써 기능한다. 이들의 예수에 대한 믿음은 오히려 인간 존재들을 더욱더 분리, 소외시키는 역할을 담당하게 된다.

한편 마을 사람들이 "더불어 있음"에 안주하는 또 하나의 방식은 "잡담"[386]이다. 잡담은 마을 사람들의 일상적인 소통방식이다. 잡담의 주된 내용은 모화네 가족에 대한 것이다. 마을 사람들이 모화와 그녀의 가족에 대해 소문을 만들어내고, 이를 퍼뜨리는 방식은 그들만의 평균성을 획득하는 방식과 밀접하게 연결되어 있다. 즉 마을 사람들은 잡담을 통해서 자신들이 모화(가족)보다 사회적인 우위에 있다는 자부심을 확인하고, 그들의 결속과 유대를 다지는 방식으로서 잡담을 활용하는 양상을 보여

---

385) 김동리, 앞의 글, 41쪽.

386) 이는 마르틴 하이데거의 "잡담"이라는 용어를 그대로 사용한 것이다. 하이데거는 "퍼뜨려 말하고 뒤따라 말하는 방법"으로 진행되는 이야기 방식을 "잡담"으로 정의하는데, 그는 이를 인간 현존재의 "일차적이고 근원적인 존재연관"을 단절시키는 소통방식으로 보고 있다.(마르틴 하이데거, 앞의 책, 제35절 참조.)

준다.

특히 이 소설에 등장하는 주요 인물들 중 욱이는 잡담이 합리적, 논리적 근거 없이 공고한(하지만 역으로 허약한 기반을 가진) 진실성을 획득해가는 경로를 선명하게 보여주는 인물이다. 모화의 아들인 욱이는 원래 "어릴적부터 총명하야 마을에서도 재동이라는 이름까지 들었을" 정도의 뛰어난 능력을 타고난 인물이다. 그러나 무당의 아들인 그는 마을 사람들의 멸시와 천대를 견디지 못하고, 자신의 집에 외로이 갇혀 있다가 어느 절로 들어간다. 그러나 절에서 "우연한 서슬"[387]에 선사를 죽이고 오랫동안 감옥에서 복역한 후 다시 마을로 돌아오지만, 그를 대하는 마을 사람들의 시선은 이전과 근본적으로 달라진 것이 전혀 없다.

"그가 열 아홉 살 되던 해였다. 그에게 종종 법法을 가르키고 하던 선사 하나를 우연한 서슬에 분이 치받혀 돌로 바수어 주고 살인율로 복죄하였다가 그 선사의 유언과 그의 나이 어림에 말미아마 많이 감형 받고 퇴옥되었던 것이었다.

이리되어, 감옥에서 나오니 갈 곳이 없어 우선 그의 어미의 집을 찾어 왔던 것이다.

그는 억울이 쌓고 쌓일수록 외가의 모든 것이 멸시 되었다. 세상이 너무도 비투러진 양, 늘 엄숙도 하였다. 그는 가끔 세상이란 것을 불살어버리고도 싶었다.

세상 사람은 모두 그를 거만하다고 핀잔을 주었다. 욕도 했다. 그의 너무도

---

387) 김동리, 앞의 글, 38쪽.

침통한 얼굴에 혹 동정을 가지는 이도 있긴 하였으나, 대개는 그를 음흉하다 하였고, 더구나 그가 살인범이란 데 대해서는 아무도 깊이 이해해보려는 사람도 없었다."[388]

"그는 위인이 무척 윤리적으로 되었었다. 인정도 많았다. 그는 그의 어미와 누이를 대단히 사랑하였다. 누구보다도 모화를 이해한 이는 그이었고, 낭이를 불상히 여긴 것도 그이었다. 낭이의 처한 자리가 얼마나 난처한 것인가를 느낄 적마다, 그는 되우 비창한 눈으로 누이를 바라보게 되었다."[389]

위의 예문을 통해 알 수 있듯이, 욱이는 "무척 윤리적"이며, "인정도 많고", "그의 어미와 누이를 대단히 사랑"하는 인물이다. 그러나 마을 사람들의 욱이에 대한 평가는 "거만"하고, "음흉"한 인물이자, 자신을 거두어 준 절의 선사를 "돌로 바수어" 죽인 끔찍한 "살인범"에 불과하다. '아무도 그를 깊이 이해하고자 하는 노력'을 보이지 않는다. 그에 대한 마을 사람들의 평가는 사실과 상관없이 반복 생산되어, 그들만이 인정하고, 그들만이 믿을 수 있는 진실성을 획득하게 된다. 이 잡담의 진실 여부는 더 이상 문제가 되지 않는다. 마을 사람들은 누구나 잡담을 들을 수 있으며, 이를 또다시 재생산할 수 있는 위치에 있다. 또한 그들은 잡담의 특성상 그 내용의 진위여부를 확인해야 할 책임에서 벗어나 있으며, 비판 없이 쉽게

---

388) 김동리, 앞의 글, 38쪽.

389) 김동리, 위의 글, 9쪽.

받아들이는 데 익숙한 모습을 보여준다.

여기에서 중요한 것은 마을 사람들의 일원으로 '내 자신'이 잡담에 참여할 수 있는 권리를 가졌다는 점이다. 이 참여방식에 의해 분리된 개인으로서의 '나'는 다른 마을 사람들과의 심리적 동질감을 획득하게 된다. 이 동질감은 마을 사람들이 스스로 만들어내는 잡담을 아무런 비판 없이 소비하게(받아들이게) 만드는 가장 핵심적인 요인이다. 동질감은 잡담의 허약한 진실성을 은폐시키며, 마을 사람들 자체를 스스로 소외시키는 근본적인 요인으로 기능한다. 이러한 측면에서 마을 사람들을 둘러싸고 있는 일상의 존재방식, 즉 더불어 있음에서 발생하는 잡담은 그들의 심리적인 평균성을 획득하게 함으로써 불안과 공포로부터 벗어날 수 있게 한다. 그러나 이러한 삶의 방식은 인간이 지닌 불안과 공포를 일시적으로 은폐하여, 오히려 인간 존재의 근원적인 존재방식을 대면할 가능성을 끊임없이 저해하거나, 혹은 지연시키는 역할을 하게 된다.

2) 합일合一의 불가능성과 합일合一의 가능성

인간은 타자와의 합일(소통)에 대한 열망을 지닌 존재이지만, 동시에 고립과 분리를 지향하는 존재이다. 합일(소통)이란 기본적으로 고립된 개체가 자신의 벽을 와해시키는 방식으로부터 시작된다. 이 벽이 와해되는 순간, 자신의 독자성은 무화되며, 새로운 단계로의 합일(소통)이 이루어지는 것이다. 이러한 방식은 기본적으로 위험성을 내재하고 있다. 이 위험성은 특정 개체의 단단한 벽 안에 존재하는 '여리디 여린' 속살이 상처 입을 수 있는 가능성이다. 한편 분리(고립)된 개체는 자기自己 혹은 자아我 속에 웅크려 있고자 하는 강렬한 열망을 가지고 있다. 이 열망은 인간으로 하여금 평균성에서 이탈하게 해주고, 대중 속에서 분리시키며, 하나의 독립된 개체가 지닌 독자성을 확립시켜 주는 것이다. 이러한 인간의 이중적인 특성은 그 날카로운 모순으로 인하여 절망과 혼란을 야기한다. 그러나 이 절망과 혼란은 인간을 가장 인간답게 만드는 근원적인 요인으로 작용한다.

「무녀도」(1936)에 형상화된 인물들은 이러한 인간의 특징을 선명하게 보여준다. 모화, 낭이, 욱이는 이들 사이에 존재하는 가족에 대한 끈끈한 사랑에도 불구하고 결국 합일(소통)의 불가능성을 극복할 수 없는 인물들이다.

"모화에게 딸이 하나 있었다. 이름을 낭이라 했다. 그는 누구에게 낭이를 말할 때 그를 「따님」 혹은 「낭이따님」이라 했다. 어떤 때는 「김씨따님」이라고도 했다.

그는 낭이 사랑하기를 제몸 같이 했을가 더 했을가 했다. 산에는 신령님이 있고 집에는 따님이 있다고도 했다."[390]

"낭이는 어머니가 얼마나 그를 사랑하는가를 잘 알았다. 그리고 그도 어머니를 그만치 사랑하긴 하였다. 어머니가 나가고 없으면 더 쓸쓸하였고, 굿이나 나가버린 날은 앉아 밤을 새우고도 싶고 하였다.

---

390) 김동리, 앞의 글, 35-36쪽.

그러나 그것은 낭이에게 조곰도 행복스럽지 않았다. 어머니가 아무리 그를 사랑한다 해도 그것은 그가 그의 신령님에게 모두 받히고 남은 껍데기뿐이었다.

언제나 굳게 닫혀 있는 낭이의 입이 열리었던들 그는 꼭 누구에게 적고 싶은 말이 있었을 것이었다."[391]

모화에게 낭이는 "제 몸보다 더 사랑하는 딸"이고, 낭이 또한 "어머니가 얼마나 자신을 사랑하는지 잘 알고" 있다. 그러나 모화는 낭이와 근본적으로 소통할 수 없는 "신령님에게 모두 받히고 남은 껍데기"일 뿐이며, "어머니의 송장", "어머니가 아닌 어머니", "시퍼런 모화 무당"[392], "사람허울을 쓴 신령(귀신)", "어머니로 보다는 더 많이 신령의 딸"[393]에 가까울 뿐이다. 어머니와 딸로서의 소통은 근본적으로 단절되어 있다. 이러한 모화와 낭이의 합일(소통)의 불가능성은 모화가 신과 인간의 중간자적인 존재[394]라는 점에서 기인한다. 모화는 인간의 육체를 타고 난 인물이지만, 신내림이라는 과정을 통해서 신성을 획득한 인물이다. 인간과 신 어느 쪽에도 속할 수 없는 중간성이 모화로 하여금 자신이 그토록 사랑하는 딸과 자신을 분리시키는 요인으로 작용한 것이다. "언제나 굳게 닫혀 있는 낭

---

391) 김동리, 앞의 글, 37쪽.

392) 김동리, 위의 글, 37쪽.

393) 김동리, 위의 글, 40쪽.

394) 김동리는 예수가 "인간의 아들로서의 육신과 신의 아들로서의 영혼을 동시에 가진 중간적인 존재"였기 때문에, "그의 고독은 절대적인 것일 수밖에 없었다"라고 주장한다.(김동리, 『고독과 인생』, 백만사, 1977, 29쪽.)

이의 입"은 모화와 낭이의 극복할 수 없는 합일(소통)의 불가능성을 상징한다. 한편 모화와 욱이의 관계 역시 합일(소통)의 불가능성을 암시한다. 욱이는 "무척 윤리적인" 인물로서 "인정도 많고", "그의 어미와 누이를 대단히 사랑"하는 인물이지만, 모화에게 욱이의 존재는 "땅 밑에 사는 머리 검은 귀신의 신이자", "본대 거만한 귀신"395)에 불과하다. 그러므로 이들 사이에 어머니와 아들로서의 합일(소통)의 가능성은 근본적으로 차단되어 있다.

한편 욱이와 낭이의 관계는 합일(소통)의 불가능성과 합일(소통)의 가능성이 공존한다. 그들의 합일(소통)에 대한 열망은 근친상간이라는 방식으로 형상화되는데, 이는 낭이의 "피ㅅ줄"과 관련된 "슬픔"과 밀접한 연관성을 갖고 있다.

"낭이의 얼굴엔 사철 깊은 슬픔이 배어 있었다. 그것은 펼 길 없는 속속 드리 피ㅅ줄에 서리인 슬픔이었다.

낮과 밤으로 그는 얼굴 빛이 변하였다. 낮은 청명한 하늘을 바라 보며 그림이나 그리고 있을 적엔 그 빛이 박꽃이나 같이 새하얏다가도 밤이 되면 마을 사람들의 말씨로 반디ㅅ불 같이 푸르러보였다.

낭이는 어두운 밤으로 한숨을 짓고, 그의 오빠에게 잘 뛰어 들었다. 그리고는 「반디ㅅ불」같이 투명한 얼굴을 그의 가슴에 묻고 흐느껴 울군 하였다.

오빠는 문득 문득 목 덜미로 입 가장으로 누이의 싸늘한 손과 입술을 느낄적마다, 청처짐하게, 무뚝하게 서서 손으로 그를 떼어 밀처 버리곤 했다. 그러나

---

395) 김동리, 앞의 글, 39쪽.

낭이가 까물어칠듯이 사지를 떨며 또 뛰어 드는 다음 순간이면, 그도 당황히 누이의 손을 쥐어주며, 히미한 종이 등ㅅ불이 걸린 처마 밑으로 끄으렸다."[396]

"낭이의 얼굴엔 사철 깊은 슬픔이 배어 있었"는데, 이는 "펼 길 없는 속 속 드리 피ㅅ줄에 서리인 슬픔" 때문이다. 즉 낭이의 근원적인 슬픔은 그녀와 어머니 모화, 그리고 이복 오빠 욱이와의 사이에 존재하는 분리(소외) 의식과 이로 인한 합일(소통) 불가능성에 기인한다. 그녀가 어두운 밤 이복 오빠인 "욱이의 가슴에 얼굴을 묻고 우는 행동"이나, "까물어칠듯이 사지를 떨며 뛰어드는" 행동은 이러한 합일(소통)의 불가능성을 극복하고자 하는 행동으로 볼 수 있다. 그러므로 낭이와 욱이의 근친상간은 가족 사이에 존재하는 분리(소외) 의식을 극복하고자 하는 열망의 표현이다.[397]

낭이로 하여금 욱이와의 육체적 에로티즘에 대한 열망을 표출시키는 시간은 밤이다.[398] 밤이 불러일으키는 어두운 혼돈, 분화되지 않는 원초적 생명성, 근원으로 회귀하고자 하는 욕망이 낭이로 하여금 낮의 이성적, 합리적 질서의 세계로부터 벗어나 에로티즘의 열정 속으로 인도한 것이다. 그러나 육체적 에로티즘에 의한 합일(소통)은 일시적인 것으로 열정이

---

396) 김동리, 앞의 글, 37-38쪽.

397) 이러한 측면에서 낭이는 욱이와의 근친상간에 대해 죄의식을 전혀 느끼지 않는 것이며, 임신으로 인한 마을 사람들의 "숙설거림"에도 "그다지 수치나 가책을 느끼지" 않을 수 있는 것이다.(김동리, 위의 글, 45쪽.)

398) 여기서 흥미로운 점은 낭이가 시간적 질서인 낮과 밤에 따라서 그녀의 얼굴 빛이 변한다는 설정이다. 그녀의 얼굴은 "낮의 청명한 하늘을 바라보며 그림이나 그리고 있을 적엔 그 빛이 박꽃이나 같이 새하얏다가", "밤이 되면 밤디ㅅ불 같이 푸르러보였다"는 것이다. 이러한 극적인 변화는 낮과 밤이 인간 존재에게 불러일으키는 심리적 효과와 밀접한 연관성을 갖고 있다.

끝난 순간 이들의 관계는 다시 합일(소통)의 불가능성으로 환원된다. 낭이와 욱이는 서로에 대한 깊은 애정을 갖고 있지만, 이들 사이에 존재하는 근원적인 간극을 극복할 수 없다. 이들의 관계는 낭이가 누구와도 소통할 수 없는 벙어리라는 점, 낭이와 욱이 모두 상대방이 아닌 자신만의 세계에 함몰되어 있다는 점에서 궁극적으로 소통 불가능성을 내재하고 있다.

한편 「달」(1947)은 이 소설에 등장하는 주요 인물들이 서로 다른 종種처럼 각자 자신의 세계에 갇혀 있는 독특한 양상을 보여준다. 이들은 수채화 속의 사물들처럼, 혹은 어떤 생명체에 기생寄生하는 그림자처럼, 생명체로서의 활력과 열정을 보여주지 않는다. 예외적으로 무당 모랭이의 아들 달이(달득)와 정국은 잠시 동안이지만 육체적 에로티즘이 불러일으키는 "간을 얼어붙게 만들 정도"의 뜨거운 열정, 그리고 쾌락이 고통과 혼란을 불러일으키는 양상을 선명하게 보여주는 인물들이다. 이 젊은 남녀의 합일(소통)에 대한 열망은 육체적 에로티즘에 대한 열망으로 형상화된다. 그런데 이 육체적 열망에 수반되는 쾌락(육체적 접촉을 통한 쾌락, 즉 서로 입술을 맞추거나, 달이가 정국의 가슴에 손을 얹는 행위에 의한 쾌락)과 행복에 대한 기대와 떨림에도 불구하고, 열정이 동요와 혼란을 야기시키는 이중적인 모습을 보여준다.[399] 육체적 합일(소통)에 의한 쾌락은 너무 엄청난 것이기 때문에, 그것은 오히려 고통으로 다가오는 것이다. 그러나 이들의 육체적 에로티즘이 불러일으키는 합일(소통)의 가능성은 순간적인 것이다. 곧 두 영혼은 서로 자신만의 두꺼운 벽 속에 유리된 채 그들

---

399) 조르주 바타유, 앞의 책, 21쪽.

의 생명성을 고양시켜 줄 합일(소통)의 융화작용은 더 이상 일어나지 않는다.

"봇머리 숲속에서 밤뻐꾸기 우는 소리가 들려 왔다. 방문에, 또 어젯밤과 같
은 검은 그림자가 비치었다. 달이 지는지도 몰랐다. 달이는 그만 돌아가리라 생
각했다.

「난 물에 빠져 죽어 버릴 테다.」

정국은 달이의 얼굴을 똑바로 바라보며 이렇게 속삭였다. 그러나 달이는 정
국의 속삭임엔 지극히 무심한 얼굴로,「니는 글재주가 있으니까.」

엉뚱스레도 이런 말을 불쑥 했다.

「니는 내가 죽으면 좋지?」

정국은 또 이렇게 물었다."[400]

위의 예문은 달이(달득)와 정국 사이에 존재하는 합일(소통)의 불가능
성을 선명하게 보여준다. 천민 무당의 아들인 달이(달득)와 마을 유지 "글
방 사장師丈"의 딸인 정국의 연애는 근본적으로 비극적인 결말을 담보하
고 있다. 이는 정국의 "난 물에 빠져 죽어 버릴 테다"라는 말을 통해서 반
복적으로 암시된다. 그러나 이들의 관계에서 주목해야 할 점은 사회적인
신분 차이에 의해서 발생한 정국의 자살이라는 비극적인 결말이 아니라,
이들의 신분을 초월한 사랑에도 불구하고, 너무나 견고하게 자리 잡고 있
는 합일(소통)의 불가능성이다. 달이(달득)가 정국의 "물에 빠져 죽어 버

---

400) 김동리, 「달」, 『김동리 선집』 신한국문학전집15, 어문각, 1972. 421쪽.

릴 테다"라는 속삭임에, "지극히 무심한 얼굴"로 "니는 글재주가 있으니 까"라고 말한 것은 인간 현존재가 근원적으로 지니고 있는 이중적 성격과 밀접한 연관성을 갖고 있다. 인간은 타자와의 합일(소통)에 대한 강렬한 열망을 지닌 존재이지만, 타자와의 합일(소통)을 통한 연속성의 획득 과정은 기본적으로 자신을 '잃어야' 하는, 다른 말로 표현하면 자신의 독자성을 무화시켜야 하는 위험성을 내포하게 된다. 그러므로 자신의 독자성에 머물고자 하는 에고이즘의 영역은 새로운 형태의 불연속성(단절, 고립)에 대한 열망을 증폭[401]시키는 것이다. 그러므로 달이(달득)는 정국과의 심정적, 육체적 합일(소통)의 상태를 열렬히 열망하면서도, 이 합일(소통)의 '고통스런' 쾌락으로부터 부단히 달아나려는 모습을 보여주는 것이다. 이 합일의 가능성은 달이(달득)에게 내재되어 있는 분리(고립)에 대한 열망과 에고이즘에 대한 열망에 의해서 합일(소통)의 불가능성으로 전환된다.

3) 전일성全一性에 대한 열망

김동리는 무속적인 관점에서 자연과 인간, 신神과 인간의 관계를 새롭게 재정립하는 방식을 통해서 인간 현존재의 근원적인 불안과 공포를 극복하는 독특한 양상을 보여준다. 그의 무속소설들에 형상화된 자연은 인간과 대립되는 측면에서의 자연이 아니다. 이는 각각의 사물들이 서로 유기적

---

401) 조르주 바타유, 앞의 책, 21쪽.

으로 연결되어 있을 뿐만 아니라, 인간과 마찬가지로 충만한 생기(활기)를 가진 하나의 거대한 생명체이다.

"우리가 살고 있는 천지 또는 우주는 살아 있는 것이다. 우리 자신이 살아 있는 것처럼 이 우주(천지)도 살아 있는 것이다. 우리가 생각하고 말하고 행동하는 것처럼 땅 위에는 꽃이 피고, 물이 흐르고, 새가 우짖고, 하늘에는 해가 빛나고, 별들이 돌아가고, 구름이 흐르고, 우레 · 천둥 · 번개가 울부짖고 하는 것이다.

명이란 주검으로 경화硬化된 것이 아니라 계속적으로 움직이고 흐르며 변화하고 있는 것이다. 그것은 사람이 잠자는 사이에도 호흡을 계속하는 거와도 같다. 사람에게 호흡이 있는 것처럼 천지에도 호흡이 있다. 천지도 숨을 쉬고 있는 것이다. 일정한 궤도로 별이 돌아가고, 일정한 순서대로 해가 뜨고 낮이 오고, 해가 지고 밤이 오고 하는 따위가 다 천지의 호흡이요 우주의 호흡인 것이다."[402]

김동리가 자연과 인간의 관계를 어떻게 파악했는가를 분석하기 위해서는 먼저, 그가 사용하는 자연의 개념을 명확하게 정의할 필요가 있다. 위의 예문에서 알 수 있듯이, 김동리는 '천지天地'를 '우주'와 동의어로 사용한다. 천지天地는 천天과 지地가 합쳐진 단어로서, 이는 곧 자연을 의미

---

402) 김동리, 『생각이 흐르는 강물』, 갑인, 1985, 330쪽. 이 예문은 1980년대에 발행된 단행본에 수록된 글로서 사후 해석의 여지가 있음에도 불구하고, 김동리의 인간과 자연에 대한 기본적인 사고를 고찰할 수 있다는 점에서 매우 중요한 글이다.

한다.[403] "천지天地는 우리 자신이 살아 있는 것처럼 살아 있는 것이다"라는 말은 자연과 인간이 하나의 보편적인 생명의 흐름 속에 "계속적으로 움직이고, 흐르며, 변화하고 있다"는 것을 의미한다. 즉 이는 자연과 인간이 서로 분리(고립)된 존재가 아니라, 보편 생명의 연속성이라는 측면에서 서로 교감, 통합, 합일될 수 있는 존재임을 의미한다. 이러한 측면에서 천지(자연)의 모든 사물들은 근본적으로 상호연관성을 갖고 있고, 그 각각의 사물들(개별자)은 전체와의 불가분의 연관성을 갖고 있다고 볼 수 있다.[404]

그렇다면 생명의 본질은 무엇인가. 김동리는 '생명의 본질'이 '리듬'이며, '있음(없음)의 가능성'이라고 주장한다. "리듬의 기능은 생성生成과 소멸消滅이며, 있음을 가능케 하기 위하여 부단히 생성을 계속한다"[405]는 것이다. 그러므로 소멸은 단순한 죽음('없음')을 의미하지 않는다. 생성을 준비하기 위한 하나의 과정에 불과하다. 생명의 보편적인 흐름(연속성) 속에서 죽음('없음')은 생성('있음')을 위한 전제조건이 되며, 이 과정은 무한히 반복되는 것이다. 무한한 생성과 소멸의 반복 속에서 생명성이 순환되는 것이다. 그러므로 유한한(불연속적인) 인간의 죽음은 결코 영원한 소멸을 의미하지 않는다. 이는 새로운 생명성을 획득하기 위한 휴지기이자, 새로운 형태로 생성되기 위한 전환의 과정을 의미한다. 그런데 여기서 주목해야 할 점은 김동리가 제시한 신神의 개념이다. 그에게 신이란 개

---

403) 곽신환, 『주역의 이해 – 주역의 자연관과 인간관』, 서광사, 1990, 307쪽.

404) 동양적인 관점의 자연과 인간의 관계에 대해서는 곽신환, 위의 책, 299-324쪽. 참조.

405) 김동리, 위의 책, 334쪽.

념은 신명神明=여호와=알라=하늘=불타와 동일한 개념이며, "'생성의 의지'가 '있음의 가능성'을 '있음'으로 발전시킨 원동력"[406]이다. 결국 신이란 개념은 생명의 의지이자 생명의 본질을 의미한다. 인간도 신이 될 수 있는 것이며, 고목이나 바위조차 하나의 신이 될 수 있다. 즉 모든 사물들은 곧 신이다.

그러므로 「무녀도」(1936)의 주인공인 모화는 자신의 딸 낭이가 "수국 「꽃님」의 화신"[407]임을 믿을 수 있는 것이며, 사람 이외의 "도야지, 고양이, 개고리, 지렝이, 고기" 등등의 살아 있는 생물체와 "부지깽이, 항아리, 섬돌, 신짝, 대추나무가시, 구름, 바람, 불, 밥" 등등의 무생물들이 감정을 지닌 살아 있는 생명체로 파악[408]할 수 있는 것이다. 이들은 모두 그녀에게 하나의 신이다. 그녀에게 자연, 인간, 그리고 신의 경계는 본질적으로 존재하지 않는다. 다만 물질적 형태를 달리 하는 끊임없는 순환만이 존재할 뿐이다. 이 생명성의 순환에 의해서 모든 사물 간에 존재하는 분리(고립)는 무화되며, 불연속성(유한성)과 연속성(무한성)에 대한 경계 역시 무화된다. 이러한 일련의 과정을 통해서 세계 내 모든 사물들은 동일성, 혹은 전일성의 영역에 수렴된다.

"이날 밤, 모화의 정숙하고, 침착한 양은 어제 같이 미쳤던 여자로서는 너무

---

406) 김동리, 『생각이 흐르는 강물』, 갑인, 1985, 335쪽.

407) 김동리, 「무녀도」, 『중앙』, 1936, 5, 36쪽.

408) 김동리, 위의 글, 40쪽.

도 의아하였다. 그것은 달ㅅ밤으로 산에 기도를 다닐적 처럼 성스러워도 보이었다. 그의 음성은 언제 보다도 더 구슬펏고, 그의 몸세는 피도 살도 없는 율동律動으로 화하여졌었다. 이때에 모화는 사람이 아니요, 율동의 화신이었다.

　밤도 리듬이었다.…… 취한양, 얼이 빠진양, 구경하는 여인들의 호흡은 모화의 쾌자ㅅ자락만 따라 오르나리었고, 모화는 그의 춤이었고, 그의 춤은 그의 시나위ㅅ가락이었고……시나위ㅅ가락이란, 사람과 밤이 한 개 호흡으로 융화 되려는 슬픈 사향麝香이었다. 그것은 곧 자연의 리듬이기도 하였다."[409]

위의 예문은 「무녀도」(1936)에서 인간의 전일성에 대한 열망이 가장 잘 형상화된 모화의 마지막 제의 장면이다. 모화는 굿이 점차 진행되면서 "언제보다도 더 구슬픈" 음성과 "피도 살도 없는 율동律動"으로 사람과 밤이, 사람과 자연의 리듬이, 사람과 사람이 하나의 "시나ㅅ가락"으로, 하나의 "호흡"으로, 곧 "자연의 리듬"으로 화化하는 모습을 보여준다. 이 신비의 "자연의 리듬" 안에서 밤도, 사람도, 자연도 분리(고립)의 불연속성은 존재하지 않는다. 다만 "리듬"에 의한 분리된(고립된) 존재들의 융합만이 존재할 뿐이다. "리듬"은 "생성에의 의지"이며, "있음(없음)의 가능성"이며, "있음의 가능성을 있음으로 발전시키는 원동력"[410]이다. 그러므로 모화의 죽음('없음')은 단순히 "있음의 가능성을 위한 없음"에 불과한 것이다. 생명의 근본적인 단절을 의미하는 죽음은 고립된 개체로 지니고 있는

---

409) 김동리, 앞의 글, 45쪽.

410) 김동리, 앞의 책, 335쪽.

불연속성에서 연속성으로 전환되는 계기를 의미한다. 죽음('없음')의 상태는 미래의 생성 가능성만이 존재할 뿐, 그리고 새로운 생명성의 획득을 통한 연속성의 가능성만이 존재할 뿐, 불연속성(분리, 단절, 죽음)은 역설적으로 존재하지 않는다.

「달」(1947)은 보편적(우주적, 자연적) 생명성의 흐름이 순환되면서, 특정 존재가 시간과 공간이라는 한계 속에서 외적 형태를 구성하는 물질성이 변화하는 양상을 선명하게 형상화한 소설이다.

"나원당(동네 이름)동네에서 굿을 마치고 물을 건너 숲속을 지나 올 때였다. 같이 굿을 마치고 돌아오던 화랑 (그는 모랭이가 사는 봇마을을 지나서 또 십리나 더 가야 할 사람이었다)과 그 어두운 숲속에서 지금의 달이를 배게 되었던 것이었다. 풀밭에는 너무 이슬이 자욱하여 보드라운 모랫바닥을 찾아 그들은 자리를 잡았던 것이었다.

고목이 울창한 숲을 휘돌아, 봇도랑의 맑은 물은 흘러내리고, 쉴사이 없이 물레방아 바퀴는 소리를 내며 돌아갔다. 여자의 몸에는 시원한 강물이 흘러들기 시작하였던 것이었다. 보름 지난 둥근 달이, 시작도 끝도 없는 긴 강물처럼 여자의 온몸에 흘러드는 것이었다. 끝없는 강물이 자꾸 흘러내려 나중엔 달이 실낱같이 가늘어지고 있었다. 그 실낱 같은 달이 마저 흘러내리고 강물이 다하였을 때 여자의 배와 가슴속엔 이미 그 달고 시원한 강물로 가득 차 있었던 것이었다. 여자의 몸엔 손끝까지, 그 희고 싸늘한 달빛이 흘러내려, 마침내 여자의 몸은 달 속에 흥건히 잠기고 말았고 그리하여 잠이 들었던 것이었다.

〈아아, 신령님께서 나에게 달님을 점지하셨다.〉

모랭이는 혼자 속으로 굳게 믿었다.

그리하여 낳은 아이의 얼굴은 희고 둥글고 과연 보름달과 같이 아름다 웠디."[411]

위의 예문은 무당 모랭이가 달이(달득)를 임신하는 과정을 형상화한 부분이다. 모랭이는 "어두운 숲속"의 "보드라운 모랫바닥"에서 어느 화랑 과 육체적 관계를 갖는다. 이들 간의 육체적 에로티즘은 "여자의 몸에 시 원한 강물이 흘러들기 시작하여", "보름 지난 둥근 달이, 시작도 끝도 없 는 긴 강물처럼 여자의 온몸에 흘러들어", "여자의 몸에 손끝까지, 그 희 고 싸늘한 달빛이 흘러내려, 마침내 흥건히 잠기는" 과정으로 묘사된다. 하늘의 "둥근 달"이 남녀의 성적 결합을 통하여 여성의 몸에 잉태된다는 설정[412]은 무생물인 달이 생물인 인간으로 물질적 형태가 변화되었다는 것을 의미한다. 이러한 물질적 형태의 전이轉移 과정은 자연과 인간 사이 에 존재하는 경계가 무화되는 과정이며, 생명성의 순환과정이다. 또한 각 각의 사물들이 내재하고 있는 불연속성이 연속성을 획득하는 과정이기도 하다. 여기서 흥미로운 점은 생명성의 순환과정을 남녀의 성적 결합의 과 정으로 형상화하고 있다는 점이다. 이는 생명성의 순환과정이 남녀 간의 육체적 에로티즘과 동일한 양상으로 진행된다는 점과 밀접한 연관성을 갖

---

411) 김동리, 「달」, 『김동리 선집』 신한국문학전집15, 어문각, 1972, 419-420쪽.

412) 방민화는 「달」의 모랭이가 달이(달득)를 잉태하는 장면은 "객관적 대상인 달빛이 화자의 인식 에 융화되어 공간화된 것"으로, "그것은 자아와 세계가 합일을 이루는 서정적 순간"이며, 〈무녀도〉 의 "모화의 관능미는 우주적 생명과의 성적 결합을 나타내는 조화미"로 파악한다.(방민화, 『김동리 소설연구』, 보고사, 2005, 79쪽.)

고 있다. 그 이유는 이들 모두 불연속적인(분리된) 개체가 연속성을 획득하는 과정으로 진행되기 때문이다. 인간 존재가 연속성(무한성)을 획득하는 하나의 중요한 방식은 자신과 타자와의 육체적 합일(융합)을 통해서 이루어진다. 육체적 에로티즘은 이 행위에 참여하는 존재자들에게 일시적이지만, 존재의 고립감을 극복하고, 연속성을 환기시킨다. 불연속적인 존재자들에게 불러일으켜지는 연속성에 대한 환기, 이것이 육체적 에로티즘의 심리적 효과[413]라고 볼 수 있다. 그러므로 연속성, 합일, 융화의 방식은 기본적으로 개체들 사이에 존재하는 경계의 와해 내지, 무화를 전제한다는 점에서, 무속적 세계관과 동일한 방식을 취하고 있다고 볼 수 있다.

4) 특수성(개별성)과 보편성(전체성)의 동일화

김동리의 대표적인 무속소설 「무녀도」(1936), 「달」(1947)은 1930년대 일제의 무속담론, 민족담론으로서의 무속담론이 상호 대립, 포섭되는 사회, 역사적 상황 속에서, 일제의 제국주의 및 근대의 세기말적인 문제가 인간 존재에게 불러일으키는 불안과 공포의 양상, 그리고 이를 극복하기 위한 대안으로 제시된 에로티즘의 원리가 김동리만의 독특한 방식으로 형상화된 소설들이다. 이는 김동리가 미분화된 무속적 세계관을 기반으로 하여, 당시 조선민족이 처한 식민지적인 특수성과 인간 보편의 문제(근대의 세기말적인 문제)를 에로티즘이라는 보편성의 원리로 극

---

413) 조르주 바타유, 『에로티즘』, 조한경 옮김, 민음사, 9-12쪽.

복하고자 했던 것이다.

그러나 식민지 조선의 특수성이 인간 실존의 문제에 수렴됨으로써, 그의 무속소설 속에 궁극적으로 형상화된 것은 조선의 특수성이 아닌 인간 존재가 근원적으로 내재하고 있는 인류 보편의 문제들이다. 그러므로 당시 조선의 사회적, 정치적인 상황은 완전히 단절된 채, 근대적인 의미의 시공간과는 구분되는 신화적, 초월적인 시공간만이 소설 속에 형상화되어 있다. 이 시공간 안에서 이 소설들은 불안과 공포를 내재한 인간의 구체적인 실존 양태("더불어 있음"과 "잡담"의 형식), 이를 극복하기 위한 합일의 가능성과 합일의 불가능성, 그리고 전일성에 대한 열망을 형상화하고 있다. 즉 이 소설들의 기본적인 서사구조는 [인간 존재에게 불안과 공포를 불러일으키는 실존양태의 제시] ⟹ [불안과 공포를 극복하기 위한 합일의 불가능성과 합일의 가능성에 대한 모색] ⟹ [불안과 공포를 초월, 극복할 수 있는 전일성에 대한 열망과 이의 신화적인 실현]으로 요약할 수 있다. 이러한 측면에서 김동리 무속소설의 서사를 추동하는 근본적인 동력은 인간의 근원적인 불안과 공포이며, 이 소설에 형상화된 에로티즘은 불안과 공포의 "탈바꿈(metamorphosis)"이라고 볼 수 있다.

에로티즘은 분리(고립)되고 불연속적인(유한한) 인간이 타자와 융화, 합일, 동일화됨으로써, 연속성, 무한성, 전일성을 획득하고자 하는 열망이다. 이는 분리와 균열이 존재하지 않는 전체성, 통일성, 이해 가능성에의 향수와 밀접한 연관성을 갖고 있다. 이러한 에로티즘의 성격은 끊임없이 신화적 상상력을 불러일으키는 근본적인 동인이 된다. 여기서 중요한 점은 김동리의 무속소설 속에 형상화된 에로티즘의 양상이 1930~40년대 식민지 조선의 사회적, 역사적 상황과 관련하여 갖게 되는 문학적 위상이다. 에로티즘은 기본적으로 각 대상을 아우르고 동일화시키는 통합의 서사이며, 보편성 · 보편주의의 강조라고 볼 수 있다. 이는 일제 식민 통치라는 권력이 불균등한 사회에서 인간 존재에게 가해지는 불합리한 폭력성을 극복하고자 한 방식으로 볼 수 있다. 그러나 이 소설에 형상화된 세계는 조선의 특수성은 완전히 소거되고, 인간 실존의 문제만이 선명하게 부각되는 모순을 보여준다. 이는 김동리 문학(관)이 일제 식민지기의 사회, 역사적 상황과의 상호작용 속에서 내재하게 된 이중적, 역설적 성격의 근본적인 요인이라고 할 수 있다.

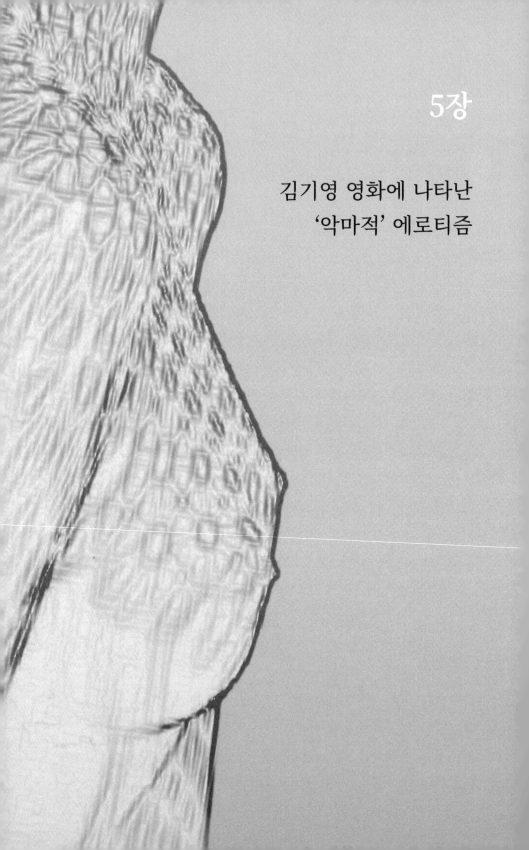

5장

김기영 영화에 나타난
'악마적' 에로티즘

김기영 감독은 일생 동안 총 32편의 영화를 만들었다. 이 중에서도 〈하녀〉(1960)는 그가 "자신의 영화적 자산의 일등보고"[414]라고 스스로 말할 만큼 그의 독특한 개성이 가장 잘 드러난 작품이며, 그를 세계적인 감독의 위치로 격상시켜준 작품이다. 또한 이 영화는 당시 국도극장에서 개봉되어 25만 명의 관객을 동원하는 등 대중에게도 큰 사랑을 받았던 작품이다. 이로 인해 김기영 영화에 관한 연구는 주로 〈하녀〉(1960)에 집중되어 왔고, 지금까지 상당한 연구 성과가 축적된 상황이다.

현재까지 이루어진 〈하녀〉(1960)에 관한 연구 성과는 대체로 1960년대 시대적 상황과 연결하여 산업화 과정에서 새로운 직업군으로 탄생하게

---

414) 유지형, 『24년간의 대화』, 선, 2006, 308쪽.

된 하녀/여공과 중산층 부부의 계급적 투쟁의 측면에서 주목하거나, 장르적 특성에 대한 분석 및 유사한 경향을 보여주는 해외 문학·영화를 상호 비교/대조하는 방식으로 진행되어 왔다. 이러한 연구방식을 통해서 〈하녀〉(1960)가 지닌 독특한 미학적 특질과 이의 역사적 의의를 고찰하였다. 그러나 여기서 주목해야 할 점은 〈하녀〉(1960)가 1960년대 산업화 과정에서 새롭게 등장하기 시작한 하녀/여공과 중산층의 탄생이라는 시대적 상황을 반영하고 있을지라도 그 당시의 하녀/여공의 실제 삶의 모습을 형상화했다고 보기 어렵다는 것이다. 특히 영화에 등장하는 여공들의 모습은 매우 비현실적이다. 그들은 정해진 근무 시간 이후에는 세련된 헤어스타일을 하고, 아름다운 양장을 착용한 채 합창반 활동과 피아노 개인 교습을 받는 등 중산층 이상의 여유로운 생활을 하고 있다. 이는 당시 시골에서 상경하여 공장에서 장시간의 고된 노동과 박봉에 시달렸던 현실 속의 여공들의 모습과는 상당한 거리가 있다. 하녀 역시 이와 마찬가지이다. 그녀에게서는 경제적 빈곤으로 인한 삶의 고통과 절망을 전혀 찾아 볼 수 없다. 영화 속의 여주인공과 조연들의 직업이 하녀, 또는 여공이라는 사실은 1960년대의 '영화적인' 현실성을 확보하기 위한 단순한 설정에 불과하다고 할 수 있다.

이는 김기영 감독이 일생 동안 각각의 시대적 상황에 걸맞은 조금씩 다른 버전의 〈하녀〉를 만들었다는 사실을 통해서도 명확하게 확인할 수 있다. 그는 원작 〈하녀〉(1960)를 십 년 단위로 〈화녀〉(1971), 〈화녀 82〉(1982)로 리메이크하였고, 이와 거의 유사한 테마의 작품 〈충녀〉(1972), 〈육식동물〉(1984)을 만들었다. 또한 그가 잇따른 흥행 실패로 십여 년 동안 영화를 만들지 못하다가, 1998년 의욕적으로 제작하고자 했던 그의 33번째 작품 〈악녀〉 역시 〈하녀〉(1960)와 거의 유사한 테마의 영화이다. 그는 한 인터뷰에서 "〈화녀〉는 1960년대의 〈하녀〉를 1970년대에 맞게 바꾼 것이고, 1982년에도 같은 이야기를 〈화녀82〉에서 다시 했다."[415]라고 말한다. 이러한 그의 말을 통해 〈하녀〉 연작에서 중요한 점은 각각의 영화의 배경이 되는 시대적 상황이라기보다는 이 영화들을 관통하는 공통된 주제의식이라는 사실을 알 수 있다.

〈하녀〉(1960), 〈화녀〉(1971), 〈화녀82〉(1982)는 주제가 내용상 다소 차이가 있을지라도 모두 백치미를 지닌 젊은 하녀와 매력적인 유부남 사이에서 발생하게 되는 성애의 위험성과 공포, 그리고 파멸의 과정을 그린 영화이다. 김기영 감독은 사회적으로 용인될 수 없는 유부남과 신분상 천한 하녀 간의 금지된 성적 결합이라는 의도된 설정을 통해서 인간의 에로티즘의 진정한 내적 체험이라는 것은 사회의 금기를 위반할 때, 그 금기의 위반을 통해서 완성될 수 있다는 사실을 반복적으로 보여준다. 또한 그는 남녀 간의 에로티즘이 근본적으로 동물적 본능에 기반하고 있을지라도, 이와는 구별되는 심리적 추구이며, 이는 금기를 위반하고자 하는 열망과 이로 인한 불안과 공포, 그리고 폭력/죽음(살해)과 밀접한 연관성을 갖고 있다는 사실을 선명하게 형상화하고 있다.

---

415) 이연호, 『전설의 낙인』, 한국영상자료원, 2007, 136쪽.

1. 김기영과 영화, 그리고 에로티즘

〈하녀〉 연작의 가장 핵심적인 소재는 남녀 간의 성性이다. 그는 성(性)을 영화로 표현하는 것이 굉장히 혐오와 경멸의 대상으로 인식되었던 시대적 분위기에도 불구하고, 인간의 원초적 에로티즘을 과감하게 영화화하는 작업을 시도했다.[416] 그가 에로티즘을 형상화하는 방식은 중년의 유부남과 미혼의 젊은 하녀의 위험한 성적 결함과 파멸이라는 영화적 설정과 하녀가 평범한 인격과 건강한 육체를 지닌 여성이 아니라 백치 또는 간질병을 앓고 있는 "태생적으로나 환경적으로 피폐하고 어두운 면모"를 지니고 있는 "일탈적인" 여성이라는 설정[417]을 통해서 이루어진다.

그렇다면 김기영 감독은 왜 이처럼 사회적으로 용납될 수 없는 위험하고, 일탈적인 성애의 탐닉과 파멸이라는 영화적 설정에 편집증과도 같은 집착을 보였던 것일까? 이를 고찰하기 위해서는 조르주 바타유의 에로티즘에 대한 정의를 주목해 볼 필요가 있다. 그는 인간의 에로티즘이 근본적으로 동물적인 본능에 기반하고 있을지라도 기본적으로 불연속적인 존재인 인간이 연속성(단절/분리의 극복)을 획득하기 위한 심리적 추구이며, 성적 금기의 위반에 의해 발생하는 죄의식과 이로 인한 불안/공포는 에로티즘에 대한 욕망을 억압하기보다는 오히려 이를 추동하고, 확장시

---

416) 그는 특히 1960~70년대에는 "영화상에 섹스가 표현되는 것이 굉장한 혐오와 경멸의 대상처럼 인식되던 시대"이며, "영화를 통해 섹스의 흥분감을 느낀다는 것은 상상도 못할 때"라고 말한다. 그러므로 "그러한 시대에 에로티즘이라는 부분을 과감하게 시도한 것은 대단한 용기였다"고 스스로 평가한다.(유지형, 『24년간의 대화』, 선, 2004, 149쪽.)

417) 유지형, 위의 책, 136쪽.

키는 내밀한 기제로써 작용한다고 주장한다.[418] 이러한 주장은 남녀 간의 에로티즘이 생식生殖을 목적으로 하는 성행위와는 구별되는 심리적 추구이며, 에로티즘을 억압하는 사회적 기제가 강력하면 강력할수록, 그리고 이로 인한 불안과 공포가 크면 클수록 오히려 에로티즘에의 욕망은 더욱 더 추동되고, 확장된다는 사실을 지적한 것으로 볼 수 있다.

김기영 감독이 모범적인 가장과 일탈적인 미혼여성과의 성적 결합이라는 영화적 설정에 집착한 것은 이러한 설정이 에로티즘의 내적 속성을 표현하는 데 가장 효과적이라는 사실에 비롯된 것으로 볼 수 있다. 흥미로운 점은 〈하녀下女〉, 〈화녀火女〉라는 영화 제목을 통해서 알 수 있듯이, 그는 영화 속에서 남성보다는 여성을 전면에 내세우며, 원초적인 성적 욕망의 주체 역시 남성이 아닌 여성으로 설정한다는 것이다. 남성은 여성의 치명적인 유혹에 의해서 힘없이 파멸되는 나약하고 수동적인 인물로 설정되어 있다.

"나는 성이 죄의식이다라는 비이성적 사상 속에 살아온 사람이다. 그렇다고 도덕적으로 성을 대했다는 건 아니다. 그러자니 성의 전위가 변명으로 나열된다. 그것은 남녀주인공이 성행위에 이르게 하는 과정 같은 것이고 그것은 영화 전개 상 꼭 필요하다고 본다."[419]

---

418) 조르주 바타유, 『에로티즘』, 민음사, 2006, 9-38쪽.

419) 유지형, 앞의 책, 286~287쪽.

"남자의 외도를 부추기는 대사가 이번에도 있습니다. 이름 없는 소설가는 "남자가 곤경에 빠질 때 도와주는 건 젊은 여자이다. 동심으로 되돌려 주어 운을 틔우게 한다"라는 대사로 김사장의 혼외정사를 돕습니다. 감독님의 영화에는 늘 직접 동기가 아닌 수동적 동기로 남자의 외도를 정당시합니다.

남자는 누구나 외도를 꿈꾼다. 그 꿈은 죄의식으로 전이되어 고통을 가져온다. 더욱이 기형적으로 비틀린 남성의 외도에는 그 외도를 통해 상상하는 여성의 음모가 수반된다. 그런 상상적 구도가 이 영화 속에 담겨 있다고 본다."[420]

위의 인용문을 통해서 알 수 있듯이, 김기영 감독은 〈하녀〉 연작에서 남자 주인공이 하녀와 성적 결합에 이르는 과정에서 보여주는 수동성과 남자의 외도를 정당화시키는 듯한 대사가 반복적으로 나오게 된 근본적인 이유가 자신이 근본적으로 '성이란 죄의식이다'라는 비이성적 사상 속에 살아온 사람이기 때문이라고 설명한다. 그러므로 그는 이러한 죄의식에서 벗어나고, 외도를 정당화(합리화)하기 위한 변명으로써, 영화 속에서 "여성의 음모'"를 보여주게 되었던 것이다. 이러한 측면에서 그의 영화속에 등장하는 남성을 유혹하는 악마적[421] 요부는 남성의 성에 대한 죄의식의 반영이자, 성적 환타지의 표현으로 볼 수 있다. 여기서 중요한 사실은 이러한 수동적 남성의 모습과 악마적 요부의 이미지는 단순한 남성의

---

420) 유지형, 앞의 책, 300쪽.

421) 여기서 '악마적'이라는 것은 사회에서 선(善)으로 간주되는 도덕적/윤리적인 것과 반대되는 성격을 의미한다. 에로티즘은 문명사회를 견고하게 유지시켜 주는 선(善)한 도덕/윤리를 위태롭게 한다는 측면에서 악마적인 것이며, 도덕/윤리에 의해서 규율되는 낮의 세계에서 도피하여 빛이 들지 않는 지하세계로 향하게 된다는 측면에서 '어두운', 또는 '검은' 세계라고 볼 수 있다.

죄의식을 표현하는 데서 그치지 않고, 기존의 전통적인 남녀 간의 성적 역할 또는 관계를 전복시킴으로써 '검은/어두운' 에로티즘의 특수성을 드러내주는 핵심적인 기제로써 작용한다는 것이다.

〈하녀〉 연작의 남자 주인공은 하녀에 대한 혐오감과 공포감, 그리고 죄의식으로 인한 고통과 고뇌에도 불구하고, 그녀와의 뜨거운 성적 결합을 통해 에로티즘에 도취되는 양상을 보인다. 그녀와의 성적 결합과정은 "번개가 치고, 집 앞의 고목나무가 벼락을 맞아 불이 나거나"(〈하녀〉(1960)), "과장되게 패종시계의 태엽을 감는" 행동(〈화녀〉(1971), 〈화녀82〉(1982))을 통해서 완전한 "정염情炎" 그 자체라는 사실이 상징적으로 표현된다. 또한 시간이 지나면서, 그들의 성적 결합은 스스로 통제할 수 없는 동물적, 원시적 성격을 띠게 된다.

이러한 모순적인 상황은 사회적 금기가 지니고 있는 근원적인 성격에서 기인된 것으로 볼 수 있다. 금기란 금기를 범할 때, 특히 금기가 자신의 마음을 옭아매고 있음에도 불구하고, 금기를 위반하는 순간에 고뇌와 함께 금기가 의식되고, 더불어 죄의식도 함께 체험하게 되는 것이다. 즉 금기를 어기려는 충동과 금기의 밑바닥에 깔려 있는 고뇌를 동시에 느낄 때, 비로소 에로티즘의 진정한 내적 체험이 가능하다고 할 수 있다. 이러한 측면에서 공포와 고뇌·고통은 욕망과 쾌락의 다른 이름에 불과하다.[422] 그러므로 김기영 감독은 남녀 간의 내밀한 에로티즘의 속성을 형상화하기 위하여 사회적으로 지탄받을 수밖에 없는 위험스런 영화적 설정,

---

422) 조르주 바타유, 『에로티즘』, 조한경 옮김, 민음사, 2006, 32-41쪽.

즉 모범적인 가장과 천한 하녀의 성적 결합이라는 영화적 설정을 반복해서 사용했다고 볼 수 있다.

2. 〈하녀〉 연작과 '악마적' 에로티즘

〈하녀〉 연작이 보여주는 '악마적' 에로티즘의 양상은 영화의 이중구조가 야기하는 효과와 밀접한 연관성을 갖고 있다. 이 영화는 전체 구성 면에서 액자식 구성을 차용하고 있다. 〈하녀〉는 영화의 도입부와 결말부에 중산층 가정의 부부(액자 외부)가 등장하여 금지된 욕망으로 파멸하게 되는 한 가정의 이야기(액자 내부)를 다룬 신문기사를 소개하는 형식을 취하고 있다. 반면 〈화녀〉, 〈화녀82〉는 살인사건을 수사하는 경찰들의 이야기가 액자 외부를 구성하고, 살인사건이 벌어지는 가정의 이야기가 액자 내부를 구성한다. 이러한 액자식 구성은 액자 외부(이야기를 전달하는 인물들)와 액자 내부(소개되는 인물들) 사이에 경계/분리를 설정함으로써 액자 내부를 지배하고 있는 공포와 위험성을 완화시켜주는 기능을 담당한다. 그러나 동시에 서로 다른 영역이 지니고 있는 날카로운 차이/특성을 부각시킴으로써 액자 내부의 위험성과 공포를 강조하는 기능을 담당하기도 한다.

또한 액자식 구조는 경계/분리의 설정을 통해서 액자 내부의 은밀하고 위험스런 이야기를 엿보는 듯한 환상을 불러일으킨다. 즉 '내'가 아닌 '남'의 은밀한 에로티즘의 향유와 도취과정을 엿보고자 하는 관음증을 충족시켜 줌으로써 에로티즘의 간접적(안전한) 체험을 가능하게 할 수 있다.

　김기영 감독은 이러한 이중적인 기능을 담당하는 영화적 장치를 통해서 현대사회 에로티즘의 억압적 구조와 그럼에도 불구하고 여전히 인간의 내면에 잠재하고 있는 '검은' 에로티즘에 대한 욕망을 가장 진부하면서도 가장 효과적인 영화적 설정으로 볼 수 있는 유부남과 처녀의 금지된 성적 결합이라는 설정을 통해서 보여주고 있는 것이다.

　1) 사회적 윤리와 에로티즘의 억압

　〈하녀〉 연작에 나타난 에로티즘의 특수성은 '유한마담', '양공주'라는 자극적인 소재에 의해서 여성의 욕망을 비판적으로 그린 〈자유부인〉, 〈지옥화〉와 비교해 볼 때 더욱 뚜렷하게 부각된다. 이 영화들은 여성의 성적 욕망을 사회의 도덕/윤리를 와해시키는 절대적 악으로 규정하고, 이를 교화시키거나 제거해야 할 대상으로 표현하고 있다는 점에서 공통점을 갖고 있다. 그러나 인간의 성적 욕망을 형상화하는 방식, 그리고 이를 통해 전달하는 메시지는 매우 상이하다.

　김기영 감독은 〈하녀〉 연작에서 현대사회에서 인간의 본능적 욕망의 충족은 근본적으로 불가능하며, 성적 만족의 포기와 유예는 사회적 삶을 위한 필수적인 조건이고, 행복은 전全 시간의 노동과 일부일처주의를 통한 재생산과 기존의 도덕/윤리의 준수를 통해서만이 획득될 수 있다[423]는

---

423) 이에 대해서는 하버트 마르쿠제의 『에로스와 문명』을 참고할 것.

사실을 반복적으로 보여준다. 이러한 영화의 반복적인 메시지를 통해, 기존의 도덕/윤리가 지닌 분명한 가치와 역할에도 불구하고 인간의 자연성(생명성)을 억압함으로써 인간의 삶이 박제화剝製化되고 있다는 사실을 강조한다.

이 영화의 등장인물들 중 에로티즘의 원초적 성격을 가장 잘 보여주는 인물은 하녀(명자)이다. 그녀는 기존의 사회적 도덕/윤리의 자장 안에서 자유로우며, 자신의 성적 욕망에 충실한 모습을 보여준다.

"이 영화는 처음으로 쥐가 등장하기 시작합니다. 그리고 쥐는 감독님 이후의 영화에 트레이드마크가 되었습니다. 마침 흥행의 마스코트처럼 쥐가 나오는데요. 쥐가 나오는 아이디어는 어떻게 나온 겁니까?

쥐는 생식본능이 대단한 짐승이야. 쥐들에게는 강한 섹스 본능이 감춰져 있지. 닭도 마찬가지요. 닭은 매일 알을 낳잖아. 알이 뭐야? 바로 생식 본능을 말하는 거지. 그리고 쥐와 닭은 언제나 사람들 근처에 있어. 지구가 멸망해 인간이 멸종해도 살아남는 건 쥐와 닭뿐일 걸."[424]

"그러나 영화 속에서 쥐는 혐오 대상 내지는 징그러운 죽여 없애야 하는 대상으로 표현되고 있습니다. 실제로 쥐란 그런 짐승이지만 강조법으로 쥐를 더욱 혐오의 대상으로 극대화시키는 이유는 무엇입니까?

이 집에 쥐 같은 혐오 대상이 또 하나 있지. 바로 하녀야."[425]

---

424) 유지형, 앞의 책, 89쪽.

425) 유지형, 위의 책, 89-90쪽.

영화 〈하녀〉(1960)의 도입부에서 처음으로 쥐가 등장하는데, 쥐는 "혐오의 대상" 또는 "징그러운 죽여 없애야 하는 대상"으로 제시된다. 이는 쥐가 문명사회에서 억압되어야 할 "강한 섹스 본능"을 지니고 있으며, 이러한 위험성에도 불구하고 "언제나 사람들 근처에" 도사리고 있다는 사실에서 비롯된 것이다. 흥미로운 점은 하녀 역시 쥐와 같은 혐오의 대상으로 설정되어 있다는 사실이다. 이는 하녀의 정체성이 기존의 문명성과 대립되는 원시성, 동물성에 기반하고 있으며, 이로 인해 그녀는 쥐와 마찬가지로 제거되어야 할 존재라는 사실을 의미한다. 이러한 측면에서 이 영화 속에 등장하는 쥐와 하녀는 인간의 내면 깊숙이 억압되어 있는 원시적인 에로티즘에 대한 열망을 상징한다고 볼 수 있다.

한편 주인공 이동식의 아내 이정심은 에로티즘에의 억압과 노동의 상호연관성, 그리고 사회의 이데올로기에 의해서 에로티즘에의 욕망이 변이되는 양상을 선명하게 보여주는 인물이다. 그녀는 1950~60년대 현모양처 이데올로기를 이상적으로 내면화한 인물이다. 그녀가 입고 있는 하얀 한복과 단정하게 틀어 올린 머리(〈하녀〉(1960))가 상징하듯, 그녀는 성적 매력을 풍기는 암컷으로서의 여성이 아니라 한 가정을 굳건하게 지키는 모성의 원형으로 등장한다. 그녀에게 성적 행위는 아기의 생산과 밀접한 연관성을 갖고 있으며, 가정은 자신의 모든 것을 희생해서 지켜내야 할 성역이다. 그러므로 그녀는 하녀에 의해 자식을 잃고, 남편을 빼앗기는 극단적인 상황에서도 가정이 외형적으로나마 유지되기를 갈망한다. 그러나 이러한 갈망은 그녀 자신의 내부에 존재하는 순수한 욕망이 아니라 사회제도와 이데올로기에 의해서 조작된 욕망이다. 즉 사회에 의해서 주입된 도덕과 윤리, 진정한 행복이라는 이념들에 의해서, 그녀가 추구하는 쾌락의 성격이 변형된 것이다.

"부인 「난 당신이 죽었다고 듣는 것이 날뻔 했어요. 내 몸을 보세요. 주름살 잡힌 폐물이에요. 난 당신을 믿었기 때문에 몸을 가정에 소모시키고도 즐거웠던 거에요. 그 고생 끝에 낙이라고 얻은 조그만 행복이 이렇게도 비참히 깨져야 되요.」

동식 「여보.」

부인 「당신은 내가 물질만 탐낸다고 생각했겠지요. 난 당신을 행복한 가정에 붙잡어 두고 싶어 한 것이지 당신을 잃은 이상 물질이란 건 필요조차 없어요. 내가 필요한 건 당신뿐이었어요.」

부인 가구와 재봉기와 텔레비전을 파괴하고 쓰러진다.

애들이 문밖에서 울며 부른다."[426)

위의 인용문을 통해 알 수 있듯이, 그녀는 밤낮으로 재봉틀을 돌려 이층집을 장만하고, 이 공간을 현대적인 상품들로 가득 채워 넣는다.(〈하녀〉) 또는 양계장을 운영하여 이층집을 수많은 유리잔과 양주병, 액자, 시계, 화려한 스테인글라스로 꾸며 놓는다.(〈화녀〉, 〈화녀82〉) 여기서 중요한 점은 그녀가 이토록 현대적인 상품에 몰두하는 근본적인 이유다. 그녀는 "이 상품들이 가정생활을 재미나게 한다"고 생각하고, 이를 소유하기 위

---

426) 김기영, 「하녀」, 『한국시나리오선집』 제2권, 영화진흥공사, 1982, 410쪽.

해 부지런히 재봉틀을 돌리거나, 양계장의 닭을 치면서 젊음을 소비한다. 이러한 행동양상은 표면적으로 볼 때 자본주의 사회의 물질적 가치를 자연스럽게 수용한 결과라고 볼 수 있다. 그러나 그녀가 물질을 탐내게 된 근본적인 이유가 '남편을 행복한 가정에 붙잡어 두고 싶었기 때문'이라는 사실을 통해서, 그녀의 물질욕을 다른 측면에서 생각해 볼 필요가 있다.

그녀는 스스로 자신의 몸을 "주름살 잡힌 폐물"이라고 폄하한다. 이는 그녀가 자신의 육체가 더 이상 남편의 성적 욕망을 충족시킬 수 없다는 사실을 뼈저리게 자각하고 있다는 사실을 의미한다. 그러므로 그녀는 남편과의 유대감을 유지하기 위한 방식으로서 남녀 간의 '성적 결합'이 아닌 '가정'이라는 견고한 울타리를 유지하는 방식을 선택하게 된 것이다. 그리고 가정을 이상적으로 유지하는 방식으로서 물질들, 즉 다양한 현대적인 상품들로 집 안 곳곳의 공간을 채워 넣는 방식을 선택했던 것이다. 이러한 측면에서 그녀의 물질욕은 현실 속에서 실현되기 어려운 에로티즘에의 욕망이 자본주의 사회의 이데올로기와 결합되는 과정에서 변형, 또는 변이된 것으로 볼 수 있다.

2) 성적 쾌락과 금기, 그리고 위반

〈하녀〉 연작의 주요한 특징 중 하나는 성에 대한 금기와 이에 대한 위반, 그리고 이로 인한 죄의식이 에로티즘의 내적 체험을 가능하게 하는

근본적인 요인으로 작용하는 양상이 선명하게 나타난다는 것이다.[427]

김기영 감독은 〈하녀〉 연작에서 금기 위반의 주체를 남성이 아닌 여성으로 설정한다. 여기서 금기는 남녀 간의 성적 접촉/결합을 '엿보는' 행위이다. 그는 다른 사람들을 대상물로 취급하고, 호기심 어린 지배적인 시선에 종속시키는 시각 쾌락증(scopophilia)의 주체를 여성으로 설정하는 매우 전복적인 방식을 사용한다. 전통적으로 남성의 지배적인 시선은 자신의 환상을 여성의 형상에 투사하고, 여성의 형상은 거기에 맞춰 양식화되는 경향을 띠게 된다. 보통 노출의 역할을 맡은 여성은 강렬한 시각적 효과와 에로틱한 효과를 위해서 코드화된 모습으로 보여지고, 전시되는 일종의 '볼거리(to-be-looked-at-ness)'라고 할 수 있다.

그러나 〈하녀〉 연작에서 시선의 주체는 근본적으로 여성이며, 구체적으로는 하녀이다. 〈하녀〉(1960)에서 하녀는 여성이 시선의 주체가 되었을 때 어떠한 육체적 욕망을 경험하게 되는가를 가장 효과적으로 보여주는 인물이다. 그녀는 여공 경희의 소개로 중산층 가정의 하녀로 들어오게 되었을 때, 주인집 남편 동식에게 아무런 육체적 욕망을 느끼지 않는다. 그는 단지 자신이 일하는 가정의 모범적인 가장일 뿐이었다. 그러나 그녀는 동식과 경희가 피아노를 치면서 이루어진 육체적 접촉을 엿보게 되고, 이를 계기로 동식을 유혹하고자 하는 욕망을 느끼게 된다. 그들의 손과 손의 겹쳐짐, 어깨와 어깨의 긴장된 접촉, 그리고 경희가 동식을 유혹하기

---

427) 조르주 바타유는 "금기를 어기려는 충동과 금기의 밑바닥에 깔려 있는 고뇌를 동시에 느낄 때 비로소 에로티즘의 내적 체험이 가능하다"라고 말한다.(조르주 바타유, 『에로티즘』, 조한경 옮김, 민음사, 2006, 32-41쪽.)

위해 자신의 옷을 스스로 찢는 장면을 목격한 이후 그녀는 이전과는 전혀 다른 여성으로 변화한다. 즉 그녀는 다른 사람들의 육체적 접촉을 엿보는 과정을 통해서 자신의 육체에 잠재되어 있던 성적 욕망을 깨닫게 된 것이다. 결국 그녀는 에로티즘의 마적 세계를 보여주는 하나의 전형이 된다.

〈화녀〉(1971)의 하녀(명자) 역시 유사한 양상을 보여준다.

"(명자 쥐를 쫓아 빗물 흐르는 베란다 온실까지 온다.

유리창으로 부부가 술기에 서로 반나체가 되어 애무하고 있는 것을 엿보게 된다.)

부인「당신은 작곡만 할 줄 알지 악기를 다룰 줄을 몰라요!」

동식「말이면 다하나. 요새 부인들은 주간지 섹스기사 때문에 버려놨어.」

동식「거기엔 때로 딴 여자가 되어 주래요. 멋있는 테크닉이 될 수 있다고요. 자 누가 되었으면 좋겠어요.」

동식「……」

(말이 없다.)

부인「배우, 빠걸, 창녀 어때요. 새로 들어온 촌뜨기는 냄새도 못 맡은 숫처녀예요. 그대로 엎어놓고 치마를 벗겨요. 아마 무섭고 벅차서 아무 소리도 못 낼 거예요. 저항은커녕 곧 단념할거예요. 그땐 당신은 어떻게 하실 건가요? 보고만 있을 건가요? 정말 당신 눈빛이 달라지는군요.」

(동식 흥분해서 부인을 강제로 눕힌다. 부인 처녀 모양 이리저리 몸을 피해 점점 절정으로 이끈다.)

명자 처음 보는 것이 되어 그 광경에 숨이 막혀 꼼짝 못하고 빗물에 젖어도 벽구석에서 나올 수가 없다!

　격정이 온몸이 심한 경련을 발작시킨다. 이 처녀는 본래 간질병이 있어 이런 흥분이 어느 새 입에 거품을 물게 하고 두 손을 불끈 쥐고 몸을 뒤로 제껴 나무가 쓰러지듯 빗물 바닥에 뒹굴고만다. 빗방울이 열띤 피부에 닿자 뜨거운 수증기가 되어 무럭무럭 김을 낸다."[428]

　하녀(명자)는 시골에서 자신을 강간하려는 남자의 머리를 돌로 내리쳐서 중상을 입힐 만큼 사회의 순결 이데올로기를 완벽하게 내면화한 인물이다. 어느 날 그녀는 자신이 일하고 있는 집에서 쥐를 잡기 위해 베란다까지 오게 되고, 우연히 유리창을 통해 주인집 부부의 성행위를 엿보게 된다. 이후 그녀는 육체에 불러 일으켜진 격정으로 온몸에 극심한 발작을 일으키며, 두 손을 오므린 채 나무가 쓰러지듯이 빗물이 고여 있는 바닥에 뒹굴게 된다. 이러한 격심한 발작은 병리적 현상으로 처녀로서 가지고 있던 성에 대한 죄의식의 표현[429]이라고 볼 수 있지만, 이는 근본적으로 성적 흥분에 의해 비롯된 것이라는 점에서 에로티즘의 열망의 또 다른 표현으로 볼 수 있다. 그러므로 그녀는 엿보기의 과정, 즉 시선의 주체가 되는 과정을 통해서 육체적 욕망을 자각하게 되었다고 볼 수 있다.

---

428) 김기영, 「화녀」, 『김기영 시나리오 선집』1, 집문당, 1996, 200쪽.

429) 김기영 감독은 하녀가 주인집 부부의 성행위를 목격한 후 일으킨 간질 발작은 건전한 사고 방식의 처녀가 처음으로 섹스를 목격했을 때 받은 충격을 병리적 현상으로 표현한 것이라고 말한다.(유지형, 앞의 책, 149쪽.)

〈화녀82〉에서 역시 남녀의 성행위를 지켜보는 시선의 주체는 여성이다. 하녀(명자)는 스테인글라스로 만들어진 가리개를 통해 가수 지망생 혜옥이 김동식을 유혹하여 서로 애무하는 모습을 지켜보기도 하고, 또한 창살로 만들어진 문을 통해 동식 부부가 동침하는 모습을 훔쳐보기도 한다. 그리고 이러한 다양한 계기를 통해서 궁극적으로 에로티즘의 영역으로 진입하게 된다.

이와 같이 〈하녀〉 연작은 여성이 남성의 시선의 대상이 되는 경우(예를 들면, 하녀가 동식을 유혹하기 위해서 옷을 벗는 행위)가 간혹 등장하기도 하지만, 기본적으로 시선의 주체가 여성으로 설정되어 있다. 이러한 전복적 설정을 통해서 여성이 에로티즘에 대한 욕망을 자각하게 되고, 이로 인해 원시적 열정에 도취되어 가는 과정을 그로테스크하면서도, 에로틱하게 표현한다.

3) 에로티즘과 폭력/죽음(살해)의 친연성

〈하녀〉 연작은 에로티즘이 폭력/강간과 밀접한 연관성을 갖고 있으며, 에로티즘의 열정이 죽음(살해)에의 유혹을 추동하는 근본적인 요인이라는 사실이 형상화되어 있다. 이러한 '악마적' 에로티즘의 특징은 원작 〈하녀〉보다는 이를 리메이크한 작품 〈화녀〉, 〈화녀82〉에서 보다 구체적으로 드러난다.

〈화녀〉, 〈화녀82〉는 〈하녀〉에서 다루어지지 않았던 강간 장면이 반복해서 등장한다. 하녀를 강간하고자 했던 남자는 고향의 청년, 주인 남자

이동식, 직업소개소 진 소장 등 모두 세 명이다. 이 중에서 실제 하녀를 강간하는 데 성공한 인물은 김동식이다. 그는 술로 인해 이성이 마비된 상태에서 하녀를 강간하게 되는데, 이 과정에서 그는 평소의 도덕적/윤리적 모습에서 완전히 탈피하여 '수컷'으로서의 동물적인 폭력성을 마음껏 드러내며, 하녀(명자)의 육체를 잔인하게 유린하는 모습을 보여준다. 이후에도 그는 평소 소극적이던 모습과는 달리 하녀와의 육체적 결합이 예고되는 결정적인 순간마다 하녀의 뺨을 때리는 등 매우 이중적인 모습을 보여준다. 그리고 이 과정 뒤에는 예외 없이 불같은 에로티즘의 열정에 도취되는 양상을 보여준다.

> "(나무처럼 서있는 동식의 웃통을 반나체가 된 명자가 겁을 집어먹고도 슬슬 벗긴다. 불빛은 죽어있는 것처럼 푸른색이다. 동식이 별안간 후려친다. 쓰러진 명자 그대로 굴하지 않고 동식을 다시 다리에서부터 위로 쓰다듬어 올라간다. 「사랑해요.」「사랑해요.」울며 달려드는 명자와 동식의 모습이 실루엣으로 보인다.
> 벼락이 치고 소나기가 유리창에 물을 끼얹는다. 시내 몇 곳엔 불기둥이 선다. "[430]

이러한 폭력과 에로티즘의 연관성은 〈화녀82〉에 등장하는 하녀(명자)의 대사를 통해서도 확연하게 드러난다. 하녀(명자)는 자신에게 폭력을 행사하는 동식에게 "사내 구실을 하려고 때리는 거죠?"라고 말한다. 이 말

---

430) 김기영, 「화녀」, 『김기영 시나리오 선집』1, 집문당, 1996, 212-213쪽.

은 성적 대상에 대한 폭력이 원시적 열정의 또 다른 표현이며, 이러한 행위를 통해 에로티즘에 대한 열정이 자극되고, 확장된다는 사실을 지적한 것으로 볼 수 있다.

한편 〈하녀〉 연작은 에로티즘의 궁극적인 도취 또는 완성이 곧 죽음(살해)이라는 사실이 선명하게 드러난다. 김동식과 하녀는 결국 스스로 쥐약을 마시고, 죽음을 선택하게 된다. 영화 속에서 반복적으로 등장하는 쥐는 현실세계를 좀먹고 있는 제거해야 할 대상이다. 도덕/윤리라는 사회적 질서를 와해시키는 동식과 하녀 역시 어두운 밤 '건전한' 이들이 생산한 먹이를 소진하며, 생식에 열중하는 쥐와 다를 바 없다. (서로 쥐약을 나누어 마신 뒤, 동식은 자신이 쥐가 되었다고 말한다.) 그러므로 이들의 죽음은 기존의 질서를 위험에 빠뜨릴 수 있는 위험 요소의 제거이며, 인간의 원시성(생명성)을 추구하는 에로티즘의 패배를 의미한다고 볼 수 있다. 그러나 에로티즘의 속성을 고려해 본다면, 이들의 죽음은 에로티즘의 궁극적인 완성을 의미한다.

"명자「모든 문제가 해결돼요. 같이 죽어 주신다면 당신도 행복이에요. 어느 누가 부모도 처도 애인도 같이 죽어주는 일은 없잖아요.」

(동식 죽음을 생각한다. 벌써 죽음의 유혹에 이끌려 가고 있다. 텔레비전에서 잡음이 흘러나온다.)

동식「왜 죽음으로 곧장 이끌고 들어 가지?」

명자「이끄는 것이 아니에요. 제가 끝까지 모실려는거지. 다만 이 세상에서 안 되니까 저세상을 바라는 거에요.」[431]

"동식「무섭지 않어.」

명자「당신이 있으니까.」

(두 사람 잠시 주저하다가 서로 상대방의 그라스를 다른 손으로 받는다. 서로 먹여 주는거다.)

동식「과히 나쁜 맛은 아니야.」

명자「쥐가 좋아서 먹게 만든 거래요.」

동식「그럼 쥐가 된 거로구나.」

명자「인제 뭐든지 돼요. 흙도 물도 바람도…」

(동식, 명자에 동정이 와락 간다.)

동식「너도 불쌍해.」

명자「염려 마세요. 당신같이 훌륭한 분을 영원히 갖게 되는걸요.」

(명자, 동식의 손가락에 자기 손가락을 나무 뿌리모양 얽어매고 그 입술을 열 번이고 스무번이고 상대 입술에 부닥친다. 어느새 명자의 얼굴이 환희로 눈물 이 범벅이 되어간다.)"[432]

일반적인 의미에서 볼 때, 죽음은 자신과 타자가 분리된 존재라는 사실 을 자각하게 되는 결정적인 계기가 된다. 죽음은 한 생명체가 스스로 감

---

431) 김기영, 앞의 글, 221-222쪽.

432) 김기영, 위의 글, 222쪽.

내해야 하는 과정이며, 어떤 다른 누군가가 대신해 줄 수 없다. 이러한 측면에서 죽음은 한 개인이 자신과 타자가 전혀 다른 존재라는 분리의식이 정점에 이르게 되는 사건으로 볼 수 있다.[433] 또한 죽음과 관련해서 인간은 자신의 자율성을 확보할 수 없는 존재이다. 인간은 죽음을 통해서 자신의 존재가 자신으로부터 소외된다.[434] 그러므로 인간은 필연적으로 죽음의 불안과 공포를 경험할 수밖에 없다.

그렇다면 왜 〈하녀〉 연작의 두 주인공은 생명체로서 가장 공포스러울 수밖에 없는 죽음에 유혹(매혹)되는 양상을 보이는 것일까? 이는 죽음이 자신이 존재하던 세계로부터의 완전한 분리라는 점에서 기본적으로 불안과 공포의 대상이지만, 자기 자신을 둘러싸고 있는 물질(육체)의 소멸에 의해서 개인 간에 존재하는 분리/경계가 극복될 수 있다는 점에서 타자와의 합일合一, 또는 융화融化를 의미/상징한다는 사실과 밀접한 연관성을 갖고 있다. 그러므로 하녀는 죽음이 현재의 물질성(육체성)에서 벗어나 "흙도 물도 바람도 될 수 있는" 방식이자 현실세계에서는 소유할 수 없는 김동식을 영원히 소유할 수 있는 방식이라고 생각했던 것이다. 이러한 측면에서 이들의 죽음은 에로티즘을 완성하는 하나의 제의라고 볼 수 있다.

---

433) 이기상 · 구연상, 『「존재와 시간」 용어해설』, 까치, 1998, 259쪽.

434) 이기상 · 구연상, 『시간과 타자』, 강영안 옮김, 문예출판사, 2011, 77-78쪽.

3. 윤리와 금기, 그리고 욕망의 드라마

김기영 감독은 〈하녀〉(1960)를 만든 이후 1998년 불의의 사고로 타계하기까지 일생 동안 중년의 유부남과 하녀의 불륜과 파멸이라는 동일한 테마를 영화로 만드는 데 집착하였다. 이처럼 사회의 도덕/윤리에 위반되는 성적 결합과 파멸이라는 영화적 설정에 집착한 것은 진정한 에로티즘의 내적 체험은 금기의 위반에 의해서 발생하는 쾌락과 공포, 그리고 죄의식(고뇌/고통)이 동시에 경험될 때만이 가능하다는 사실에서 비롯된 것으로 볼 수 있다.

그는 〈하녀〉 연작에서 액자식 구성을 적극적으로 활용한다. 이는 액자 외부의 이야기를 이끌어 가는 '건전한' 가정의 부부나, 사회를 엄격하게 통제하는 경찰들이 액자 내부의 이야기, 즉 위험한 남녀의 이야기를 소개하는 방식이다. 이러한 구성방식은 외부(이야기를 전달하는 사람들)과 내부(소개되는 이야기) 사이에 경계/분리를 설정함으로써 내부(소개되는 이야기)의 위험성을 완화시켜 주는 기능을 담당한다. 또한 이는 서로 다른 영역의 이질적 성격을 부각시킴으로써 내부(소개되는 이야기)를 오히려 강조하는 기능을 담당한다. 그리고 액자의 내부 이야기(소개되는 이야기) 속에서 에로티즘의 주체는 남성이 아닌 여성으로 상정된다. 이러한 영화적 설정은 에로티즘의 영역에서 여성의 능동성을 강조하기 위한 것이라기보다는 남성의 성적 환타지를 극대화시키기 위한 것으로 볼 수 있다.

이러한 방식을 통해서 김기영 감독은 현대사회가 에로티즘을 근본적으로 억압하는 사회이며, 이로 인해 진정한 에로티즘의 내적 체험이 불가능하다는 사실을 중산층 부부와 하녀의 극렬한 대립을 통해서 선명하게 형상화한다. 주요 등장인물들 중 중산층 가정의 아내 이정심은 성적 에너지가 노동으로 전환됨으로써 욕망이 굴절(왜곡)되는 양상을 보여주는 인물이며, 하녀는 원시적인 성적 욕망을 보여주는 인물이다. 한편 김동식은 강렬한 에로티즘의 열망과 현실세계의 사회적 질서를 준수하고자 하는 욕망을 동시에 지니고 있는 이중적인 인물로 설정되어 있다. 이로 인해 그는 끊임없는 죄의식으로 고통받게 되는데, 이러한 죄의식은 그의 에로티즘에의 열정을 억압하는 것이 아니라, 오히려 에로티즘에 대한 열정을 추동하고, 확장시키는 기제로써 작용하는 양상이 나타난다. 이러한 양상을 통해서, 김기영 감독은 에로티즘이 근본적으로 생식을 목적으로 하는 성행위와는 구별되는 심리적 추구이며, 이는 금기의 위반에 의한 죄의식과 공포, 그리고 쾌락의 동시적 경험을 통해서만이 체험될 수 있다는 사실을 선명하게 형상화한다.

이와 같이 김기영 감독의 〈하녀〉 연작은 인간의 원시적 에로티즘에 대한 열망, 즉 어느 시대, 지역에 상관없이 모든 이들에게 내재되어 있는 '악마적' 에로티즘에 대한 열망을 본격적으로 탐구한 한국 최고의 영화이며, 그의 영화적 지향성이 가장 잘 나타난 영화하고 볼 수 있을 것이다.

1. 기본 자료

김기영, 『김기영 시나리오 선집』1, 집문당, 1996.

김기영, 『한국시나리오 선집』2, 영화진흥공사, 1982.

이광수, 『이광수전집』1-20, 삼중당, 1962.

김동리, 『고독과 인생』, 백만사, 1977.

김동리, 「달」, 『김동리 선집』신한국문학선집15, 어문각, 1972.

김동리, 「무녀도」, 『등신불』, 정음사, 1963.

김동리, 「무녀도」, 『무녀도』, 을유문화사, 1957.

김동리, 「무녀도」, 『중앙』, 1936.5.

김동리, 「무속과 나의 문학」, 『월간문학』, 1978.8.

김동리, 「문학하는 것에 대한 사고-나의 문학정신의 지향에 대하여」, 『문학과 인간』김동리전집7, 민음사, 1997.

김동리, 『생각이 흐르는 강물』, 갑인, 1985.

김동리, 「신세대의 문학정신」, 『문장』, 1940.2.

금성 교과서,『국어사전』, 1997.

『여성』, 1936.4.-1940.12.

영화 〈하녀〉(1960), 〈화녀〉(1971), 〈충녀〉(1972), 〈화녀82〉(1982)

이광수,『재생』, 우리문학사, 1996.

이광수,『재생/혁명가의 아내/삼봉이네 집』이광수전집2, 삼중당, 1964.

이광수,『그 여자의 일생/꿈』이광수대표작선집3, 삼중당, 1975.

이광수,『자녀중심론/민족개조론/신생활론』이광수전집17, 삼중당, 1972.

『조선총독부 관보』제470호.

2. 국내 논저

1) 단행본

곽신환,『주역의 이해-주역의 자연관과 인간관』, 서광사, 1990.

구인환,『이광수소설연구』, 삼영사, 1987.

김수진,『신여성, 근대의 과잉: 식민지 조선의 신여성 담론과 젠더정치, 1920-1934』, 소명출판, 2009.

김연숙,『그녀들의 이야기, 신新여성』, 역락, 2001.

김욱동,『은유와 환유』, 민음사, 1999.

김진우,『김동리 소설연구-죽음의 인식과 구원을 중심으로』, 푸른세상, 2002.

나인호,『개념사란 무엇인가-역사와 언어의 새로운 만남』, 역사비평사, 2011.

나혜석 외, 서경석 · 우미영 편,『신여성, 길 위에 서다』, 호미, 2007.

방민화,『김동리 소설연구』, 보고사, 2005.

설혜심,『온천의 문화사: 건전한 스포츠로부터 퇴폐적인 향락에 이르기까지』, 한길사, 2001.

신형기,『변화와 운명』, 평민사, 1997.

안미영,『이상과 그의 시대』, 소명, 2003.

오광수,『한국근대미술 사상 노트』, 일지사, 1987.

오생근 · 윤혜준 공편,『性과 사회: 담론과 문화』, 나남, 1998.

윤홍로,『이광수 문학과 삶』, 한국연구원, 1992.

이거룡 외,『몸 또는 욕망의 사다리』, 한길사, 2001.

이구열,『한국근대미술산고』, 을유문고, 1972.

이기상 · 구연상,『『존재와 시간』용어해설』, 까치, 1998.

이덕화,『여성문학에 나타난 근대체험과 타자의식』, 예림기획, 2005.

이진경,『근대적 주거공간의 탄생』, 소명, 2002.

유지형,『24년간의 대화』, 선, 2006.

이연호,『전설의 낙인』, 한국영상자료원, 2007.

이종찬,『서양의학과 보건의 역사』, 명경, 1995.

이진경,『근대적 시 · 공간의 탄생』, 푸른숲, 2002.

이진경,『근대적 주거공간의 탄생』, 소명, 2002.

전경갑,『욕망의 통제와 탈주, 스피노자에서 들뢰즈까지』, 한길사, 1999.

전복희,『사회진화론과 국가사상』, 한울, 1996.

조은 · 이정옥 · 조주현,『근대가족의 변모와 여성문제』, 서울대 출판부, 1997.

한국여성철학회 편,『여성의 몸에 관한 철학적 고찰』, 철학과현실사, 2000.

2) 논문

구인모,「『무정』에 나타난 '육체'의 근대성 고찰」,『한국학보』, 2002.

권보드래,「열정의 公共성과 개인성-신소설에 나타난 '일부일처'와 '이처'의 문제-」,『한국학보』 26호, 2000.

권중운,「화가의 눈, 카메라의 눈」,『월간미술』, 1998.7.

김겸섭,「바타이유의 에로티즘과 위반의 시학」,『인문과학연구』 36, 대구대 인문과학연구소, 2011.

김경,「김기영 영화의 '반복적 강박증' 연구」,『영화연구』 13, 한국영화학회, 1997.

김경애,「작가 김명순의 삶과 기독교 양상」,『여성과 역사』 17, 한국여성사학회, 2012.

김경애,「성폭력 피해자/생존자로서의 근대 최초 여성작가 김명순」,『여성과 역사』 14, 한국여성사학회, 2011.

김금동,「김기영 〈하녀〉에 나타난 장르 연구」,『문학과 영상』 제7권 2호, 문학과영상학회, 2006.

김동식,「낭만적 사랑의 의미론」,『문학과 사회』, 2001, 봄호.

김성례,「무속전통의 담론분석-해체와 전망」,『한국문화인류학』 22집, 1990.

김수진,「신여성 담론 생산의 식민지적 구조와 『신여성』」,『경제와 사회』 69, 비판사회학회, 2006.

김승현,「육체에 얽힌 권력의 해부」,『월간미술』, 1997.9.

김용태,「『사랑』의 사상적 연구」,『이광수연구(하)』, 태학사, 1984.

김예림, 「1930년대 후반 몰락/재생의 서사와 미의식 연구」, 연세대 국어국문학과 박사논문, 2002.

김우창, 「감각, 이성, 정신」, 『한국문학이란 무엇인가』, 민음사, 1995.

이정희, 「근대 여성지 속의 자기서사 연구-성·사랑·결혼에 관한 여성의 서사를 중심으로-」, 『현대소설연구』 19, 한국현대소설학회, 2003.

김주리, 「식민지 시대 소설 속 온천 휴양지의 공간 표상」, 『한국문화』 40, 서울대학교 규장각 한국학연구원, 2007.12.

김태준, 「춘원 이광수의 예술관」, 『이광수연구(상)』, 태학사, 1984.

김행숙, 「근대시 형성기에 있어서의 '감정'의 의미」, 『어문논집』 44호, 안암어문학회, 2001.

김현주, 「이광수의 문화 이념 연구」, 연세대 국어국문학과 박사논문, 2002.

김호연, 「한국 화단에 있어서 서양누드화의 수용과 정착」, 동국대학교 교육대학원 석사논문, 1988.

노성숙, 「계몽과 신화의 변증법」, 『철학연구』 50권, 2000.

노지승, 「여성지 독자와 서사 읽기의 즐거움-『여성』(1936-1940)을 중심으로」, 『현대소설연구』 42, 한국현대소설학회, 2009.

문영희, 「한국 영화에 나타난 근대와 여성 정체성」, 『여성학연구』 제16권 1호, 부산대학교 여성연구소, 2006.

박명진, 「한국영화와 가족담론」, 『우리문학연구』 16, 우리문학회, 2003.

박용옥, 「1920년대 신여성 연구」, 『여성연구논총』 2, 성신여대 한국여성연구소, 2001.

박우성, 「〈하녀〉에서 쥐라는 장치가 수행하는 역할과 위상」, 『영화연구』 49, 한국영화학회, 2011.

박일호, 「몸 혹은 신체의 이야기들」, 『월간미술』, 1999.1.

박찬기, 「일본 근세문학에 나타난 온천문화」, 『일본문화학보』 50, 2011.12.

박현옥, 「근대 일본에 있어서 「심상 공간」으로서의 온천문화연구-『온천안내』와 『온천순례』를 중심으로」, 『일본어문학』 47, 한국일본어문학회, 2010.12.

방민호, 「김일엽 문학의 사상적 변모와 불교 선택의 의미」, 『한국현대문학연구』 20, 한국현대문학회, 2006.12.

부산근대역사관 편, 「근대의 목욕탕: 동래 온천」, 『한국근대역사관』, 2015.

상기숙, 「한국현대소설문학과 샤머니즘」, 경희대 교육대학원 석사학위 논문, 1980.

손정수, 「1910년대 이광수의 문학론과 작품의 관련양상에 대한 고찰」, 『한국학보』 제85호, 1996, 겨울호.

송미숙, 「사랑과 열정의 대서사시」, 『월간미술』, 1999.5.

신동원, 「일제의 보건의료정책과 한국인의 건강상태」, 서울대 보건대학원 석사학위 논문, 1986.

신동원, 「한국 근대 보건의료체제의 형성」, 서울대 과학사 및 과학철학 협동과정 박사학위 논문, 1996.

신경숙, 「황폐하고 헐벗은 관능의 극점」, 『월간미술』, 2002.1.

신상철, 「『사랑』론고」, 『이광수연구(하)』, 태학사, 1984.

신윤주·권혁권, 「나쓰메 소세키의 『풀베개(草枕)』와 이광수의 『재생』 비교 연구-주인공의 온천체험을 중심으로」, 『일어일문학』 49, 대한일어일문학회, 2011.

신정숙, 「이광수 소설 『재생』과 나체화」, 『한국학보』 제109집, 2002, 겨울호.

신주백, 「1910년대 일제의 조선통치와 조선주둔 일본군-'조선군'과 헌병경찰제도를 중심으로」, 『한국사연구』 제109권, 2000.

신환종, 「한국의 근대적 개인의 형성에 관한 연구: 1910년대 이광수를 중심으로」, 연세대 정치학과 석사논문, 2001.

오문석, 「1930년대 후반 시의 '새로움'에 대한 연구」, 『1930년대 후반 문학의 근대성과 자기성찰』, 깊은샘, 1998.

우정미, 「근대 여성지식인이 추구한 여성상」, 『일본문화연구』 41, 동아시사일본학회, 2012.

유진월, 「나혜석의 탈주 욕망과 헤테로포피아」, 『인문과학연구』 35, 강원대 인문과학연구소, 2012.

유진월, 「자본주의 시대의 욕망과 진실의 길항」, 『정신문화연구』 제33집 3호, 한국학연구원, 2010.

육정학, 「영화 〈하녀〉의 영상이미지를 통한 작품의 표현적 함의」, 『영화연구』 45, 한국영화학회, 2010.

윤진섭, 「문화의 혼성과 소통 가교로서의 창」, 『월간미술』, 1997.7.

이경훈, 「『무정』의 패션」, 『민족문학사연구』 제18호, 2001.

이경훈, 「모더니즘 소설과 질병」, 『어떤 백년, 즐거운 신생』, 하늘연못, 1999.

이경훈, 「미두 · 온천 · 영어」, 『시학과언어학』 제4호, 2002, 12.

이경훈, 「인체실험과 聖戰-이광수의 『유정』 · 『사랑』 · 『육장기』에 대해-」, 『동방학지』, 연세대 국학연구원, 2002, 9.

이남호, 「이광수의 『재생』에 대하여」, 『재생』, 우리문학사, 1996.

이숙경, 「숨겨진 권력을 폭로하는 시선」, 『월간미술』, 2000.3.

이승원, 「20세기 초 위생담론과 근대적 신체의 탄생」, 『문학과 경계』, 2001, 여름창간호.

이영준, 「사진 속의 신체, 감시와 찬미의 변증법」, 『월간미술』, 1997.

이철호, 「『무정』과 낭만적 자아」, 『한국문학연구』 제23집, 동국대 한국문학연구소, 2000.

임돈희 · 로저 제널리, 「한국민속학사의 재조명: 최남선의 초기 민족연구를 중심으로」, 『비교민속학』 제5집, 1989.

전대웅, 「춘원의 작품과 종교적 의의」, 『이광수연구(하)』, 태학사, 1984.

전상숙, 「일제 군부 파시즘 체제와 '식민지 파시즘'」, 『일제하 파시즘 지배 정책과 민중의 생활상』, 연세대 국학연구원, 2003년도 국제학술회의.

조광제, 「메를로 퐁티의 회화 존재론」, 『월간미술』, 2002.10.

조형근, 「'어린 아기'의 탄생과 근대적 가족 모델의 등장」, 『근대성의 경계를 찾아서』, 서울대 사회과학 연구소, 새길, 1997.

조형근, 「근대 의료 속의 몸과 규율」, 『근대성의 경계를 찾아서』, 서울대 사회과학 연구소, 새길, 1997.

차승기, 「'생(生)'에의 의지와 전체주의적 형식-초기 이광수의 문화적민족주의의 성격」, 『연세학술논집』 제30집, 연세대 대학원 총학생회, 1999.

최윤정, 「김명순 문학연구」, 『한국문학이론과 비평』 17(3), 한국문학이론과 비평학회, 2013.

최혜실, 「『무정』에 나타난 근대성, 사랑, 성」, 『여성문학연구』 제11호, 한국여성문학회, 1999.

최영석, 「근대 주체 구성과 연애 서사-계몽성과 낭만적 사랑의 이데올로기를 중심으로-」, 연세대 국어국문학과 석사논문, 2002.

3. 국외 논저

가스통 바슐라르,『물과 꿈』, 이가림 옮김, 문예출판사, 1998.

가스통 바슐라르,『공기와 꿈』, 정영란 옮김, 이학사, 2000.

구스타브 르봉,『군중심리』, 전남석 옮김, 동국출판사, 1990.

김병익,『한국문단사: 1908~1970』, 문학과지성사, 2001.

나라 야스아키,『불교와 인간』, 석오진 옮김, 경서원, 1996.

마르틴 하이데거,『존재와 시간』, 이기상 옮김, 까치, 2007.

막스 베버,『프로테스탄티즘의 윤리와 자본주의 정신』, 박성수 옮김, 문예출판사, 2000.

D.M. 암스트롱,『마음과 몸』, 하종호 옮김, 철학과현실사, 2002.

미셸 푸코,『감시와 처벌』, 오생근 옮김, 나남, 2002.

미셸 푸코,『성의 역사1-앎의 의지』, 이규현 옮김, 나남, 1993.

미셸 푸코,『성의 역사2-쾌락의 활용』, 문경자 · 신은영 옮김, 나남, 1993.

미셸 푸코,『임상의학의 탄생』, 홍성민 옮김, 인간사랑, 1996.

브라이언 터너,『몸과 사회』, 임인숙 옮김, 몸과마음, 2002.

아커크네히트,『세계의학의 역사』, 허주 옮김, 지식산업사, 1987.

앤소니 기든스,『현대사회의 성, 사랑, 에로티즘』, 배은경 옮김, 물결, 1996.

에드워드 루시-스미스,『서양미술의 섹슈얼리티』, 이하림 옮김, 시공사, 1999.

엘리자베스 클레망 외,『철학사전 ; 인물들과 개념들』, 이정우 옮김, 동녘, 1996.

엠마뉴엘 레비나스,『시간과 타자』, 강영안 옮김, 문예출판사, 2011.

조르주 바타유,『에로스의 눈물』, 유기환 옮김, 문학과의식, 2002.

조르주 바타유, 『에로티즘』, 조한경 옮김, 민음사, 1989.

지그문드 프로이트, 『문명 속의 불만』, 열린책들, 2004.

지그문드 프로이트, 『성욕에 관한 세 편의 에세이』, 열린책들, 2004.

케네드 클라크, 『누드의 미술사』, 이재호 옮김, 열화당, 1982.

크리스 쉴링, 『몸의 사회학』, 임인숙 옮김, 나남, 2000.

피터 브룩스, 『육체와 예술』, 이봉지 · 한애경 옮김, 문학과지성사, 2000.

하버트 마르쿠제, 『에로스와 문명』, 김인환 옮김, 나남, 2004.